中華民国期の豊子愷

芸術と宗教の融合を求めて

大野公賀 著

豊　子愷（1962年）

弘一法師（1937年）

目　次

序　章 3
第一章　自己確立のための模索
第一節　浙江省立第一師範学校 15
第二節　民国初期の教育思潮と蔡元培 18
第三節　経亨頤の「人格主義」と李叔同 21
第四節　全体主義への嫌悪と個人主義の萌芽 24
第二章　李叔同と「西洋芸術・文化の種」
第一節　南洋公学と蔡元培 33
第二節　滬学会と西洋音楽 42
第三節　日本での活動（一九〇五―一九一一） 46
第四節　帰国後（一九一一―一九一二） 52
第五節　浙江省立第一師範学校（一九一二―一九一八） 57

第三章　漫画家「豊子愷」の誕生と時代の潮流
第一節　李叔同の出家……69
第二節　浙江省立第一師範学校と五四新文化運動……71
第三節　西洋美術への憧憬と絶望……74
第四節　竹久夢二との出会い……77
第五節　大正期新興芸術運動と豊子愷……80
第四章　愛国的「啓蒙主義」の試みと挫折
第一節　白馬湖春暉中学……87
第二節　立達学会……94
第三節　立達学園……102
第四節　開明書店……120
第五章　初期仏教観——仏教帰依から無常観の克服まで
第一節　上海モダンライフから仏教へ……149
第二節　『護生画集』第一集（一九二九年）と新興知識階級……161
第三節　「無常の火宅」と馬一浮……175

第六章　思想的円熟――「生活の芸術」論の形成
第一節　抗戦期の豊子愷とその思想――仁者無敵……193
第二節　豊子愷の芸術観……205
第三節　芸術と宗教による煩悩からの解脱……211
第四節　生活の芸術化――モリスおよびラスキンの影響……219
第七章　童心説と「護心思想」
第一節　豊子愷の求めた理想――童心における芸術と宗教……237
第二節　『護生画集』第二集（一九三九年）――日本侵略下のヒューマニズム……243
第三節　『護生画集』第三集（一九四九年）――国共内戦下での護生思想の成熟……250
終　章……267
年　表……271
参考文献目録……273
あとがき……307

英語目次……1
英語概要……5
中国語目次……11
中国語概要……13
索　引……17

凡例

① 旧漢字および異体字は一律に新漢字に改めた。
② 引用文中の（ ）、〔 〕は、注のない場合、原文による。
③ 引用文中の翻訳は、注のない場合、大野による。
④ 参考文献は、日本語文献（あいうえお順）、中国語文献（ピンイン順）、英語文献（ＡＢＣ順）の順にする。
⑤ 参考文献において、同一著者に複数の著作がある場合には、執筆年度順に並べる。また、執筆年度と出版年度が異なる場合には、論文・散文名の後ろに執筆年度を記す。

中華民国期の豊子愷　芸術と宗教の融合を求めて

序章

豊子愷（ほうしがい、一八九八―一九七五）という名前を聞いて、多くの人が直ちに連想するのは「子愷漫画」と称される独自の挿絵であり、『縁縁堂随筆』に代表される散文であろう。豊子愷はまた、晩清から民国初期の中国文芸界で活躍し、一九一八年に出家した高僧、弘一法師（俗名李叔同）の芸術および仏教両面における高弟としても知られているが、その「ある種、仏教哲理に基づいた観点で生活を観察し、世俗の事象に事理を見出し、些細な事物について読者を飽きさせることなく見事に語る」散文や[1]、「極めて日常的でありながら、（中略）質朴さの中に深遠で果てしない趣を含む」漫画は[2]、上海など都市部の新興知識階級を中心に絶大な人気を博した。豊子愷はそのほかにも芸術教育に関する著述や翻訳を多数発表し、『源氏物語』や夏目漱石『草枕』などの翻訳を手がけ、また立達学園や開明書店の創設にかかわるなど、多方面で活躍した。

中華人民共和国の成立後、毛沢東の「文芸講話」路線が文学や芸術全般における国家全体の指導方針として確立する中、豊子愷は活動の中心を漫画や散文の創作からロシア語や日本語の翻訳へと移行させた。しかし一方で、中国美術家協会常務理事や中国対外文化協会上海分会副会長などの要職に任じられ、本人の意志とは裏腹に体制に組み込まれていく。

反右派闘争（一九五七―一九五八）から大躍進（一九五八―一九六一）、文化大革命（一九六六―一九七六）へと続く政治的な流れを受け、毛沢東の文芸路線が絶対化していく中、豊子愷も批判攻撃の対象とされることがあった。特に文革期には、豊も多くの知識人と同様に激しい批判を浴び、市内引き回しや家宅捜索、「牛棚」生活、下放などを経験している。一九七〇年以降は病気療養を理由に自宅謹慎の身となるが、豊子愷の名誉が正式に回復するのは没後の一九七八年のことであった。当時、豊子愷の主要な罪状とされたのは、民国期および百花斉放・百家争鳴期（一九五六—一九五七）の作品や活動に見られる個人主義や閑適主義、そして生涯を通じての仏教信仰であった。

しかし、一九八〇年代半ば以降、文芸史の見直しとともに、それまで毛沢東中心の中共史観により否定されてきた作家や作品も再評価されるようになった。そうした流れの中、一九九〇年代には『豊子愷文集（全七巻）』（浙江文芸出版社・浙江教育出版社、一九九〇—九二年）や『豊子愷漫画全集（全一六巻）』（京華出版社、一九九九年）が出版され、一九九七年には杭州師範学院（現、杭州師範大学）に「弘一大師・豊子愷研究中心」が設置されるなど、豊子愷に関する研究も盛んに行われるようになった。先行研究について詳細は後述するが、近年では豊子愷作品の文学性や芸術性、同時代の文化人との関係など、新たな視点からの研究も見られる。しかし思想的視点からの豊子愷研究は、依然として不十分なままである。

豊子愷は一九二〇年代後半から漫画や散文を発表しているが、教職や編集などの仕事を離れ、創作に専念したのは一九三〇年代以降である。一九二七年に民族統一戦線が崩壊し、国民革命が挫折すると、社会全体が空前の政治化傾向を見せるようになり、文学思潮上の対立にも政治性が反映されるようになった。それは散文においても同様で、銭理群らは一九三〇年代の作品を以下の四つに大別している。

一　林語堂や周作人らによる小品文。現実に対して、冷静で超然とした傍観の態度を追求し、ユーモアと閑適を提唱する。

二　魯迅や左翼作家による雑文。戦闘性や現実批判性が強い。

三　京派および開明書店同人による散文。人生に対して積極的で、熱心な愛国者が多く、品格や気骨、節操を重んじるが、政治とは一定の距離を保持する。

四　報告文学および旅行記(3)。

上記一、三、四のような流派が存在し、それぞれに読者を獲得していたという事実は、当時の中国に「国民党による急テンポの新国家建設と、共産党による苛烈な政権奪取の闘争とに倦む」読者(4)が存在していたことを表している。豊子愷は上記三の開明書店同人に属する。開明書店は一九二六年の創設以来、一貫して読者を啓蒙する姿勢を保持し、また読者の支持を得た書店である。当時、国民の多くが亡国の危機感を覚える中、啓蒙の重要性を意識し、啓蒙による国民の創生と国家の創出を希求した知識人グループと、そこに救いを求めた知識青年が確実に、そして少なからず存在していたのである。抗戦期には開明同人のうち、夏丏尊ら一部が孤島上海に残った以外は、豊子愷を含む多くが内陸部に避難した。このような分散状態にありながらも、開明書店は読者の要望に応える形で知識青年向けの書籍の刊行を続けた。

その一方で、戦争という究極の愛国経験は、開明同人をも急速に左傾化させた。それは豊子愷においても同様である。しかし、豊子愷は時として、同じ開明同人の葉聖陶らから意識の低さを指摘されることもあった。これは一つには、豊子愷が抗戦中も弘一法師や、儒学者の馬一浮に指導を受け、弘一法師との合作である『護生画集』はじめ、仏教や儒教的な色彩の強い漫画や散文を創作していたことに由来する。当時、これらの作品が戦意を喪失させる、あるいは戦争に非協力的であるという理由から批判を受けるであろうことは、豊子愷も認識していた。しかし、それにもかかわらず、豊がそのような作品を発表しつづけたのは、人間としての尊厳の保持が困難な時代であるからこそ、「品格や気骨、節操」を失うべきではないと考えたからである。その際に豊子愷の精神的支柱となったのは、芸術と宗教に対する信念である。豊子愷にとって芸術は、人間を煩悩の世界から、より高度な世界へと導くための重要な手段であり、その意味において宗教と通ずるものであった。

当時の多くの知識人と同様に、豊子愷も国家の将来を憂い、国家の強化を切望していたが、国家権力による個人の抑圧や統制には強い反感を抱いていた。個人の尊厳や自由は保持しつつ、中国を一つの国民国家として強固なものとするための方策として、豊子愷が提唱したのが芸術と宗教の融合であり、その根底をなす「護心思想」であった。「護心思想」とは、中華民国における新たな市民倫理として豊子愷が提唱したもので、すべての事象は心によって生みだされるのであるから、人は心を正しく護持せねばならないという考えである。その背景には、五四新文化運動時期に受けた西洋美学思想の影響と、弘一法師や馬一浮から学んだ中国伝統思想が存在する。(5)

豊子愷が「芸術と宗教の融合」と新たなる市民倫理としての「護心思想」に国家や民族の命運という課題を付与し、国民に向けて積極的に主張するようになるのは抗戦期からである。それは新中国建国後も変わらず、豊子愷は体制におもねることなく、独自の論を展開した。

本著では豊子愷の思想的特質を分析し、また民国期における豊の多彩な活動との影響関係について論じる。それによって、一九三〇年代上海に〝海派〟文壇や左翼文壇のほかに、〝京派〟文壇と同様に、「国民党の専制体制を憎悪するいっぽうで、中国共産党主導の革命に不安を抱」き、(6)啓蒙による国民の創生と国家建設を目指した「開明同人」の文壇が存在し、都市の新興知識階級を中心に、少なからぬ影響を及ぼしていたという点についても考察したいと思う。

第一章では一九一四年から一九年にかけて、杭州の浙江省立第一師範学校（以下、第一師範）での体験が豊子愷の思想形成に及ぼした影響について述べる。豊子愷は同校で軍国主義的な愛国教育を強制されるが、この折に生じた権威や権力に対する嫌悪感が豊の個人主義の萌芽となった。一方、同校において豊は李叔同や夏丏尊らを通じて、五四啓蒙思想の洗礼を受けた。当時、蔡元培らの芸術立国論の影響で、中国各地で芸術教育が盛んに提唱され、豊子愷も卒業後は上海で芸術教育に従事した。清末から民初にかけて西洋芸術教育の先駆的存在であった李叔同が、西洋的価値観に失望し、中国の伝統的価値観へとその志向を転換していくのに対し、豊子愷は李叔同の東洋的価値観に基づいた芸術思想の影響を受けつつも、五四期の新青年として西洋芸術や文化を積極的に受容したのである。

次に第二章では、豊子愷の芸術と宗教の師である李叔同に焦点をあて、その出家以前の活動について論じる。李叔同は天津の名家の出身であるが、戊戌の政変に際して累の及ぶのを避けて上海へ向かい、一九〇一年には蔡元培が総教習を務めていた南洋公学特班（経済特科班）に入学した。李叔同が入学した特班は、同年に開設されたばかりの特別クラスで、受験生には中国の伝統的な学問の素養と西学への志が求められた。成績優秀者には科挙改革の一環として開設された経済特科への推薦が保障されており、特班は中体西用論に基づいて新しい人材の育成を目的としつつも、実際には科挙制度と深く結びついていた。

李叔同は特班で学び、また科挙の受験も続けるなど、国政への参与を目指していたが、南洋公学特班の閉鎖、科挙制度の廃止、母との死別などを経て、日本に留学する。日本では西洋美術や音楽、近代演劇を学び、実践する一方で、森槐南らの漢詩結社、随鷗吟社に参加するなど、多彩な活動を展開した。帰国後は西洋芸術の教育に力を注ぎ、豊子愷の母校である第一師範などで教壇に立った。李叔同がもたらした「西洋芸術・文化の種」は教え子の豊子愷ら第二世代に手渡され、そしてさらにその弟子の陶元慶や銭君匋ら第三世代へと受け継がれていった。

第三章では、第一師範や上海での経験および五四新文化運動の影響から西洋美術に憧憬の念を抱いていた豊子愷が、日本滞在を通じて東洋的価値観を再発見し、再評価する過程について論じる。この豊子愷の思想的転換の契機となったのは、西洋画でも東洋画でもない竹久夢二のコマ絵である。当時、日本の芸術界ではアカデミズムから逸脱した芸術家による新たな動きが生じており、そうした現象の一つとして、アマチュア画家によるコマ絵の雑誌投稿が盛んに行われていた。正式な美術教育を受けないままに、雑誌の投稿者欄でデビューし、瞬く間に時代の寵児となった竹久夢二はまさに、当時豊子愷が模索していた新しいタイプの芸術家であった。

次いで第四章では、一九二〇年代半ばの創設当初から豊子愷が関与した立達学園および開明書店について論じる。豊子愷は一九二一年に日本への短期留学を終えると、第一師範時代の恩師、夏丏尊の誘いを受け、同校の元校長である経亨頤が浙江省上虞白馬湖に創設した春暉中学に図画と音楽の教師として就任する。同僚には夏丏尊のほかに匡互生や朱光潜、朱自清らがおり、豊子愷は彼らとの交流を通じて西洋美学や無政府主義など、新たな思想に目覚めていった。この春暉中学の同僚、特に匡互生、朱光潜、豊子愷の三人が中心となって一九二五年に設立したのが立達学園である。立達学園は国家権力の介入や特定のグループ、個人からの経済的援助を拒否し、自由で新しい教育を目指して設立された。

立達学園の設立に先んじて、立達学会という同人会が組織された。同会は立達学園の教育方針に賛同する五一名の知識人から構成されていた。一九二六年には立達学会の構成員であり、また商務印書館を退職した章錫琛を中心に、立達学会や文学研究会、婦女問題研究会の支持の下、開明書店が設立された。同書店は青年のための良書や啓蒙図書の編集出版を目的としていたが、また立達学園教員の作成した教科書や参考書の出版を通じて、同学園はじめ全国の中学校に優れた教材を提供するとともに、立達学園と教員の経済的問題の解決も意図していた。以上のような設立経緯や構成員の重なりから、これまで立達学園と開明書店は同一組織と認識されることが多かった。しかし、その活動内容を詳細に検討してみると、この二つの組織の意図した方向は必ずしも一致してはいなかったことが読みとれる。

第五章では、豊子愷の初期仏教観について論じる。豊子愷の思想を考える上で、仏教信仰は重要な要素の一つである。豊子愷は一九二七年に弘一法師による仏教帰依式を受けており、また仏教的な意味合いの散文や漫画作品を多く発表していることから、弘一法師の弟子として生涯を通じて敬虔な仏教徒であったような印象を与えがちである。しかし実際には、豊はその一方で当時の仏教界および仏教徒の世俗性、迷信性に長らく不信を抱いており、その仏教信仰が確固たるものとなるのは一九三〇年代半ば頃からである。本章では、豊子愷の仏教帰依までの経緯、仏教信仰における弘一法師との相異、また豊が弘一法師と共同で作成した『護生画集』第一集（一九二九年）の内容とその社会的反響などを通じて、豊子愷が当時仏教に求めたもの、そしてその意味について考察する。

一九三〇年代前半、豊子愷は近親者の相次ぐ死や自らの病、仏教に対する不信などから、一種の精神不安状態に陥り、療養を理由に開明書店での編集や教職などの対外的活動をすべて停止し、それまでの活動拠点であった上海を離れた。豊子愷がこのような状態を克服し、仏教を新たに評価するに至るには、弘一法師の友人で儒家の馬一浮の助けが必要であった。

第六章では、豊子愷が馬一浮や弘一法師らの影響の下、如何なる芸術観を形成したか、またそれが豊の仏教信仰とどのような関係にあるのかなど、豊の芸術観と宗教観について論じたい。また豊子愷は一九三七年から一九四六年まで戦禍を逃れて、家族とともに国内各地で避難生活をおくったが、その間には馬一浮との交流や曹聚仁との論争などの影響もあり、豊の思想は儒教や仏教など東洋思想的要素を増す。特に、それまで西洋美学に基づいて論じていた芸術や美について、東洋思想で解説するようになるのは、この時期の豊子愷の特徴である。

第七章では、豊子愷の童心説と「護心思想」を通じて、豊子愷が理想とした社会や、人としてのあり方について論じる。童心説は従来、孟子の「赤子の心」との関係で論じられることが多かった。本章では、仏教の中でも豊子愷が信奉していた『大乗起信論』の解釈に基づいて、豊の童心説について考察する。豊子愷の童心説の根底には「護心思想」が存在するが、豊が四〇年以上もの歳月をかけて完成させた『護生画集』全六集（計四五〇幅）はその実践であり、集大成でもある。本章ではそのうち民国期に作成された第二集および第三集について論じる。

終章では民国期の豊子愷の思想と活動について、芸術と宗教という視点から総体的に検討し、その特徴を明らかにするとともに、それが新中国以降の豊の思想や活動に如何なる影響を及ぼしたかを述べたい。また一九九〇年代以降に豊子愷の散文や漫画が、改めて人気を博した理由についても検討する。

最後に、豊子愷に関する先行研究について簡単に述べたい。一九九七年に杭州師範学院（現、杭州師範大学）に「弘一大師・豊子愷研究中心」が設置されたことは前述のとおりである。同研究中心では「豊子愷先生誕辰百周年学術座談会」（一九九八年）や「豊子愷研究国際学術会議」（二〇〇五年）を開催し、その成果を論文集として出版している。主任の陳星は『豊子愷年譜』（西冷印社出版社、二〇〇一年）、『豊子愷漫画研究』（西泠印社出版社、二〇〇四年）など、豊子愷に関する著述も多く、中国における豊子愷研究の第一人者として知られる。

中国国内での研究は当初、豊子愷の家族や弟子による伝記的著述や逸話集的なもの、漫画の解説が主流であった。豊子愷の生涯に関する代表的な著述としては、黄江平『豊子愷　文苑丹青一代師』（上海教育出版社、一九九九年）、豊一吟『瀟洒風神　我的父親豊子愷』（華東師範大学出版社、一九九八年）、陳野『縁縁堂主　豊子愷伝』（浙江人民出版社、二〇〇三年）、鐘桂松・葉瑜孫編『写意豊子愷』（浙江文芸出版社、一九九八年）などが挙げられる。また漫画の解説書としては、陳星・朱暁江編著『幾人相憶在江楼　豊子愷的抒情漫画』（山東画報出版社、一九九八年）、豊陳宝・豊一吟『爸爸的画（全四集）』（三聯書店（香港）有限公司、二〇〇〇―二〇〇一年）、盧瑋鑾（筆名、明川）『豊子愷漫画選釈』（三聯書店（香港）有限公司、二〇〇一年）、浙江省桐郷市豊子愷記念館編『豊子愷郷土漫画』（二〇〇一年）などが代表的である。

近年では単なる漫画の解説ではなく、漫画も含めて豊子愷作品の芸術性に関する研究も盛んに行われている。中国国内の研究としては朱暁江『一道消逝的風景　豊子愷芸術思想研究』（西泠印社出版社、二〇〇一年）、余連祥『豊子愷的審美世界』（学林出版社、二〇〇五年）、張斌（筆名、小蟬）『豊子愷詩画』（文化美術出版社、二〇〇七年）などがある。台湾の石暁楓『白馬湖畔的輝光　豊子愷散文研究』（秀威資訊科技股分有限公司、二〇〇七年）も豊子愷作品の芸術性について論じたものである。石暁楓は、豊の春暉中学時代の同僚である夏丏尊や朱自清、兪平伯、朱光潜ら「白馬湖派」作家群についても論及しているが、この「白馬湖派」という概念は台湾の詩人楊牧や香港の盧瑋鑾らが一九八〇年代に提示したものだという。(7) 陳星も『白馬湖作家群』（浙江文芸出版社、一九九八年）において、春暉中学の同僚らと豊子愷の散文の比較検討を行っている。

日本での研究としては、楊暁文『豊子愷研究』（東方書店、一九九八年）や、西槇偉『中国文人画家の近代　豊子愷の西洋美術受容と日本』（思文閣出版、二〇〇五年）が代表的である。豊子愷の作品や思想の形成において、夏目漱石や厨川白村、『源氏物語』などの日本の文学が及ぼした影響や、豊子愷の西洋美術および美学の受容過程で日本の果たした役割など、日本との関係性を論じた点が特徴的である。

そのほか、オーストラリアの Geremie Barmé による "An Artistic Exile: A Life of Feng Zikai (1898-1975)" (University of California Press, 2002) は伝記的著述であるが、豊子愷に関してのみならず、時代的背景や同時代の知識人との関係など、豊子愷とその作品について文化的、歴史的視点から総合的に論じている。また Christoph Harbsmeier による "The Cartoonist Feng Zikai: Social Realism with a Buddhist Face" (The Institute for Comparative Research in Human Culture, 1984)（中国語訳　何莫邪著、張斌訳『豊子愷　一個有菩薩心腸的現実主義者』山東画報出版社、二〇〇五年）は比

較的初期の研究であるため、資料不足による誤解は否めないものの、豊子愷の漫画を仏教と社会主義から論じるという視点は斬新であり、その後の豊子愷研究に与えた意義は大きい。

次に、豊子愷の仏教思想に関する研究としては、陳星『功徳円満　護生画集創作史話』（業強出版社、一九九四年）、同『君子之交　弘一大師、馬一浮、夏丏尊、豊子愷交遊実録』（中国友誼出版公司、二〇〇〇年）、丁秀娟『豊子愷護生画新伝』（東華大学出版社、二〇〇五年）などが挙げられる。しかし、これらの著述は豊子愷の仏教思想や『護生画集』を題材としているものの、豊子愷の散文や『護生画集』から仏教に関する箇所を抜粋し、時代背景を論じたものであり、研究書というよりは一般向けの読み物的な著作である。譚桂林『二〇世紀中国文学与仏学』（安徽教育出版社、一九九九年）では豊子愷の護心思想や、夏丏尊や弘一法師らとの関係についても論じられているが、豊子愷に関する専著ではなく多くの文学者を同時に扱っているためか、初歩的な誤りが散見される。尚、豊子愷の仏教信仰については、伝記的著作も含め、多くの先行研究で論じられているが、ほとんどが表層的な説明に終始している。

開明書店や立達学園と豊子愷の関係については、これまで中国出版工作者協会編『我与開明』（中国青年出版社、一九八五年）のような回憶録で部分的に論じられていたが、二〇〇八年に豊子愷と開明書店の関係に焦点をあてた研究書が出版された。台湾の林素幸著、陳軍訳『豊子愷与開明書店』（太白文芸出版社、二〇〇八年）である。同書は、民国期の商業的大衆芸術の勃興という視点から、豊子愷と当時の新興出版組織である開明書店との関係について論じたものである。また周佳栄『開明書店与五四新文化』（中華書局、二〇〇九年）では、開明書店の創設から出版物、関係者などにつき、詳細に論じられている。そのほか、開明書店と立達学園の関係者による回想録も複数出版されている。未公刊ではあるが、系統的な研究としては西槙偉「上海開明書店と立達学園　五四以後の新文化運動と日本」（東京大学大学院超域文化科学専攻比較文学比較文化コース修士論文、一九九二年）が挙げられる。

豊子愷に関する先行研究としては、伝記的著述や漫画解説、作品の芸術性に関するものがほとんどで、思想それ自体について論じた著作はあまり多くない。豊子愷の「生活の芸術」思想については、杜衛編『中国現代人生芸術化思想研究』(三聯書店、二〇〇七年)において、王国維や蔡元培、周作人、林語堂、朱光潜らとともに、「生活の芸術」思想の代表的提唱者の一人として論じられている。同書では「彼らが提出した〝生活の芸術化〟という命題は決して消極的なものではなく、また単純な〝出家〟思想の反映でもなく、彼らの救国自強、振興中華という主導的思想の構成要素であった」(8)として、豊子愷の「生活の芸術」論の啓蒙性に着目し、また同論の西洋美学的要素と中国伝統思想的要素についても言及している。しかし同論の実践については、議論が美育活動に限定されており、豊の「生活の芸術」論とその多彩な活動との関係についてはあまり論じられていない。

注

(1) 銭理群・温儒敏・呉福輝著『中国現代文学三十年(修訂本)』北京大学出版社、一九九八年、一一九頁。
(2) 朱光潜「豊子愷先生的人品与画品　為嘉定豊子愷画展作」、朱光潜全集編輯委員会編『朱光潜全集』第九巻、安徽教育出版社、一九九三年、一五五頁。
(3) 銭理群・温儒敏・呉福輝著、前掲『中国現代文学三十年(修訂本)』三〇四―三一四頁。
(4) 藤井省三『中国文学この百年』新潮書店、一九九一年、八〇頁。
(5) 朱暁江や西槇偉は、豊子愷の思想形成において仏教や儒教以外に、道教あるいは老荘思想の影響も無視できないと論じている。特に朱暁江は、豊子愷思想の根底にあるのは、仏教よりもむしろ道教であり、豊子愷の「生活の芸術」論は老荘思想を背景とした文人趣味に支えられたものだと指摘する。しかし、漢訳された仏典の教義解釈には老荘思想が多く用いられており、また『後漢書』においても、仏陀と老子を混合し一体化しようとする動きが見られるなど、中国仏教は本来、老荘思想と密接な関係にある。したがって、豊子愷の思想を考える上で、道教および老荘思想について考察することは重要であるが、それだけに限定するのではなく、仏教、儒教との関係も含めて、より総合的な考察が必要である。西槇偉「響き合うテキスト（一）豊子愷の『帯点笑容（ちょっと笑ってください）』と漱石の『硝子戸の中』（一）」『日本研究』第三四集、二〇〇七年、一六五―一七八頁。朱暁江『一道消逝的風景　豊子愷芸術思想研究』西泠印社出版社、二〇〇一年。

（6）藤井省三、前掲『中国文学この百年』八〇頁。

（7）石暁楓『白馬湖畔的輝光　豊子愷散文研究』秀威資訊科技股分有限公司、二〇〇七年、二五六頁。

（8）張静静「第九章　豊子愷的人生芸術化思想」、杜衛編『中国現代人生芸術化思想研究』三聯書店、二〇〇七年、二四九頁。

第一章　自己確立のための模索

第一節　浙江省立第一師範学校

一九一四年、豊子愷は地元石門湾の崇徳県立第三高等小学校を卒業すると、同年秋に浙江省立第一師範学校（以下、第一師範）に進学した。[1]豊は母校の小学校校長であり、また遠戚でもあった沈蕙孫と母鐘雲芳の意向に従い、浙江省の中等教育機関のうち浙江省立第一中学校、第一師範、甲種商業学校の三校を受験し、すべてに合格した。豊が進学先として第一師範を選んだ理由としては、本人の希望のほかに、当時の社会情勢や豊家の経済状況などが指摘できる。

一九世紀末から二〇世紀初頭にかけて、中国では政治や経済、軍事など、各方面で近代化を意図した制度改革が進められた。これは日清戦争（一八九四―一八九五）や義和団事変（一九〇〇―一九〇一）を経て、清朝滅亡に対する危機意識が政府内部に浸透したためである。教育もまた例外ではなく、各地で従来の私塾に代わって新式学校が設立されたが、[2]それに相応しい近代的な教育を授けられる教員が絶対的に不足していた。[3]豊子愷の母は、豊家の唯一の男児である子愷が将来は地元に戻り、ともに暮らすことを望んでいたが、地元には商業学校の卒業生が働くような場所が無いこと、また仮に中学校を卒業しても豊家にはそれ以上の高等教育を受けさせるだけの経済的余裕が無いこと、そして師範学校で正規の教育を修めれば地元の小学校の正規教員になれるであろうとの考えから第一師範を勧めた。豊子愷自身もまた、同校が幼い時に亡くした父豊鐄の郷試会場（貢院）跡に建てられたことや、校舎や施設、図書館の立派さに魅了され、同校への進学を決意した[4]。

第一師範は前述の教育改革の流れを受け、浙江省巡撫が一九〇五年に奏上し、一九〇八年に設立された同省で最初の優級師範学校で[5]、当初は浙江官立両級師範学堂（以下、両級師範）と称していた。設立までの準備期間に、同校の初代監督の邵章は教授法や学校管理、校舎や施設などの視察を目的に、王廷揚を日本に二度派遣した。王は東京高等師範学校を訪問し、同校に留学していた経亨頤、許寿裳、銭家治、張邦華らに意見を求めている[6]。彼らは帰国後、両級師範の教壇に立ち、教務長を務めた。

なかでも、一九一三年から二〇年まで第一師範の校長を務めた経亨頤は同校の設立に深く関与し、一九〇八年には学業を一時中断して帰国し、教務長となった。翌年日本に戻って学業を再開し、一九一〇年に卒業して帰国し、再び教務長を務めた。両級師範は東京高等師範学校をモデルとし、また監督や教務長が日本留学経験者ということもあって、設立当初は日本人教員が一〇名近く在籍していた[7]。尚、豊子愷の入学以前、同校には魯迅や許寿裳らが勤務していたが、彼らは日本人教員の通訳兼教員として採用された[8]。

両級師範は中学校教員を養成するための優級選科（五年制）と、小学校教員養成のための初級簡易科（一年生）から構成されていた。優級選科は一九〇三年公布の「奏定学堂章程（癸卯学制）」に基づいて、一九一〇年以降は入学資格を中学堂あるいは初級師範学堂の卒業とし、教養課程に相当する公共科（一年間）、専攻に応じた分類科（史地科、理化科、博物科、数学科――四年間）というカリキュラムを採用していた[9]。

辛亥革命後の学制改革により[10]、同校は一九一二年に浙江両級師範学校に、翌年には浙江省立第一師範学校へと改名した。監督も校長と改称し、科挙出身者という制限も撤廃された。両級師範当時の優級コースは廃止され、小学校教員を養成するための五年の普通師範のみとなり、入学資格も高等小学校卒業に変更された。

学制改革により授業科目にも変化が生じた。両級師範時代には理化科の選択科目であった図画・手工が必修科目とされ、授業数は第一年目が週に二回、第二・第三年目が週に三回、第四・第五年目が週に四回と定められていた。また以前は授業科目ではなかった音楽も、図画・手工に比べて授業数こそ少ないものの、同じく必須科目とされた。(11) 具体的には、図画課では第一年目が鉛筆による臨画と写生、第二年目が木炭による石膏模型の写生、第三年目が水彩画、第四年目が平面画と立体画、第五年目がデザイン、美術史、教授法で、施設としては特別教室が二部屋、石膏模型室が一部屋あった。また手工課では第一年目が紙細工や紐細工など、第二年目が塑像や陶芸、蠟細工など、第三年目が竹細工、第四年目が木工や漆器、第五年目が金工と教授法で、同じく特別教室が二部屋、標本や模型などの陳列室が一部屋あった。(12)

〔図版１〕浙江省立第一師範学校

豊子愷もまた、同校には天窓のある美術教室や音楽教室が設けられ、学生全員が使用するのに十分な数のイーゼルやオルガンがあり、ピアノも数台設置されていたと記している。(13) 同校を受験するまで、私塾当時と同様に地元のお寺を利用した小学堂や、(14) 長姉の豊瀛が一九一二年に故郷石門湾に創設した振華女校ぐらいしか知らなかった豊子愷が、当時北京高等師範学校をも上回ると言われた第一師範（図版１）の建物や設備に驚き、(16) また魅了されたのも当然のことであった。

尚、第一師範は広大な敷地や壮麗な校舎、充実した設備や図書のみならず、その教員の質の高さでも有名で、豊子愷の入学以前には前述の魯迅や許寿裳、在学中には李叔同・夏丏尊・馬叙倫・劉大白、また豊の卒業後には陳望道・兪平伯・朱自清・葉聖陶など、錚々たる顔ぶれが教壇に立っている。こうした条件に加えて、第一師範では寄宿舎の食費と学費が免除されていたため、各地の貧困家庭の優秀な学生が集まった。受験に際しては、如何なる不正も許されず、経亭頤校長が自ら合否を判断し、受験倍率は二〇倍にも及んだという。(17)

第二節　民国初期の教育思潮と蔡元培

前述のように、辛亥革命以降、芸術科目が重視されるようになったが、その背景として、中華民国の初代教育総長を務めた蔡元培の影響が指摘される。蔡元培は共和国の新学制について、全国的な討論を経て決定する目的で、一九一二年七月一〇日から八月一〇日、北京にて全国臨時教育会議を開催した。議員として召集されたのは、(一)教育総長の招聘者、(二)各省および蒙古・西蔵からの推薦者各二名、華僑代表一名、(三)教育総長より選派する直轄学校職員、(四)内務・財政・農林工商・海陸軍の各部から派出する者で、八〇余名に及んだ。(18)

全国臨時教育会議第一回総会で、蔡元培はそれまでの君主時代の教育は支配者の利益のための「利己主義」教育であったが、中華民国では「教育を受ける者本位の発想」に立たねばならないと述べ、教育宗旨として「軍国民教育・実利主義・公民道徳・世界観・美育」の五項目を提唱し、これらは「公民道徳を中核とする。世界観と美育はいずれも道徳を完成させるもので、軍国民教育と実利主義は必ずや道徳を基本とせねばならない」と論じた。(19)

教育宗旨について、蔡元培はまた次のようにも述べている。

教育総長になった時、「教育方針に対する意見」(20)を発表し、清朝学部の忠君・尊孔・尚公・尚武・尚実の五項目の宗旨に修正を加え、軍国民教育・実利主義・公民道徳・世界観・美育の五項目に改めた。最初の三項目は尚武・尚実・尚公に相当する。しかし第四・第五項は完全に異なっている。忠君と共和国の政体は合わず、尊孔と信仰の自由は相違するので削除した。世界観教育を提案したのは、哲学課程において周秦諸子学、インド哲学、ヨーロッパ哲学を兼取して、二千年来儒教を墨守してきた旧習を打破することを意図したからである。美育を提案したのは、美感は普遍的なものであるため、相互の偏見を打破することができるからである。また美感は超越的性質を帯びているから、生死や利害の憂慮を打破できると考えたからである。美育は教育上、特に重視すべきである。公民道徳の綱領に対しては、フランス革命時代の標語とされた自由・平等・友愛という三項を掲げ、古儀を用いて証明した。自由とは「富貴不能淫、貧賤不能移、威武不能屈（富貴も淫する能わず、貧賤も移す能わず、威武も屈する能わず。出典『孟子・滕文公』）」であり、古に言う「義」である。平等とは「己所不欲、勿施於人（己の欲せざる所、人に施す勿かれ。出典『論語・衛霊公第十五』）」であり、古に言う「恕」である。友愛とは「己欲立而立人、己欲達而達人（己を立てんと欲して人を立たしめ、己達せんと欲して人を達せしむ。出典『論語・擁也』）」であり、古に言う「仁」である。(21)

中華民国の新たな教育宗旨について論ずるにあたり、蔡元培は何故わざわざ儒教の古典を引用したのだろうか。それは当時の教育部に、清朝の教育管轄機構である学部出身の旧派官僚が少なからずいたためである。(22) 保守思想の強い中、旧派官僚に理解してもらい、教育宗旨を通すには、保守派との妥協も止むを得ぬことであった。しかし、そのような努力にもかかわらず、美育について理解、賛同を得るのは難しかったようである。(23) 魯迅は七月一二日の日記に「臨時教育会議がついに美育を削除したという。このような愚か者ども（原文「豚犬」）は実に哀れだ！」と記している。(24) これについて銭稲孫も「会議で美育についても議論されたが、結局のところ、美育とはどうすればよいのか、当時は誰にもわからなかったので、削除してしまったのだ。当時、私と魯迅はともに痛惜した」と記している。(25)

その後、蔡元培は袁世凱の専制政治への反意から七月一四日に辞表を提出した。一六日以降は教育次長の範源濂が総長を代行し、七月二六日に正式に後任総長に就任した。蔡元培の辞職後も会議では美育と世界観教育に関する議論は続行し、最終的に世界観教育が削除された[26]。一九一二年九月、教育部は「道徳教育を重んじ、実利教育と軍国民教育を以てこれを輔け、更に美感教育を以てその道徳を完成させる」との教育宗旨を公布した[27]。

蔡元培はまた実際の科目と関連付けて「軍国民教育とは体育であり、実利主義教育は智育、公民道徳と美育は徳育、世界観はこれら三者を統一したものである」と述べている。具体的には、各科目を次のように認識していた[28]。

修身――徳育、美育、世界観。

歴史・地理――実利主義。軍国民主義、美育（美術史）、徳育（聖賢、風俗）、世界観などの要素もある。

数学――実利主義。世界観（数字）、美育（幾何学）などの要素もある。

物理化学――実利主義。世界観（原子、電子）、美育などの要素もある。

博物学（生物学）――実利主義（応用）、美育（観察）、徳育（進化過程）、世界観（万物万能）。

図画――美育。実利主義（実物画）、徳育（歴史画）、世界観（美と尊厳）、軍国民主義などの要素もある。

音楽――美育。実利主義、徳育、世界観、軍国民主義などの要素もある。

手工――実利主義、美育。

遊戯――美育。

兵式体操――軍国民主義。

普通体操――美育、軍国民主義。

以上から、蔡元培が兵式体操や遊戯などの特殊な科目を除いては、ほとんどの科目に複数の要素が存在すると認識し、例えそれが数学や物理のような実利主義的科目であっても、それだけに特化するのではなく、併せて世界観や美育も教授すべきだと考えていたこと、そして前述の公民道徳（徳育）を教育宗旨の中核とするとの考えから、修身や図画、音楽、手工などの芸術科目を重視していたことがわかる。

第三節　経亨頤の「人格主義」と李叔同

このような教育思潮の下、第一師範でも智育・徳育・美育・体育に重点が置かれていたが、校長の経亨頤（図版２）が特に重視したのは徳育と美育である。同校の卒業生である曹聚仁は、第一師範では全クラスで毎週一時間、経亨頤校長による修身の授業があり、それは入学から卒業までの五年間続いたと記している。それは「〝協調精神に欠け、独善的〟な〝自分のことしか考えない人間〟」の道徳を教えるためではなく、「社会に貢献する〝公民〟を養成する」ための授業で、経亨頤の目標は「人格教育」にあった。(29)

〔図版２〕経亨頤

通常、我々が道徳あるいは修身という言葉から思いつくのは、同じ社会に属する人間が無意識のうちに共有する善悪の規範であろう。では、ここで曹聚仁のいう「〝協調精神に欠け、独善的〟な〝自分のことしか考えない人間〟」の道徳とは何か。それは、梁啓超が「新民説」で説いた「私徳」を指すと考えられる。

経亨頤は梁啓超の思想に賛同していたことで知られるが、その背景として、康有為や梁啓超ら変法派の盟友であった伯父、経元善の存在は無視できない[30]。経元善は父経芳洲の代からの上海の代表的な豪商の一人で、熱心な慈善家としても知られていた。旱魃や洪水などの被災者に義捐金を十数年間送り続けた褒賞として、清朝政府から江蘇省候補地府という名誉官職を与えられてもいる。長く上海電報局局長を務め、中国の通信事業の発展に大いに貢献した。また梁啓超や康有為、その弟で譚嗣同らとともに処刑された戊戌六君子の一人である康有溥らの思想に共鳴し、一八九八年六月には彼らとともに上海で中国女学堂を創設している。戊戌の政変に際しては、上海在住の同志五〇数名と連名で西太后に異議を申し立て、弾圧を逃れて経亨頤とともにマカオへ亡命した。それを助けたのは宣教師のティモシー・リチャードである。

一方、日本に亡命した梁啓超は定住先の横浜で『清議報』（一八九八年一二月—一九〇一年一二月）、『新民叢報』（一九〇二年二月—一九〇七年一一月）、『新小説』（一九〇二年一一月—一九〇五年一月）などの雑誌を創刊し、多くの論説を発表した。前述の「新民説」は『新民叢報』の論説欄に、創刊号から第七二号（一九〇六年三月）まで二六回に分けて連載された。『新民叢報』は当時、日本に滞在していた中国知識人のみならず、中国国内の若い知識人にも広く愛読されるなど、大きな影響力を有していた[31]。

梁啓超は「新民説」の序論で、国家の安定や繁栄を望むならば、「新民の道」を説かねばならないと述べている。新民の養成こそが「今日の中国の第一の急務」である。では、「新民」とは何か。また「新民」になるには、どうすればよいのか。「新民」とは、それまでの伝統をすべて破棄して、他者に従うような人間ではない。「新民」になるには、自分が元々有していたものに更に磨きをかけ、また自分に元々欠けていたものを取り入れて補わねばならない。梁啓超は続けて、中国の国民に最も欠けているのは、一つは「公徳」であるという。道徳には人がただ自分の身を良くするためだけの「私徳」と、お互いに社会を良くするための「公徳」があるが、中国の道徳は「私徳」に偏り、「公徳」

はほとんど欠如している。それは、中国古来の儒教倫理は父子・兄弟・夫婦・友人間の倫理であり、一個人と一個人の関係という意味で、「私徳」の範囲に属するからである。梁啓超はまた、人は本来、家族・社会・国家の三つの倫理に対する義務を負って初めて人格が形成されるが、中国の伝統倫理では「私徳」を重視し、「公徳」を軽んじているために、中国の国民は「公徳」とは何かを知らず、社会と国家への倫理が欠如しており、中国が今や日々衰えるのは「ただ己の言行を慎み、過失を犯さぬことを第一に考える善人があまりにも多く、権利を享受するだけで義務を負わない」からだと述べている。(32)

前述の「〝協調精神に欠け、独善的〟な〝自分のことしか考えない人間〟」の道徳とは、正にこの「私徳」であり、経亨頤の意図した「社会に貢献する〝公民〟を養成する」ための道徳とはすなわち「公徳」であろう。また、経亨頤が目標とした「人格教育」の目的は、学生に「家族・社会・国家の三つの倫理に対する義務」、すなわち市民としての責任や国民国家に対する義務意識を植え付けることにあったといえよう。経亨頤は第一師範の学生が、卒業後は小学校教員として各地に赴任し、地域社会の指導者として「新たな市民意識」を普及させること、つまり「新民」として「社会変革者の先兵」となり、新生中国に役立つことを望んでいたのである。(33)

尚、第一師範では徳育とともに美育にも重点が置かれたが、それは蔡元培の影響と考えられる。蔡元培は一九〇二年四月に上海で中国教育会を設立し、その会長を務めた。会員は教師や編集者など、新思想の影響を受けた知識人で、学堂の設立や教科書の編纂、出版社・新聞社の設立、講演会の開催などを主要な任務としていた。同会は表面的には教育団体であったが、実際には革命思想の普及宣伝を行う、愛国知識人の革命団体であった。(34)経亨頤は同会の会員であり、また蔡元培と経亨頤はともに中国同盟会の会員でもあった。このような二人の思想的傾向が類似していたのも、極めて自然なことであったと言えよう。

経亭頤が以上のような教育思想に基づいて、第一師範に招聘したのが、後に豊子愷の生涯の師となる李叔同である。李叔同は天津の裕福な名家の出身であったが、経亭頤と同じく、康有為ら変法派に賛同し、戊戌の政変により母や妻子とともに上海へと逃れた。上海では、南洋公学で蔡元培の指導を受けたが、学生運動によって全学生が退学となったため、李叔同も退学を余儀なくされ、一九〇五年に日本に留学し、東京美術学校（現、東京芸術大学）で西洋美術を専攻した。一九一一年に卒業、帰国後は天津や上海で教壇に立つ一方、南社社友として活躍し、また『太平洋報』や同画報副刊の編集に従事するなど、同盟会系の活動に積極的に参加した。経亭頤にとって、近代美術や音楽、演劇などの芸術全般に通じ、また思想を同じくする李叔同は、まさにこれからの時代を担う「新民」を育成し、社会を変革していくための同志であった。李叔同については第二章で詳述する。

第四節　全体主義への嫌悪と個人主義の萌芽

一九一二年公布の「教育宗旨」において、美育は「道徳教育・実利教育・軍国民教育」と並んで、中華民国の教育方針の一つとされたが、実際には美術や音楽は非実用的な学問であるとして、一般には依然として軽視されていた。しかし、第一師範では経亭頤校長の教育思想に基づき、課外芸術活動が盛んで、その様子はまるで芸術専門学校のようだったと豊子愷は記している。主として指導にあたったのは李叔同である。学生は李叔同の才能に加えて、その「真面目で厳粛かつ献身的」な教育精神や人格に魅了されていた。[35] 第一師範では音楽会や展覧会、運動会なども定期的に開催され、運動系の課外活動も活発であった。こうした課外活動について、豊子愷と同時期に在籍していた画家の沈本千も、同校では「学生は各自の好みに応じて課外研究グループを作ることができた」と述べている。これは当時としては画期的なことで、同校は「学生の個性の発展と育成を重視していた」と沈は記している。[36]

しかし、経亨頤の真意は前述のように「新民」の育成による社会変革にあり、芸術教育もそのための手段であった。経亨頤の認めた「学生の個性」とは、あくまでも「社会変革」のために許容しうる範囲のものでしかなかった。経亨頤は「我が国の人格」と題した論文で、集団主義と個人主義にはそれぞれ長所と短所があり、自分は決して極端に個人主義に反対し、集団主義を固守する訳ではなく、ただ個人主義の欠点に反対し、集団主義の利点を維持するだけだと述べている。経亨頤は同文で、個人主義の欠点とは個々人がその所属する集団を離間させ、破壊させることであり、また個人主義の利点とは個々人がそれぞれ発展し、相互に働きかけて集団を形成することであり、中国の人格はこの個人主義の利点と集団主義の利点を結合した所にあると論じている。[37]

経亨頤は個々の学生がその所属する集団、すなわち第一師範や地域、国家に背くことなく、それぞれの成長や発展を通じて、所属集団によい影響を及ぼすことを望んでいたのである。優先されるべきは「社会」や「国家」であり、同校では集団としての秩序や規則が最も重視されていた。学内には軍事的雰囲気があり、軍人出身の教官による体育の授業では本物の銃が用いられるなど、その様子はまるで軍事訓練のようであったという。[38]また厳格な規則に拘束された寄宿舎生活について、豊子愷（図版３）は「学生は動物と同じであらねばならなかった。毎日一斉に放牧に出され、一斉に檻に戻される。群れを離れて単独行動をすることは許されず、宿舎の様子はまるで動物園のようであった」、「僕たちは大きな籠に閉じ込められた小猿だった」と記している。[39]

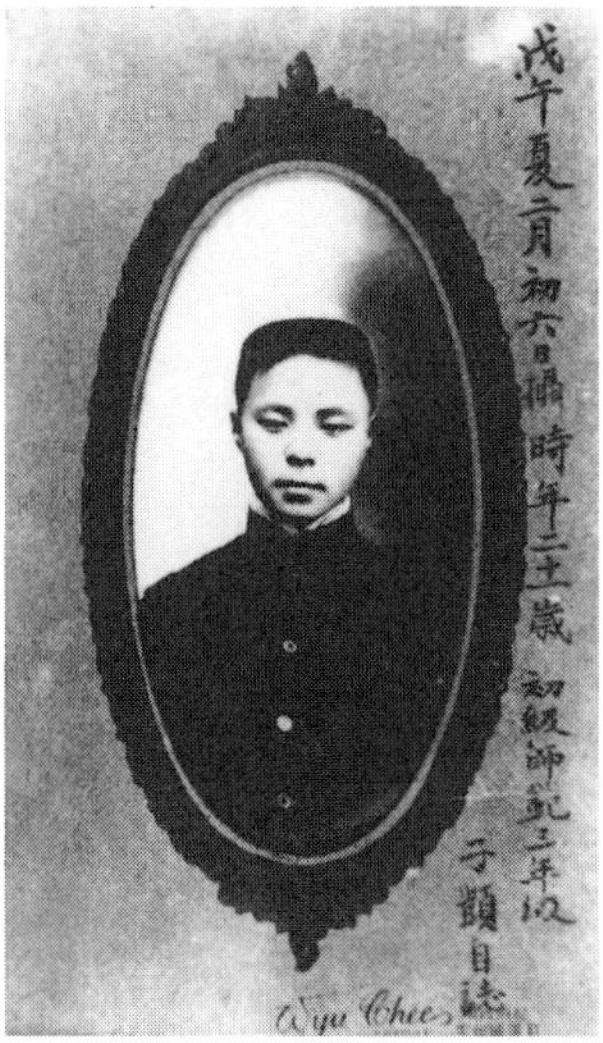
〔図版３〕第一師範時代の豊子愷

第一師範あるいは経亨頤の教育方針は、豊子愷の生涯に及ぶ全体主義、権威主義への嫌悪をもたらす契機となったが、その背景には同級生の楊伯豪との出会いがある。楊伯豪は「本質に迫る冷静な頭脳」と「卓絶非凡の志」を持ちあわせた学生で、豊子愷は楊を通じて「個人」という概念を知った。豊は当時を回想して、楊伯豪が「頭脳明晰で個性の強い少年」であったのに対して、自分は「幼稚で無知な小学生で、胸中に何の志も無く、これから進むべき道も無く、因襲と伝統の忠実なる下僕にすぎなかった」と述べている。当時、豊子愷にとって「母の言いつけ、師の戒め、校則」こそがすべてであったが、楊に「自分の意志を持つべきだ！」と指摘され、初めて自我に目覚めたのである。

楊伯豪は豊子愷に重要な影響を及ぼしたが、第一師範の権威主義的で画一的な指導や校則に反発し、わずか半年で退学してしまう。その後、楊伯豪は故郷余姚の小学校教員となり、豊子愷とは住む世界も生活も完全に離れていくが、二人の交友は楊が伝染病で急死するまで続いた。楊伯豪の死を知った豊子愷の悲しみや心の乱れは激しく、楊の故郷余姚の教育会主催の追悼会に駆けつけることも、また同会より求められた哀悼の対聯を書くことも出来ない程であった。豊は「もし伯豪に霊魂というものがあるとしたら、私が弔いに行かなかったことを責めはしないだろう。学生時代に成績や順列を嫌悪していたように、彼はこの追悼会のことも嫌悪しているかもしれない」と記している。[40]

豊子愷は、当時、自分は「母の言いつけ、師の戒め、校則」に従順で、自らの意志などまるで無かったかのように述べている。しかし、豊子愷の四女の豊一吟[41]によると、豊子愷は幼少時から意志のはっきりした頑固な性格だったようである。豊は一〇人兄弟の七番目に生まれた長男で、早くに父を亡くし、弟二人が夭逝したこともあって、祖母や母、姉たちから溺愛され、自由に育てられた。豊一吟は、「豊子愷は幼少時、溺愛されていたために非常に我儘」で、成長後もそうした性質が幾分か残っていて、「特に自分の嫌いな人や物事に接する時には、自分の気持ちに正直に行動し、まったく容赦しないこともあった」と記している。[42]豊子愷には元来、常識や世俗の価値観にとらわれることなく、自分の意志を貫く傾向があったが、学生を「新民」に育て上げるための第一師範の画一的な教育や、豊子愷以上に自意識の鮮明な楊伯豪との交友を通じて、次第に「個人」という意識を確固たるものとしていったのであろう。

注

（1）一九九四年、浙江省桐郷市石門鎮と改称。石門鎮は浙江省杭州・嘉興・湖州平原の中心に存在し、元々は崇徳県の管轄であったが、明代に石門の東は桐郷、西は崇徳の管轄となる。清代に石門県となり、数回にわたる改称の後、一九五八年に桐郷県となった。豊子愷の誕生当時には玉渓鎮と改称されていたが、地元では従来通り石門鎮の称号が用いられ、豊子愷も常に「石門（湾）」と称していた。

（2）一九〇二年に中国で初めての近代教育の学制「欽定学堂章程（壬寅学制）」が公布されたが、施行には至らず、実際に施行されたのは一九〇三年公布の「奏定学堂章程（癸卯学制）」が最初である。李桂林・戚名琇・銭曼倩編『中国近代教育史資料滙編　普通教育』上海教育出版社、一九九五年、三五頁。舒新城編『中国近代教育史資料　上冊』人民教育出版社、一九六一年、一九五—二二〇頁。

（3）一九〇九年に公布された「学部奏遵擬検定奨学教員及優待小学教員章程折（併単）」では、小学教員となるための資格を学歴に応じて以下のように定めている。尚、小学教員は高等小学・初等小学・専科の三種に分けられ、試験科目もそれぞれ別に規定されていた。李桂林・戚名琇・銭曼倩編、前掲『中国近代教育史資料滙編　普通教育』四六—五二頁。

・初級師範学堂完全科・官立二年以上の初級師範簡易科中等以上・優級師範完全科・優級選科師範の卒業生、奏定奨励義務章程で認可された教員——審査免除

・中学堂・中学堂以上の各学堂・中学と同等の各学堂・二年以上の各種科専修科の卒業生、他省の検定試験合格者——督学局等による無試験審査

・それ以外——検定試験による審査

（4）豊一吟『瀟洒風神　我的父親豊子愷』華東師範大学出版社、一九九八年、三八―四〇頁。

（5）一九〇七年の統計によると、当時浙江省には初級師範の完全科が七校、簡易科が一八校、教員育成のための伝習所、講習科などが八校あった。尚、優級師範学校は全国的にもまだ少なく、完全科が二校、選科一二校、専修科八校のみであった。琚鑫圭・童富勇・張守智編『中国近代教育史資料滙編　実業教育　師範教育』上海教育出版社、一九九四年、六一五―六一七頁、六九四―六九七頁。

（6）同上、七〇〇頁。

（7）一九一一年に両級師範に図画・手工の教員として奉職した姜丹書は、設立当初、同校には吉加江宗《ママ》（図画・手工）、元橋義敦（音楽）、本田利実（手工）らの日本人教員がいたと記している。姜丹書「浙江五十余年芸術教育史料」『新美術』一九八五年第三期、六九―七〇頁。

また一九〇九年から一九一〇年にかけて日本政府が実施した調査によると、同校には当時、吉加江宗二、鈴木珪寿（植物学）、本田厚二（動物学）、中桐確太郎（倫理教育）、福井直秋らが勤務していた。JACAR（アジア歴史資料センター）Ref. B02130227500「清国傭聘本邦人名表　明治四二年一二月―四三年五月調査」（B―政―一六）、外務省外交史料館、四一頁。

辛亥革命を機に日本人教員の大半が帰国したため、代わって姜丹書ら中国人教員が採用された。

（8）魯迅は一九〇九年に日本から帰国した後、浙江省紹興師範学校の校長を経て、同年秋から一九一〇年夏まで両級師範にて生理学・化学の教師と、同校植物学の日本人教員（鈴木珪寿）の通訳を兼任した。当時の魯迅について、夏丏尊は「魯迅翁雑憶」（『平屋之輯』浙江人民出版社、一九八三年、二四一―二四三頁）という散文を残している。

許寿裳は魯迅と同じく一九〇九年に日本留学から帰国、同校の教務長兼心理学教師として勤務した。魯迅、許寿裳はともに第一師範の初代校長、沈鈞儒の頑迷さに耐えられず、二代目校長、経亨頤の就任以前に辞職した。

（9）琚鑫圭・童富勇・張守智編、前掲『中国近代教育史資料滙編　実業教育　師範教育』七〇〇―七〇三頁。

（10）一九一二年に公布された『壬子学制』を基に、翌年には『壬子癸丑学制』が公布された。

（11）「教育部公布師範学校課程標準」民国二年三月一九日、琚鑫圭・童富勇・張守智編、前掲『中国近代教育史資料滙編　実業教

育　師範教育』、七九一—七九六頁。

（12）姜丹書、前掲「浙江五十余年芸術教育史料」七〇頁。

（13）豊子愷「李叔同先生的教育精神」、豊陳宝・豊一吟編『豊子愷文集』第六巻、浙江文芸出版社・浙江教育出版社、一九九二年、五四一頁。以下、豊陳宝・豊一吟編『豊子愷文集　第一—四巻（芸術巻一—四）』および『豊子愷文集　第五—七巻（文学巻一—三）』（浙江文芸出版社・浙江教育出版社、一九九〇—九二年）からの引用は『豊文集』と略し、巻数については第一巻—第七巻と表記する。

（14）豊子愷の通った石門湾の渓西両等小学堂は、私塾時代から利用されていたお寺（西笠庵）の祖師殿をそのまま校舎として利用していた。時代の流れを受け、同校でも唱歌と体操の教師（金可鋳）を近隣の嘉興から招聘し、豊らは李叔同の作詞した『祖国歌』を金可鋳から習い、愛唱していた。

（15）振華女校は当時、近隣では著名な女子中等学校で、湖州や烏鎮、崇徳、新市などからも学生が集まっていた。同校の創設者で初代校長の長姉が一九一八年に逝去すると、三番目の姉（豊満）が二代目校長となった。同校の学生には、茅盾（沈雁冰）の妻（孔徳沚）や、孔徳沚の小学校時代の同級生で、茅盾の弟（沈沢民）と結婚した張琴秋らがいる。張琴秋は沈沢民の影響で一九二四年に共産党員となり、後に中国労農紅軍の唯一の女性将校となった。豊子愷も夏休みや冬休みには、同校で音楽と図画を教えた。

（16）張能耿「魯迅在浙江両級師範学堂」『上海文学』一九六一年、第一〇期、六頁。

（17）琚鑫圭・童富勇・張守智編、前掲『中国近代教育史資料滙編　実業教育　師範教育』九四五—九四六頁。

（18）「中華民国元年五月分　政府公法」、本田秋五郎『近代中国教育史資料　民国編上』一九七三年、日本学術振興会、五一頁、一四〇頁。

（19）蔡元培「全国臨時教育会議開会詞（一九一二年七月一〇日）」、中国蔡元培研究会編『蔡元培全集』第二巻、一九九七年、一七七—一七八頁。尚、これは全国臨時教育会議第一次総会の開会演説で、題目が無かったため、蔡元培著、孫常煒編『蔡元培先生全集』（台湾商務印書館）では、孫徳中の付けた題目「対於教育宗旨案之説明」を用いている（本田秋五郎、前掲『近代中

国教育史資料　民国編上』、五七〇―五七一頁）。
(20) 原文「対於教育方針之意見」。正しくは「対於新教育之意見」（一九一二年二月八日）。
(21) 蔡元培『蔡元培自述』伝記文学出版社、一九六七年、四〇頁。尚、文中の（　）は大野による。
(22) 南北和議により統一政府が成立すると、北京にあった清朝学部は教育部に接収され、教育次長の範源濂や普通教育司長の袁希濤、参事の馬隣翼など、多くの専門家が学部から教育部へ転じた。本田秋五郎、前掲『近代中国教育史資料　民国編上』四九―五一頁。
(23) 魯迅は南京臨時政府の頃から教育部に勤めていた許寿裳の推薦により、教育部の社会教育司に採用された。二人にやや遅れて奉職した銭稲孫によると、社会教育司とは蔡元培の立案で設けられた部局で、図書館や博物館などの管理を主要な業務としていた。南京臨時政府当時、教育部には社会教育司の他に普通教育司・専門教育司があったが、当初は職員数一〇名足らずの極めて小規模な組織であった。「訪問銭稲孫記録」、北京魯迅博物館魯迅研究室編『魯迅研究資料』第四号、一九八〇年、一九九―二〇〇頁。吉川榮一「中華民国初期の蔡元培と魯迅」、熊本大学文学会『文学部論叢』第七四号、二〇〇二年三月、一一―一二頁。
(24) 魯迅「壬子日記」『魯迅全集』第一五巻、人民文学出版社、二〇〇五年、一一頁。文中の（　）は大野による。
(25) 前掲「訪問銭稲孫記録」二一二頁。尚、銭稲孫と魯迅はともに、会議には参加していない。
(26) 美育と世界観教育をめぐる議会での議論については、本田秋五郎、前掲『近代中国教育史資料　民国編上』五五頁に詳しい。
(27) 舒新城編、前掲『中国近代教育史資料　上冊』二二六頁。
(28) 蔡元培「対於新教育之意見」、前掲、中国蔡元培研究会編『蔡元培全集』第二巻、一四―一六頁。
(29) 曹聚仁「二三　我們的校長」『我与我的世界　曹聚仁回想録（修訂版）』生活・読書・新知三聯書店、二〇一一年、一一二―一一三頁。
(30) 曹聚仁は経元善を経亨頤の父としているが、範寿康「経亨頤先生伝」には一八九四年に実父が死去したため、上海在住の伯父経元善の所に身を寄せたとある。曹聚仁、前掲「二三　我們的校長」、一一二頁。範寿康「経亨頤先生伝」、経亨頤著、張彬

編『経亭頤教育論著選』人民教育出版社、一九九三年、三六七頁。

(31) 高婷『近代中国における音楽教育思想の成立　留日知識人と日本の唱歌』慶応義塾大学出版会、二〇一〇年、一〇六―一〇七頁。

(32) 梁啓超「新民説」『飲氷室合集　専集第三冊』中華書局、一九三六年、一―一六頁。

(33) Barmé, Geremié. *An Artistic Exile: A Life of Feng Zikai (1898-1975).* University of California Press, 2002, pp.28-29.

(34) 中国教育会については、晏妮「二〇世紀初頭、上海における中国教育会の設立　とくに日本との関係を中心に」『人間文化研究科年報（奈良女子大学大学院人間文化研究科）』第二七号、二〇一二年、五三―六四頁に詳しい。

(35) 豊子愷、前掲「李叔同先生的教育精神」五四一―五四二頁。

(36) 尚、沈本千によると、豊子愷は校内の絵画サークル「桐蔭画会（後に「洋画研究会」と改称）」の代表として活躍し、全校的に有名な存在であったという。沈本千「湖畔同窓学画時　憶豊子愷」、鐘桂松・葉瑜孫編『写意豊子愷』浙江文芸出版社、一九九八年、一二三―一二四頁。

(37) 経亭頤「我国之人格」、経亭頤著、張彬編、前掲『経亭頤教育論著選』一三四―一三五頁。

(38) 豊一吟、前掲『瀟洒風神　我的父親豊子愷』四三頁。

(39) 豊子愷「寄宿舎生活的回憶」『豊文集』第五巻、一七〇頁。

(40) 豊子愷「伯豪之死」『豊文集』第五巻、六六―六七、七三頁。

(41) 豊子愷・徐力民夫妻の四女豊一吟は、兄弟のうち最後まで両親と暮らし、新中国建国後は豊子愷の日本語やロシア語の翻訳に協力し、また地方への写生旅行にもしばしば同行するなど、豊子愷の晩年を最もよく知る人物である。一九四八年に豊子愷が移住を検討するために台湾に旅行した際にも同行している。

豊子愷は子煩悩で知られ、子どもを題材にした絵や散文を多く残しているが、豊家の子どもは以下のとおりである。

長女　陳宝（阿宝）一九二〇年生

次女　宛音（阿先、林先、林仙）一九二一年生

三女　寧馨（軟軟、寧欣）　豊子愷の姉（豊満）が離婚後に出産した子どもで、豊子愷一家の下で育てられ、苗字も豊を継いだ。一九二二年生
三女　三宝　一九二三年生（一九二四年に夭逝したため、代わって上記の豊寧馨が三女とされた）
長男　華瞻（瞻瞻）　一九二四年生
次男　阿難　一九二四年死産
三男　奇偉　一九二六年生、一九二九年夭逝
四男　元草　一九二七年生
四女　一吟　一九二九年生
五男　新枚　一九三八年生

（42）豊一吟、前掲『瀟洒風神　我的父親豊子愷』一〇頁。Barmé. op. cit. p.18.

第二章　李叔同と「西洋芸術・文化の種」

第一節　南洋公学と蔡元培

はじめに李叔同（図版４）の経歴について簡単に述べておきたい。[1] 幼名は成蹊、一八九七年に学名を文濤としたが、その後も広平、哀、岸、息、嬰など、度々改名している。叔同は字で、ほかにも息翁、俗同、黄昏老人などがある。原籍は浙江平湖で、天津の裕福な塩商の家庭に生まれた。父の李世珍は進士で、吏部主事を拝命したが、間もなく官を辞して家業に励み、金融業など、手広く活動していた。晩年は仏教を深く信仰し、慈善事業にも熱心で、天津の名士として名高い存在であった。李叔同が五歳の時に父が死去し（享年七二歳）、その後は第三側室であった母王氏に育てられた。七歳から科挙のための勉強を始め、一八九七年、九八年には「童生（文童）」として天津県儒学を受験している。当時、科挙を受けるには、まず官設学校の学生（生員、秀才）であることが条件で、李叔同が受験したのはそのための入学試験である。

〔図版４〕天津時代の李叔同

李叔同はこの頃から、天津の名士で文化人としても名高い趙元礼や唐敬厳らに塡詞や篆刻を学ぶなど、伝統文化に深い関心と才能を示す一方で、西学の重要性を認識し、英語の勉強も始めている。また当時、康有為の思想に賛同し、自ら「南海康君是吾師（康有為先生は我が師なり）」との印を作成したという。戊戌の政変により康有為らが日本に亡命すると、李叔同も累の及ぶのを避け、一八九八年に母や妻子を連れて上海のフランス租界に移住した。(2)

上海では許幻園らの主催する文学社団、城南文社に参加した。許幻園は資産家の出身で、思想も新しく、当時の上海文芸界を代表する人物の一人であった。李叔同が城南文社を初めて訪れたのは一八九八年年末のことである。李叔同が上海に来たのは同年九月の戊戌の政変以降であることから、城南文社への参加は上海への移住後、比較的早い時期のことと考えられる。(3)

城南文社では毎月課題が出され、程朱学派の張孝廉がその優劣を審査していたが、李叔同の作品は高い評価を受け、同社の主要メンバーである許幻園、袁希濂、蔡小香、張小楼と「天涯五友」の契りを結ぶに至った。彼らは詩賦のみならず書画にも優れ、一九〇〇年三月には張小楼が主会、李叔同と許幻園が副総理となって上海書画公会を組織した。同会は「風雅を提唱し、文芸を振興すること」を趣旨としており、週に二回の割合で『書画公会報』を出版し、多くの名家の書や篆刻、絵画を紹介した。(4)当時、権勢のある高官らが風雅のために書道家や画家を集めて画集を作ることはあっても、書道家や画家が文芸の振興のために自発的に社団を組織するのは極めて稀有なことであり、李叔同ら上海書画公会の活動は近代文芸史上、評価に値する。(5)しかし、翌年には天涯五友の多くが学業や仕事のために上海を離れ、城南文社および上海書画公会も自然に消滅した。(6)

一九〇一年夏、李叔同は南洋公学特班（経済特科班）に入学し、同校総教習の蔡元培に師事した。南洋公学とは、清末洋務派の盛宣懐が人材育成こそが国家衰興の鍵であり、そのためには教師の質的向上と初等教育の普及が不可欠であるとの考えから一八九六年に上海徐家匯に創立した学校で、現在の上海交通大学の前身にあたる。南洋公学は、盛宣懐が前年に天津に設立した北洋西学学堂（一八九六年北洋大学堂と改称。現、天津大学）と並んで、中国人によって設立された最初の大学である。尚、南洋とは江蘇・浙江・福建・広東各省の沿海地区を指し、北洋とは江蘇以北の沿海地区を指す。

南洋公学は日本の師範学校をモデルとしており、設立当初は師範院・外院（附属実験小学校）・中院（中学校）・上院（高等専門学校、大学）の四院構成であったが、後に商務班と特班が付設された。(7) 李叔同が入学した特班とは、同校監督の沈曾植の提案により一九〇一年に開設された特別クラスで、受験生には中国の伝統的な学問の素養と西学への志が求められた。沈曾植は康有為や梁啓超による強学会の設立者の一人である。特班は一学年四〇名程度で、成績優秀者には経済特科への推薦が保障されていた。(8)

経済特科とは、変法維新運動の賛同者である厳修が、一八九七年に奏請して始められた科挙の特別コースである。厳修は天津出身の進士で、翰林院編修や学部侍郎などを歴任し、経済特科の開設を上奏した際は貴州の教育を管理監督する学政であった。厳修はその上奏文で、従来の科挙とは別に内政や外交、算学、法学、翻訳、測量などの分野の優秀な人材を、身分や経歴にかかわらず無試験で推薦する制度を設け、特に優秀な者は採用して、通常の科挙制度によって仕官した者と同等に扱うよう陳述した。(9)

南洋公学特班の入試は筆記と口述からなり、それぞれ南洋公学および創設者の盛宣懐の自宅で行われた。一九〇一年五月と六月に計二回実施され、四二名が入学した。李叔同の入試の成績は筆記四〇点、口述三五点の計七五点で、一二番目であった。(10) 同級生には中国共産党発起人の一人で、柳亜子らとともに南社の創設にかかわった邵力子や、北京大学校長や北京政府総長などを務めた胡仁源らがいる。教育者として著名な黄炎培も同級生で、南方出身のため標準語の不得手な黄炎培は同級生数名らとともに、天津出身の李叔同に標準語を習ったことがあり、李叔同は常に温和で静粛であったという(11)。

特班では政治、法律、外交、財政、教育、経済、哲学、科学、文学、倫理など、必須科目と選択科目を合わせて計三〇科目が開講されており、学生は自主的にカリキュラムを組むことが出来た。蔡元培は南洋公学で学生らと寝食をともにし、熱心に指導した(12)。蔡元培の日記には、特班の学生に出した課題と成績が記されている。それによると李叔同（学名、広平）は入学当初、百点満点中九五点、三五名中三位と好成績を収めている。その後は九月七五点、一〇月七五点、一二月六〇点と下降し、平均点は七六・二点で第一三位であった。また蔡元培は別の資料に、南洋公学の学生のうち上位一〇位までの学生の名前を残しているが、李叔同は二番目に優秀なグループ（上位六―一〇位）の一人に挙げられている(13)。

経済特科は「経済（経世済民）」という言葉に象徴されるように、「時務と西学とに通暁する人材」の破格の登用を目的としており、科挙改革の一環として開設が検討された(14)。厳修の上奏は光緒帝の採用するところとなり、一八九八年には経済特科の開設が認められた(15)。しかし、戊戌の政変により計画は頓挫した。一九〇一年に開設された南洋公学特班では、成績優秀者の経済特科への推薦が保障されていたが、これは光緒新政の教育改革に乗じたものと考えられる。南洋公学特班はまさに五十嵐正一の指摘するように、中体西用論に基づいて新しい人材の育成を目的としつつも、実際には科挙制度と深く結びついており、「改正による新しい科挙の網目を通過させた上で、その新教育による修学者を官界に送り出し、国政に参与させる」という特殊な使命を帯びていたのである(16)。

こうした性質から特班の学生には、郷試の受験資格をもつ者（挙子）も多く、在学中に郷試を受験する者も少なくなかった。浙江籍の邵力子や上海籍の黄炎培は一九〇二年の郷試でそれぞれ浙江と江蘇の挙人となっている(17)。読書人の家柄に生まれ育った李叔同にとっても、科挙の受験と国政への参与は言わば自明の事柄で、上述の邵力子や黄炎培と同じく、一九〇二年に郷試を受験している。結果は不合格で、李叔同はその後も引き続き南洋公学に在学した。この時、李叔同は本籍地嘉興府平湖県の監生の資格で受験している。監生とは金銭で郷試の受験資格を購入した者を指すが、李叔同がこの資格を購入したのは天津時代のことである。当時、監生の受験地は本籍地あるいは国子監のある北京、南京に限られていたが、南京では江蘇籍以外の受験を認めなかったため、李叔同は本籍地の浙江で受験した。[18]尚、豊子愷の父豊鐄が受験して挙人となったのも同じく一九〇二年の浙江郷試で、会場の貢院が後に豊子愷の母校、浙江省立第一師範学校の敷地となったことは前述のとおりである。

李叔同が南洋公学特班に進学した理由としては、同校の成績優秀者には経済特科への推薦が保障されていたことや、同校の設立者が李叔同の私淑した康有為の友人、信奉者であることなどが指摘できよう。また、経済特科の開設を奏請した厳修は李叔同の詩や書、篆刻の師である趙元礼や唐敬厳の親しい友人であり、ともに天津の由緒正しき名家である厳家と李家には先祖代々の往来があった。李叔同の父李世珍と厳修の父厳仁波は天津でも著名な慈善事業家で、共同で備済社、施饃廠などの慈善組織を運営したこともあった。

李叔同と厳修は年齢的には二〇歳離れているが、長幼の順列では同世代に属する。[19]厳修は一九〇二年には自費で日本に赴き、約七〇日かけて幼稚園から大学まで、様々な教育機関で教育の現状を視察したが、その帰途、南洋公学を訪れ、李叔同とも言葉を交わしている。[20]李叔同が厳修本人、あるいは趙元礼や唐敬厳を通じて、厳修の革新的な主張や経済特科開設の動きについて、早くから耳にしていたであろうことは想像に難くない。そのほかに黄宗仰（烏目山僧）との交流も指摘できよう。黄宗仰は蔡元培と同じく、中国教育会の発起人の一人であるが、李叔同が一九〇〇年三月に前述の「天涯五友」と設立し、許幻園とともに副総理を務めた上海書画公会の会員でもあった。

さて、李叔同は南洋公学時代、勉学だけに励んでいた訳ではない。天津時代から塡詞や篆刻を学び、また城南文社および上海書画公会で詩文や書画に親しんできただけに、南洋公学時代にも創作を続け、販売もしていた。李叔同は上海に来たばかりの一八九九年九月当時から新聞に広告を出し、揮毫料を掲載している。一九〇一年一〇月の広告には、南洋公学に入学して以来、学業が忙しく、希望者が多くて対応できないので、揮毫料を改定すると記されている。[21]このことから、李叔同が上海に来てわずか二年でありながら、城南文社や上海書画公会の活動を通じて、上海の文人の間ではそれなりに名が知られ、愛好者も多かったであろうことが想像される。

李叔同はまた、南洋公学で政治や法律、外交、軍事について学ぶ一方で、日本語の読解も学んだ。指導にあたったのは蔡元培である。蔡元培は日本語読解を学ぶことの意義を次のように唱え、学生にも推奨した。

今後、学問を志す者は世界レベルの知識を持たねばならない。世界は日々進化し、事物は日々発明され、学説は日進月歩で変化している。洋書を読もうにも、書籍代が高く、一般人には手が出せない。日本では洋書の翻訳が盛んで、しかも安価である。日本語の書籍が読めれば、世界の新刊書はすべて読めるも同然である。[22]

蔡元培自身が日本語の学習を始めたのは一八九七年一〇月のことであるが、その目的はまさに上述のとおりで、当時の日記に蔡元培はこう記している。

王式通が来る。東文学館の設立を計画する。西洋の書籍は値段が高いが、そのうち重要な書籍はすべて日本で翻訳されているので、日本語に通じれば、西洋の書籍を広く読むことができる。しかも西洋の言語は解るようになるまでに数年が必要だが、日本語は半年でよく、極めて簡単である。陶大均に手紙を出して、詳細を尋ねる。[23]

文中の東文学館とは、東文すなわち日本語を学ぶための学校である。当時の情勢を反映して、一九世紀後半から二〇世紀初頭にかけて、日中両国で中国人のための日本語学校が次々と設立された。設立者は中国人（私立・官立）、日本人（個人・団体）、中日共同など様々で、北京や上海のような大都市のみならず、全国各地に設立された。蔡元培は上記のように早くから日本語学校の設立を検討しており、劉樹屏らと一八九八年六月に北京で設立した東文書館は、羅振玉と汪康年が同年二月に設立した上海東文学社に次いで、中国で二番目の日本語学校である。(24)

蔡元培が同校の教師として招聘したのは、文中に名前のある陶大均である。陶大均は清国政府が駐日公使館内に開設した東文学堂の第一期生で、一八八二年から一八九四年まで日本に滞在し、公使館で日本語の通訳・翻訳に従事した。陶大均は当時、日本語の通訳・翻訳の第一人者であり、そうであるが故に蔡元培に招聘されたのだが、実際に日本語を教えたのはわずか一週間程である。公務で急遽天津に行くことになったためで、代理として陶大均が推薦した日本人の野口茂温が指導にあたった。(25)

蔡元培の熱意に応じて、南洋公学特班の学生は全員、日本語の読解法を学ぶようになった。(26)その結果、「何日も経たないうちに、誰もが日本語が読めるようになり、中には書物を翻訳する者もいた」という。(27)李叔同もその一人で、一九〇三年三月には玉川次致著『法学門径書』を、同年五月には太田正弘・加藤政雄・石井謹吾共著『国際私法』を翻訳している。(28)李叔同がこれらの書籍を翻訳したのは、南洋公学を退学した後のことである。

李叔同が退学したのは一九〇二年一一月、中国で最初の学生運動として名高い「墨汁瓶事件」に連座してのことである。当時、南洋公学には中院六クラス、特班、商務班の計八クラスがあったが、事件は中院第五クラスで国語科教員、郭鎮瀛の授業時に教員席に墨汁を入れた瓶が置かれていたことに始まる。郭鎮瀛は清末の挙人で、平素から学生に忠君愛国や三綱五常の遵守を強要し、時事について議論することを禁止していたため、進歩的な思想の教員や学生の間では評判が芳しくなかった。郭鎮瀛はこの墨汁瓶は自分に対する学生の悪意の表れであるとして、学生を厳しく追求、脅迫した。その結果、無実の学生が誣告され、関係学生三名が除名処分とされた。この処分に不満を抱いた第五クラスの学生は学校側に撤回を求めたが、逆に同クラスの全学生が除名されることとなった。これは南洋公学の全学生の公憤を引き起こし、学生代表が交渉に臨んだが拒絶されたため、事件発生から一一日後の一一月一六日、李叔同を含む南洋公学の在校生二〇〇余名が全員退学した。この事件に乗じて、南洋公学の保守派教員から蔡元培に対する非難の声が高まり、蔡元培は学校への抗議と学生への共感の意から辞職した。(29)

学生らは退学後の所属先を求めて、中国教育会に助けを求めた。同会は前述のように、蔡元培が一九〇二年四月に設立し、会長を務めていた愛国的知識人の革命団体である。同年一一月、中国教育会は発起人の一人である黄宗仰（烏目山僧）を通じて、その熱心な信者であった羅伽陵と、その夫でユダヤ系財閥のハードゥーン（哈同）から静安寺路福源里の家屋を借用して愛国学社を設立し、退学者を受け入れた。愛国学社の学生は全員、中国教育会の会員であり、また教員も校長の蔡元培や学監の呉稚暉はじめ、章炳麟や蔣観雲ら全員が中国教育会の会員であった。(30)

中国教育会は浙江省の各地に支部を設置し、全盛期には上海の会員だけでも一五〇名を超えるほどであった。しかし、一九〇三年に「蘇報事件」が起きると、愛国学社も事件に連座して解散した。その後、愛国学社と同時期に設立された愛国女校の家賃滞納による差押えが契機となり、一九〇七年冬には中国教育会の全ての活動と事業が停止となった。(31)

尚、『蘇報』は一八九六年に上海で創刊された新聞であるが、一九〇〇年から同社の社主を務めていた陳範が中国教育会の会員となるに及び、中国教育会の機関紙となり、章士釗・章炳麟・蔡元培・呉稚暉ら七名が順に主筆を務めた。一九〇三年六月に同紙が新書欄で紹介した鄒容著『革命軍』と章炳麟著『駁康有為論革命書』はいずれも満族排除と清朝打倒を公然と主張するもので、知識人の間で大きな反響を呼び、鄒容と章炳麟は清朝政府に逮捕された。これが世に言う「蘇報事件」である。その後、鄒容は一九〇五年に獄死、章炳麟は翌年に釈放され、日本へ亡命した。(32)

上記のような事情から、愛国学社もわずか半年で閉鎖されたため、李叔同は一九〇三年に聖約翰書院（St. John's College）の国文教授の職に就いた。[33] 同校は、一八七九年に当時のアメリカ聖公会上海司教のシェルシェウスキー（Samuel Isaac Joseph Schereschewsky、施約瑟）が宣教師育成を目的に、同会中国伝道教区初代主教のブーン（William Jones Boone）の設立した神学校、培雅書院（一八六五年）と度恩書院（一八六六年）を合併して、上海西郊の梵王渡に設立した学校で、戦前に中国で設立されたキリスト教系大学の中では最も歴史があり、卒業生には著名人も多い。同校は設立当初、西学・国学・神学の三部門に分かれ、中国語官話と上海語で授業を行っていたが、コロンビア大学で神学を修めたホークス・ポット（Francis Lister Hawks Pott）が一八八一年に英語教師として採用されてからは、授業はすべて英語で行われるようになった。ポットは一八八六年から五二年間校長を務めたが、その間に様々な改革を行っている。一八九二年には大学課程を設置し、一九〇五年には母校コロンビア大学の条例に応じた改組を行い、聖約翰大学と改称した。翌年には正規の大学としてワシントンで登記し、卒業生には学位が授与されるようになった。[34]

李叔同が同校に奉職した経緯は現段階では不明である。しかし、後述する音楽教育家の沈心工は南洋公学入学以前に聖約翰書院で国文教師を務めた折、同僚から英語や西洋の知識を教えてもらっていたことから、[35] 李叔同も当初、同様な目的をもって同校に奉職したとも考えられる。李叔同が聖約翰書院に在職した期間は、愛国学社の解散が一九〇三年六月であり、また同秋には河南郷試を受験していることから見て、長くても数ヶ月程度であろう。退職の理由は同僚の尤惜陰が杭州虎跑寺で仏教帰依式を受けたことがポット校長の知る所となり、宗教の相違を咎められたためで、それを不快に思った李叔同は尤とともに自発的に退職した。[36] もっとも「すべての学生にキリスト教に関する知識を伝授し、また彼らがキリスト教徒になるように全力を尽くして教え導く」[37] という聖約翰書院の目標からすれば、校長の非難も当然のことであった。

同校ではまた待遇面で外国人教師と中国人教師の間に著しい格差があったと言われており、[38]それも辞職の一因であったかもしれない。聖約翰書院における李叔同については、中国内外でこれまでほとんど論じられていない。同校での経験は李叔同にとって、言わば初めての直接的な外国経験であり、また在職期間の短さにもかかわらず、同僚の尤惜陰や楊白民らとは出家後も交際を続けている。[39]この時期の李叔同が何を考え、またそれがその後の李叔同にどのような影響を及ぼしたのかを知る上でも、聖約翰大学時代については、今後更なる調査研究が必要であろう。

さて、前述のように、李叔同は一九〇三（癸卯）年秋に河南郷試を受験している。李叔同のような監生は本籍地あるいは国子監のある北京、南京での受験しか認められていなかったことは既に述べたが、義和団の乱により北京での受験が不可能であったため、河南が代理受験場となっていたためである。尚、郭長海によると、李叔同は愛国学社の閉鎖以降は時間的余裕もあり、また一九〇〇年の義和団の乱で河南に逃れていた異母兄弟を訪ねることも出来たので、この受験は李叔同には好都合であったという。[40]

第二節　滬学会と西洋音楽

一九〇四年、李叔同は許幻園、黄炎培らとともに、馬相伯や穆藕初らが上海で設立した教育団体、滬学会に参加した。[41]滬とは上海の別称である。馬相伯は一九〇三年に、聖約翰書院と並んで中国の最初期のキリスト教系大学である震旦学院を設立した神学者である。蔡元培は南洋公学時代、同僚や学生らとともに馬相伯にラテン語を学んでおり、全学生が退学した折には馬相伯に学生の受入れを依頼した。その結果、設立されたのが震旦学院である。また穆藕初は、李叔同や黄炎培の南洋公学時代の同級生穆湘瑤の弟で、黄炎培とは同郷（江蘇省川沙庁）ということもあって特に親しく、彼らは皆、南洋公学時代からの知友であった。(42) 穆藕初は父の死後、一三歳で綿花商の徒弟となり、苦学の末にアメリカで農学修士を取得し、帰国後は上海を中心に綿紡績業で財をなした。一九二〇年代には南京国民政府の工商部常務次長を務めるなど、後に中国経済界を代表する豪商となるが、滬学会当時は上海税関の職員であった。

滬学会は人材の輩出と国家の繁栄を目標とし、定期集会や講演会、体育活動、地域住民のための教育活動などを行った。李叔同は主に貧困家庭の子どものための奉仕学校の運営を担当していた。滬学会ではまた、演劇や音楽に興味のある会員が中心になって専門家の指導を受け、啓蒙的な演劇や音楽会を開催していた。(43) 李叔同は滬学会に「楽歌課」を設置し、日本留学から帰ったばかりの沈心工を定期的に招いて教えを受けたという。滬学会当時のこうした活動は、音楽や演劇など、近代芸術における李叔同の多彩な活動の萌芽とも言えよう。

沈心工は中国における最初の唱歌集である『学校唱歌集』(務本女塾、一九〇四年)以降、良質な唱歌集を大量に作成し、「楽堂楽歌」運動の発起人として知られる音楽教育家で、「楽堂楽歌の父」とも称される。沈心工は科挙の受験資格をもつ生員であったが、近代的な西洋の学問に関心が高く、イギリス人宣教師が設立した格致書院で授業を聴講し、その折によく耳にした賛美歌に心を惹かれたという。一八九五年から聖約翰書院で国学教師を務めた後、一八九七年には南洋公学上院・師範院に学んだ。また南洋公学に附属小学が設置されると、師範専修生であった沈心工も教科書作成にたずさわるなど、教学に熱心に参加した。その後、一九〇二年に私費で日本に留学すると、日本では政府主導で音楽教育が進められ、相応の成果をあげていることに感銘を受け、当時第一高等中学校や高等師範学校、また沈心工も暫く在籍していた弘文学院などで音楽の授業を担当していた鈴木米次郎に学び、自らも音楽講習会を組織した。(44)一九〇三年に帰国すると、同年四月から南洋公学附属小学校に奉職し、中国の小学校で最初となる音楽科を設け、小型オルガンを備えた。(45)

さて、沈心工を滬学会に招聘したのは李叔同であるが、二人はいつ、どのようにして知り合ったのだろうか。二人はともに南洋公学、聖約翰書院に所属し、日本にも留学していたが、それぞれ時期が異なる。二人が知り合った契機として陳浄野は、沈心工が小学校の音楽教員の養成を目的に一九〇四年四月に開催した「速成楽歌講習会」の可能性を指摘する。沈心工が『中外日報』に掲載した募集案内には、講習会の取次所として南洋公学小学校などと並んで、城東女学の名前が挙がっている。同校は李叔同の親しい友人楊白民が女性の自立を目標に、一九〇四年に私費で開設した学校で、小学校から始め、後に幼稚園や師範科、文芸科などを設置した。沈心工は南洋公学以外にも、講習会の会場であった務本女学など複数の学校で教鞭を執っており、城東女学でも音楽の授業を担当していたのかもしれない。李叔同が沈心工の講習会に実際に参加したか否か、現段階では不明である。しかし、少なくとも沈心工や講習会について、楊白民から聞き及んでいた可能性は否定できない[46]。

一九〇五年三月、上海で母が亡くなると、李叔同は母の棺とともに天津に戻り、葬儀を執り行った。また六月二九日には亡き母のための追悼会を開いた。当時の新聞によると、同会には天津のオーストリア・ハンガリー帝国租界の工部局官吏[47]、直隷高等工業学堂（天津工芸学堂）の日本人教習、同校監督の趙元礼、直隷省学務処総辦の厳修、各学堂の校長や教員らが参列し、総数は四百名余りに及んだ[48]。直隷高等工業学堂の日本人教習の一人に「松長君」という名前が見られるが[49]、これは松長長三郎と考えられる。

松長は一九〇三（明治三六）年に東京美術学校図案科を卒業すると、同年一一月に直隷省工芸総局勧工陳列所（天津考工廠）工芸部員として中国へ赴任し、一九〇五年以降は清国直隷高等工芸学堂に勤務していた[50]。松長は東京美術学校が一八九九年に開催した生徒成績品展覧会で図案科第二教室・三等賞を受賞し、また翌年には卒業制作が東京美術学校図案科を代表して関西教育大会に出品されるなど、優秀な学生だったようである[51]。

松長が初めに勤務した天津考工廠は、主として直隷省の工芸そのほかの物産を陳列し、また参考品として日本や欧米各国の物品も陳列する目的で一九〇四年に設立された。その管理人は中国人学生で、昼間は陳列の管理について学び、閉館後はそこで日本語や数学など、ほかの学問を学ぶことになっており、学校のような機能も持っていたようである。技師長として陳列方法などについて指導し、開館の労を取ったのは日本人の塩田真である。塩田は一九〇三年から一九〇五年まで中国に滞在したが、それ以前の一八九七年から一八九九年まで東京美術学校で嘱託教師を務めており、図案改良家として著名であった(52)。松長を天津考工廠に招いたのは塩田と考えられる。

直隷高等工業学堂監督の趙元礼とは、李叔同が一〇代の頃から詩作の師としてきた趙元礼である。詩を介しての二人の交流は、李叔同が上海へ転居した後も続いていた。趙元礼は一九〇二年より直隷高等工業学堂の庶務長を務め、一九〇五年には教育事業の視察のため日本を訪れている。その際、趙元礼は東京美術学校を見学しているが、その仲介をしたのも塩田である(53)。

また、直隷省学務処総辦の厳修とは、前述の経済特科の開設を奏請した厳修である。厳修は当時、その革新性の故に保守派官僚に疎んじられたため、貴州での任期が満ちて北京に戻った後、一八九八年に請暇して故郷の天津に戻った(54)。前述のように、趙元礼と厳修は天津の近代詩壇の代表的存在であり、ともに能書家としても著名であった。厳修は李叔同の篆刻の師である唐敬厳の友人でもあり、また父祖の代から往来があった。李叔同は詩や書画、篆刻などを通じて、彼ら天津の名士や才子らと親しく交際していたが、その文人ネットワークは天津を離れた後も李叔同に様々な便宜を図ることとなった。

第三節　日本での活動（一九〇五―一九一一）

母の葬儀が終わると、李叔同は妻子を天津の実家に残し、一九〇五年八月に単身で日本に私費留学した。欧米への官費留学生の派遣は一八七〇年代から始められていたが、日本に最初の官費留学生が送られたのは一八九六年のことである。一九〇一年五月に湖広総督の張之洞と両江総督の劉坤一が連名で上呈した『籌議変通政治人材為先摺』において、各省による留学生の派遣が奨励された。また一九〇三年に張之洞の制定した『鼓励遊学卒業生章程』によって、日本留学者は卒業学校の種類に応じて、挙人や進士などの地位と官職を与えると規定されると、日本への留学生は急増した。(55) 一九〇五年に科挙制度が全面的に廃止されると、留学生は劇的に増加し、一九〇五、六年当時、日本への留学生数は最高潮に達した。清朝政府はまた、留学生の更なる増加と経済的負担の軽減を意図して、私費留学を奨励し、手続きを簡略化する一方、私費留学生に対しても学業に応じて官費留学生と同様に官位を与えることを規定した。

このような時代背景の下、李叔同もまた日本へ私費で留学をした。この選択にあたって、李叔同の「天涯五友」の一人、袁希濂が一九〇四年に日本の法政大学に留学したことも、李叔同になんらかの影響を及ぼしたと考えられる。(56) しかし、それ以上に留意すべきは、前述の厳修との交際である。厳修は貴州の学政を退いた後は天津に戻り、教育による救国を模索しており、一九〇二年には自費で日本に赴き、約七〇日かけて幼稚園から大学まで、様々な教育機関における教育状況を視察した。厳修は天津にも日本にも、日本人の友人知己が多く、一九〇一年には短期ではあるが息子の智崇と智怡の二人を日本に行かせ、翌年の日本視察の際には彼らを同行し、留学させている。(57) 帰国後は民立第一小学堂や直隷高等工業学堂など、新式学校の設立に参与し、直隷省における普通教育の発展に大いに貢献した。直隷総督の袁世凱はその才能と業績を高く評価し、厳修を重用した。袁世凱の懇請により、厳修は一九〇四年四月には直隷学校司（後に学務処と改称）総辦に就任すると、五月から八月まで約二ヶ月半かけて、日本で二回目の教育視察を行った。

厳修はまた女子教育や初等教育にも力を注ぎ、一九〇三年には天津の自宅で厳氏女塾を開き、音楽と日本語のための日本人教師も招聘して指導に当たらせた。一九〇五年には厳氏女学と改名し、学制を初級小学校（四年）と高級小学校（三年）とし、国文や英文、日文、数学、歴史地理、音楽や図画の授業を設けた。また幼児教育のための教員養成を目的に、日本人教員の大野鈴子を主管とした保母講習所や幼稚園も開設している[58]。

尚、蔡元培が一九一二年の「教育方針に対する意見」の中で指摘した「忠君・尊孔・尚公・尚武・尚実」の五項目からなる、清朝学部の教育宗旨『学部奏請宣示教育宗旨折』（一九〇六年旧暦三月）を起草したのも厳修である[59]。蔡元培は厳修に対して、一九一二年の中華民国の教育宗旨制定に先立って開催した全国臨時教育会議への参加を要請した。しかし厳修は、自分は思想的に既に時代に遅れをとっており、能力にも才知にも欠けるので、期待に添えないとの理由で参加を断っている[60]。ただ、厳修は決して蔡元培の教育宗旨に反対だった訳ではない。臨時教育会議が蔡元培の教育宗旨の第四・第五項目の世界観と美育を削除したことを知った厳修は、日記に「非常に驚いた。これについて大いに議論するよう、伯苓に勧めた」と記している[61]。伯苓とは一九〇四年の日本視察にも同行した張伯苓のことで、帰国後は厳修と敬業中学堂（後に南開中学堂と改称。現、南開大学）を設立し、同校の校長を務めた。厳修が美育を重視していたことは、上述の厳氏女塾や保母講習所にわざわざ日本人教員を招聘して、音楽の授業を担当させていることからも明らかであろう。

一九〇六（明治三九）年九月、李叔同（李岸）は東京美術学校の西洋画科撰科に入学した[62]。東京美術学校は現在の東京芸術大学の前身であるが、その設立は一八八四（明治一七）年七月に文部省専門普通両学務局に図画教育調査委員が設置されたことに始まる。調査の結果、官立美術学校の設立が決定され、一八八八（明治二一）年一〇月四日勅令第五一号が公布され、東京美術学校は文部省直轄学校として一八八九（明治二二）年二月に東京市下谷区上野公園西四軒寺跡に設立された。初代校長は文部省参事官の浜尾新である。その後も、岡倉覚三（一八九〇年一〇月就任）から高嶺秀夫（一八九八年三月就任）、久保田鼎（一九〇〇年一月就任）、正木直彦（一九〇一年八月就任）まで、官僚が校長を務めた。正木は一九三二年まで同校校長の職にあり、李叔同が入学した際の校長も正木である(63)。

東京美術学校は「美術及美術工芸ニ従事スベキ専門技術家」と「普通教育ニ於ケル図画教員タルベキモノ」の養成機関として設立され、前者には日本画、西洋画、彫刻、図案、金工、鋳造、漆工の七科が設置され、修業年限は予備科と本科を通して計五年とされた。予備科は四月から七月までの三ヶ月間で、続く本科では九月から翌年七月までを一学年とし、第五年は九月から翌年三月までとされた。後者は図画師範科で、修業年限は三年であった(64)。

上記の各専門科で学ぶには、まず予備科に入学し、その最終試験を経て本科に入学するか、あるいは撰科に入学するという二つの方法があった。予備科への入学は中学校・師範学校・工業学校などの卒業生、または専門学校入学試験に合格した者とされ、検定規定により無試験検定を受けられる者は無試験で入学を許可され、入学志願者が超過した場合にのみ試験を課することとされていた。一方、撰科とは「各本科ノ課目中一課若クハ数課ノ実技ヲ選択シテ学習セントスル者」のために設けられた制度で、本科生に欠員がある場合に限り、入学が許可された。撰科の受験資格は年齢が満一七歳以上、二六歳以下の男子、高等小学校四年または中学校二年修了以上の者、あるいはそれと同等の学力を有する者とされ、予備科では免除であった学科試験も課されていた(65)。

実技試験は予備科、撰科ともに課された。当時の美術雑誌『みづゑ』に掲載された、以下の読者の質問と編集者の回答から、当時の入試の様子がうかがわれる。

〔問〕東京美術学校洋画科入学試験の資格（京都桜涯生）

〔答〕中学卒業者にして入学の際実技試験に合格せしもの、実技試験は少なくも同校に関係深き白馬会研究所に於て一ヶ年位ひ**デッ《マ》サン《マ》**の稽古をせし上ならでは及第覚束なし、但、稀には素養なき者にて偶然入学せしものあり《マ》又《マ》入学は単に実技のみならず、中学校卒業当時の成績を参酌する由につき平素の勉強も大に関係ありと知るべし（以下省略）[66]

高等小学校卒業者には撰科以外に美術学校への入学の方途がなかったため、撰科生の全体に占める比率は少なくなかった。例えば一八九一（明治二四）年から一九〇九（明治四二）年までの卒業生七六七名中、撰科卒業生は二八四名、約三七パーセントと高い。西洋画について言えば、本科卒業生が七三名であるのに対して、撰科は九六名とそれを上回っている。一方、李叔同の在籍四年目にあたる一九〇九（明治四二）年一二月の在学生調査では、本科生三三八名に対し、撰科生は八九名で約二六パーセントを占めていた。西洋画については本科生一二九名、撰科生一九名で、そのうち六名が外国人留学生であった。[67]

もっとも留学生については、一九〇一（明治三四）年に発布された文部省令第一五号「文部省直轄学校外国人特別入学規定」第一条に、「外国人ニシテ文部省直轄学校ニ於テ一般学則ノ規定ニ依ラス所定ノ学科ノ一科若ハ数課ノ教授ヲ受ケントスルモノハ外務省、在外公館又ハ本邦所在ノ外国公館ノ紹介アルモノニ限リ特ニ之ヲ許可スルコトアルヘシ」と規定されており、東京美術学校でも留学生は日本人受験者とは別の扱いであった。李叔同の留学した明治期にはまだ志願者が少なかったため、ほぼ全員が入学できる状態であった。[68]

さて前述のように、李叔同は留学以前、滬学会に沈心工を招いて音楽の教えを受けており、周囲では厳修や楊白民らが音楽教育を実践していた。このような状況下、李叔同も沈心工『学校唱歌集』や曾志忞『教育唱歌集』に感銘を受け、留学直前に上海中新書局から『国学唱歌集』を出版している。同書は『詩経』や『楚辞』など、中国の代表的な古詩に日本や西洋の曲をつけた唱歌集である(69)。李はまた一九〇六年一月には中国で最初の音楽専門誌『音楽小雑誌』を日本で独力で発行している。同書の序文によると、李叔同は初め、留学生仲間と美術を主に、音楽を従とした雑誌の創刊を計画していたが、一一月に「清国留学生取締規則」が出ると、これに対する抗議行動として留学生の一斉帰国などが起こり、李叔同らの計画も頓挫した。そのため、結果的に李叔同が一人で音楽だけの雑誌を発行するに至ったのである(70)。李叔同の入学当時、西洋美術を専攻する中国人留学生はまだ少なく、李叔同は第二期留学生である。第一期中国人留学生は一九〇五年に入学した黄輔周（西洋画科撰科）一名のみで、李叔同の同期には同じく西洋画科撰科の曾孝谷と彫刻科撰科の談誼孫の二名がいた(71)。日本で西洋美術を学ぶ中国人がまだ珍しかったからか、徳富蘇峰創刊の『国民新聞』が李叔同を取材しているが、その取材に李叔同は「ヴァイオリン弾きます、他大抵弾《ママ》ります」と答えている(72)。李叔同は母の追悼会でもピアノを演奏しているが、これらの楽器は滬学会あるいは速成楽歌講習会で沈心工から学んだのだろうか。いずれにしても、一定の水準に到達していたであろうことがうかがわれる。

このように音楽に高い関心をいだき、また一定の素養を有していたにもかかわらず、李叔同はなぜ日本で音楽ではなく、美術を専攻したのだろう。これについては、残念ながら現段階では理由の特定は難しい。ただ、前述のように天津考工廠の技師長であり、趙元礼とも往来のあった塩田真が東京美術学校に勤めていたことや、その学生の松長長三郎との親交(73)、また厳修が一九〇二年の日本視察の際に東京美術学校を訪問し、校長の正木直彦に絵画、彫刻、漆工教室を案内してもらったことが(74)、李叔同の選択になんらかの影響を及ぼしたとも考えられよう。

加えて、李叔同の生来の美術の才能と嗜好も重要な要因であろう。前述の『国民新聞』の記事には、李叔同が留学当時の下宿の壁一面に「黒田画伯の裸体画、美人画、山水画、中村其他の画等」を貼り、また写生に励んでいた様子が記されている。李叔同が西洋美術を学んだのは留学以降のことと思われるが、東京美術学校に入学してわずか二年半後の一九〇九年と翌年の白馬会作品展に四点もの油絵を出品していることからも、その才能の程がうかがわれる。(75)李叔同はまた一九一〇年には前年度の学業に対する精勤賞を受賞している。全学生のうち、同賞を受賞したのはわずか二一名で、外国人は李叔同ただ一人である。(76)

李叔同はまた、一九〇六年七月には森槐南や大久保達らの漢詩結社、随鷗吟社に参加し、詩作のやりとりを楽しんだ。(77)厳修は一九〇二年の訪日の際、京師大学堂（現、北京大学）総教習として、教育視察のため日本を訪れていた呉汝綸と親しく往来しているが、呉汝綸のところで随鷗吟社の主要メンバーである本田幸之助と面識を得ている。(78)李叔同が随鷗吟社に参加した一因として、厳修と本田幸之助の交際も一考に値するであろう。

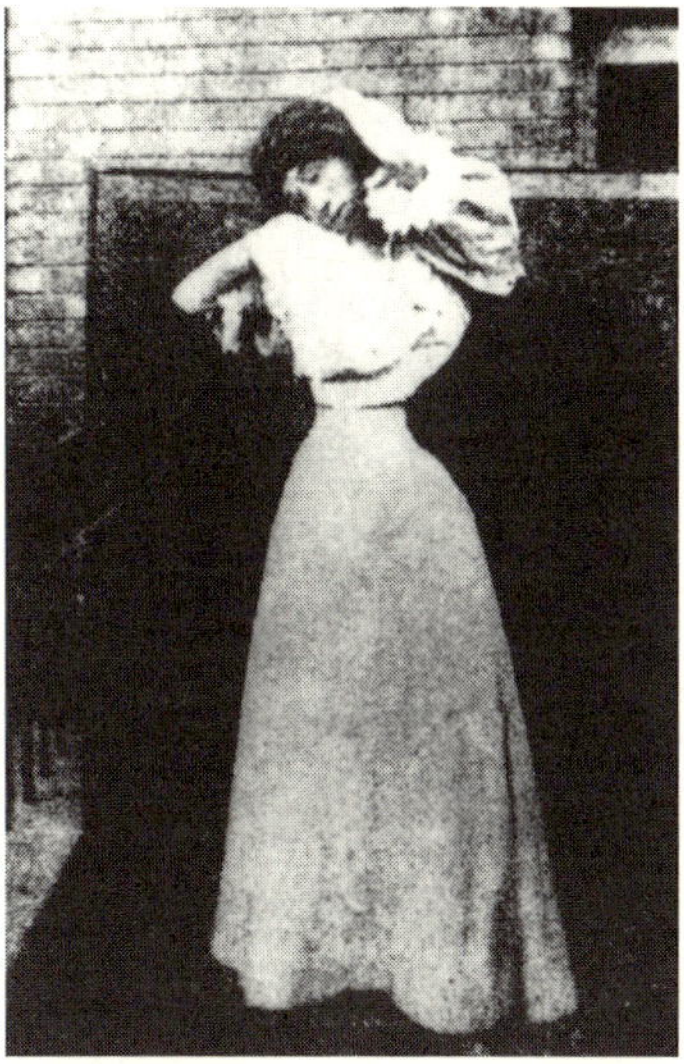
〔図版５〕マルグリットに扮した李叔同

李は同じく一九〇六年、同窓の曾孝谷とともに中国新劇の魁とも言うべき春柳社を立ち上げ(79)、翌年には東京の本郷座で「椿姫」、「アンクル・トムの小屋」を上演して好評を博した。特に「椿姫」で李叔同の演じたマルグリット（図版５）は評判が高く、次いで春柳社が「アンクル・トムの小屋」を上演した際には、李叔同を目当てに劇場へ向かった観客も少なくなかった。魯迅もそうした観客の一人だったようで、周作人は「たしか、李息霜（春柳社の幹部　訳者注）に敬服したためか、魯迅たち二、三人も見に行つ《ママ》た」と記している。(80)

一九〇七年に春柳社に参加した劇作家の欧陽予倩によると、

当時の春柳社では李叔同だけが芸術に見識があり、李叔同は舞台のために自費で高価な衣装をあつらえる程の熱の入れようだったという。[81]一〇代の頃から京劇を好み、上海では実際に京劇の舞台に立ったこともあり、また滬学会で新劇の公演にもかかわっていただけに、李叔同は演技や演出に独特のこだわりがあり、それが舞台全体の水準を高いものとしたのであろう。

第四節　帰国後（一九一一―一九一二）

一九一一年、李叔同は東京美術学校西洋画科撰科を卒業し、帰国の途についた。その時、李叔同はまさに「西洋的画風を完璧に習得した数少ない中国人芸術家の一人」であった。これについてkaoは、「李が仲間の芸術家より優れていたとされるのは、その技術的優秀さからではなく、彼の絵に見られる精神性あふれる表現と神秘性のため」であったと述べている。[82]李叔同は日本留学以前から書画や篆刻、詩詞などの中国の伝統的な文芸全般に通じ、中国文芸界で名を馳せていたが、日本で西洋美術と音楽を正式に学んだことで、東西両芸術に精通した第一人者を自負していたことであろう。Harbsmeier の指摘するように、李叔同は「中国に、狂おしいばかりに現代的で、また本質的には中国的な文化の創出を決意して日本から帰国した」のであった。[83]

さて、李叔同の帰国当時の中国の美術界あるいは美術教育はどのような状況にあっただろうか。中国で最初の私立美術学校とされるのは、戊戌の政変で日本や欧米へ逃れ、同地で西洋画を学んだ周湘が一九一〇年前後に設立した上海油画院（中西画函授学校を付設）である。また同時期に呂鳳子が神州美術社を、一九一二年一二月にはわずか一六歳の劉海粟が烏始光や張聿光らと上海図画美術院を設立した。上海図画美術院はその後、一九二〇年に上海美術学校、一九二一年に上海美術専門学校、一九三〇年に上海美術専科学校と改称し、一九五九年以降は南京芸術学院となった。また一九一八年には、中国で最初の国立美術学校である北京美術学校（現、中央美術学院）も設立された。[84] 尚、美術という言葉が一般に用いられるようになったのは二〇世紀初頭で、呂鳳子の神州美術社や劉海粟の上海図画美術院は比較的初期の用例と言える。

一九一〇年代に美術学校が相次いで開校された背景として、人々の西洋絵画に対する関心の高まりが考えられるが、これについて顔娟英は一九一〇年六月から一〇月まで南京で開催された南洋勧業会との関係を指摘している。同会は当時、欧米や日本で流行した博覧会形式による中国の工商業の発展振興を企画したものである。清朝両江総督の端方が朝廷に奏請し、清朝の批准を得て、後任の張人駿が責任者となり、各省に参加を要請した。南洋勧業会には油絵や鉛筆の肖像画が多数出品された。これらはまさに、周湘の上海油画院が学生を惹きつけた「最新の西洋の絵画技法」によるものであった。[85]

上述のように、上海では一九一〇年頃から美術学校が設立されたが、それが中国各地に広まるのは一九二〇年代以降のことである。当時、中国で西洋美術の教育が盛んになった要因として、陳野は「〝五四〟新文化運動の求めと〝実業の振興〟という社会的需要」の二点を指摘している。[86] まず「〝五四〟新文化運動の要求」であるが、これは主として蔡元培の美育思想に由来する。蔡元培は、世界は現世の幸福を追求する「現象世界」とそれを超越した「実体世界」の二つから構成され、この「現象世界」に属する「軍国民教育」や「実利主義教育」の根底には道徳が必要であるが、その完成には「実体世界」に属する「美観教育」が不可欠であると考えていた。蔡元培は芸術には道徳を改善する力があるという考えに基づき、芸術および美育を中国の近代化実現のための重要な手段と認識していた。[87] 蔡元培は「純粋なる美育が我々の感情を陶冶し養成するのは、それによって高尚で純潔な習慣が身に付き、他人と自分を区別する考えや、自分の利益のために他人を利用するような思いが次第に消えていくからである」と述べて、「美育を以て宗教に代える」ことを提唱した。(88)芸術を通じて国民の精神を改造し、近代国家に相応しい人格を形成するという蔡元培の美育思想は、当時知識人の間で流行していた芸術立国論に通ずる。芸術立国論とは、芸術を社会形成の手段として実証哲学主義的に利用するという考えである。(89)

一方、「〝実業の振興〟という社会的需要」であるが、これは明治期の日本で芸術、特に西洋美術が殖産興業政策の下、主として実業新興の手段と認識されていたのと同様である。教育の現代化を意図して、清朝政府が一九世紀後半から二〇世紀初頭にかけて留学生の派遣を奨励したのは前述のとおりであるが、それと平行して外国人（主として日本人）教員の招聘も開始された。それは清朝にとって、経済的負担の軽減、新知識を学び得る人数の増加、そして何よりも「青年たちに新知識を学ばせながらも、支配階級の統制下」に置くことができるという点で、留学生派遣よりも魅力的な方策であった。(90)このような新政策の下、東京美術学校の卒業生も教習として中国各地へ赴いた。赴任先は、一九一〇年代は師範学校や工業・工芸学校が中心で、それが美術学校へと変わるのは一九二〇年代になってからのことである。(91)

さて、前述のように李叔同は裕福な家庭の出身であったが、時代の変化とともに実家は没落し、李叔同の帰国当時はほぼ破産状態にあった。そのため李叔同は就職を余儀なくされ、帰国後は故郷天津の直隷模範工業学堂の図画教員となった。李叔同について、陳抱一は「当時上海では、少数の人を除いては彼のことや芸術活動の状況を知っている者は少なかった」と記している。顔娟英は、李叔同は当時まさに発展途上にあった上海の西洋画界の活動に参加するつもりはなかったと分析しているが、(92)李叔同が当時、上海ではなく、天津の教育状況にかなり期待していたであろうことは、帰国以前に上海在住の友人楊白民に宛てた手紙からもうかがわれる。楊白民は聖約翰大学当時の同僚で、敬虔なキリスト教徒であり、一九〇三年には新時代の女子教育のために自宅で城東女学を開いた。李叔同は一九〇五年一〇月七日の手紙で、楊白民にこう述べている。

もしも貴殿が天津に学務調査に行くのをお望みならば、私がご紹介いたしましょう。当地の学術界のレベルは実際のところ、上海よりも上です。昨年には専門の音楽研究所が設立され、生徒は既に二百名を越えていて、とても盛んです。(93)

当時、直隷総督を務めていた袁世凱は行政機関、直隷学校司を設立して、厳修をその総辦に任命し、また東京高等師範学校教授で一八九九年からは東京音楽学校校長を兼任していた渡辺龍聖を直隷学校司高等学務顧問として招聘するなど、新式教育の振興を提唱、推進していた。上記の音楽研究所もおそらく渡辺龍聖の主導により設立されたものであろう。李叔同はこのような新しい環境で、日本で学んだ西洋美術、西洋音楽について、自らの力を存分に発揮してみたいと考えたのかもしれない。

李叔同に直隷模範工業学堂の仕事を紹介した人物としては、李叔同の古くからの友人で、当時は同校の校長をしていた周嘯麟が考えられる。李叔同と周嘯麟が親しい友人であったことは、残された手紙からも明らかである。李叔同は楊白民に周嘯麟への紹介状を送り、周嘯麟とは「金石の交わり」なので、楊白民のために必ず一生懸命尽くしてくれるだろうと記している。(94)また周嘯麟には、上海人の楊白民は天津に不慣れで、北方官話も得意ではないので、学堂や工場、直隷省工芸総局勧工陳列所（天津考工廠）など、教育に関係のある場所に案内して、よく面倒を見てあげてくれるよう依頼している。(95)周嘯麟のほかに、李叔同に直隷模範工業学堂の仕事を紹介あるいは推薦した人物としては、同校日本人教習の松長長三郎や同校監督の趙元礼、直隷省学務処総辦の厳修などが考えられる。

事前の期待とは裏腹に、李叔同は直隷模範工業学堂での仕事をわずか一年で辞職し、一九一二年には上海へと赴いた。上海では、楊白民の城東女学の国文教師を務めた。前述の手紙のように、楊白民との交際は李叔同の留学後も続いており、李叔同は楊白民の依頼に応じて、楊白民が一九一〇年から発行していた学報『女学生』に日本から連続して寄稿してもいる(96)。

城東女学では一九一二年七月に書画研究会を成立させ、八月には展覧会を開催した。翌年六月には蔡元培を招いて「優美高尚な思想の養成」という題目で講演会を開いている(97)。蔡元培の南洋公学の教え子で、李叔同の同級生であった黄炎培も同校で教えたことがあり、蔡元培は一九一三年の講演以前にも同校を訪れて、黄炎培の授業を見学している。蔡元培が講演で城東女学の美術と音楽の水準を賞賛したように、同校では芸術が重視され、附属初等小学、普通科（三年制、初等中学校に相当）の上に文芸専修科が設置されていた。文芸専修科はさらに国文科、音楽科、図画課に分かれ、図画科では中国画と西洋画の両方を学ぶことができた。また一九一五年にはピアノ歌唱課程も設置され、カリキュラムの設定には李叔同も参加した(98)。

この城東女学文芸専修科には、後に豊子愷の妻も通っている。豊子愷は第一師範在学中の一九一九年三月、崇徳県の視学官を務める名士、徐芮孫の娘徐力民と結婚した。徐家は家柄の面でも、また経済的にも豊家をはるかに凌ぐ名家であったが、豊子愷の才能を見込んだ徐芮孫の懇望により一九一三年に婚約が成立した。徐力民は新式教育を受けた女性で、結婚前は故郷で教師をしたこともあり、結婚後にこれを知った豊子愷は妻を長姉の設立した振華女校の教壇に立たせている。また芸術的素養を身につけさせるため、結婚直後から妻を城東女学文芸専修科に通わせた。豊子愷は第一師範卒業後、上海専科師範学校の設立運営にたずさわる一方で、城東女学を含む複数の学校で芸術の教師をしていたが、徐力民と豊子愷は通常はそれぞれの宿舎で別々に暮らし、週末だけともに過ごすという生活を続けた(99)。豊子愷は、母として子どもを養育する立場の女性にこそ、芸術教育の意味を理解してほしいと考えていたが、妻に芸

術教育を受けさせたのも、このような考えの反映と言えよう。(100)

さて、李叔同は上海では城東女学での教務のほかに、南社社友としても活躍し、また『太平洋報』や同画報副刊の編集に従事するなど、同盟会系の活動に積極的に参加した。(101)南社とは、同盟会会員の柳亜子や高旭、陳去病らが一九〇九年一一月に蘇州で結成した文学社団である。中国近代文学史上、最長の歴史と最大の規模を誇り、各地に支社組織や社友を有し、全盛期には千人以上の社友がいた。しかし、一九一二年当時はまだ小規模で、社友総数は二百人余り、大部分が上海在住者であった。同年三月一三日、民国になって最初の集会（第六次雅集）が開かれると、上海の社友のほとんどが参加した。李叔同は一九一二年二月一一日に南洋公学時代の友人朱葆康の紹介で社友となっており、(102)第六次雅集には東京美術学校の同窓生で、春柳社同人の曾孝谷を誘って出席している。(103)

また、『太平洋報』は一九一二年に葉楚傖が創刊した日刊紙で、資金は中国同盟会中部総会の庶務部長、陳英士が調達していた。柳亜子によると、姚雨平が社長を務め、編集長の葉楚傖はじめ李叔同や柳亜子、蘇曼殊ら編集者のほとんど全員が南社社友で、お互いに親しい関係にあったという。李叔同はまた一九一二年五月の『南社通訊録』の表紙デザインや題字も担当している。(104)同紙には不定期刊行の画報副刊があったが、李叔同はその編集責任者でもあった。(105)

第五節　浙江省立第一師範学校（一九一二—一九一八）

一九一二年の秋に『太平洋報』が停刊となると、李叔同は前述のように浙江両級師範学校（一九一三年に第一師範学校と改称）の経亨頤校長の要請に応じて、同校の美術と音楽の教師に就任した。経亨頤は同盟会会員で、一九一七年には李叔同の紹介で南社に加入している。

李叔同は第一師範での授業に、日本で学んだ最新かつ正規の習得方法を取り入れた。その一例が一九一四年に行われた男子裸体モデルの写生である。李叔同は日本に留学した直後から、西洋美術の習得方法として写生の重要性を提唱していたが、臨模が主流であった当時において、李叔同の主張と実践は斬新かつ画期的な試みであった。李叔同による、この中国で最初の試みは、言わば「中国で西洋美術受容がようやく始められたというメルクマール」であった。[106]尚、近代中国の代表的な西洋画家、劉海粟が上海図画美術院で男子裸体モデルを用いた授業を行ったのは一九一五年のことで、李叔同に一年遅れる。

第一師範当時、李叔同が教員仲間のうちで、最も親しく交際していたのは夏丏尊である。夏丏尊は父の勧めに従い、一九〇二年からキリスト教会系の上海中西書院（Anglo-Chinese College。現、東呉大学）に学ぶが、経済的理由から翌年退学し、学費免除の紹興府学堂へ転学した。一九〇五年に日本に留学し、弘文学院で学んだ後、東京高等工業学校に入学した。前述のように、清朝政府の規定では当時、日本の公立学校入学者は出身地の官費奨学金を受けられることとなっていたが、浙江省では高等工業学校への進学者が多かったため、夏丏尊は奨学金を受けられず、一九〇七年に学業半ばで帰国した。翌年、日本人教員の中桐確太郎の通訳・翻訳担当者として、両級師範に就職した。[107]

李叔同が第一師範に奉職した期間は一九一二年から一九一八年と短い。しかし、その成果は決して少なくなかった。以下、豊子愷との関係から見てみたい。豊子愷が第一師範で李叔同から教えを受けたのは、一九一五年からわずか数年である。しかし、この数年の経験と李叔同への畏敬の念が、豊子愷に芸術と宗教を志向させたのである。豊子愷は祖母や叔母の影響もあって幼少期から絵や音楽に親しんでいたが、あくまでも自己流であり、李叔同に教えを受けたことで長足の進歩を遂げた。それは、李叔同に「君の図画の進歩は早い。私は南京と杭州の二ヶ所で教えているが、君のように進歩の早い人には会ったことがない」と言わしめる程であった。豊子愷は、李叔同のこの一言で「絵を専門に習い、一生を芸術に捧げることを決意した」のであった[108]。

豊子愷は第一師範の一、二年生当時、成績は格別に優秀で、経亨頤が全校大会で豊を同校の模範生だと讃えたこともあったという。しかし「一生を芸術に捧げる」ことを決意して以来、豊は小学校教員の養成を目的とした同校の授業に急速に興味を失い、授業を抜け出しては写生に行き、必修の教育実習も放棄してしまう。豊子愷はそれほど西洋美術に夢中であったが、早くに父を亡くし、近隣の農民相手の零細な藍染業とわずかな農地からの収入しか持たない生家の経済状況を考えると、芸術を生業とすることも、大学への進学も現実には不可能なことであった。

それを自覚しながらも、従兄に紹介された地元の小学校の巡回指導員の職を断るなど、豊子愷は卒業後の進路を決めかねていた[109]。そもそも豊の母が第一師範への進学を勧めたのは、同校を卒業すれば小学校教員という安定した職に就き、生家でともに暮らせるという期待からであった。皮肉なことに、そうした母の願いに相反して、豊子愷が故郷とは異なる新しい世界や文化、価値観を希求するに至ったのもまた、第一師範の故であった。

さて、豊子愷は一九一九年に第一師範を卒業すると、芸術教育全盛の時代を背景に、同校の先輩であり、同じく李叔同の高弟であった呉夢非、劉質平とともに上海専科師範学校（男女共学・二年制）を設立した[110]。当時中国では西洋芸術への志向が急激に高まりつつある一方で、中国人の芸術教師が絶対的に不足していたことから[111]、呉夢非と劉質平は小中学校の図画、音楽、手工芸の教員養成学校の設立を決意し、折しも豊子愷が卒業後も前途を決めかねているのを知ると、豊を仲間に誘ったのである。同校は上海でも家賃の比較的安い小西門黄家厥路の家屋を校舎とし、設備も不十分ではあったが、高等師範科と普通師範科を有していた。豊子愷は同校の教務長兼美術教師となった。

上海専科師範学校の卒業生には、魯迅ら著名作家の著作の表紙装丁で知られる陶元慶や銭君匋らがいる。豊子愷らは同校で学生を指導する一方、中国で最初の美育学術団体である中華美育会を設立した。同会の目的は、全国の芸術関係者や大中小学校の教員が共同で芸術教育を推進することにあり、第一師範時代の恩師で、当時は上海で美術教育にたずさわっていた姜丹書、前述の周湘や劉海粟、欧陽予倩ら、そして上海や北京、南京、山東など、全国各地の教職員が参加した。彼らはまた、一九二〇年四月には中国で最初の美育学術雑誌『美育』を創刊し、夏には図画や音楽の講習会を開催した。[112]『美育』の総編集は上海専科師範学校校長の呉夢非が、題字は弘一法師（李叔同、一九一八年出家）が担当した。同誌は一九二二年に第七期を以て停刊となるが、創刊当時は上海図画美術院の『美術』、北京大学画法研究会の『絵学雑誌』と並んで、芸術教育に関する有力雑誌であった。

以上、近代中国の西洋芸術・文化の受容史における李叔同の足跡を簡単に見てきた。李叔同は言わば、西洋芸術・文化を受容した第一世代である。李叔同が日本で入手し、中国にもたらした「西洋芸術・文化の種」は李叔同の時代に直接、実を結ぶことはなかった。しかし、その種は教え子の豊子愷や呉夢非、劉質平ら第二世代に手渡され、さらにその弟子の陶元慶や銭君匋ら、第三世代へと受け継がれていったのである。

注

（1）以下、李叔同（弘一法師）の経歴については、主として林子青「弘一法師新譜」、『弘一大師全集』（修訂版）編輯委員会編『弘一大師全集』第一〇冊、福建人民出版社、二〇一〇年、一一―一六二頁による。尚、『弘一大師全集』には、同じく福建人民出版社から出版された一九九二年版もあるが、本書では二〇一〇年の修訂版を用いる。以下、『弘一大師全集』（修訂版）からの引用は『弘一全集』巻数とする。

（2）一八九七年、兪氏と結婚。准（一九〇〇年生）、端（一九〇四年生）の二子をもうけた。

（3）金梅「世紀之初滬上文壇的〝天涯五友〟」『文史知識』一九九九年第一〇期、九三―九六頁。

（4）袁希濂「余与大師之関係」、陳星編『我看弘一大師』浙江古籍出版社、二〇〇三年、一頁。沢本香子「書家としての呉檮」『清末小説』第三二号、二〇〇九年一二月一日。

（5）王中秀「『西洋画法』　李叔同的訳述著作」『美術研究』二〇〇七年第三期、八二頁。

（6）李叔同と袁希濂はそれぞれ南洋公学と広方言館に進学、張小楼は揚州の東文学堂に奉職、許幻園は監生となって出仕、蔡小香は医業が忙しくなったため。

（7）「盛宣懐　奏請籌設南洋公学　光緒二二年九月二五日（一八九六年一〇月三一日）」、「盛宣懐　奏為籌集商捐開辦南洋公学（附章程）　光緒二四年四月二四日（一八九八年六月一二日）」、湯志鈞・陳祖恩編『中国近代教育史資料滙編　戊戌時期教育』上海教育出版社、一九九五年、一六三―一七〇頁。

（8）蔡元培「我在教育界的経験」、蔡建国編『蔡元培先生紀念集』中華書局、一九八四年、二四二頁。

（9）「貴州学政厳修奏請設経済専科摺　光緒二三年一一月二三日（一八九七年一二月一六日）」、湯志鈞・陳祖恩編、前掲『中国近代教育史資料滙編　戊戌時期教育』二八―三〇頁。

（10）上海交通大学校史編纂委員会編『上海交通大学紀事　一八九六―二〇〇五（上巻）』上海交通大学出版社、二〇〇六年、二五頁。

（11）黄炎培「我也来談談李叔同先生」、陳星編、前掲『我看弘一大師』、五頁（初出『文滙報』一九五七年三月七日）。

（12）顧建建・杜玲瓏「蔡元培在南洋公学」『檔案与史学』一九九八年第六期、五〇頁。

（13）中国蔡元培研究会編『蔡元培全集』第一五巻、浙江教育出版社、一九九八年、三五五頁（日記、一九〇一年八月一日）、三七四―三七五頁（日記、一九〇一年一二月二九日）。尚、蔡元培の日記の日付はすべて旧暦である。以下、『蔡元培全集』からの引用は、『蔡全集』巻数とする。

黄世暉記「蔡元培口述伝略（上）」、蔡建国編、前掲『蔡元培先生紀念集』二五二頁。

（14）中村哲夫「科挙体制の崩壊」、野沢豊・田中正俊編『辛亥革命　講座中国近現代史　第三巻』東京大学出版会、一九七八年、一二六―一四三頁。厳修自訂、高凌雯補、厳仁曾増編『厳修年譜』斉魯書社、一九九〇年、一〇一・一二四・二七八・四九二頁。

(15)「上諭　命挙経済特科各省各挙所知保薦人材」、湯志鈞・陳祖恩編、前掲『中国近代教育史資料滙編　戊戌時期教育』三六頁。
(16)五十嵐正一『中国近世教育史の研究』国書刊行会、一九七九年、四一三頁。
(17)郷試は通常、子・卯・午・酉年に行われることになっていたが、義和団の乱の影響で、該当年である一九〇〇（庚子）年および翌年にも執り行われず、一九〇二（壬寅）年にようやく実施された。
(18)郭長海「李叔同和一九〇二年浙江郷試　林子青『弘一大師新譜』拾補之二」『杭州師範学院学報』一九九八年第二期、六三頁。
(19)章用秀「天津郷賢　李叔同（四）」『天津政協公報』二〇〇八年一二期、四〇頁。
(20)厳修撰、武安孝・劉玉敏点注『厳修東遊日記』天津市人民出版社、一九九五年、一三〇頁（一九〇二年一〇月初四日（新暦一一月三日））。
(21)王中秀・茅子良・陳輝編著『近現代金石書画家潤例』上海画報出版社、二〇〇四年、七四・七六・七八・八〇頁。
(22)黄炎培「吾師蔡孑民先生哀悼辞」、蔡建国編、前掲『蔡元培先生紀念集』五三―五四頁。
(23)『蔡全集』第一五巻、一四九頁（日記、一八九七年一〇月一七日）、二〇三頁（注四一）。
(24)同上、一八二頁（日記、一八九八年六月一七日）。劉建雲『中国人の日本語学習史　清末の東文学堂』学術出版会、二〇〇七年、九四―九五頁。
(25)同上『蔡全集』第一五巻、一八二―一八三頁（日記、一八九八年六月一七日、六月二三日）。
(26)同上、三八九―三九〇頁（日記、一九〇二年二月一七日）、三九三頁（日記、一九〇二年三月二一日）。
(27)蔡元培「記三十六年以前之南洋公学特班」『蔡全集』第八巻、三二一頁。
(28)林子青、前掲「弘一法師新譜」三〇頁。読者「『法学門径書』序」、耐軒「『法学門径書』序」『弘一全集』第一〇冊、三六三頁。尚、『国際私法』および『法学門径書』の李叔同による訳文は、『弘一全集』第八冊、二一五―二三一頁に収録されている。『国際私法』の原著について、西槇偉および坂元ひろ子は太田正弘等講、磯村政富編『十法講義』（東京書院、一九〇〇年）所収の「国際私法」であろうと指摘している（坂元ひろ子『連鎖する中国近代の〝知〟』研文出版、二〇〇九年、三三七頁）。『法学門径書』については、原著者・原著ともに未詳。

(29) 黄世暉記、前掲「蔡元培口述伝略（上）」、二五二―二五三頁。曹永玓「〝墨水瓶〟事件的前前後後」『檔案与史学』二〇〇三年第二期、六七―六八頁。

(30) 上海交通大学校史編纂委員会編、前掲『上海交通大学紀事　一八九六―二〇〇五（上・下巻）』三五―三六頁。

(31) 童富勇「中国教育会与晩清革命風潮」『教育評論』一九九〇年第三期、四八―五〇、七八頁。

(32) 湯志鈞「一百年前的〝蘇報案〟」『史林』二〇〇三年第二期、四〇頁、九〇―九七頁。

(33) 林子青、前掲「弘一法師新譜」三〇頁。尚、李叔同と聖約翰書院について言及した論文は、管見の限り、板谷俊生「萌芽期の話劇と上海の学校とのかかわり」『北九州市立大学国際論集』第五号（二〇〇七年三月、一―一一頁）のみである。

(34) 王薇佳・康志傑「震旦大学与聖約翰大学之比較」『曁南史学』二〇〇四年、四八七―四八八頁。

(35) 高婷、前掲『近代中国における音楽教育思想の成立　留日知識人と日本の唱歌』二〇八頁。

(36) http://www.fengshuimastery.com/chinese_gb/master_eu.html（二〇一二年六月一九日参照）。

(37) 王薇佳・康志傑、前掲「震旦大学与聖約翰大学之比較」四八九頁（王薇佳・康志傑は F.L. H. Pott. *Repoit《ママ》 on St. John's College, 1879-1898* より引用）。

(38) 陳科美主編『上海近代教育史　一八四三―一九四九』上海世紀出版集団・上海教育出版社、二〇〇三年、五四〇頁。

(39) 熊月之・周武主編『聖約翰大学史』上海人民出版社、二〇〇七年、二四六頁。

(40) 郭長海、前掲「李叔同和一九〇二年浙江郷試　林子青『弘一大師新譜』拾補之一」六六頁。

(41) 金梅、前掲「世紀之初滬上文壇的〝天涯五友〟」九六―九七頁。

(42) 黄炎培と穆藕初の親交については、陳正書「黄炎培与穆藕初　近代企業界与教育界携手奮闘之典範」『史林』一九九七年第二期に詳しい。

(43) 穆藕初「藕初五十自述」、李平書・穆藕初・王暁籟『李平書七〇自叙　穆藕初五〇自述　王暁籟述録』上海古籍出版社、一九八九年、一〇九―一一〇頁。

(44) 高婷、前掲『近代中国における音楽教育思想の成立　留日知識人と日本の唱歌』七四―八〇頁。秦啓明「沈心工年譜（一八

七〇―一九四七）」『南京芸術学院学報（音楽与表演版）』一九八八年第一期、三九―四六頁。
(45) 上海交通大学校史編纂委員会編、前掲『上海交通大学紀事　一八九六―二〇〇五（上巻）』三九頁。
(46) 陳浄野『李叔同学堂楽歌研究』中華書局、二〇〇七年、二八―三〇頁。
(47) オーストリア・ハンガリー帝国租界は一九〇二年に開設され、一九一七年に中国が接収した。李叔同の実家は同租界内にあった。
(48)「記追悼会」（天津『大公報』一九〇五年八月二日）『弘一全集』第一〇冊、一六七頁。
(49) 一九〇五年八月二日付け天津『大公報』には、追悼会には「高等工業学堂顧問宮（官の誤りか、大野注）、藤井君、松長君」が参列したとある。また「藤井君」については、現段階では該当者の特定は難しい。同校校医の藤田語郎、あるいは直隷学務所（直隷初級師範学堂）の藤井恒久の誤記とも考えられる。また厳修の天津での友人の一人に、藤井という名前の日本人がおり、同人が追悼会に参列した「藤井君」とも考えられる。厳修自訂、前掲『厳修年譜』一三二頁。
(50)『東京美術学校校友会月報』第三巻第三号（明治三七年一二月二三日）。
(51) 東京芸術大学百年史刊行委員会編『東京芸術大学百年史　東京美術学校篇』第二巻、ぎょうせい、一九九二年、五八・九七・二八〇頁。
(52) 吉田千鶴子『近代東アジア美術留学生の研究　東京美術学校留学生史料』ゆまに書房、二〇〇九年、三五―三六頁。
(53) 同上、三九頁。
(54) 山根幸夫「厳修の『東游日記』」、古典研究会編『汲古』第三〇号、五二―五七頁。
(55)「張之洞　籌議論約束鼓励遊学生章程摺（附章程）光緒二九年八月一六日（一九〇三年一〇月六日）」、陳学恂・田正平編『中国近代教育史資料滙編　留学教育』上海教育出版社、一九九一年、一二頁、五三―五九頁。
(56) 袁希濂、前掲「余与大師之関係」二頁。尚、法政大学では一九〇四年に清国留学生法政速成科を開設した。
(57) 厳修自訂、前掲『厳修年譜』一三一・一五一頁。
(58) 同上、一七〇・一七九頁。孫継南編著『中国近現代音楽教育史紀年　増訂本（一八四〇―二〇〇〇）』山東教育出版社、二〇〇四年、一六・二七頁。
(59) 同上『厳修年譜』一八〇―一八六頁。
(60) 同上、二七八頁。
(61) 同上、二七九頁。
(62) 東京美術学校時代の李叔同については、西槇偉『中国文人画家の近代　豊子愷の西洋美術受容と日本』(思文閣出版、二〇〇五年)、陸偉榮『中国近代美術史論』(明石書房、二〇一〇年)などに詳しい。
(63) 日本美術年鑑編纂部『日本美術年鑑』画報社、一九一〇年、一六二―一六三頁。
(64) 同上、一六四頁。
(65) 同上、一六四―一六五・一九〇頁。
(66) 『みづゑ』五〇号、一九〇九年五月、一五頁。
(67) 前掲『日本美術年鑑』二〇〇―二〇一頁、二〇六―二〇七頁。
(68) 吉田千鶴子、前掲『近代東アジア美術留学生の研究　東京美術学校留学生史料』一九頁。
(69) 高婙、前掲『近代中国における音楽教育思想の成立　留日知識人と日本の唱歌』一四一頁。
(70) 李叔同の日本での音楽活動については、以下に詳しい。西槇偉「中国新文化運動の源流　李叔同の『音楽小雑誌』と明治日本」、『比較文学』第三八巻、一九九六年、六二―七五頁。高婙、前掲『近代中国における音楽教育思想の成立　留日知識人と日本の唱歌』慶応義塾大学出版会、二〇一〇年、一三四―一六六頁。
(71) 吉田千鶴子、前掲『近代東アジア美術留学生の研究　東京美術学校留学生史料』一四五―一四八頁。
(72) 「清国人洋画に志す」『国民新聞』明治三九年一〇月四日。
(73) 劉暁路は、李叔同と松長長三郎には一九〇四―一九〇五年の間に親交があり、それが東京美術学校への留学の契機となったのではないかと指摘している。劉暁路「檔案中的青春像　李叔同与東京美術学校(一九〇六―一九一八)」、陳星編『我看弘一大師』浙江古籍出版社、二〇〇三年、三六四頁。

（74）厳修撰、前掲『厳修東遊日記』八〇―八二頁（一九〇二年八月二一日（新暦九月二二日））。

（75）白馬会出品目録には、李岸（李叔同）の作品として第一二回展（一九〇九年）に「停琴」、また最後の展覧会となった第一三回展（一九一〇年）に「朝」、「静物」、「昼」の名前が記されている。尚、白馬会は一八九六年に黒田清輝と久米桂一郎が日本最初の洋画団体である明治美術会を脱会して設立したものである。石橋財団ブリヂストン美術館他編『結成一〇〇年記念白馬会　明治洋画の新風』日本経済新聞社、一九九六年、二三四・二三八・二四一・二四九頁。

（76）前掲『東京芸術大学百年史　東京美術学校篇　第二巻』四六八頁。

（77）『随鷗集』随鷗吟社、第二二編記事（一九〇六年七月一日）。

（78）厳修撰、前掲『厳修東遊日記』一一六・一二七頁。

（79）春柳社については、陳凌虹「中国の早期話劇と日本の新劇　春柳社と民衆戯劇社を中心に」（川本皓嗣・上垣外憲一編『一九二〇年代東アジアの文化交流』思文閣出版、二〇一〇年所収）、飯塚容他編著『文明戯研究の現在　春柳社百年記念国際シンポジウム論文集』（東方書店、二〇〇九年）、瀬戸宏『中国話劇成立史研究』（東方書店、二〇〇五年）などに詳しい。

（80）周遐寿『魯迅的故家』上海出版公司、一九五三年、三七七頁。日本語訳は、周作人著・松枝茂夫等翻訳『魯迅の故家』筑摩書房、一九五五年による。

（81）欧陽予倩『自我演戯以来』中国戯劇出版社、一九五九年、一一・一四頁。

（82）Kao, Mayching "Reforms in Education and the Beginning of the Western-Style Painting Movement in China," in Andrews, Julia F., and Kuiyi Shen, eds. *A Century in Crisis: Modernity and Tradition in the Art of Twentieth-Century China*. New York: Guggenheim Museum, 1998. p.156.

（83）Harbsmeier, Christoph. *The Cartoonist Feng Zikai: Social Realism with a Buddhist Face*. The Institute for Comparative Research in Human Culture, 1984. p.18.

（84）中共上海市委党史資料徴集委員会・中共上海市委党史研究室・中共上海市委宣伝部党史資料徴集委員会合編『上海革命文化大事記（一九一九・五―一九三七・七）』上海書店出版社、一九九五年。西槇偉、前掲『中国文人画家の近代　豊子愷の西洋美術受容と日本』四二・六六頁。
(85) 顔娟英「不息的変動　以上海美術学校為中心的美術教育運動」、顔娟英主編『上海美術風雲　一八七二―一九四九申報芸術資料条目索引』中央研究院歴史言語研究所、二〇〇六年、五〇―五一頁。
(86) 陳野『縁縁堂主　豊子愷伝』浙江人民出版社、二〇〇三年、四九頁。
(87) 吉川榮一『蔡元培と近代中国』中国近現代文学研究会、二〇〇一年、二一四―二三四頁。
(88) 蔡元培「以美育代宗教説」『蔡全集』第三巻、五七―六四頁。
(89) Barmé, op. cit., p.119.
(90) 汪向栄著、竹内実他訳『清国お雇い日本人』朝日新聞社、一九九一年、七八頁。
(91) 吉田千鶴子、前掲『近代東アジア美術留学生の研究　東京美術学校留学生史料』四四―五一頁。
(92) 顔娟英、前掲「不息的変動　以上海美術学校為中心的美術教育運動」五三頁。（尚、文中の陳抱一の発言について、顔娟英は陳抱一「洋画運動過程略記」『上海芸術月刊』第六巻、一九四二年四月、一一八頁より引用）。
(93) 釈弘一「致楊白民　二」（一九〇五年一〇月七日）、『弘一全集』第八冊、二六九頁。
(94) 釈弘一「致楊白民　三」（一九〇六年一二月五日）同上、二六九頁。
(95) 釈弘一「致周嘯麟」（一九〇六年一二月五日）、同上、二七五頁。
(96) 同上、四―一〇頁（「芸術談」『女学生』第一期―第三期、一九一〇年四月―翌七月）。
(97) 蔡元培「養成優美高尚思想　在上海城東女学演説詞」『蔡全集』第二巻、二四〇―二四六頁。
(98) 顔娟英、前掲「不息的変動　以上海美術学校為中心的美術教育運動」六三頁。
(99) 豊一吟、前掲『瀟洒風神　我的父親豊子愷』六八頁。尚、城東女学での研修の後、徐力民は振華女校で一年ほど教壇に立ったが、一九二〇年に長女の豊陳宝が産まれてからは芸術教育にたずさわることはなかった。
(100) 豊子愷「告母性　代序」『豊文集』第一巻、八〇頁。
(101) 李叔同が天津を離れ上海へと向かった理由としては、仕事内容や実家の破産、家庭の事情（李叔同は天津の実家に妻子がいたが、帰国に際して日本人女性を同行し、上海に住まわせていた）など、いくつか考えられる。上海では主として同盟会系の活動に従事していることから、李叔同が直隷模範工業学堂を辞職した理由の一つとして、同年二月に中華民国の臨時大総統に就任した袁世凱と同校との関係を嫌ったとも考えられる。

(102) 坂元ひろ子、前掲『連鎖する中国近代の〝知〟』三〇四頁。郭長海・金菊貞「李叔同和南社」『杭州師範学院学報』一九九九年第五期、八七頁。

(103) 曾孝谷が李叔同らの紹介で、南社に正式に加入するのは四月二二日である。金梅『李叔同影事』百花文芸出版社、二〇〇五年、一四七―一四八頁。

(104) 柳亜子『南社紀略』開華書局、一九四〇年、四七―五二頁。

(105) 『弘一全集』第一〇冊、四五頁。

(106) 西槇偉、前掲『中国文人画家の近代　豊子愷の西洋美術受容と日本』二七頁。

(107) 欧陽文彬「夏丏尊先生年表」、夏丏尊『平屋之輯』浙江人民出版社、一九八三年、九―一二頁。

(108) 豊子愷「為青年説弘一法師」『豊文集』第六巻、一四九頁。尚、豊子愷「旧話」（『豊文集』第五巻、一八四頁）にも同様な逸話が記されている。

(109) 豊子愷、同上「旧話」、一八四―一八五頁。

(110) 上海専科師範学校はまず音楽科から始まり、一九二四年には規模を拡大して上海芸術師範大学と改称した。しかし、一九二五年には経営難から、陳望道・周勤豪らの創設した東方芸術専科学校と合併し、上海芸術大学となった。陶元慶や銭君匋らは専科師範当時の学生である。

(111) 日本人美術教員の中国への招聘は一九〇〇年―一九一〇年に集中している。一九二〇年代からは日中関係の悪化とともに中国への赴任者が激減したため、中国人美術教師の養成が急務となった。吉田千鶴子、前掲『近代東アジア美術留学生の研究　東京美術学校留学生史料』四四―四七頁。

(112) 中共上海市委党史資料徴集委員会他編、前掲『上海革命文化大事記（一九一九・五―一九三七・七）』七頁。

第三章　漫画家「豊子愷」の誕生と時代の潮流

第一節　李叔同の出家

五四新文化運動と前後して、芸術教育が興隆したことは前述のとおりである。当時、第一次世界大戦やベルサイユ条約の影響から、知識人の中には西洋的倫理や価値観に不信を抱く者も現れたが、李叔同もまたそうした一人であった。浙江両級師範（第一師範）に奉職した後、李叔同はそれまでの洋装を中国服に改め、宋学や道教、仏教に関する書物を愛読するようになった。豊子愷の在学当時、李叔同は明の劉宗周撰『人譜』を座右の書としていたが、それを知って豊子愷は当初「李先生は西洋の芸術に精通しておられるのに、なぜこんな時代遅れなものをお読みになるのだろうと訝しく思った」(1)という。しかし、李叔同が同書の「士は器量と見識を先にし、文芸は後にする」という言葉について熱く語るのを聞き、豊子愷は「まるで心に新しく明窓が開かれたようだ」と感じ、李叔同への尊敬の念がいっそう高まったと記している(2)。

豊子愷が違和感を覚えたように、李叔同は西洋美術と音楽の教師として、近代的な技術や手法を教える一方で、思想的には中国の伝統的倫理観や道徳性を志向するようになっていた。『人譜』は李叔同の出家の折、豊子愷に譲られたが、同書に象徴されるような、芸術家はまず人として高潔であらねばならず、そのための修養を怠ってはならないという李叔同の芸術観もまた豊子愷に受け継がれていった。

さて、李叔同の一九一八年の出家の原因については、当時の中国の政治的、社会的状況や生家の没落、持病の神経衰弱、体調不良など様々に取りざたされている。(3)弘一法師自身は出家の遠因と近因をそれぞれ次のように挙げている。まず遠因であるが、第一師範で有名人の講演があった折、夏丏尊と二人で抜け出して西湖でお茶を飲んでいると、夏丏尊が「我々のような人間はむしろ出家して和尚になった方がいいのだ」と言い、李叔同はそれを面白いと感じたのだという。一方、近因は一九一六年の冬に神経衰弱の治療を目的に、杭州の虎跑寺で経験した断食にあるという。(4)

李叔同が仏教について最初に教えを請うたのは馬一浮である。馬一浮は由緒ある読書人家庭の出身で、父は四川仁寿県の県令を務めた。一八九八年に紹興で魯迅や周作人らとともに科挙の県試を受け、首席となったが、翌年には上海に出て英語やフランス語、ドイツ語、日本語などを学び、一九〇〇年には上海で馬君武や謝無量らと雑誌『翻訳世界』を創刊し、欧米の学説などを紹介した。一九〇三年に米国に留学すると、途中ドイツのベルリンに遊び、マルクスの『資本論』を入手した。これが中国に持ち込まれた、最初のマルクスの著作とされている。一九〇四年から一九〇五年には日本に留学し、西洋哲学を研究した。一九一八年には蔡元培の依頼により北京大学文科学長となるが、儒学に対する学校側との姿勢の相異からすぐに辞職するに至った。(5)

李叔同と馬一浮の交際は一九〇二から一九〇三年にかけて、李叔同が上海の南洋公学に在学していた頃に始まり、その約一〇年後に李叔同が第一師範に勤めるようになって再開されたと言われている。馬一浮は国学大師と称された儒学者であるが、仏教にも造詣が深かった。

一九一六年冬、李叔同は神経衰弱を治療する目的で、杭州虎跑寺で断食を体験した。(6)虎跑寺で約二〇日間を過ごした李叔同は僧侶の生活に憧憬の念を抱くようになり、翌年からは菜食生活を始め、また『楞厳経』、『大乗起信論』などの仏典を大量に購入した。馬一浮は虎跑寺の雰囲気について李叔同から聞き及んでいたため、一九一八年一月に友人の彭遜之に静寂な場所を尋ねられた際、同寺を紹介した。彭遜之は元々仏教に関心があった訳ではなく、あくまでも静寂を求めて虎跑寺を訪れたのであったが、雰囲気に感化されたのか、数日後に出家する。この時期に同じく虎跑寺を訪れていた李叔同は、彭遜之の出家に感動して、自らも出家を決意し、一九一八年七月一三日に得度、釈演音（号弘一）となった。

李叔同の出家は中国の文芸界に衝撃を与えたが、それは李叔同のように西洋文化受容の最前線にあった者が、西洋よりも中国の伝統的価値観を選択したことに対する衝撃でもあった。なかでも、李叔同を「新民」育成と社会変革の同志と考えていた経亨頤の受けた驚きと衝撃は、計り知れないものであっただろう。経亨頤は学生が李叔同の出家に影響を受け、また西湖の詩的情緒や宗教的雰囲気に魅了されて「社会的任務」を忘れることを危惧し、その年の終業式の訓示で学生に西湖に遊びに行くのはよいが、西湖を修養の場と考えないようにと指示を与え、学期中に仏典を読むことを禁じた。(7)

第二節　浙江省立第一師範学校と五四新文化運動

第一師範での李叔同や楊伯豪との出会いは豊子愷に決定的な影響を与えたが、夏丏尊もまた同様に、豊の生涯の師であり、豊の文学的な活動においては特に重要な存在であった。豊子愷は一九一六年から夏丏尊に作文の指導を受けたが、その指導方針は「空論を語るのを許さず、正直に書くように」というものであった。夏丏尊のこうした指導方針は、一部の保守的な学生の反感を買ったが、豊子愷ら多数の学生は「夏先生の、このような斬新で大胆な革命的主張に驚き、また心服した。我々はまるで長い夢から忽然と目覚めたかのように、新しい時代の到来を悟った」という。

続けて、豊は「これはまさに五四運動の第一歩であった」と記している。豊子愷が第一師範を卒業するのは一九一九年七月のことである。豊自身が記しているように、夏丏尊の指導は五四新文化運動の先駆とも言うべきもので、豊子愷は言わば夏丏尊を通じて新文化運動の洗礼を受けたのであった(8)。

当時、夏丏尊は経亨頤校長の支持の下、陳望道・劉大白・劉次九とともに第一師範の「四大金剛」として、同地の新文化運動の推進、特に国語教育の革新を図り、第一師範は江南地方における新文化運動の中心となっていた。五四運動の余波を受け、第一師範の学生らが五月一二日にデモを行った時のことを、経亨頤は日記に次のように記している。尚、このデモに豊子愷が参加したか、否かは不詳である。

六時にまず学校に行くと、学生はまだ出発していなかった。秩序を守り、決して軽挙妄動に出ぬよう、簡単に指示を与える。教育庁に行き（中略）、軍部および警察にそれぞれ相談する。誤解を生じさせぬためである。九時に杭州の中等以上の学生三千人余が公衆運動場から出発し、教育会を通る。甚だ意気盛んである。私も外に出て万歳と叫ぶ。午後三時には元の場所に戻ったが、秩序は甚だ良い(9)。

経亨頤が新文化運動を支持した背景として、デューイ（John Dewey）の平民教育論の影響が考えられる。デューイは一九一九年四月に日本経由で中国を訪れると、一九二一年六月に帰国の途に着くまでの約二年余り、上海を皮切りに奉天、天津、山西、山東、江蘇、江西、湖北、湖南、浙江、福建、広東の一一省で計二〇〇回もの講演を行った(10)。

デューイを中国に招いたのはコロンビア大学の教え子である胡適や蔣夢麟、陶行知らである。デューイは四月三〇日に上海に到着すると、早くも五月三・四日には上海市西門の江蘇省教育会で「平民主義の教育」と題する講演を行った。経亨頤は五月一日の新聞でデューイの到着を知ると、翌日には早速上海に赴き、胡適とともに蔣夢麟の家を訪ね、デューイ夫妻と面会した。経亨頤は、五月三日の講演にも赴いたが、そこでデューイは「個性の発展と共同作業」こそが平民主義教育の二大条件であり、また共和国家の要素であると論じた。この「個性の発展」とは「自発的で、独立し、思想をもち、活発で、想像力があり、判断力のある」人材を育成することである。そして、そのような個性は相互に衝突すべきではなく、相互に引き付け合い、共同で作業せねばならない。人々は互いに協力して何事かを成し遂げ、その成果はそれぞれが皆、享受すべきである。したがって、教師は学生が何かを行う機会を抑制してはならず、また学生が何かを行うように、専制的な手段で強制すべきではないとデューイは説いた。(11) これを聞いた経亨頤は日記に、非常に深遠な内容であったと感想を記している。(12)

デューイの平民主義教育に感銘を受けた経亨頤は、五四新文化運動や学生のデモを支持した。しかし、経亨頤のこのような教育方針は浙江省教育当局の不興を買い、経亨頤と夏丏尊ら「四大金剛」は間もなく辞職するに至る。その契機となったのは、当時、第一師範に在学していた施存統が一九一九年一一月に『浙江新潮』(13) 第二期に発表した「非孝」という文章である。教育当局は以前から、第一師範の革新的な教育を好ましく思っていなかったため、「非孝」の発表以前に夏丏尊らが添削をしていたことを理由に、監督不行き届きであるとして、経亨頤の罷免を決議した。それは「第一師範紛争」と呼ばれる学生の反対運動を引き起こしたが、校長と「四大金剛」は自らの意志で一九二〇年春に辞職した。(14) その後、経亨頤は以前から構想していた、政治権力の介入を受けない私立学校の設立という夢を実現すべく、故郷の浙江省上虞県に春暉中学を創設した。春暉中学には後に、経亨頤と同郷の夏丏尊や豊子愷も参加するが、それについては第四章で詳述する。

第三節　西洋美術への憧憬と絶望

一九二一年春、豊子愷は妻子を故郷に残し、単身日本へ向かった。このわずか一〇ヶ月程の滞在は「留学というには短すぎ、旅行というには長すぎる」ものであったが、(15)豊の思想的転換点として重要な意味をもつ。

これ以前、豊子愷は上海専科師範学校のほかに、第一師範時代の恩師である姜丹書も勤めていた愛国女学校や、李叔同の友人楊白民の設立した城東女学、東亜体育学校などで美術教師をしていたが、次第に自らの教育方針や芸術的知識に自信を失い始めていた。当時、西洋美術が普及するにつれ、上海にも西洋画の教育機関が続々と設立され、西洋や日本で美術を学んだ留学生が西洋美術の専門家や画家として活躍するようになっていたのである。

例えば、前述の上海図画美術院の教員構成には、当時の状況が如実に反映されている。創設者の劉海粟、烏始光、張聿光は皆、留学経験を持たない。劉海粟と烏始光は、日本やヨーロッパに滞在したことのある周湘が一九〇七年に上海で設立した布景画伝習所で学んだだけである。また舞台美術や新聞漫画などの分野でも活躍した張聿光は、フランスのカトリック伝教修会が上海に設立した土山湾孤児院に付設の土山湾画館で西洋美術の基礎を学んだに過ぎない。(16)しかし一九一〇年代以降、日本で西洋美術を学ぶ中国人学生が増えるにつれ、上海図画美術院でも日本への留学経験者を教員として採用するようになった。一九二〇年代、同校には少なくとも二〇名以上の留日教員がおり、そのうち八名が東京美術学校で、また八名が川端画学校で西洋画を学んだ。(17)

第一師範で李叔同に図画の指導を受け、あとは明治時代に日本で出版された『正則洋画講義』(18)で独習しただけの豊子愷にしてみれば、前述の中華美育会の活動を通じて周湘や劉海粟、欧陽予倩らをはじめ、各地の新進気鋭の美術家、教育者に接し、また日本の雑誌などから日本やヨーロッパの芸術に関する最新の情報を得るにつけても、自らの教授法の古さを実感せずにはいられなかった。豊子愷が次第に、自分も西洋か日本に留学して、西洋画の全貌を理解し、帰国後は美術家になりたいと思うに至ったのも当然のことであった。豊子愷が最終的に西洋ではなく、日本への留学を決意したのは、留学費用の問題に加えて、李叔同や夏丏尊もかつて日本に留学していたこと、また第一師範当時から彼らについて日本語を学んでいたことによる。(19)

豊子愷は一〇ヶ月の留学期間のうち初めの五ヶ月間は、午前中は洋画研究所で絵を習い、午後は東亜高等予備学校で日本語を学んだ。日本語の基礎のあった豊にとって、同校の日本語の授業は初歩的すぎたため、後半の五ヶ月間は日本語の代わりに音楽研究会でバイオリンを習い、夜は英語学校に通った。(20)

豊子愷の通っていた洋画研究会は現段階では特定されていないが、西槇偉は、豊子愷はまず川端画学校に学び、その後は二科画会に移ったとしている。(21) 川端画学校とは一九〇九(明治四二)年に川端玉章が文京区小石川に設立した美術学校で、当初は伝統的な日本絵画の専門家の育成を目的としていた。しかし、一九一三(大正二)年に川端玉章が亡くなると、学校の存亡をかけて藤島武二を迎え、洋画科を新設して川端絵画研究所と改称した。同校は明治末から昭和にかけて日本の美術界に大きな存在感を示したが、特に洋画科は東京美術学校への進学者の多さと藤島武二の存在から脚光を浴びていた。もっとも、科目は実技の「石膏像写生」と「人体写生」の二つだけで、授業は通常、生徒が自由に創作し、それに監督の富永勝重が序言を与えるという形で、藤島が指導するのは一学期に一回程度だったという。(22)

また二科画会は、石井柏亭や梅原龍三郎、有島生馬、坂本繁二郎らが、文部省美術展覧会(文展)から分離した在野の美術団体として、一九一四年に結成した二科会の附属機関である。尚、李叔同が参加していた白馬会の附属機関、白馬会洋画研究所（一八九四年、天真道場として発足）は一九一一年に白馬会が解散した後は、白馬会葵橋洋画研究所と改称して活動を続けていた。同研究所は一九二三（大正一二）年まで存続したが、葵橋（現、赤坂溜池）という場所柄、主として文京区を活動拠点としていた豊子愷が同校に通った可能性は低いと思われる。

豊子愷が日本語を勉強した東亜高等予備学校は、一九一四年に松本亀次郎が中国人留学生向けに設立した補修学校で、神田の中国青年会の近く（現、神田神保町二—二—愛全公園内）にあった。またバイオリンを習った音楽研究会について豊子愷は、音楽学校を卒業後、ドイツに留学したバイオリン教師（林先生）が本郷春日町近くの路地裏の私宅に開設した個人教室と記している(23)。同研究会について、小野忍は「市電の春日町停留所から真砂町へ向かっていく坂道の左側に堀一面の看板をかけた小さな音楽塾」があったと記憶している(24)。

日本留学中、豊子愷は洋画のほかにバイオリンや日本語、英語も学んだ。こういうと、如何にも充実した留学生活のようである。しかし、実は豊は留学して間もなく、西洋画の全貌を学んで美術家になるという当初の目的も、将来への希望も失いかけていた。この間の気持ちの変化を、豊子愷は次のように記している。

一九《マ》二〇《マ》年の春に〝山城丸〟に乗って日本に向かった時は、画家になって帰国するという希望に満ち溢れていた。東京に到着して西洋美術の面影を覗き見て、自分の乏しい才能と境遇を顧みるに、次第に画家になることの難しさを感じ、いつの間にか落胆のあまり怠けるようになった。毎日午前中、ある洋画学校で model が休憩を取る時、私はいつも所在無く敷島に火をつけて、将来のことを繰り返し考えた。時には、果たして model と canvas が画家になるための唯一の道なのかと疑問に思うこともあった。

心配で不安になればなる程、ますます怠けてしまい、何もかもつまらなく思えた。それからは午前中の授業はいつもさぼり、ほとんどの時間を浅草の opera 館や神田の古本屋、銀座の夜店などでつぶした。〝絵なんか描いたところで何の役にも立たない。むしろ見聞を広めたり、思索したりする方がいいのだ〟。毎晩、自分で自分をこう慰めるしかなかった。[25]

豊子愷は西洋画の手法や芸術家としての姿勢を李叔同から学んだことで、来日以前には恐らく、自分は画家になるための才能と基礎的技術があるのだから、あとは日本で技術を磨き、日本やヨーロッパの美術界の最新動向を知ればよいと自負していたことであろう。ところが日本で本物の西洋画にふれ、また美術学校で指導を受け、ほかの学生の水準の高さを知ったことで、自らの技術や知識の不足を実感し、激しく落胆したのであろう。東京美術学校で正式に西洋美術を学び、将来を嘱望されていた李叔同でさえ画家にはなれなかったという事実を、改めて認識させられたのかもしれない。

そのような折に豊子愷がめぐり合ったのが竹久夢二の絵であった。

〔図版6〕竹久夢二「クラスメート」

第四節　竹久夢二との出会い

竹久夢二の絵は豊子愷にとって、それまで見た絵のなかで「最も印象深く、忘れられない」ものであった。[26] 豊が最初に心を奪われたのは、夢二の「クラスメート」[27]（図版6）である。

豊はかつての同級生の卒業後の著しい境遇差を描いたこの作品の「造形の美」と「詩的意味」に放心する程の衝撃を受け、同様なテーマの作品を複数描いている。豊子愷は日本の漫画や自分の絵に関する散文で、しばしば竹久夢二について言及しており、[28] 豊の作品には構図や題材、画法などの面で明らかに夢二の影響を受けたと考えられるものも多い。

竹久夢二の絵の何が、それ程までに豊子愷に衝撃を与えたのだろうか。夢二の絵の魅力について、豊子愷は次のように分析している。

> 彼の画風は東洋と西洋の画法を融合したものである。構図は西洋的だが、画趣は東洋的である。形は西洋的だが、筆致は東洋的である。非常に調和が取れており、天衣無縫のようである。さらに大きな特徴は、詩趣に富んでいることである。以前の漫画家はほとんど皆、諧謔や滑稽、諷刺、遊びを主題としてきた。夢二先生はそのような浅薄な趣を排除し、もっぱら深遠で厳粛な人生の味わいを描いている。絵を見た人はまるで一首の絶句を読むかのようで、その味わいは尽きることなく、いつまでも心に残るのである。[29]

〔図版７〕「燕帰人未帰」

竹久夢二の作風に影響を受けて、豊子愷が墨と筆で描いたイラスト風の作品は、一九二五年当時『文学週報』の編集主幹を務めていた鄭振鐸によって同誌五月号に掲載されると（図版７）[30]、鄭振鐸の付けた「子愷漫画」という名称とともに、瞬く間に普及し、人気を博した。これ以降「漫画」という言葉が中国で一般的に使われるようになったため、豊子愷は「中国漫画の鼻祖」と称されることが多い。「漫画」という言葉の由来には諸説あるが、一般には鳥（漫《マン》画《カク》、ヘラサギ）の名称であった中国語が日本に伝わった後に現在のような意味に変化し、それが二〇世紀初頭に中国に伝わったと言われている。現在と同様な意味で、中国で「漫画」という言葉が用いられた例として、最も早いのは一九〇四年に上海で発行された『警鐘日報』のコラム「時事漫画」である。しかし、これは短期間で終わり、「漫画」という名称の普及には至らなかった。[31]

さて、豊子愷は「漫画」と称される、自分の作品について次のように述べている。

私の描く作品では図面の形式的な美は重視しておらず、むしろ題材の詩趣、すなわち内容の美を求めている。（中略）私の作品は内容的な意味に偏りがちだが、画面の構図的な美のためだけに描いた作品もある。私の友人の大部分は文学的な風味のある前者を好み、純粋な絵画である後者は好きではない。私自身もそのように感じている。それは、私が友人との握手を好むように、絵画と文学の握手についても好ましく思うからである。今後、私は自分の絵を〝詩画〟と呼ぶつもりである。[32]

豊子愷は竹久夢二の作品についても「実のところ、漫画という枠にくくることは出来ず、まさに〝声なき詩〟と称するべきであろう」と述べている。[33] この絵画と文学の握手という発想は、竹久夢二の「私は詩人になりたいと思った（中略）ある時、私は文字の代りに絵の形式で詩を画いて見た」[34]という言葉を髣髴とさせる。

豊子愷はまた絵画には形状や色彩の感覚美を追求し、題材を重視しない「純粋な絵画」と、テーマを重視する「文学的絵画」があるが、前者は近代西洋画に最も多く、後者は昔からの大多数の中国画がそうであると述べている。[35] 豊子愷のこの文章は一九三四年に発表されたものである。豊が西洋画に対していつからこのような感想を抱くに至ったかは不明であるが、日本での経験から自らの西洋画の技術や知識の不足を認識し、西洋画自体への興味も失いかけていた豊子愷が、比較的早い時期から西洋画は技術的には優れているが、内容的には不十分だと考えるようになったとしても不思議はない。

しかし、五四期の新青年として封建的な中国の伝統文化を否定し、また西洋の芸術や文化に心酔し、人間としての個性や感情に重きを置いてきた豊子愷にとって、西洋美術のような科学的な技法や指導法を持たず、現代の作品であっても「古代社会の現象」ばかりを描き、現代人の「人生の悲しみと喜び」を表現しない中国画はまた、あまりにも時代遅れなものであった。(36)

西洋画と中国画のいずれにも満足しえなかった豊子愷にとって、現代的な構図で現代人の生活や感情を描いた竹久夢二の作品は、どれほど新鮮に映ったことであろうか。竹久夢二の作品の中に、豊子愷は西洋的でも東洋的でもない、自分の求めあぐねていた新たな芸術形式を見た。豊子愷はまさに Barmé の指摘するように、竹久夢二の作品を通じて「文人画の筆と墨」の価値を改めて発見し、それによって同世代の青年に特有な「西洋万能主義的な因襲打破の考え」から解放され、独自のスタイルを創り出すことが出来たのである。(37)豊子愷にとって夢二作品との出会いは、単に芸術的な意味においてのみならず、思想的にも大きな転換点であった。

第五節　大正期新興芸術運動と豊子愷

前述のように、豊子愷は留学直後から「果たして model と canvas が画家になるための唯一の道なのか」と思い悩み、次第に画学校の授業をさぼるようになっていた。代わりに、豊子愷がしばしば訪れた場所の一つに「浅草の opera 館」がある。浅草オペラは二つの点で、大正期の新興芸術運動を象徴する存在であった。(38)それは一つには、特定の芸術分野に限定されることなく、諸芸術を横断しようとする試みであること、また一つには「アカデミズムの権威主義」から逸脱していることである。(39)

浅草オペラとは、アメリカで踊りと歌を学んだ高木徳子が、当時、新劇運動で活躍していた伊庭孝と一九一六（大正五）年に始めた舞台で、創作音楽劇と舞踊を主要な演目としていた。所謂オペラとは趣を異にしていたが、これをペラと称したのは、それまでの日本になかった洋楽と結びついた舞台作品を当時はすべてオペラ、歌劇と称していたためである。当初は出演者、舞台装置ともにかなりの低水準で、創作舞踊家として活動していた石井漠が、浅草オペラの脚本や作曲を担当していた佐々紅華に参加を要請された頃は「浅草に出演するものは俳優でも乞食役者といわれた位で、再び浮かび上れぬ堕落を意味していた」という。(40)

しかし、帝国劇場やイタリア人振付師ローシーの設立したローヤル館と比べて入場料が破格に安く、また浅草という場所柄もあって、庶民の間で人気を博し、ペラゴロと称される熱狂的ファンもうまれた。客層は「早稲田慶応其の他の学生達」、つまり男子大学生が中心であったが、それは上記の理由に加えて、浅草オペラには何よりも「時代の先端を行くあたらしいものという感覚」があったからである。(41)

帝国劇場歌劇部でローシーの指導を受けた石井漠が一九一七（大正六）年に浅草の東京歌劇座に舞台監督兼舞踊家として参加し、また石井の誘いに応じて、当時ローヤル館で活躍していた清水金太郎・静子夫妻や、ピアニストの沢田柳吉が加わったことで、浅草オペラの水準は著しく向上し、やがて全盛時代を迎えた。谷崎潤一郎や佐藤春夫、今東光、東郷青児、辻潤、竹久夢二らはペラゴロであり、また石井漠のよき友人でもあった。(42)そのほかにも、川端康成や宮沢賢治、小林秀雄らもペラゴロとして知られている。彼らを浅草オペラに惹きつけたのは、まさにその斬新さであり、時代の先取り感であった。豊子愷もまたそうした若者の一人であったと言えよう。

豊子愷が浅草オペラに通った一九二一（大正一〇）年当時、石井漠は既に浅草を離れ、根岸歌劇団（金龍館）の藤原義江もイタリア留学へと旅立ち、オペラ常設館も金龍館だけとなっていた。しかし、この頃には逆に「固定したオペラファンが、もう生半可なものでは満足せず、オペラ専門館の充実した舞台と、俳優たちの長い修練による技能の向上から、初期のころとは格段の内容の公演を続ける」ようになっていた[43]。当時、正統派テノール歌手として浅草オペラの頂点に君臨し続けた田谷力三も活躍していた。豊子愷は浅草オペラを通じて、西洋音楽や芸術の世界を堪能したことであろう。

浅草オペラは音楽や劇だけではなく、舞踊や舞台美術なども含めた総合芸術であり、また出演者のほとんどが独習者や素人で、東京音楽学校のような正規の教育を受けていない点において、まさに大正期新興芸術運動を象徴する存在であった。

美術の世界でもまた同様に、アカデミズムから逸脱した芸術家による新たな動きが生じていた。版画家や漫画家のような「マージナルな位置にある美術家」や、絵の愛好家とも言うべき「アマチュア」が活躍し、専門家になるための場が、それまでの唯一かつ正統なルートであった官立美術学校や画学校、展覧会とは別の場に、新たに開かれたのである。それは雑誌へのコマ絵の投稿であった[44]。コマ絵とは一種の挿絵であるが、絵柄と本文が直接関係しないという点で挿絵とは異なる。

当時人気のあった投稿雑誌『中学世界』や『文章世界』のコマ絵の入選常連者の多くが後に画家になった。その要因として、高橋律子は一つには「選者の目が確かであった」こと、また一つには「常連となったことで活躍の場が与えられた」ことの二点を指摘している。従来の画家へのルートを外れた画家予備軍にとって、コマ絵の投稿欄はまさに「画家として自立する登竜門」であった。ペラゴロであった東郷青児や竹久夢二もまた、コマ絵の投稿を通じてデビューし、画家として自立するに至ったのである[45]。

豊子愷は東京で、それまで画家になるための唯一の道と考えられてきた「model と canvas」を離れ、浅草オペラや竹久夢二の作品に魅了された。浅草オペラの成り立ちや、竹久夢二が一投稿者から常連となり、瞬く間に時代の寵児となったことを考えると、豊子愷の選択は、ある意味では豊子愷個人の問題ではなく、大正期の日本における芸術界の新たな潮流という大きな枠の中で考えることも可能であろう。

注

(1) 豊子愷「先器識而後文芸　李叔同先生的文芸観」『豊文集』第六巻、五三四頁。
(2) 同上、五三三―五三五頁。
(3) 李叔同の出家については、豊子愷「法味」(『一般』第一巻第二号、一九二六年一〇月)、同「我与弘一法師」(『豊文集』第六巻、三九八―四〇二頁)、夏丏尊「弘一法師之出家」(前掲『平屋之輯』二四四―二四九頁)などがある。
(4) 釈弘一「断食日志」および弘一法師述・高勝進筆記「我在西湖出家的経過」、いずれも『弘一全集』第八冊、一九三―一九八頁。夏丏尊「弘一法師之出家」、前掲『平屋之輯』二四六―二四七頁。出家の経緯について、詳細は陳星『李叔同西湖出家実証』(杭州出版社、二〇〇八年)にも詳しい。
(5) 滕復『一代儒宗　馬一浮伝』杭州出版社、二〇〇五年。
(6) 弘一法師の一九一六年の断食は、夏丏尊が日本の雑誌で断食に関する記事を読み、それを弘一法師に紹介したことによる。坂元ひろ子、前掲『連鎖する中国近代の〝知〟』三〇八頁。
(7) 経亨頤「戊午暑暇修業式訓示」(一九一八年七月)前掲『経亨頤教育論著選』一五七―一五八頁。Ye, Wen-hsin. *Provincial Passages: Culture, Space, and the Origins of Chinese Communism*. Berkeley: University of California Press, 1996, p.84.
(8) 豊子愷「悼丏師」『豊文集』第六巻、一五七頁。
(9) 経亨頤『経亨頤日記』浙江古籍出版社、一九八四年、一六五―一六六頁。
(10) 「附録四　杜威先生在華講演目録」、袁剛・孫家祥・任丙強編『民治主義与現代社会　杜威在華講演集』北京大学出版社、二〇〇四年、七八三―七八七頁。

(11)「平民主義的教育」、袁剛・孫家祥・任丙強編、前掲『民治主義与現代社会　杜威在華講演集』三五四―三五七頁。
(12)経亨頤、前掲『経亨頤日記』一六二―一六三頁。
(13)『浙江新潮』の前身は、浙江省立第一師範学校・第一中学・甲種工業学校の一部学生が、一九一九年の双十節（十月十日、中華民国建国記念日）に創刊した隔月刊誌『双十』で、翌月から週刊に変更し、名称も『浙江新潮』と改めた。
(14)「第一師範紛争（一師風潮）」については、坂井洋史「五四時期の学生運動断面『陳昌標日記』に見る〝一師風潮〟」（『言語文化』第二六号、四九―六九頁）に詳しい。同紛争によって夏丏尊らが退職した後、第一師範の改革精神を維持するため、新任の国語教員として朱自清、兪平伯、劉延陵が招聘された。彼らに生物教師の王准君を加えた四名は、夏丏尊ら「前四金剛」に対し、「後四金剛」と称されたという（坂井、六七・六九頁）。尚、陳昌標（陳範予）は一九三〇年代前半には、立達学園農村教育科で主任を務めた。陳昌標については第四章で改めて論じる。
(15)豊子愷「我的苦学経験」『豊文集』第五巻、八〇頁。
(16)上海図書館編『老上海漫画図志』上海科学技術文献出版社、二〇一〇年、五―九頁。
(17)陳暁虎、前掲「留日学生与上海美専」六五―六六頁。
(18)和田英作、石井柏亭、森田恒友、中澤弘光、石川欽一郎、板倉賛治、高村眞夫、白瀧幾之助、藤島武二、丸山晩霞など、日本の洋画家による絵画教本（全一〇巻）、日本美術学院刊行。
(19)豊子愷、前掲「我的苦学経験」七九頁。
(20)同上、八〇頁。
(21)西槇偉、前掲『中国文人画家の近代』五〇頁。
尚、江川佳秀氏によると、川端画学校洋画部の「記名簿（入学申込者名簿）」のうち、一九二一年初頭から一九二四年五月末までの名簿は散逸しており、また当時、川端画学校と並んで二大双璧と称された太平洋画会の在籍者名簿も第二次大戦の折に消失しているため、豊子愷の在籍については川端画学校、太平洋画会ともに、資料の上では確証できない状況にあるという。ただ、江川氏の作成された資料によると、豊子愷が日本で知り合い、帰国後も親しく交際していた黄涵秋が一九二〇年に川端画学校洋画部に入学していることから、豊子愷もまた同校で学んだ可能性は高いと思われる。

江川佳秀氏には資料（「中国人画学生たちが学んだ場所　特に川端画学校と太平洋画会研究所を中心に」、二〇〇七年一二月、未公刊）をご提供いただき、また当時の画学校の状況につき、詳細にご教示いただいた。ここに感謝の意を表する。

(22) 江川佳秀「川端画学校沿革」『近代画説』第一三号、二〇〇四年一二月、四八―五四頁。
(23) 豊子愷「記音楽研究会中所見之二」『豊文集』第五巻、五七六―五七七頁。
(24) 小野忍「豊子愷『教師日記』」『中国文学雑考』大安社、一九六七年、三〇五―三〇八頁。
(25) 豊子愷「『子愷漫画』題巻首」『豊文集』第一巻、二九頁。
(26) 豊子愷「絵画与文学」『豊文集』第二巻、四八六―四八七頁。
(27) 竹久夢二「クラスメート」『夢二画集　春の巻』洛陽堂、一九一〇年。尚、同書には頁の記載はない。
(28) 竹久夢二に関する豊子愷の記述としては、前掲「絵画与文学」、「漫画芸術的欣賞」（『豊文集』第三巻、三五八―三六五頁）、「談日本的漫画」（同第三巻、四〇四―四二一頁）、「漫画」（同第四巻、二〇一―二〇八頁）、『漫画的描法』（同第四巻、二五九―三一六頁）などが挙げられる。
(29) 豊子愷『漫画的描法』『豊文集』第四巻、二七〇―二七一頁。
(30) 豊子愷「燕歸人未歸（漫畫）子愷」『文学週報』第一七二期、一九二五年五月一〇日号。
(31) 畢克官『中国漫画史話』百花文芸出版社、二〇〇五年、三七―四〇頁、六三―七〇頁。「漫画」という名称の由来および、『文芸週報』刷新のための手立てとして鄭振鐸が豊子愷の絵を利用したことなどについては、Barmé, op. cit., pp.87–94. に詳しい。
(32) 豊子愷「音楽与文学的握手」『豊文集』第三巻、五二一―五二三頁。
(33) 豊子愷、前掲「談日本的漫画」四一八頁。
(34) 竹久夢二、前掲『夢二画集　春の巻』。
(35) 豊子愷、前掲「絵画与文学」四九一頁。
(36) 豊子愷「談中国画」『豊文集』第二巻、六一三―六一四頁。

（37）Barmé, op. cit., p.71.
（38）大正期新興芸術運動については、五十殿利治『観衆の成立　美術展・美術雑誌・美術史』（東京大学出版会、二〇〇八年）を参照した。
（39）同上、一六〇頁、一七三頁。
（40）石井漠『私の舞踊生活』大日本雄弁会講談社、一九五一年、四七頁。
（41）増井敬二『浅草オペラ物語　歴史、スター、上演記録の全て』芸術現代社、一九九〇年、三五―三八頁。
（42）石井漠、前掲『私の舞踊生活』五〇―五七頁。竹中労『聞書・庶民列伝　牧口常三郎とその時代・衆生病む（三）』潮出版社、一九八六年、一七三―一七九頁。
（43）増井敬二、前掲『浅草オペラ物語　歴史、スター、上演記録の全て』三四頁。
（44）五十殿利治、前掲『観衆の成立　美術展・美術雑誌・美術史』一四〇頁。
（45）高橋律子『竹久夢二　社会現象としての〈夢二式〉』ブリュッケ、二〇一〇年、九六頁。

第四章　愛国的「啓蒙主義」の試みと挫折

第一節　白馬湖春暉中学

一九二一年冬、親族や友人の準備してくれた留学費用二千元も尽き、豊子愷は一〇ヶ月の日本留学から帰国した。西洋画家となることを夢見ての留学であったが、現実は厳しく、豊は西洋美術や将来に対する漠然とした閉塞感を抱きつつ、東京の芸術的空気を満喫することに終始した。そうしたなか、竹久夢二の作品を知り、豊の芸術観や文化観は一新された。豊子愷の新しい芸術観が「子愷漫画」として形をなすのは、留学から数年後のことである。帰国後、豊は「生活と留学の借金返済のために職に就かざるを得なかったが、ほかの職に就くことも出来ず、以前と同じく教師になるしかなかった[1]」。そのため、豊子愷は上海専科師範学校および中国公学などで、美術や音楽の教師となった。中国公学の同僚には朱自清や朱光潜、匡互生、陶載良、沈仲九らがいた[2]。

翌一九二二年の秋、豊子愷は第一師範時代の恩師夏丏尊に誘われ、浙江省上虞県白馬湖畔の春暉中学に奉職した。白馬湖は浙江省寧波から紹興へ向かう鉄道の中間に位置し、上虞から五キロほど離れた場所にある。春暉中学の創設者であり校長の経亨頤は、豊子愷が第一師範に在学していた当時の校長である。第三章で述べたように、経亨頤および、第一師範の新文化運動推進者の「四大金剛（夏丏尊、陳望道、劉大白、劉次九）」は、五四新文化運動に反対する浙江教育当局の圧力を受け、一九二〇年に辞職した。経亨頤は辞職以前から、政治権力の介入を受けない私立学校の設立を構想しており、浙江省の鉄道会社重役をしていた同郷の名士徐春瀾の経済的支援を得て、一九一九年一二月には理事会を設立するなど、構想の実現に向けて活動していた。一九二二年には校舎も落成し、同秋には学生の募集を始め、一二月には入学式が行われた。

一方、経亨頤とともに第一師範を離れた夏丏尊は、長沙の湖南第一師範学校の招聘を受け、同校で約一年間、教壇に立った。同校の校長は易培基、教務主任は匡互生で、同僚には周谷城や田漢、汪馥泉、毛沢東らがいた。夏丏尊は一九二一年に故郷の上虞に戻ると、経亨頤とともに春暉中学の設立に尽力する。

設立当初の春暉中学の教師には夏丏尊（国語）や豊子愷（芸術、英語）のほかに、匡互生（教務主任、数学）、朱自清（国語）、朱光潜（英語）、劉薫宇（数学）、王任叔らがいた。教師の多くは夏丏尊と匡互生の友人や元同僚、教え子などであった。春暉中学は優秀な教師を集め、一九二三年には浙江省で最初の男女共学制を導入するなど、新式の教育方針を採用した。その名声は「北に南開中学、南に春暉中学」との評判を得る程であった。講演や視察のために蔡元培や黄炎培、何香凝、張聞天、胡愈之、郭沫若、葉聖陶、陳望道、呉稚暉ら、多くの著名人が春暉中学を訪れている[3]。

春暉中学は前述のように、徐春瀾の個人的寄付で設立された私立学校であったため、政府や軍閥、地元の後見人などの干渉や束縛を受けることもなく、校風は自由で民主的であった。同校には、公立学校では一般的であった体罰や学生の人格を無視した管理制度が無く、学生の自主性が重んじられていた[4]。教師と学生の自由で平等な関係について、朱自清はこう記している。

> 一般の学校では、教師と学生の間には往々にして目に見えぬ境界がある。これは教育の効力を最も減少させうることである！　学生は教師に対して「鬼神を敬してこれを遠ざける」。教師は学生に対して君は君、私は私という態度で、学生の喜びや悲しみにかかわることもなければ、道理に適っているかどうか、聞くこともない！　この

ような両極的な状態で、どうして人格的感化などと言うことが出来ようか？　どうして「健全な人格の形成」などと言えようか？　ここ春暉中学の教師と学生の間には、こうした状況は存在しない。いつでも常に自由に話すことが出来るのだ。一切の事柄は通常、皆で協力して行う。学校には協治会があるだけで自治会はない。感情面で隔たりがないので、仕事上も自ずから、私心なく誠意に満ちていて、憚るものは何もない。(5)

春暉中学に奉職していた当時、豊子愷が特に親密に交際していたのは夏丏尊、朱自清、朱光潛、劉薫宇の四名である。(6) 彼らの親しい交際について、朱光潛は次のように記している。

同僚の夏丏尊、朱自清、劉薫宇らと私はいつも豊子愷とともに酒を酌み交わし、おしゃべりを楽しむ友人で、いつも一緒に集まっていた。我々はお茶を飲むようにゆっくり、しみじみと酒を味わい、慌てることも騒ぐこともなく、それぞれ自分の適量を飲み、その後は話す者は話し、笑う者は笑い、聴く者は静かに耳を傾けるのだった。(7)

朱光潛はまた、こうも記している。

学校の規模は大きくなかったので、我々は朝夕、生活や仕事をともにし、まるで家族のようであった。朱自清と夏丏尊、豊子愷は皆、文芸を好み、お互いの書いたものを見せ合っていた。私もいつの間にか彼らの影響を受け、文章を書くようになった。(8)

朱光潛が記しているように、夏丏尊や朱自清、朱光潛、豊子愷、劉薫宇は文芸の楽しみを共有し、互いの創作や翻訳について意見を交換していた。夏丏尊も「『愛の教育』訳者序言」で、次のように述べている。

隣人の劉薫宇君、朱自清君は本書の最初の愛読者で、毎期の原稿（当時『東方雑誌』に掲載していた『愛の教育』の翻訳原稿、大野注）が完成すると、やって来て目を通し、出来る限り校正の労を執ってくれた。表紙および挿絵は隣人の豊子愷君の手によるものである。すべて忘れようにも忘れられないことばかりである。(9)

彼らの影響を受け、豊子愷もこの頃から対外的な文学活動や社会活動を開始した。豊子愷は春暉中学に奉職した一九二二年秋に劉薫宇とともに婦女問題評論社に加入し、[10]『婦女雑誌』や『民国日報』副刊「婦女評論」などに女性解放問題に関する文章や翻訳を発表している。豊はこの時期、婦女問題研究会にも加入した。[11]婦女評論社や婦女問題研究会には夏丏尊や胡愈之、沈雁氷（茅盾）など、友人や知人も多く、また当初から女性の自立に関心と理解のあった豊子愷にとって、これらの活動への参加は極めて自然なことであった。

五四新文化運動では、旧来の家制度において最も抑圧された存在であった女性の解放が重要な論題となっていたが、豊子愷は当初から女性は男性に従属するのではなく、一個の独立した人格であるとの認識を有していた。豊子愷のこのような男女同権思想は、時代の流れであると同時に、豊の育った環境にも由来している。豊子愷の故郷石門湾は古くから養蚕が盛んで、その経済力を背景に女性が比較的強い立場にあった。更に豊家の場合は、父親が早くに亡くなったため、母親が家業の染物屋の運営から子どもの教育まですべてに采配を振っており、また父親の教育方針により、経済的にそれほど余裕があった訳ではないにもかかわらず、娘にも新式教育を受けさせるなど、家庭内での女性の地位が高かったという。[12]

特に三女の豊満は父親の溺愛を受けて自由に育てられ、当時石門鎮で唯一の纏足をしていない女性であった。一九一九年の長姉の死後、豊満は振華女校の二代目校長となったが、同校の教育水準を上げるため杭州の浙江女子師範学校にも通っている。豊子愷の結婚の一年後、豊満も同郷烏鎮の数学教師と結婚したが、封建的な姑との確執から一年後には離婚を希望するようになり、一九二二年には身重の身でありながら、それを隠して婚家を後にした。豊満はその後、当時まだ上海で教壇に立っていた豊子愷を訪れ、豊子愷らの設立した上海専科師範学校で芸術への造詣を深めることを希望し、豊子愷もまたそれを当然のように受け入れている。豊満は上海で女児を出産したが、離婚の意志は変わらず、豊子愷や沈雁氷、曹辛漢らの仲介により一九二二年に正式に離婚した。同年秋に豊子愷が白馬湖春暉中学へ移ると、豊満も娘の寧馨を連れて白馬湖へ転居する。豊満母子はその後、抗戦中の内地への疎開も含めて、生涯のほとんどを豊子愷一家とともにした。(13)豊子愷は兄弟の中でも豊満と特に仲が良く、豊満のよき理解者であったが、また豊満の自由闊達な発想や行動力が豊子愷に及ぼした影響も少なくはないであろう。

豊子愷は一九二三年には文学研究会に所属し、『春暉』、『民国日報』副刊「芸術評論」、『東方雑誌』などに芸術や文化に関する文章や翻訳を投稿している。前述のように春暉中学当時、豊子愷は同僚に恵まれ、彼らの影響で対外的な文学活動や社会活動を始め、また白馬湖の自然や虚飾のない親密な人間関係を楽しんでいた。しかし、豊子愷はその生活に完全に満足していた訳ではなかった。当時を回想して、豊はこう記している。

絵画や音楽の技術はこの時（留学を終えて再び教師になった時、大野注）から、日ごとに疎かになっていった。技術というのはほかの学問と異なり、各種の設備や毎日の不断の練習が必要である。（中略）数日休めば腕はにぶり、指はこわばる。教師というのは場所も時間も不特定な仕事で、授業の準備も忙しい。課外時間を利用して芸術を追求しようかとも考えたが、それは往々にして無理な事であった。次第にいっそう疎かになり、絵具箱とバイオリンは書棚の一番上に置かれて既に久しく、その上には埃が厚く溜まるようになった。腕がむずむずする時には、反故に墨で気の向くままに絵を描いた。それが偶然、ああした漫画となったのである。口がむずむずする時はハーモニカで簡単な旋律を吹いて、我が家の子ども達に歌わせ、音楽に対する嗜好をしばし慰めたものである。(14)

第三章で述べたように、豊子愷は日本で自分の西洋美術の知識や技術の未熟さを思い知らされ、西洋画家になる夢を断念した。しかし、芸術それ自体への想いは断ち切ろうとして断ち切れるものでもなく、帰国後は教師として日々の生活に追われながらも、気持ちは依然として芸術を志向していた。そのような状況で、豊子愷が描いたのは「model

〔図版8〕「経子淵先生の講演」

とcanvas」の必要な西洋画[15]ではなく、「反故に墨で気の向くまま」に描く絵であった。豊子愷は竹久夢二の作品を通じて、それまで否定的に認識していた東洋美術や東洋文化の価値を改めて発見したが、それは五四新文化運動期の青年として、それまで崇拝してきた西洋文化に対する懐疑の始まりでもあった。

豊子愷は初め手遊びに絵を描いていたが、その絵をたまたま目にした夏丏尊に賞賛されてからは更に熱心になり、絵が完成した後はそれを自分で木版画にすることもあった。豊の作品が最初に公開されたのは『春暉』[16]第四期（一九二三年一二月一六日）に掲載された「経子淵先生の講演」（図版8）と「女性の賓客　寧波女子師範」の二枚である。経子淵（亨頤）校長と寧波女子師範学生の輪郭を墨でさらりと描いたこれらの作品には、既に豊子愷特有の味わいが表現されている。

竹久夢二の絵を彷彿とさせる豊子愷の絵は、豊を通じて夢二を知り、豊と同様に夢二の作品を高く評価していた朱自清や朱光潜の心を捉えた。朱自清は一九二四年に兪平伯と共同で編集した小冊子『我們的七月』に「人、去りし後、一鉤の新月、天は水の如し」[17]（図版9）と題した豊子愷の絵を掲載した。この絵が当時『文学週報』の編集主幹をしていた鄭振鐸の関心をよび、その結果「子愷漫画」が誕生した。

『我們的七月』は兪平伯と朱自清の編集による不定期刊行誌で、一九二四年には兪平伯主編『我們的七月』が、一九二五年には朱自清主編『我們的六月』が上海亜東図書館から出版された。B六サイズの小冊子ながら、新しい試みにあふれた雑誌で、表紙デザインを担当した豊子愷以外に署名はなく、編集者は「我們（私たち）」の音を表す〝ＯＭ〟とのみ記されていた。尚、朱自清が春暉中学に正式に赴任するのは一九二四年秋であるが、同年三―四月にかけて浙江省立寧波第四中学と春暉中学で兼任しており、豊子愷との交友はその頃からと思われる。経亨頤や夏丏尊らも上記二校で兼任し、両校の教師間の交流は盛んであったため、それ以前からの可能性も考えられる。[18]

春暉中学は前述のように、私立学校として政府当局や軍閥に干渉されることなく、自由で民主的な校風を誇っていた。しかし、次第に国民党の方針に沿った政治課目の設置や党歌の斉唱などを強要されるようになった。夏丏尊は当時の学校制度や教育界に対する不満を「〝如何せん〟」、「徹底」などの散文に綴っている。[19]

〔図版9〕「人、去りし後、一鉤の新月、天は水の如し」

春暉中学の教員には、夏丏尊や匡互生の友人や知人以外に、浙江省政府から派遣された者もおり、彼らは春暉中学の自由で民主的な校風に日頃から不満を覚えていた。両者の対立が表面化するのは、一九二四年冬のことである。学生の黄源が早朝の体操時に規定外のフェルト帽を被って来たことから、学生を支持する立場の匡互生や劉薫宇、朱光潜、豊子愷ら革新派教師と、経亨頤校長を始めとする保守派教師との対立が激化した。第一章で論じたように、経亨頤は「学生の個性」を認めていたが、それはあくまでも「社会変革」のために許容しうる範囲のものであり、優先されるべきは集団としての秩序や規則であった。問題を穏便に解決しようとする夏丏尊の努力も空しく、二八名の学生が退学処分となり、同年一二月には匡互生と朱光潜が、ついで豊子愷や夏丏尊らが前後して辞職した。[20]

朱自清はこの事件によって、それまで親しく交際していた朱光潜や豊子愷らと別れることになり、また春暉中学の体制自体にも失望したが、家庭の事情から直ちに離職することも出来ず、同校に留任した。その後、朱自清は中学教師という職業への疑問と孤独感から商務印書館への就職を希望したが適わず、一九二五年秋に兪平伯の紹介で、同年に大学部を増設したばかりの清華大学の国文系教授となった(21)。

第二節　立達学会

春暉中学を辞職した後、豊子愷らは理想教育の実現に向けて活動を開始した。当時の様子を豊子愷は次のように記している。

現在（立達中学設立から五年後の一九三〇年、大野注）、学園全体で立達の誕生を直接知っている者はもう少ない。数えてみたら、匡互生先生、陶載良先生、練為章先生、私、そして用務員の郭志邦の五人だけである。（中略）一九二四年の厳冬(22)、我々数名の漂泊者は上海老靶子路で二棟の家を借り、〝立達中学〟の看板を掲げた。（中略）間もなく、家賃があまりにも高いので、我々は大八車を一台雇って学校全体を小西門黄家闕の古い家に移し、そうして学校を始めた。そこは、家賃はかなり安かったが、家もかなり古くて傷んでいた。（中略）……その家で半年ほど授業をしてから、江湾に自分たちで建てた校舎に移った――それが今の立達学園である――（以下省略）(23)。

文中の「小西門黄家厥の古い家」とは、豊子愷らが一九一九年に設立した上海専科師範学校が校舎として最初に使用した家屋である。同校は立達が老靶子路（現、武進路）から小西門黄家厥に移る以前に、辣斐徳路（現、復興中路）に移動していた。尚、立達中学の設立当時、豊子愷は生活のため上海専科師範学校でも教師をしていた。

上記の文章にもあるように、立達学園は初め春暉中学を離れた匡互生、朱光潜[24]、豊子愷の三名によって立達中学として始められ[25]、後に陶載良、練為章、夏丏尊、劉薫宇、沈仲九、銭夢渭らが加わった[26]。彼らは一九二五年二月一日、虹口老靶子路倹徳里十号にて二棟の家を借りて校舎とし、豊子愷が紙に書いた「上海市私立立達中学」を門標とした。老靶子路から小西門黄家闕への移転の理由として、豊子愷は家賃の高さを挙げているが、それに加えて入学希望者が予想以上に多かったため、更に広い場所が必要ということもあった。同校は二月二五日に開校し、三月二日から授業が開始された。数名の教師が自分たちだけで始めた立達中学の設立資金は、わずか千元あまりであった。その内訳は百数十元の寄付と五百元の借金、そして豊子愷が白馬湖の自宅「小楊柳屋」を売却して手に入れた七百余元である[27]。

春暉中学当時、朱光潜は豊子愷のことを「鷹揚で落ち着いて温和な人柄」で、「いつもにこやかに微笑んでいて、悠々自適だ」と感じていた。朱光潜は、そのような印象の豊子愷が匡互生と自分に続いて早々に春暉中学を離れ、立達中学の設立に積極的に参加したことで、豊子愷が「ただの画家ではなく、自らの意志で着実に仕事に励む、心熱き人」だと知ったと記している[28]。

春暉中学の教師の中には前述の朱自清のように、学校の保守化傾向に反感を覚えながらも様々な事情や思惑から、すぐには辞職できない者も少なくない中、平素は穏やかな様子の豊子愷が革新派の中心的存在であった匡互生や朱光潜と行動をともにし、七百余元もの私財まで投じて立達中学の設立に尽力したことに、朱光潜が驚いたのも無理はない。豊子愷が提供した七百余元は、一九二〇年代当時の上海の典型的な市民家庭（五人家族）のほぼ平均年収に相当する。当時、上海の典型的な市民家庭のうち、年収が八〇〇元に到達していたのは普通程度の知識階級や会社員の家庭で、上海の労働者全体のわずか四％程度であった[29]。

豊子愷の作品が鄭振鐸によって『小説月報』に掲載されるのは一九二五年三月のことであり、春暉中学を離職した時点で豊に特別な生計の目途があった訳ではない。それにもかかわらず、豊子愷がこのような行動を取ったのは、豊がまさに朱光潜の言うように「〝清〟と〝和〟の二文字」が相応しい人柄ながらも、「胸の内には自分の考えがはっきりとあって〝周りの人々と仲良くはしても、流されはしない〟」性格だったからであろう。(30)

一九二五年三月、匡互生らは立達中学の授業を始めると同時に、新校舎の建設地として賃料の安い広い場所を探した。幸い、学生の父兄の好意で江湾模範工場の一部の借用が可能となり、同地に新校舎を建設することとなった。匡互生や朱光潜は資本援助と社会的支持を求めて、上海在住で湖南出身の大資本家である聶芸台や呉稚暉、また北京在住の教育総長で故宮博物院院長の易培基、北京高等師範学校時代の恩師で教育部参事の黎錦熙らを訪ねた。易培基や呉稚暉とともに、病床の孫文をも訪れている。(31) 前述のように、匡互生は春暉中学に移る以前、長沙の湖南第一師範学校で、易培基校長の下、教務主任を務めていた。上述の訪問は当時の人脈を活かしてのことであろう。

こうした努力の結果、新校舎の設立資金として約三万元が集まったが、その約半分は未完成の校舎を担保としたものであった。一九二五年夏、江湾の新校舎への移転とともに、立達中学は立達学園と改称した。立達学園では借金返済のために、授業数に関係なく教師の給与は一律二〇元とされ、多くの教師が複数の学校で教職を兼任していた。(32)

このような苦しい状況にありながらも、教師たちが立達学園のために力を尽くしたのは、理想教育の実現のためである。それは具体的にはどのような内容のものだったのだろうか。逆に言うならば、彼らは当時の教育界のどのような状況に不満を抱いていたのだろうか。以下、夏丏尊が春暉中学を離れる直前、一九二四年一一月に発表した文章から、その様子を見てみたい。夏丏尊は以下の文章の前半で、一般に物質主義と精神主義は相反するものと考えられているが、実はそうではなく、むしろどちらか一方を徹底すれば、もう一方も徹底される関係にあると論じ、中国社会における問題点は物質主義と精神主義の双方が不徹底な点にあると指摘した。夏丏尊は続けて、こう述べている。

最も不快に感じるのは教育界の状況で、これも原因は同じことである。最近は商店の真似をしたような学校が至る所に林立している。学校が次第に商業化してきたと思い、極めて残念に感じる人もいる。学校は商業化しているのではなく、ただその商業化の程度が不徹底なのである。仮に学生が学校にお金を払って知識を買い求めたとしても、もし学校が本当にそれに相応しい知識を商品として学生に売るならば、学生は学校に対して少なくとも嫌悪感は抱かないだろう。また常連と馴染みの店の間に感情のやり取りがあるように、学生の愛校心も必ずや自然に湧き上がってくることだろう。これこそまさに、物質主義を徹底することによって精神主義に到達するということである。逆に、精神主義を徹底することで、物質主義に到達することも可能である。学生にきちんと教える誠意が学校に本当にあるならば、すべて自ずと真剣なものになり、学生や社会もまた自ずと学校を物質的に援助する。無銭飲食は人として断じて許されるべきことではない。

夏丏尊は続けて、現在の教師には以前のような「神聖な威厳」も無く、学校や学生に対して「報酬と同じぐらい、あるいはそれ以上の熱心さと知力」を提供して、学校の信任や学生の敬愛を得る教師が少ないと嘆いている。(33)

夏丏尊の上記の文章から、当時の学校教育の状況、具体的には教師の教育に対する情熱や誠意の欠如、知識や能力の不足、そしてそれに起因する学生や社会の教師に対する不信などが想像される。こうした状況について、夏丏尊のみならず立達学園に集まった教師たちは皆、同様に不満を感じていたことであろう。立達学園はこのような状況を改善し、理想の教育を実現すべく設立されたのである。(34) その教育方針は「立達」という名前に端的に表現されている。

「立達」という名前は、以下（『論語』「第三　雍也第六―三〇」）に由来する。

子貢が「もし人民にひろく施しができて、人々を救うことができるならば如何でしょう。仁と言えましょうか」と尋ねた。孔子は「どうして仁者どころのことだろうか。間違いなく聖人と言えるだろう。堯や舜でさえもそれができないことを気に病んだ。そもそも仁者は自分が世に出たいと思えば、まず他者をそのようにさせる。自分が目的を遂げたいと思えば、先に他者をそのようにさせる。他人のことでも自分の身近に引き比べることができる。それが仁の手立てだと言えるだろう」とこたえた。

（子貢曰、如能博施於民、而能済衆者、何如、可謂仁乎、子曰、何事於仁、必也聖乎、堯舜其猶病諸、夫仁者己欲立而立人、己欲達而達人、能近取譬、可謂仁之方也已。(35)）

ここに表現されているのは、互いに尊重し助け合うことで、自己実現を図ろうとする相互協力の姿勢である。それは夏丏尊の憂えた、教師と学生の間の相互不信とは完全に逆の世界である。

中華民国初代教育総長の蔡元培が一九一二年の「教育方針に対する意見」において、教育宗旨として軍国民教育・実利主義・公民道徳・世界観・美育の五項目を挙げたことは前述のとおりであるが、立達の由来である「己欲立而立人、己欲達而達人」はまさに、蔡元培が公民道徳の綱領に掲げた「自由・平等・友愛」のうち、「友愛」の意味を説明するために用いた言葉である。立達学園の創設者たちは、同校が「友愛」に満ちた、穏やかで平和な教育の場となることを望んだのであろう。

当時の国際情勢を考えると、彼らはこの「友愛」が学園内だけではなく、学園の外にも、更には国際情勢にまで広がることを願って、立達と名付けたと言えるかもしれない。立達学園の創設以前、一九二二年頃から中国およびアジア諸国では欧米列強および日本の経済進出が激化しつつあった。第一次大戦期、中国は民族系産業の黄金時代と称される活況を呈したが、ヨーロッパが大戦の痛手から立ち直り、再び中国への進出を強化するにつれ、その黄金時代も終焉を告げ、中国は不況に陥った。また欧米に加えて、日本の資本主義による新たな経済進出が更なるダメージを与えた。五四運動やワシントン体制の後、中国への政治進出を制限された日本は、次第に経済進出に力を入れるようになった。その典型的な例は、民族系産業の黄金時代に花形であった綿紡織業である。日本の紡績資本は大戦中に中国市場での独占体制を確立したが、綿製品が日貨排斥運動の標的となるや、過剰資本の輸出による在華紡の創出に着手する。進出した日本企業の多くは中国風の名前をつけてカモフラージュに努め、中国民族資本市場を蚕食した。こうして民族系産業の機軸であった綿紡織業はじめ、大戦期とその直後に一定の活況を見せた諸産業は発展の機会を奪われ、その不振や停滞によって中国社会全体が深刻な不況に陥ったのである。(36)

立達学園の創設者たちはほとんど皆、五四新文化運動の影響を受けた新時代の青年であり、西洋の文化や思想に憧憬の念を抱いてきた。先進的な学問や技術を学ぶべく、海外に留学した者も多い。このような文化的背景を有する彼らが、理想教育を実現するための新しい学校を『論語』に由来する「立達」と名付けたのには、当時の弱肉強食的な国際社会のあり方、特に欧米列強や日本に対する反感や批判も込められていたのではないだろうか。また更に言うならば、西洋の文化や思想に対抗しうるものとして、彼らが中国独自の世界に価値を見出し始めたことの象徴とも言えよう。

立達中学の創立者たちは理想教育の実現について討議する過程で、その支援組織についても検討し、立達中学とほぼ同時期の一九二五年三月一二日に立達学会が結成された。同会機関誌『一般』創刊号（一九二六年九月五日）に掲載された「立達学会及其事業」によると、同会では会員互選の七名を常務委員（任期三年、再選の場合は再任）とし、委員会は一人を主席（任期一年、再選の場合は再任）に選出する。当初、同会員数は五一名で、そのうち常務委員に選ばれたのは夏丏尊、匡互生、劉薫宇、陶載良、豊子愷、陳之仏、袁紹先、練為章、銭夢渭の九名である。立達中学創始者のうち、朱光潜と沈仲九を除く全員が常務委員に選出されている。(37)常務委員以外の一般会員は、以下の通りである。(38)尚、上記九名と下記会員のうち傍線を施した二五名の計三四名は、一九二五年三月に立達学会が結成された当初の最初期の会員である。

劉大白、易寅村（培基）、朱孟実（光潜）、沈仲九、張作人、陳抱一、陳望道、何酒人、張東屏、方光燾、胡愈之、高覚敷、周予同、秦大鈞、朱佩弦（自清）、周為群、劉尚一、黎錦熙、許敦谷、徐中舒、関良、黄鴻詔、陸露沙、劉叔琴、沈亦珍、裘夢痕、丁衍鏞、李石岑、周建人、王伯祥、鄭振鐸、葉紹鈞（聖陶）、章錫琛、王淮君、栄渭陽、蔣愛真、葉吉廷、張農、章克標、張克成、陳宅桴、王亢侯

また、上記名簿が『一般』創刊号に掲載された後に沈雁氷、夏衍、許傑、陶元慶、陳範予、夏承法らが会員として参加している。会員の専門領域は文学、芸術、哲学、理数系と様々であったが、思想的にも国民党員、共産党員、無政府主義者、エスペランティストなど、多様であった。このような専門領域や思想の多様性は、立達学会の特徴の一つと言える。では、この多様な集団は一体どのような関係を基盤に構成されたのだろうか。会員を出身校や職場で分類すると、以下のようになる。

・北京高等師範学校〔教師―黎錦熙〕〔学生―匡互生、劉薫宇、張作人、高覚敷、周予同、周為群〕
・浙江省立第一師範学校〔教師―夏丏尊、劉大白、陳望道、朱自清、葉聖陶〕〔学生―豊子愷、裘夢痕、王淮君〕
・湖南省立長沙第一師範学校〔教師―夏丏尊、匡互生、易培基〕
・白馬湖春暉中学〔教師―夏丏尊、匡互生、劉薫宇、陶載良、豊子愷、練為章、朱光潜、朱自清、劉叔琴〕〔見学者―沈仲九、陳望道、胡愈之、葉聖陶〕
・呉淞中国公学〔教師―夏丏尊、匡互生、豊子愷、陶載良、朱光潜、沈仲九、朱自清、張作人〕
・商務印書館〔胡愈之、高覚敷、周予同、黎錦熙、李石岑、周建人、鄭振鐸、葉聖陶、章錫琛、茅盾〕

以上から、立達学会の構成上の特徴として、以下の二点が指摘できる。第一には、匡互生や夏丏尊を中心とする学

校関係者と、章錫琛を中心とする商務印書館の関係者という二つのグループに大別される点である。立達学会は当初、立達学園と開明書店を二大活動基盤としていたが、学校関係者は主として立達学園の運営に、また商務印書館の関係者は基本的に開明書店の運営にたずさわった。商務印書館の関係者の中には葉聖陶や胡愈之のように一時的に教職に就いた者もいたが、この二つのグループにはあまり接点がないように見える。それを繋いだのは、各地の学校で教職に就く傍ら、文学研究会や婦女問題研究会などの活動を通じて、鄭振鐸や葉聖陶ら商務印書館の関係者とも交流のあった夏丏尊や豊子愷らと考えられる。

第二の特徴は、学校関係者の多くが複数の学校の同僚であった点である。思想的に同様な傾向の人間が自然に集まったと考えられるが、更にはその中心的存在であった夏丏尊や匡互生が積極的に同志を募り、彼らを相互に結び付けたのではないだろうか。

そのほかに彼らを結びつけた要因としては、出身地の共通性が指摘できる。会員を出身地別に分類すると以下のようになり、浙江省と江蘇省の出身者が大部分を占めることがわかる。同郷あるいは近隣の出身であることは、上述の学校や職場の一致にも繋がっている。

・浙江省〔夏丏尊、豊子愷、陳之仏、劉大白、沈仲九、陳望道、方光燾、胡愈之、高覚敷、周予同、劉叔琴、周建人、鄭振鐸、章錫琛、章克標、茅盾、夏衍、陶元慶〕
・江蘇省〔陶載良、張作人、秦大鈞、朱自清、沈亦珍、王伯祥、葉聖陶、蔣愛真、葉吉廷〕
・安徽省〔朱光潜、徐中舒〕
・湖南省〔匡互生、易培基、黎錦熙〕
・広東省〔陳抱一、関良〕

・貴州省〔劉薫宇〕

また立達学会員の多くは留学経験者であるが、その留学先は日本、特に東京高等師範学校への留学者が多い。そのほかの特徴としては、美術専攻者の多さが指摘できる。留学先や専攻の共通性が彼らを結び付け、また同時に同地での経験が彼らの思想を共通の方向に導いたと考えることもできよう。

・東京高等師範留学者(39)（夏丏尊、方光燾、劉叔琴、李石岑）
・日本への美術留学者（豊子愷、陳之仏、陳抱一、関良、丁衍鏞）
・そのほか、日本留学者（易培基、沈仲九、張作人、陸露沙、夏衍）
・香港大学留学者（朱光潜、高覚敷、方光燾）

以上のように、立達学会は思想傾向も専門領域も異なる多様な会員によって構成されていた。出身地や学校、職場などの共通性以上に、彼らを強く結び付けたのは「人格修養、学術研究、教育発展、社会改造」という立達学会の目的だったのではないだろうか。またそれを可能にしたのは「それぞれの独特の好み」を活かして目的実現に協力する一方で、その「特性を発揮するように互いに助け合う」という、立達学会の自由平等の精神と言えよう(40)。目的実現のための活動基盤となったのが、立達学園と開明書店である。以下、それぞれの活動と特徴について述べたい。

第三節　立達学園

第二節で述べたように「立達」という名前には、互いに尊重し助け合うことで自己実現を図るという、対等な人間同士の相互協力の意味がこめられていた。そのような姿勢に基づき、立達学園では「健全な人格の修養と互助的生活

の実行、そしてそれによる社会の改造と文化の促進」を趣旨としていた。(41)

この立達学園の趣旨を、立達学会の趣旨「人格修養、学術研究、教育発展、社会改造」と比較すると、「人格修養」と「社会改造」の二点は同一である。また立達学会趣旨の「学術研究、教育発展」は、立達学園趣旨では「文化促進」という表現にまとめられているが、意味的にはほぼ同様と考えられる。両者の最大の相異は、立達学園の趣旨には、立達学会の趣旨に含まれていない一項、即ち「互助的生活の実行」が明記されている点である。これは立達学園の主要創設者であり、責任者の匡互生の無政府主義思想とも関連するので、詳細は後述する。

立達学園の趣旨について、匡互生は次のように説明している。

……四つの趣旨についてそれぞれを比較すると、健全な人格の修養というのは個人的方面に重きを置いており、立己達己（自分が世に出て、自分が目的を遂げること）であるとも言えよう。互助的な生活の実行とは社会的方面に重点があり、これもまた立人達人（人を世に出し、人に目的を遂げさせること）と言えよう。……健全な人格の修養と互助的生活の実行は、立達の基礎である。社会改造と文化促進は立達の結果である。つまり、これらの四つの趣旨はすべて相互に関連し、相互に繋がっており、別々に切り離すことはできない。これらの趣旨を総合することで一個の人間となる。一立達人となるのである。(42)

このような趣旨に基づき、立達学園の教師と学生には、以下のような事柄が求められた。

……我々教師と学生は皆、互いに誠実な心で接するよう力の限り努め、一切の虚偽的な態度を取り除く（中略）。……したがって、立達の教師と学生は皆、全力で犠牲的精神を養い、自分自身とその家庭を投げ捨てても人々のために幸福を目指すことができる。

（中略）つまり、すべての障害を乗り越え、理想を実現する意志力を持つことである。（中略）一方では、できるだけ質素な生活をおくり、精神が物質に容易に屈服することのないように努め、また一方では労働の実行、つまり毎日少し時間を割いて、工場や農場に赴いて労働をすることが必要である。
……したがって我々立達の教師と学生は、学問の方面では本の知識を単に記憶するだけではなく、テキスト以外に自由研究を行い、自分で考え、それによって科学的な頭脳を持つよう努める。
……（中略）我々は、少数を多数に転換することが我が国の民族には可能であり、風習を改めるのは難事ではないと堅く信ずる。(43)

上記からも明らかなように、立達学園では学生の主体性が重視され、教師と学生は互いに一個の独立した人間として平等な関係にあった。例えば、学生は指導教師を自分の自由意志で選択することができた。(44) また同校では校長を置かず、立達学会の推薦する五名からなる導師会（任期五年）が学生生活や学校の発展全般に責任を負い、そのうちの一名が主任として対外交渉を担当することになっていた。教師や職員の採用も、従来の学校のように校長や特定の有力者が決定するのではなく、導師会によって行われた。導師会以外には訓導会、教務会、事務会などがあり、それぞれの職務を担当した。

教師の九割が立達学会の会員であったが、一九二五年三月の開校当初は基本的に無報酬で、教師はそれぞれ自力で生活を維持することが求められた。江湾の新校舎に移動してからは一律二〇元の給与が支給された。しかし一九二五年三月の設立当時、立達中学の毎月の部屋代一四〇元、印刷費二〇元などから推測して、立達学園の給与二〇元だけで生活することは、多くの教師にとってかなり困難だったのではないかと思われる。その一助となったのが、後述する開明書店である。立達学園の教師達は同校の授業用に編纂した教科書や参考書類を開明書店から出版、販売することで、印税収入を得ることができた。尚、設立当初の学費（一期半年分）は一五元で、そのほかに雑費五元、宿舎費一五元が必要であったが、経済的に支払いが困難な学生に対しては学費が免除された。[45]

さて、前述のように立達中学は一九二五年夏に江湾の新校舎に移転すると同時に、立達学園と改称した。その理由について、匡互生は以下のように記している。

当初、学校の創設について相談していた頃、我々の同志の大半はかつて中等学校の教員をしていたため、各人の能力や興味、経験、希望は、中等教育の方面に大きく偏っていた。したがって、当時は中学校の設立を決議した。ところが、思いがけないことに、立達中学の開校後に多くの芸術研究者が立達学会の会員になってくれた。彼らも中国芸術界は未熟であると感じ、また中国のいわゆる芸術教育は往々にして商業化されたものであると思っていた。(中略)このため、彼らは立達に園地を開き、真の芸術教育を試してみたいと考えたのである。そこで立達学会でも、来学期(一九二五年秋学期、大野注)には、立達中学に芸術専科を開設するよう立案した。しかし、いわゆる立達中学校の五文字に同科を含むことは、今では当然ながら不可能となった。そこで立達中学校の五文字を立達学園の四文字に改めたのである。[46]

上記から明らかなように、立達中学から立達学園への改称は学校行政の規定に由来していた。その一方でまた、学園という名称には匡互生や立達学会会員の教育に対する次のような信念も込められていた。

彼ら立達学会の会員が学校を学園と改称したのは、学校という二文字では、これまでの習慣から知識を売る店の変名だと見なされるため、教育の真義を伝えるのに不十分だからである。教育の真義は〔誘導〕であって〔模造〕ではない。教育者の責任は、教育を受ける者が自由に発展しうるような環境で、彼らのために害虫を駆除し、肥料を与え、恩恵を施し、それぞれが自然に個性を作り上げ、成長できるようにすることである。教育者は決して鋳型を作って、教育を受ける者を皆、その鋳型に流し込むようなことをしてはならない。(中略)彼らは園芸家の

〔図版10〕「教育」

方法を教育にも応用したいと考えたのである。そのため、彼らは学校を学園と呼ぶことにした。（中略）およそ庭園というものは極めて広大で、極めて自由な場所である。その中では多種多様な草花、大きいものであれ小さいものであれ、白色であれ赤色であれ、中国のものであれ外国のものであれ、すべてを収容することができて、それぞれが発展している。学校の人材育成もまたこのようであるべきで、一つの規格に拘ってはならない。(47)

このような教育観は、豊子愷にも共通するもので、豊は「卒業生の産出」や「教育」などのタイトルで、職人が型を使って泥人形を作り出す姿（図版10）や、教育を垣根の剪定に見立て、子どもの頭が同じ高さに切りそろえられる姿などを漫画で表現している。(48)

次に引用する朱光潜の文章からも、立達学園の創設者たちが学生に対して、園芸家が草花を育てるように愛情をもって接し、各人の個性を尊重して自由にのびのびと成長させたいと願っていたこと、またそのような学校教育が当時はかなり革新的であったであろうことがうかがわれる。

〝学園〟と呼んで〝学校〟と呼ばないのは、我々の〝学園〟が当時の一般的な学校とは異なることを明示したいからである。この言葉は当然、ギリシアの〝プラトン学園〟の自由な討論の気風を思わせる。しかし、更に切実な意義は、青年を早苗に見立て、それを養育、愛護し、彼らを正常で健康的に成長させることにある。(49)

また章克標は、学園という名称は日本の自由学園に由来する可能性があると記している。(50) 自由学園とは、雑誌『婦人之友』を主宰していたジャーナリストの羽仁もと子・吉一夫妻が一九二一年に東京都豊島区に創設した私立学校である。同学園は「キリスト教的な自由人の養成」すなわち「『自主独立の人格』の形成をめざし、生活と信仰との結びつきをはかるとともに、『生活即教育』、『生活即信仰』」を信条としていた。神の前において人間は平等であるという、羽仁の信念に基づき、自由学園では「思想しつつ生活しつつ祈りつつ」を標語に「自労自治的生活」が基本とされた。教育史研究者の中野光は、羽仁は生活の中で教育が実践され、そのような生活を通じて学生が成長し、社会改造に立ち向かうことを期待したのだと述べ、羽仁の教育思想および自由学園の教育実践は「『一つの生活教育』であったが、そこには、労働の訓育的価値に対して積極的な評価を加えていたことが注目される」と論じている。自由学園では「自由人の育成をめざす幅広い教養と生活に密着した教育」を意図して、芸術科（絵画・音楽）や実際科（家事・作法・習字・裁縫・手芸・料理・手工）の授業にも、国語や英語、数学と同様な時間が割り当てられていた。同園ではまた、当時全国的に波及しつつあった自由画教育に着目し、自由画教育の提唱者である山本鼎を専任教師として招聘している[51]。

立達学園と自由学園は、労働と芸術が重視され、それらを通じての人格育成が意図された点、また教師と学生が一個の独立した人格として対等な関係にある点において類似している。しかし、平等という概念に関する両者の理解には相違が見られる。自由学園では神の前での平等というキリスト教的な意味での平等が重視されたが、立達学園では互いの個性の尊重という人格的な意味での平等が提唱されていた。

尚、自由学園は大正自由教育運動の流れの中、当時相次いで新設された新学校の一つである[52]。子どもの個性や自主性を重視するという同学園の教育方針は、当時の新学校全般に共通の特徴である。大正自由教育運動は一九世紀末から二〇世紀初頭にかけて欧米で盛んに提唱された新教育運動が日本に伝わったもので、第一次世界大戦後の好景気を背景に、日本でも大いに発展した。その背景には、都市部を中心に出現した中間市民階層や、大正デモクラシーを生活に取り入れようとした知識層が存在する。

教育改造は一九一〇年頃から提唱されていたが、その全国的普及に大きな影響を及ぼしたのが、一九二一年八月に東京で開催された「八大教育主張講演会」である。同会の申込者数は会場定員数の約三倍近い五千五百名にも及び、講演記録集『八大教育思潮』も初版出版の一九二二年から一九二四年までの、わずか二年の間に一〇版を重ねたと言う。同会には実際の教育者のほかに、早稲田大学教授で芸術教育論の提唱者である稲毛詛風や、同じく早稲田の教授で文芸評論家の片上伸も講演者として参加していた。同会の講演題目と講演者は以下のとおりである。(53)

一．樋口長一「自学主義教育の根底」
二．河野清丸「自動主義の教育」
三．手塚岸衛「自由教育の真髄」
四．千葉命吉「衝動満足と想像教育」
五．稲毛詛風「真実の創造教育」
六．及川平治「動的教育の要点」
七．小原国芳「全人教育論」
八．片上　伸「文芸教育論」

この大正自由教育運動と立達学園の関係について、西槇偉は以下のように論じている。

立達学園は教育に関する、その独特な教育理想で知られていた。その教育理想とは自由教育、全人教育、人格の感化による教育にほかならない。（中略）これらの教育思想と日本の大正時期の自由主義教育の思潮は基本的に一致していたが、それは決して偶然ではなく、立達の教師が日本の自由教育思想の影響を受けた結果であると考えられる。

以上の根拠として西槇は、立達学会会員の劉叔琴が『教育雑誌』一九二二年九月号「現代教育思潮号」に上記「八大教育思潮講演会」における手塚岸衛の講演抄訳を掲載したことや、同じく立達学会員の沈仲九や劉薫宇らが『教育雑誌』上で提唱した自由教育や全人教育と大正自由教育運動との類似を指摘している(54)。

立達学会会員には前述のように日本留学者や日本語学習者も多く、日本の大正自由教育運動が立達学園の教育方針に影響を及ぼした可能性は高い。また一方、大正自由教育運動は元々、欧米で流行した新教育運動に由来しており、中国を訪問したデューイやラッセル、タゴールらによって、日本とほぼ同時期に中国に直接伝えられた可能性も否定できない。

例えば、Barmé は立達学会の趣旨がデューイの中国での講演に類似すると指摘している(55)。デューイは、前述のように中国に一九一九年から二一年まで滞在して、各地で二〇〇回もの講演を行った。胡適は「中国が西洋文化と接触して以来、中国の思想界にデューイ先生ほど大きな影響を及ぼした外国の学者はいない」と述べているが、その言葉のとおり、デューイは中国の知識人から熱烈な歓迎と支持を得た(56)。一九一九年には早くも『杜威在華講演集』（上海新学社）が出版され、翌年に出版された『杜威五大講演』（晨報社）は一九二一年にデューイが中国を離れるまでの間に一〇刷近くに及び、共産党政権になるまで重版が続けられたという(57)。

立達学園の教育方針が具体的にどのような経緯で形成されたのかを特定することは、現段階では難しい。ただ確実に言えることは、当時中国では教育に対する教師の情熱や誠意、能力が低下しており、それと呼応して学生も教師や学校に不信や不満を抱くようになっていたこと、またその一方で立達学園の初期メンバーのように事態の改善を願う良心的な教師も存在していたこと、そして彼らが改善策を模索する過程で日本あるいは欧米の新しい教育方針に価値を見出したということである。これは換言するならば、当時の日本や欧米の教育界にも中国と同様の問題が存在していたということであり、また更には人間関係における信頼の欠如が教育界だけではなく、社会全体の問題となっていたことを意味しているのではないだろうか。

当時の中国の教育界の問題点を指摘するにあたり、夏丏尊は本章第二節で引用した「徹底」において、物質主義と精神主義の不徹底という表現を用いたが、ここには厨川白村の影響があると考えられる。厨川白村はその著「霊より肉へ、肉より霊へ」で、日本および欧米の教育問題や人間関係について論じるにあたり、夏丏尊と同様な表現で同様な問題を指摘している。厨川の評論は当時中国で非常に人気があり、特に夏丏尊は一九二八年に厨川著『近代の恋愛観』を翻訳していることから、夏丏尊の「徹底」が厨川の影響の下に書かれた可能性は高く、また当時の日本の教育界や社会の直面していた問題が決して日本だけの問題ではなく、中国にも同様な状況が存在していたであろうことが想像される(58)。

次に立達学園の構成などから、その特徴について述べたい。一九二五年三月の設立当初は初級・高級中学校（文科・理科）のみで、学生数もわずか六〇名程であったが(59)、匡互生は将来的には幼稚園や大学の開設も計画に入れていた(60)。同年九月には芸術専門部（西洋画科・図案画科）を増設し、学生数も一三九名まで増加した。翌一九二六年には芸術専門部を文芸院と改め、その下に中国文学系、西洋画系、図案画系が開設された(61)。中国文学系と西洋画系はそれぞれ夏丏尊と豊子愷が指導責任者となった。通常の学科以外にも劉薫宇の論理学や陳範宇《ママ》(62)の社会学、匡互生の道徳実践、胡愈之のエスペラントなど、様々な授業が開講された。立達学園では学生の自主性に基づく教育を尊重していたため、学生による自由な課外活動が奨励され、講演会もしばしば開かれた。立達学会員には匡互生や胡愈之、沈仲九らエスペランティストが複数いたことから、学園では学生による世界語学会の開催やエスペラント雑誌の出版なども行われた(63)。

また匡互生は学生を形式的な懲罰や規則で管理するのではなく、人格による感化を重視しており、図書館や実験室も学生が自主的に管理し、自由に利用することができた。[64]

立達学園では芸術教育が重視され、豊子愷を筆頭に、豊子愷の日本留学時代の友人である陳抱一や関良、上海専科師範学校時代の学生で魯迅の著作装丁などを手がけた陶元慶らが指導にあたった。立達学園では絵画展も開催され、一九二七年一二月の第二回絵画展には魯迅所蔵の画像拓本が展示された。これは魯迅と親しく交際していた陶元慶を通じて、陶や豊子愷、黄涵秋が依頼したことによるもので、魯迅は一二月一七日に来校して展覧会を見学した。魯迅はまた同年一〇月二八日には「偉人の化石」という題目で、立達学園で講演も行っている。[65]

このように立達学園では芸術活動が盛んに行われたが、一九二八年には資金不足により西洋画科は存続が不可能となったため、豊子愷は杭州国立芸術院（現、中央美術学院）院長の林風眠に陶元慶や黄涵秋ら教師と学生の受け入れを依頼した。林風眠は全員の受け入れを承諾し、豊子愷にも一緒に来るようにと誘ったが、豊はこれを断り、校務委員として立達学園に残った。[66] 杭州国立芸術院とは、一九二七年九月から南京国民政府の大学院院長を務めていた蔡元培が国立北京芸術専門学校に代わる、芸術の最高学府として一九二八年に設立したものである。初代院長の林風眠は勤工倹学の制度を利用して一九一九年にフランスに渡り、同地で美術を学んだ後、蔡元培の要請により一九二五年に帰国し、国立北京芸術専門学校の校長を務めていた。しかし、一九二七年に開催した北京芸術大会の失敗から同校を辞職し、新設の杭州国立芸術院へ異動した。杭州国立芸術院の受験は杭州と上海の二ヶ所で行われたが、計四百人以上の受験者が集まり、最終的に六〇余名が入学したという。[67]

さて、匡互生は立達学園の「互助的生活の実行」という趣旨に基づき、教師や学生による工場や農場での労働を重視し、彼らが扶助救済会などを通じて、平民教育にたずさわることを推奨していた。[68] 前述のように、立達学園の四つの趣旨のうち「互助的生活の実行」は立達学会の趣旨には含まれていない。匡互生や豊子愷の学生で、彼らを慕って春暉中学から立達学園に転校した魏鳳江は、匡が春暉中学に農場や農業科の付設を計画していたと記憶している(69)。魏鳳江は後に、中印学会初代会長であった蔡元培の命により一九三四年にタゴール国際大学（一九〇一年、タゴールによって創設。現、インド国際大学）に留学し、同大学の終身教授となった（二〇〇四年逝去）。

一九二六年八月、立達学園は支援者の寄付によって、上海北部の宝山県大場郷（現、宝山区大場鎮）に土地を得て、立達農場とした(70)。一九二九年には「生産教育を提唱し、それによって人格教育を充実させる」ことを目的に、匡互生は農場を上海西北の南翔（現、嘉定区南翔鎮）の更に広大な土地に移し、同地に高級中学部農村教育科を開設した。前述のように、一九二八年には西洋芸術科の存続も不可能になるなど、立達学園の運営は厳しさを増していた。農村教育科の設置や農場拡大の背景には、農業生産を本格化することで生産収入を上げ、学園の運営費に充てるという目論見もあったのかもしれない。農村教育科は養蜂、養鶏、園芸に分かれており、農場には養蜂場や養鶏場、果樹園、菜園、養魚地があった。新式の設備で新品種を生産し、開明書店の雑誌『中学生』などに広告を掲載して卵や蜂蜜、蜂の巣、蜜蜂を販売した。農場の生産資金には、三年分を一括納入する学費が充てられたが、経済的に支払いの困難な学生には学費の免除制度もあった(71)。

一九三〇年、南翔の農村教育科では工学社という組織が結成され、同科の学生と指導員の全員が同社社員となった。同組織は以下の四つに分かれていたが、中でも最も重視されたのは生産部門である。

・総務――会計・庶務・交際・文書
・生産――収支・設備・販売・農芸・養鶏・養蜂・養鴨
・消費――食事・購入

・学術――教学・研究・図書・遊芸・出版(72)

また工学社は農閑期には農民のための夜間学校を開き、識字教育を実施した。指導員の一人は当時を回顧して、社員と農民は普段から知識や経験を互いに教え合い、両者の関係は対等で友好的であったと記している。(73)工学社という名前は、当時中国で流行していた工読運動を思わせ、またその活動内容は武者小路実篤らの新しき村を彷彿させる。これについてBarméは、立達学園の「平等主義」における新しき村の影響を指摘している。(74)

一九三二年の上海事変で、江湾の立達学園本部と南翔の農場および農村教育科は壊滅的な打撃を受け、工学社も解散したが、匡互生の尽力により学園は再興され、一九三三年九月には工学社に代わって生産社、消費社、学芸研究社、農村服務社という四つの組織が農村教育科に結成された。各組織の構成はそれぞれ以下のようになっていた。

・生産社――会計組・庶務組・農作組・養鶏組・養鴨組・養豚組・販売組・試験組
・消費社――会計組・庶務組・食事組・衛生組・娯楽組・交際組・道路組・防衛組
・学芸研究社――会計組・課務組・図書組・研究組・出版組
・農村服務社――会計組・農村調査組・農村建設組・農村合作組（消費合作社および運搬販売合作社）・農村娯楽組・農村教育組（民衆夜間学校）・農村衛生組（診療所）・農業普及組（農芸）

これらの組織と工学社との最大の相違は「農村文化の啓発」、「農村の互助的組織の促進」、「農村生活の改良」を目的とする農村服務社の存在である。農村服務社では農民のための診療所や夜間学校が設置された。また農村の将来的な発展には子どもの教育が重要であるとの考えに基づき、女性のための補習学校や小学校、保育園も開設された。農民はこれらをすべて無料で利用することができ、経費は農村教育科の生産物の売上げで賄われていた。(75)

農村教育科がこのような形に整備されたのは、同科前主任の張石樵が辞職した後、匡互生の提案により陳範予が主任となってからである。陳範予は匡互生と同じく無政府主義の立場から、農村共同体の建設による社会改革を意図していたが、彼らのこのような考えは、匡互生の死後は立達学園から失われていく。広東の郷村師範のように、匡互生の教え子にその考えが継承されることもあったが、同校も数年のうちに省の教育当局の干渉をうけて閉鎖された。[76]

匡互生や陳範予らの農村共同体による社会改革構想は、陳範予が作詞した「立達学園農村教育科歌」の歌詞「青年、青年、我々青年は農民の先頭に立つ」、「農村に行って大人を助け、青年や子どもを教育する」、「農村に行って万人の福利を創造し、我らの力で農村改造の大鐘を打ち鳴らす」などにも反映されている。[77]また農村教育科の学生の生活は労働時間から睡眠時間に至るまで細かく規定されてはいたが、罰則は一切定められていなかった。それは陳範予もまた、匡互生や豊子愷ら立達学園の創始者と同様に、学生を規則で管理するのではなく、教師や指導員の人格によって感化することをモットーとしていたためである。[78]

一九三三年に匡互生が病死すると、それ以前からの理想教育派（匡互生派）と国民党右派との対立は更に顕著なものとなり、豊子愷や周予同、沈仲九ら理想教育派は次々と立達学園を辞職した。匡互生や沈仲九らは思想的に無政府主義者ではあったが、易培基や李石曾、呉稚暉ら国民党元老らとも密接な関係にあった。当時、国民党は拡大する共産党勢力と対抗する必要から無政府主義者の力を必要としており、また無政府主義者も国民党の保護を利用していたためである。例えば、一九二七年に立達学園の近くに設立された国立労働大学は、無政府主義の宣伝を目的に匡互生や李石曾、呉稚暉らが設立した学校であるが、その設立資金は国民党が負担した。当初、実質的な創始者である沈仲九が同校校長に選出されたが、創立直後に易培基と交代した。以上のような事情から、立達学園や労働大学には国民党系と無政府主義系の双方の教師がおり、平素から対立関係にあった。

一九二八年に西洋画科が停止されて以来、豊子愷は校務委員として在籍はしていたが、立達学園の運営や教学にはたずさわっておらず、実質的に豊子愷が立達学園とかかわったのは一九二五年から一九二八年までの間だけである。わずか数年ではあったが、豊子愷は立達学園の創始者の一人として、学園の趣旨に忠実に学生の個性や自主性を尊重し、すべての人間が自由で平等な人間として、相互に信頼し協力し合う社会の実現を目指し、全力を尽くした。豊子愷にとって立達学園とは、自由で平等な「個人」の育成と、それら多様な「個人」の共存する社会の実現という漠然とした理想が、匡互生や朱光潜という同志を得て、一つの形に結実したものと言えよう。それは、当時の豊子愷の社会的な活動や作品にも反映されている。

一例を見てみよう。前述のように、日本の紡績資本は一九二〇年代初頭から在華紡の創出を開始していた。一九二五年五月に上海や青島の日本資本系紡績工場で日本人による中国人労働者殺傷事件が起こり、それを契機に五月三〇日に上海で学生デモが行われた。これに対し公共租界の警察は一斉射撃を行い、死者一三名、重傷者数十名、逮捕者五三名という大惨事となった。この五・三〇運動に対して、立達学園では劉薫宇が『立達人道報』の作成と配布を提言し、匡互生と豊子愷の賛同を得て実施された。立達学園は当時の上海の中等学校の学生運動の連絡地点として、学生運動の中心的役割を担っていたのである。[79]

また中国共産主義青年団では、同中央機関誌『中国青年』一九二六年五月号を「五・三〇運動特集号」としたが、この表紙デザインを豊子愷が担当している（図版11）。[80]

豊子愷が『中国青年』「五・三〇運動特集号」の表紙を描いたことに関しては、既に多くの研究者が指摘している。しかし、この中国共産主義青年団と豊子愷の仲介者については、これまであまり論じられていない。両者を繋いだのは、匡互生と立達学園であると考えられる。五四運動後、上海では学生はじめ青年知識人の間で合作主義や工読主義、新村思潮などが流行し、新村建設が盛んに行われた。[81]この思潮は全国に伝播し、匡互生も一九二二年に江蘇省宜興で

〔図版11〕「矢志」『中国青年』一九二六年五月号

新村農場を始めた。しかし、上海の事業の多くがそうであったように、匡互生も経営難により一年で農場を閉鎖し、呉淞中国公学の数学の教師となった。しかし、匡は同校の校長が北洋軍閥直隷派の曹錕の不正な総統選活動に関与したことに不満を覚え、同僚の沈仲九らとともに辞職した。

翌一九二四年に春暉中学に赴任するまでの間、匡互生は民智書局と契約を結び、『天文学』や『科学史』などを出版したが、この間に匡互生は共産党幹部の惲代英と知り合っている。惲代英は一九二三年より共産主義青年団中央執行委員を務め、また宣伝部長として『中国青年』の編集主幹でもあった。五・三〇運動に際して、立達学園では惲代英を招いて講演会を開催しており(82)、豊子愷もおそらくこの時期に惲代英と知り合いになったと考えられる。惲代英は『中国青年』一九二六年五月号で、豊子愷の絵について「我々は革命的青年一人ひとりが皆、被圧迫民族の解放のために〝赤い五月〟の塔に〝不屈の志をこめた矢〟を射ぬかんことを希望する」と記している(83)。

豊子愷はまた一九二七年には鄭振鐸や胡愈之、葉聖陶、周予同、李石岑らとともに上海で著作人公会を結成した。同会は「著作者の福利の増進と出版物の改良の促進」を趣旨とし、上海労働者第三次武装蜂起前後の活動にも参加している(84)。

立達学会には匡互生や沈仲九、胡愈之はじめ、多くの無政府主義者やエスペランティストが参加していた。ポーランド人医師ザメンホフの考案したエスペラントは、国や民族を超越した国際語として、中国では辛亥革命当時から無政府主義者の関心をよんでいた。特に一九一〇年代には国語形成の議論と並行して、無政府主義者からエスペラントの積極的な採用が主張された。当時、無政府主義者は一般にエスペランティストであったが、エスペランティストが皆、無政府主義者という訳ではなかった。ただ、エスペランティストの多くは無政府主義者であるか、あるいは支持者であった。(85) 豊子愷は無政府主義やエスペラントに関して、特には何も記してはいない。しかし、匡互生との交際や立達学園の性質などから推測して、豊子愷もまた平素からこうした思想にふれ、おそらく共感を寄せていたであろうことは想像に難くない。

匡互生の書いた文章は現在あまり残っていないが、友人の回想を基に、匡互生の思想を簡単に整理してみたい。匡互生の友人の蔡端によると、匡は一九二三年に翻訳した『通俗天文学』の「訳者序言」に次のように記していた。

現在の中国はまさに問題ばかりで、楽観しうることはほとんど何も無い。その原因を推測するに、当然ながら一つだけではない。しかし帰納してみると、それは制度と人間性の二つにほかならない。人間性について言うならば、最も恐ろしいのは浅見、狭隘、私欲、固執である。（中略）しかし、我々がもし天象に目を向けるならば、空間はどれほど偉大で、時間はどれほど長久なことか。私一人の立場、私の数十年の寿命をこれらと比較するならば、おそらく滄海の一粟、大海の一滴にも及ばないであろう。そうである以上、権利の争奪や論争も自ずとあまりにも無意味なことのように思われる。また別の見方をすると、宇宙がどれほど偉大で、時間がどれほど長久であろうとも、その構成要素はそれぞれ互いに連携し、互いに影響し合っている——一面ではそれぞれ独立した星なのだが、また一面では集合して統一的な体系を形成している。（中略）この宇宙における多種多様な世界を研究することは、日常生活には何ら益する所もない。しかし、いわゆる浅見や狭隘、私欲、固執などの欠点を容易に解消することができるようになり、同時にあの偉大で崇高な美徳を身に付けることも可能となるのである。(86)

匡互生の北京高等師範学校の同級生で、立達学会第一期常務委員でもあった劉薫宇も、匡が一時期「小我」という筆名で、以下のような内容の短評を連続的に発表していたと記憶している。

匡互生にとって、悠久で広大な宇宙において、それぞれの「小我」は平等である。孤独な「小我」の意義は小さく、大切にするに値しない。しかし、それぞれの「小我」を「愛」で繋いで、それぞれが各自の責任を果たし、互いに助け合えば、宇宙と共存し、宇宙と同等な「大我」が生じる。彼自身はこの「大我」に責任を尽くし、また各々の「小我」が皆、彼と同様にこの「大我」に責任を尽くすことを希望してもいた(87)。

豊子愷も立達学園に実質的にかかわっていた一九二五年から一九二八年の間に、宇宙や社会、芸術を題材に同様な趣旨の散文を数篇残している。当時、豊子愷は自らの心を占めているのは「天上の神明と星、世の中の芸術と子ども」の四つであると記している(88)。

豊子愷はまた一九二七年の散文「芸術三昧」において、芸術作品における「小我」と「大我」の関係について次のように述べている。

一筆のうちに既に全体が表現されていて、一筆から全体を見出すことが可能であるが、全体は単なる一つの個体に過ぎない。(中略)

これは想像も出来ない芸術三昧の境地である。一点のうちに全体を窺い見て、全体の中に個体だけを見る。(中略)これはいわゆる〝多様性の統一〟であり、美なのである。統一的であらねばならず、また多様であらねばならない。規則的であらねばならず、また不規則であらねばならない。一の中に多くがあらねばならず、また多くの中に一がある。これが芸術三昧の境地なのだ。

宇宙は一つの大きな芸術である。人はなぜ書画という小さな芸術の鑑賞だけを知り、宇宙という大きな芸術の鑑賞を知らないのだろうか。人はなぜ書画を見る目で宇宙を見ないのか。書画を見る目で宇宙を見れば、必ずや更に大きな三昧の境地を見つけることができるだろう。宇宙は渾然と融合した全体であり、万象はこの全体の中の多様でありながら、また統一された諸相である。（中略）芸術的な書画の中には、独立して存在しうるような一筆はない。すなわち、宇宙にも独立して存在しうる事物はないのである。もしも全体のためでないならば、各個体は尽くすべて幻となり、無意味なものとなる。それならば、この〝私〟はどうなのだろうか。当然、独立して存在する小我ではなく、宇宙全体という大我に融け込み、この大きな芸術をつくり上げるべきなのである。(89)

天文学に造詣の深い匡互生が、個々の星と宇宙に模して個々の人間（「小我」）と社会全体（「大我」）の関係を論じたように、豊子愷も書画の中の一筆と作品全体の関係から宇宙や人間社会について論じている。彼らは、人間は自らが社会や宇宙の構成要素の一つであることを自覚し、相互に協力して社会や宇宙に貢献すべきであると主張する。中でも特徴的なのは、個々の人間は独立した存在として相互に平等な関係にあり、社会に対して隷属するのではなく、自らの意志で自らの所属する社会に貢献することを提唱している点である。つまり、社会全体としての存続が重視される一方で、その構成要素である個々の人間の尊厳も同様に重視されているのである。

前述の文章や立達学園および農場などの活動にも明らかなように、匡互生の思想には中国の無政府主義者に共通する大同思想的な要素が強く反映されているが、(90)それは豊子愷の文章においても同様である。豊は一九二七年に発表した散文「東京のある夜の出来事」で、同じ下宿の中国人留学生数名と神保町に散歩に出かけた折、見知らぬ老婦人から突然、荷物を運んでほしいと頼まれ、一同大いに困惑したという話を紹介し、最後にこう述べている。

この老婦人はそもそも矛盾しており、またあまりにも唐突である。しかし私はむしろ、こう想像してみた。この老婦人が希望するような世界、つまり天下は一家の如く、人々は家族の如く、互いに大切に思い、互いに助け合い、生活をともに楽しむ、そのような世界が本当に存在しうるならば、見知らぬ他人ばかりの道は家へと変り、この老婦人は矛盾している訳でも、唐突という訳でも無くなる。これはなんと憧憬すべき世界であろうか！[91]

豊子愷は後に、このような考え方を更に発展させて「全人類は彼の家族である」という散文を発表した。これは一九三七年に豊子愷が家族とともに疎開した折に書かれたものである。当時よく言われた、「この時代には独身の人間が一番幸せである。疎開するのに便利なこと、この上ない」という言葉に対して、豊は同文で次のように反論した。

いわゆる「独身の人間が一番幸せである」とは、自分の面倒さえ見れば、人のことは構わずともよいという意味である。（中略）

しかし、その人が同情心に満ちた人ならば、そのようにしても自分が幸せだと感じることは決して無く、むしろ苦痛に感じるだろう。なぜならば我々の愛は、無限に拡大しうるものだからである。家族から始まり、友人へと広げ、更には郷、地域、国、民族および全人類に拡大し、更にまた禽獣や草木にまで押しひろげることもできるのである。[92]

この「愛の拡大」という考えは、豊子愷の「護心思想」の基本をなすものである。同思想には儒教や道教、仏教など、様々な要素が含まれるが、匡互生はじめ立達学会会員の無政府主義や大同思想の影響も重要な要素の一つである。「護心思想」については、第七章にて詳述する。

第四節　開明書店

第二節で論じたように、立達学会は結成当初、立達学園と開明書店を活動基盤としており、会員の多くはこの双方に関係していた。しかし、立達学園では一九二七年頃から国民党右派の勢力が増し、設立当初の理想教育を実施することが難しくなった。一九三三年に匡互生が亡くなると、豊子愷や周予同、沈仲九ら立達学会会員は次々と学園を辞職し、同学園と立達学会との関係も断絶した。一方、開明書店は立達学会の趣旨「人格修養、学術研究、教育発展、社会改造」に忠実に、良心的な書籍や雑誌を出版し続けた。それは抗戦期に活動の中心を内地に移した時も変わらず、同書店が一九五三年に青年出版社と合併して中国青年出版社となるまで続いた。

豊子愷は開明書店の雑誌の編集をする一方で、自作の漫画集や散文集、翻訳を開明書店から多数出版するなど、同書店との関係は深い。特に一九三七年に故郷石門湾を離れ、国内各地を移動しながら疎開生活をおくった際には、現地の開明書店から様々な援助を受けている。豊子愷と開明書店の関係の詳細については後述する。

初めに開明書店設立の経緯についてまとめておきたい。開明書店は一九二六年八月に章錫琛によって始められた。章錫琛は一九一二年から上海商務印書館にて『東方雑誌』などの編集に従事し、一九二一年からは『婦女雑誌』の編集主幹を務めていた[93]。章錫琛が編集を担当するに至り、同誌は従来の保守的傾向を改め、婦人解放を提唱するようになった。その結果、同誌の発行部数は従来の二千部から一万部まで、飛躍的に増大した[94]。しかし、同誌第一一巻第一号「新性道徳特集号」（一九二五年一月）に掲載された章錫琛「新性道徳とは何か」と周建人「性道徳の科学的標準」が、『現代評論』誌上で北京大学教授の陳百年に批判されると[95]、章錫琛らの婦人解放思想を以前から危険視していた商務印書館の経営陣は同誌の事前検閲を決定した。この処置に不満を覚えた章錫琛は、辞表を提出したが受理されず、国文部への転勤を命じられた[96]。

そこで章錫琛は商務印書館に在籍したまま、同じく商務印書館の鄭振鐸や胡愈之らと共同で一九二六年一月に雑誌『新女性』を創刊した。同誌は呉覚農を編集主幹に、新女性雑誌社の名義で発行されたが[97]、実際には章錫琛が編集していた。これはやがて商務印書館の知る所となり、章錫琛は解雇された。章は商務印書館の退職金を元手に、婦女問題研究会の名義で同叢書の発行を開始した。その後、鄭振鐸が文学研究会の『文学週刊』や同叢書の発行を依頼するに及び、章錫琛は当時奉天（現、瀋陽）の商務印書館に勤めていた弟の章錫珊を呼び寄せ、兄弟で一九二六年八月に上海宝山路六十号に開明書店を設立した。(98)

開明書店は立達学会の活動基盤であったが、その成立経緯などから開明の背後には、立達のほかに婦女問題研究会や文学研究会が存在していた。開明書店という名前は、文学研究会発起人の一人である孫伏園が命名したもので、また当時の開明書店の理事長を務めていたのは邵力子である。まさに宋雲彬の指摘するように、開明書店の誕生は「完全に五四運動の影響を受けていた」と言えよう。開明書店は立達学会、婦女問題研究会、文学研究会などを後援組織としていたが、実質的には章錫琛、章錫珊兄弟の共同経営で、設立当初の資本金は彼らの退職金などを寄せ集めた四―五千元程度であった。社員も編集者の趙景深、美術編集者の銭君匋、唯一の女性職員の王藹史、そして科学普及のための編集者兼作家の索非、顧均正、胡伯懇ら、わずか数名であった。(99)

一九二八年には夏丏尊、劉叔琴、杜海生、豊子愷、夏貸均、胡仲持、呉仲塩らが共同発起人となって株式会社化を決議し、一九二九年に正式に施行された。当時の資本金は五万元であったが、その後一九三〇年、一九三三年、一九三六年にそれぞれ五万元、また一九三一年には一〇万元増資した結果、一九三六年には資本金総額は三〇万元にまで増大した。(100) 書店の規模拡大に伴い、編集室は虹口梧州路に、発行所は当時の上海の出版業の中心地であった望平街に移った。更に一九三二年には、発行所は店頭販売部となり、福州路の中華書局の向かいに移転した。(101)

開明書店は政治的には中立から左派の立場を保持していたが、開明のこうした姿勢について、設立当初から同書店に深く関係していた茅盾は一九四六年当時、次のように述べている。

開明書店は中国の出版界において、規模は大きい方ではない。しかし、にもかかわらず、その精神には目覚しいものがある。(中略)書店は極端に言うと二つのグループに分かれる。一つは商務印書館に代表される老舗系書店であり、もう一つは生活書店に代表される書店で、そのやり方は独特である。その中間に位置するのが開明書店である。出版物から言うと、開明の出す本は穏健でありながら時代遅れでもなく、またあらゆる事柄を考慮して正義のために闘うというものである。現在のような時代には、開明のような着実なやり方が適している。(中略)また出版業の、時代の空気に対する反応について言うと、商務はあまりにも鈍感で、生活書店は敏感すぎるが、開明はその中間にある。開明書店はこれからも変わることなく、このような精神を保持すべきである。[102]

設立当初、開明書店では『一般』、『新女性』、『国学門月刊』の三誌を出版していたが、『文学週報』が第二五一期より内容を改訂するに及び、開明書店は『文学週報』の代理発行所となり、一九二七年からは上記の三誌に『文学週報』を加えた四誌の発行出版を行った。また新女性社、文学週報社、国学門月刊社、北新書局語絲社とは、読者の講読予約の委託契約を結んでいたが、この契約は一九二六年一一月に解消されている。[103]

上述の四誌の編集はそれぞれ立達学会一般雑誌編集部、婦女問題研究会、北京大学研究所国学門、文学研究会とされていたが、このうち開明書店が実際に編集に関与したのは『一般』と『新女性』だけである。それぞれの成立経緯などから、開明書店の中でも夏丏尊や豊子愷ら、立達学園関係者は主として『一般』の編集に携わり、『新女性』は章錫琛が続けて編集を担当した。『一般』と『新女性』は相互に広告を掲載し、豊子愷ら立達学会員は『新女性』や『文学週報』にも原稿を掲載している。

夏丏尊は章錫琛や胡愈之の招聘を受け、一九二六年の開明書店の設立当初から、立達学園の仕事と並行して開明の編集にもたずさわった。一九二七年には開明書店編訳所の所長となり、一九二七年五月号から一九二八年四月号の期間を除いて、一貫して『一般』（一九二六年九月―一九二九年一二月号）の編集主幹を担当した。夏丏尊が不在の間は、代わって方光燾が主幹を務めた。夏丏尊が上記の期間、同誌を離れたのは一九二七年の四・一二クーデターに関連して浙江省立第一師範時代の教え子が捕らえられ、同校時代の同僚で立達学会結成当時のメンバーでもあった劉大白に彼らの救済を依頼したにもかかわらず拒絶され、教え子の命を救うことができなかったためと言われている。夏丏尊が主任を務めていた立達学園中文科は同年一月に授業停止となっていたが、夏丏尊は立達学園に留任していた。しかし、この事件を契機に夏丏尊は上海でのすべての仕事を辞め、故郷へと戻った。(104)

さて、『新女性』は「青年男女の心の改造に努力する！」こと、そして「新性道徳の基礎を建設する」ことを目標に、「女性の地位の向上、両性の道徳の革新、婚姻制度の改造、家族主義の打破、性知識の普及」に関する記事を掲載していた。(105)これらのテーマは五四新文化運動の人間解放の思想に基づいて、女性の解放と性に対する意識の改革を意図したものである。開明書店では、「厳粛なる科学的態度で性の知識について討論する」書物として、婦女問題研究会叢書『結婚的愛』（Stopes, Marie 著・胡仲持訳）と『性的知識』（Robinson, William 著・章錫琛訳）の二冊を出版していた。しかし、性の問題は当時まだ一般に正しく理解されていなかったため、上記の本を出版した開明書店には、書名から内容を誤解した読者や上海内外の書店から、「淫猥卑劣で青年に有害な書物」を求める問い合わせが後を絶たなかった。そのため開明書店では、自分たちは「文化を指導し、社会に奉仕することを職務」としており、そのような図書は一切販売していないという主旨の告知記事を『一般』に掲載せねばならない程であった。(106)

以上のように、『新女性』が特定のテーマに基づいて編集されていたのに対し、『一般』ではテーマを定めず、特定の主義主張に偏らないことを編集の特徴としていた。同創刊号には、同誌は「なんら特別な所のない、単なる一般人」による「一般人」のための雑誌で、内容も「一般的な話に過ぎない」と記されている。同誌はまた「一般人の実生活を出発点として、学術を紹介し、学術の生活化に努力する」こと、そして「趣を重視し、文学作品は無論のこと、すべてに清新な文体を用いる」ことの二点を特徴としていた。(107)

このような趣旨に基づき、『一般』には小説や散文、翻訳などの文芸作品、学術論文、時事評論、書評など、多彩な記事が掲載された。例えば、朱光潜の代表作『青年に与える一二通の手紙』は元々、「ある中学生への一二通の手紙」というタイトルで『一般』（一九二六年一一月号―一九二八年三月号）に連載されたものである。豊子愷も同誌に散文や芸術評論、翻訳などをほぼ毎回掲載し、表紙や挿絵も多く描いている。豊はまた近代西洋美術に関する文章を連載したが、同時にその内容に相応しい名画のカラー複製も掲載した。編集後記によると、これは「中国雑誌界では前代未聞」の試みであった。(108)

前述のように、開明書店は一九二九年に株式会社化し、一九三〇年に第一次増資を行ったが、これと前後して出版物に大きな二つの変化が見られた。まず一つは『新女性』と『一般』の廃刊（一九二九年一二月）、そして『中学生』の創刊（一九三〇年一月）である。もう一つは一九二八年出版の『開明活葉文選』（宋雲彬、王伯祥、周振甫らによる選択編集）と『開明英文読本』（林語堂編集）に始まる教科書市場への参入である。

『新女性』の廃刊は、章克標が『一般』一九二八年一〇月号に「一年前あるいは半年前は両性に関する書籍が流行していたが、現在ではその人気は既に衰えてしまった」と記したように、(109)女性や性の解放に対する関心が国内外の政治、社会問題へと移行したためであろう。一方『一般』は、一九二六年九月の創刊当時には同誌の特徴であった「特定の系統的な主張が別に無いこと」が逆に同誌の欠点と認識されるに至り、(110)読者対象や内容をより明確化した『中学生』へと転換した。『中学生』では、読者対象を『一般』よりも若い、一三歳から二〇歳ぐらいまでの男女中高生に想定していた。(111)発行元の中学生雑誌社の社長で、編集主幹の夏丏尊は「発刊の辞」において、同誌の使命は「中学生諸君のために学校の授業の不足を補うこと、多方面にわたる興趣と知識を提供すること、前途を指導すること、疑問に答えること、便利な発表の場所をつくること」にあると述べている(112)。夏丏尊のほかに、徐調孚、金仲華、賈祖璋、豊子愷、葉聖陶（一九三二年に豊子愷に代わって参加）が編集主幹を務めた。

『中学生』は一九三七年の第二次上海事変により停刊したが、一九三九年五月に桂林にて『中学生戦時半月刊』の名で復刊した。当時、夏丏尊と葉聖陶はそれぞれ上海と成都にいたため、当初は宋雲彬と傅彬然が編集主幹を務めた。その後、葉聖陶と傅彬然が編集主幹となるに至って、重慶や上海でも出版されるようになり、それは一九四九年当時まで続いた。第二一六期からは『進歩青年』（張明養などが編集主幹）の名称で刊行されたが、一九五二年に『中学生』（中国少年児童出版社）の名称に戻し、一九六〇年に停刊となった(113)。

夏丏尊と葉聖陶が編集を担当し、当時の第一級の知識人や文化人が寄稿した『中学生』は学生を中心に広く読まれた。それは、「三〇年代に中学生になった青年で雑誌『中学生』を知らない人はあまりいない」と言われる程であった(114)。また同誌は中高生を対象としていたが、青年や学生だけではなく一般成人にも愛読されていた(115)。このことからも、同誌の内容の豊富さや充実ぶりがうかがわれよう。『中学生』では、学校の授業課目のほとんどすべてにコラムを設けていた。少年時代から同誌を愛読し、後には編集にもたずさわった欧陽文彬によると、そのコラムの「文章は懇切丁寧で生き生きと書かれており、読者を夢中にさせた」という。欧陽文彬にとって『中学生』は実際に通学していた正規の学校とは別のもう一つの学校であり、同誌の編集者や寄稿者は教師であった。読者は「『中学生』誌の先生たちは青年の文化や学習に関心を抱いているだけではなく、青年の思想的発展にも関心を抱いてくれている」と感じていた(116)。

また、読者の一人は、当時を回想して「読んでいる時には非常に親しみを感じ、まるで親しい友人が話すのを聞いているかのようだった」と賞賛した。それに対して、『中学生』の編集にたずさわっていた葉聖陶は、「少し分に過ぎるかもしれない」としながらも、自分たち編集者は確かに次のような方針を抱いていたと述べている。

教え諭すのではなく、言い聞かせねばならない。教え込むのではなく、示唆せねばならない。読者に対しては教育者を気取るのではなく、友人と接するように向き合わねばならない。彼らの生活状況や学習状況を理解し、彼らが何を必要とし、何を好むかを知り、彼らと意見を交換し、一緒に検討し、彼らが直面する問題を解決する。(117)

さて前述のように、夏丏尊は一九二七年から開明書店編訳所の所長を務めていたが、同年四月の上海クーデターで浙江省立第一師範時代の教え子を失うと、心痛のあまり上海を離れ、故郷に帰った。夏丏尊の衝撃は大きく、もう二度と教師にならないと決意したという。(118) 夏丏尊が『一般』の編集に復帰したのは、それから約半年後のことである。教職を離れた夏丏尊にとって『中学生』はまさにその理想教育を実現するための学校であり、またその試みは成功したと言えよう。

株式会社化と前後して実施された、開明書店のもう一つの大きな変化は、教科書市場への参入である。藤井省三が指摘するように、一九二二年の「新学制」公布以降、出版社にとって教科書は「魅力的な市場」となっていた。当時、最大手の商務印書館および同社から派生した中華書局や世界書局も新規教科書の出版を契機に発展を遂げていた。(119) 開明書店が教育図書の市場に参入したのも、同様な効果を狙ってのことであろう。開明書店同人の王知伊も、開明が大書店として認識されるようになった要因として、教科書業界への進出を挙げている。中華民国期には多くの学校が開明書店の教科書を採用したため、開明の営業総額は増大した。

また、後に国民党が教科書販売を認可制とした際に開明書店も認可を受けたことで、全国規模の大書店と見なされるに至った。(120) 当時、教科書の販売競争が熾烈化したため、状況の更なる悪化を懸念した国民党政府は、国立編訳館編著の国定本教科書の採用を決定した。教科書販売権は商務印書館、中華書局、大東書局、世界書局、開明書店、国民党系の正中書局の六社（あるいはこれに北新書局を加えた七社）にのみ許可された[121]。

開明書店の教科書市場への参入の道を拓いたのは、前述の『開明活葉文選』と『開明英文読本』である。これらは中学から大学向けの教材として出版されたが、適切な教材の不足に悩んでいた教師の間で好評を博し、各地の学校で採用された。開明書店の関係者には中学や高校の教師経験者も多く、これらの教科書が利用者の立場に立って作成されていたことも人気の理由の一つであろう。

「活葉（頁）文選」とは名文や名作の抜刷集のようなもので、ルーズリーフ式になっており、読者は目録から好きな文章を選んで購入することができた。この様式を最初に採用したのは商務印書館で、一九一九年に『商務活葉文選』を出版している。ところが、読者がこのような様式に不慣れだったことに加えて、収録された文章も古文ばかり六〇篇と少なく、注釈も不十分であった。そのため販売部数が伸びず、間もなく出版停止となった。

開明書店では「議論、記述、小説、詩歌、戯曲」など、様々な文章を古文から白話文まで幅広く集め、収録作品数は一九三七年には約二千篇にも及んでいたという。各編には詳細な注釈が加えられ、注釈の位置を各頁の下段に設けるなど、使いやすさを考慮した工夫が諸処に施され、中等および高等教育のための国語教材として販売された[122]。また商務印書館では購入者の選択した頁をそのまま、ばらばらの状態で販売したため、散逸しやすく購入者には不評であった。この問題を解消するために、開明書店では購入者の希望頁を冊子に綴じて販売した。開明以外にも上海北新書局『北新活葉文選』や広益書局『中国活葉文選』など、同様なスタイルの書籍が出版されたが、『開明活葉文選』は文章の収録数が多く、解説が豊富で、しかも利用者の便宜を重視していたため、北新書局版と並んで売行きが良かった。その好調な売行きに、開明書店では同書専用の倉庫「文選楼」を設ける程であったという[123]。

林語堂編集の『開明英文読本』は、開明書店の出版物全体の中で最もよく売れた書物である。林語堂は一九二七年に武漢国民政府に入り、外交部長秘書をしていたが、同政府の崩壊後は上海にその居を移し、英語教科書の印税で生活することを計画していた。林語堂は孫伏園を通じて、まず北新書局に話を持ちかけたが拒絶され、次いで開明書店に話を持ち込んだ。その際に林語堂が提示した条件は、実際の売上額にかかわらず毎月必ず三百元の印税の支払いを保障し、それ以上に売れた場合はその分の印税も支払うというものである。教科書は販売が安定していたため、当時は一般に版権の買上げ制となっており、北新書局が林語堂の要求を拒絶したのも当然のことであった。

最初に教科書に印税制を採用したのは商務印書館で、『模範英文読本』編者の周越然は数十万元の印税を得たという。『開明英文読本』は一九二八年から二〇数年間出版され、その印税合計は三〇万元にも及んだ。林語堂と契約を結んだ当時、開明書店はまだ株式会社化されておらず、資本金は四—五千元で、売上月額は最高でも四—五万元程度に過ぎず、章錫琛の決断はまさに大英断であった。章錫琛は『模範英文読本』編者の周越然に留学経験が無いにもかかわらず、同書が好調な売行きを示したことに着目し、留学経験者の起用による英語教材の出版を検討しており、そこに折よく林語堂が現れたのであった。(124)

『開明英文読本』は当時の多くの英語教科書のように、文法あるいは会話だけに偏ることなく、講読部分と会話部分が相互に配置され、通読することで自然に文法や成語、発音が学べるように構成され、また教師のための詳細な指導法も記されており、当時としては画期的な教材であった。挿絵は林語堂の希望で豊子愷が担当し（図版12）、カラーページも数枚含まれていた。内容や装丁が充実していたことに加えて、北京大学英文教授でライプチヒ大学言語学博士という林語堂の肩書、そしてそれを利用した宣伝が功を奏し、同書は爆発的に売れた。開明書店の営業活動に加えて、林語堂も『開明英文読本』を出版する前の準備工作として、当時出版されていた各社の英文教科書に対する酷評を上海の英字新聞『字林西報』に連載するなど、作者と出版社の総力を挙げての努力の成果であった。(125)開明書店はまた林語堂を通じてロンドン大学音声学主任のジョーンズ教授（Jones, Daniel）に同書の吹き込みを依頼し、アメリカＲＣＡビクター社で録音作成した教材用レコード「開明英語正音片」も販売している。[126] このことからも同書の売行きの良さと、同書に対する開明書店の熱意がうかがわれる。

林語堂編集の『開明英文読本』は売上げに加えて、別の意味からも開明書店の発展に貢献した。同書の好調な売行きに危機感を覚えた世界書局は、一九三〇年に林漢達編集『標準英語読本』を出版した。この『標準英語読本』は様式、内容ともに『開明英文読本』によく似ており、また開明版の文章をそのまま利用した箇所もあったことから、開明書店は大手出版社の世界書局に対して訴訟を起こし、また上海の新聞各紙に抗議記事を掲載するなど、法律とメディアを駆使して対抗した。開明書店は当時まだ知名度の低い弱小書店であったため苦戦を強いられたが、教育部常務次長で立達学会結成当時の会員であった劉大白の尽力もあり、開明書店が勝訴した。この一連の訴訟事件は新聞を通じて広く報じられ、それと並行して開明書店の名前も社会に浸透していった。『開明英文読本』のもたらした、思わぬ宣伝効果であった。[127]

〔図版12〕『開明英文読本』

教科書市場に参入したことで、開明書店は営業規模、知名度ともに全国水準の大書店の仲間入りを遂げた。中華民国期に開明書店から出版されていた教科書の種類は同社の出版物全体の約一割程度であったが、[128] 営業額では総額（百数万元）の三—四割を占めていた。[129] 言わば、教科書の販売が文学や芸術、自然科学、社会科学など、そのほかの出版物の販売を支えていたのである。

『開明活葉文選』および『開明英文読本』を皮切りに、開明書店の教科書は常に好調な売行きを見せた。一九三〇年代初頭に作成された『開明国語課本』を一例に、その理由を考えてみたい。『開明国語課本』は、初等小学校用（一九三二年・全八冊）と高等小学校用（一九三四年・全四冊）という二部構成の小学校向け国語教科書である。編者の葉聖陶は、同書の「約半分は創作と言えるもので、残りの半分は何かを材料にした再創作で、要するに出来合いの文章やどこかから写してきたような文章は一篇もない」と述べている。[130] 同書には内容に即して各頁に豊子愷の挿絵が施され、また低学年用の教科書では文字も活字ではなく豊子愷の手書きであった（図版13）。内容は家庭や学校における子どもの実生活に基づいたもので、その点が教育関係者から高く評価された。また葉聖陶の文章や、豊子愷の挿絵と文字の優美さも、同書の好まれた要因であった。[131] 開明書店の教科書が人気を博したのは、その斬新で充実した内容と利用者本位の作り、そして現代的なデザインや装丁の故であった。

〔図版13〕『開明国語課本』

開明書店ではまた雑誌や教科書のほかに開明青年叢書（九二種類）、世界少年文学叢刊（六一種類）、開明文学新刊（四六種類）、中学生雑誌叢刊（三七種類）など、計一〇種の叢書を発行し、そのほかにも文学や芸術、社会科学に関する単行本も含めて、多くの名著や翻訳を出版していた。[132] 中でも特に好調な売行きを示したのが、夏丏尊訳『愛の教育』（図版14）である。同書は開明書店の出版物の中で『開明英文読本』と並んで最もよく売れた本で、夏丏尊が同書から得た印税は二〇万元以上にも及んだという。[133] 当時、胡愈之の紹介で開明書店に勤めていた索非が友人の巴金に語った話では、開明で最も多額の印税を得ていたのは林語堂で、その次が夏丏尊であった。[134]

〔図版14〕『愛の教育』

『愛の教育』の原作はイタリア人作家デ・アミーチス（De Amicis, Edomondo）の『クオーレ（Cuore）』である。夏丏尊は三浦修吾の日本語訳『愛の学校』を底本に、英訳本『クオーレ　あるイタリア人小学生の日記』を参考に翻訳した。夏丏尊が最初に同書を翻訳したのは春暉中学時代で、まず商務印書館の『東方雑誌』に掲載された。[135]その後、商務印書館から文学研究会叢書として出版された。しかし、夏丏尊は商務印書館の販売方法や販売部員の対応に不満を覚え、同社との出版契約の取消を決意し、同書の著作権を故意に二千元という法外な高値に設定した。これによって、初版の完売をもって商務印書館との出版契約は解消され、版権は一九二七年に開明書店に移された。[136]

『クオーレ』は小学三年生のエンリーコの一学年度（一〇月から翌年七月まで）の日記という形式で書かれた児童向け読み物である。しかし夏丏尊は、児童よりもむしろ「敢えて児童と直接に関係のある父母と教師に特に紹介し、皆に慚愧あるいは感激の涙を流してもらう」ことを望んだ。それは、夏丏尊が当時の教育を空虚なものと感じ、その原因は教育における愛情の欠如にあると考えていたためである。本章第二節で述べたように、夏丏尊は一九二〇年代初頭の中国の教育の現状に不満を覚え、教師と学生が互いに誠意と敬意を持つことを望んでいた。『クオーレ』の世界はまさに、このような夏丏尊の理想を体現したものであった。『クオーレ』とはイタリア語で「心」を意味しており、『真心』と題された邦訳もあった。このような事情を知りながら、夏丏尊が敢えて三浦訳『愛の学校』に近い『愛の教育』という題を付けたのも、このような理由からと考えられる。[137]夏丏尊の希望どおり『愛の教育』は教師の間で好評を博し、各地の小学校で課外読み物に指定され、初版から約一〇年の間に百版近い版を重ねた[138]。『クオーレ』は中国のみならず、世界各国で好調な売行きを示したが、その背景として同書の持つ、もう一つの意味について考えてみたい。同書は一八八六年に小学校の副読本として出版されると、その年のうちにイタリア国内だけで四〇版を重ね、一九二三年までに百万部が販売されるなど大ベストセラーとなり、翻訳も一〇数ヶ国語に及んだ。しかし、藤澤房俊によれば、同書は「イタリア文学史のなかではその価値はほとんど評価されて」おらず、「イタリア王国の樹立において中心的役割をはたした北イタリアのプチ・ブル的価値観を押しつけるものであるとか、過剰な愛国心に満ちている、という批判をはやくからうけて」いた。作者のデ・アミーチスは職業軍人として第三次イタリア独立戦争にも参加しており、同書は「パトスに訴えるさまざまなエピソードを羅列し、子供たちのクオーレ（こころ）をうごかすことで、リソルジメント（イタリア統一・独立、大野注）運動の価値観を次の世代をになう子供たちに伝えよう」という意図の下、執筆された。そのため『クオーレ』には「国民形成のさまざまなキー・ワード――愛国心・犠牲的精神・奉仕・友愛等――」が散りばめられていたが、それはこれら「新しい価値観の創造は、一九世紀イタリアの国民形成における至上課題であった」からである[139]。

『クオーレ』がその文学的評価の低さにもかかわらず、ベストセラーとなった背景と社会的影響について、藤澤房俊は次のように述べている。

イタリア王国の主導的な道徳・社会規範は、国家と家庭を媒介する子供を通じて、私的領域である家族や共同体のなかに移され、「『クオーレ』の時代」の人々の心性に刷りこまれていった。それは、共同体や家族のなかで自律的に進展していた社会の規律化の動きに即応しながら、それを増幅する方向で、国家によって推進されたのである。上述した道徳・社会規範をさまざまに盛り込んだ『クオーレ』が多くの読者を獲得した要因も、ひとえに

この点に関わっている。（中略）

それ（『クオーレ』、大野注）が称揚する祖国愛、国王への忠誠、犠牲的精神、労働、親への服従といった内容は、一八八八年以降に国家が容認・鼓舞するイデオロギーと同一のものであった。『クオーレ』が教科書として採用されることはたしかになかった。しかし、それは、国家の求める社会・道徳規範を、家族という私的領域で自律的に作る役割を担ったのである。（中略）

『クオーレ』は国家による国民形成を先取りした早咲きの〝教科書〟にほかならなかった。逆にそれは、子供だけでなく多くの大人にも読まれたことで、家庭や共同体のなかに国家による社会規範の強制に即応できる基盤を、既に用意していたということができるだろう。(140)

『クオーレ』に込められた、国民形成のための新しい価値観の創造という課題は、決してイタリアだけの問題ではなかった。列強が互いに鎬を削る中、各国は言語や教育による国民国家の形成と発展を目指していた。その際に利用されたのが、国家装置としての学校や軍隊であり、メディアである。また『クオーレ』には捨て子や児童労働、移民など、当時イタリアが抱えていた様々な社会問題も描かれているが、これらの問題やその根本的要因とも言うべき経済的・社会的格差も世界各国に共通するものであった。このような時代背景があったからこそ『クオーレ』は世界的に流行したのであり、それは日本や中国においても例外ではなかった。

前述のように、夏丏尊は『愛の教育』を通じて、教師と学生あるいは学生同士が互いに信頼と愛情をもち、互いに助け合うような教育の実現を望んだが、そこにはまた端無くも、国民国家建設に対する夏丏尊の熱い思いも表出していたのである。

以上、一九三〇年代前半までの立達学園と開明書店について論じてきた。立達学園と開明書店はその設立経緯や構成員などから、従来は立達学会を背景に持つ同一の組織として認識されることが多かった。しかし実際には一九二〇年代後半以降、両者の性質は次第に変化し、その関係性も弱まっていく。立達学園では校内の国民党右派勢力の伸張につれ、それを嫌う立達学会会員は次第に学園から遠ざかり、一九三三年に創設者の匡互生が亡くなると立達学会の初期会員の多くが学園から完全に離職した。

一方、開明書店は出版社としての生き残りをかけて教科書市場に参入し、成功した。これは国民党による教科書検定制度の容認と見なすことも可能であるが、開明書店が営利企業である以上、当然と言えば当然のことであった。しかし、葉聖陶の次の言葉が示すように、そこには開明書店としての抵抗精神も存在していたのである。

開明は私営の書店であり、当然のことながら利益を上げねばならない。これは現在で言うところの経済的効果・利益の重視である。利益を上げずに赤字を出しては、書店はやっていけず閉店となり、これでは何の発展もありはしない。しかし、開明書店はただ営利を追及するだけではない。我々には為す所もあれば、為さざる所もある。為す所とは、書籍や雑誌の出版に際して、どうすれば読者に有益となるかを必ず考慮することである。為さざる所とは、読者にとって明らかに良い点がない場合や、更には有害な図書は絶対に出版しないことである。このようにすることは、現在で言うところの社会的効果・利益の考慮である。経済的効果・利益の追求のために、我々が社会的効果・利益を考慮しないなどということは絶対にありえない。我々は決して読者の期待に背くようなことはしない。(141)

教科書市場への参入は、開明書店にとって「立達精神」を保持するための手段であり、決断であったとも言えよう。また立達学会の機関誌『一般』の廃刊（一九二九年一二月）とそれに続く『中学生』の創刊（一九三〇年一月）は、開明書店と立達学会の関係の終焉を象徴しているかのようである。一九二〇年代後半以降、立達学会の初期会員が次第に学園を離れたように、開明書店も立達学会とは異なる路線をとるようになった。この頃から立達学会でも会員間の思想の相異が明確なものとなっていた。一九二五年の結成当初と同じく、「立達精神」を擁護し、提唱していた開明同人にとって、思想的に分裂し、共通の理想を持たない、当時の立達学会はもはやその精神を失い、所属する意味も無くなってしまったのであろう。

最後に、豊子愷と開明書店の関係について述べておきたい。豊子愷は開明書店の設立当初からのメンバーであり、株主でもあった。開明書店の業績は概して好調であり、豊子愷が株から得た利潤も少なくなかったようである。これが原因で、豊子愷は文革期には「資本家」の刻印を押されたこともあったという(142)。

豊子愷は開明書店から『縁縁堂随筆』（一九三一年）や『縁縁堂再筆』（一九三七年）などの散文集、『子愷漫画』（一九二六年）(143)、『子愷画集』（一九二七年）、『護生画集』（一九二九年）などの画集、また音楽や美術に関する書物を多数出版した。その中には黒田鵬信著・豊子愷訳『芸術概論』（一九二八年）、豊子愷著『西洋美術史』（一九二八年）、上田敏著・豊子愷訳『現代芸術二十講』（一九二九年）のように、立達学園の教材として編集された書籍もある。豊子愷は開明書店から計四七種類の書物を出版したが、その中で最も良く売れたのは『音楽入門』（一九二六年）である。同書は一九四九年までに、二八版を重ねた(144)。

また豊子愷は開明書店発行の雑誌の編集者としても、同書店に深くかかわった。弘一法師から豊子愷への手紙を見ると、豊が開明書店の編集に正式に加わったのは一九二九年頃のようである(145)。豊子愷がそれまで主任を務めていた立達学園西洋画科が一九二八年夏に停止されたことが一因であろう。豊子愷は『一般』創刊号から挿絵や装丁を担当し、散文も発表するなど、同誌の編集全般に携わった。『中学生』でも同様な仕事を担当していたが、一九三〇年秋に腸チフスを患うと、療養のために故郷石門湾近くの嘉興楊柳湾に移住し、『中学生』の編集を含むすべての職務から離れた。

治癒後は家族を嘉興に残したまま、豊子愷は単身上海に戻ったが、『中学生』の編集には戻らなかった。豊子愷に代わって、『中学生』第一二号から編集に参加したのは葉聖陶である。ほかには夏丏尊や章錫琛、顧均正らが同誌の編集を担当していた(146)。

一九三六年に『中学生』の低学年版として『新少年』が創刊されると、豊子愷もその編集に参加した。夏丏尊が新少年雑誌社社長を務め、豊子愷のほかには葉聖陶や顧均正、宋易らが編集主幹を務めた。『新少年』は一九三七年、第一九巻をもって停刊となった。一九四五年七月には『開明少年』と改称し、重慶で復刊した。その折の編集主幹は葉聖陶、賈祖璋、唐錫光、葉至善（葉聖陶の子息）であった(147)。

豊子愷はそのほかにも、前述の林語堂編著『開明英文読本』や夏丏尊訳『愛の教育』など、開明書店の多くの書籍の挿絵や装丁も担当した。豊子愷による『開明英文読本』の挿絵は、林語堂のたっての依頼によるものであった。それは、同書以前に豊子愷が出版した『子愷漫画』および『子愷画集』の人気、そして従来の教科書には見られない軽快でモダンな画風のためと考えられる。尚、豊子愷は林語堂との契約により、『開明英文読本』の印税の二％を得たという(148)。

一九三七年から豊子愷は一〇年近く、内地各所で疎開生活をおくったが、その際には各地の開明書店同人や開明分店に助けられた。また一九四八年には章錫琛らと台湾を訪れるなど、開明書店との関係は生涯に及んだ。豊子愷と開明書店およびその同人らを結びつけたのは、互いに尊重し助け合うことで、自らも「人格修養、学術研究」を果たし、更に「教育発展、社会改造」を目指すという、「立達精神」であった。

注

（1）豊子愷、前掲「我的苦学経験」八二頁。

（2）豊子愷の勤めていた中国公学は上海郊外の呉淞に設立された私立学校で、一九〇五年に右任曾が上海で設立し、後に校務停止となった「中国公学」とは無関係である。中学部と大学部に分かれ、学生総数は三～四〇〇人程度であった。中学部では一九二二年に国文と社会常識の二科目でドルトン・プラン（Dalton　Plan）を導入している。これはアメリカ人ヘレン・パーカースト（Helen Parkhurst）が一九二〇年にマサチューセッツ州ドルトン市で創始した新しい教育方法で、学生の自主性を重視し、教師は学生のアドバイザー的存在であり、学校は生徒の人格形成のための共同体とされた。中国公学での試みは、中国におけるドルトン・プラン導入の第一例である。同中学部ではまた、中国で初めて男女共学を導入した。大学部には文科・理科・政治科・商科があり、陶載良や匡互生、徐志摩、沈従文などが教壇に立ち、孫中山臨時政府実業部次長の馬君武や胡適が校長を歴任した。同校では社会科学が重視されたが、思想的にはかなり開放的で、社会主義・資本主義・国家主義・無政府主義などの講義もあった。豊一吟、前掲『瀟洒風神　我的父親豊子愷』七八―七九頁、八九頁。陳科美主編、前掲『上海教育近代史一八四三―一九四九』六二五頁。

（3）豊一吟、同上『瀟洒風神　我的父親豊子愷』八二・八九頁。

（4）Barmé, op. cit., pp 78-79.

（5）朱自清「春暉的一月」、朱喬森編『朱自清全集』第四巻、江蘇教育出版社、一九九〇年、一二三頁。

（6）日本への留学経験者が多かったためか、教師住宅は日本式家屋であった。豊子愷の住居「小楊柳屋」は経亨頤校長の住居「長松山房」と夏丏尊の住居「平屋」の間にあった。

（7）朱光潜、前掲「豊子愷先生的人品与画品　為嘉定豊子愷画展作」一五三頁。

（8）朱光潜「敬悼朱佩弦先生」、前掲『朱光潜全集』第九巻、四八七頁。

（9）夏丏尊「『愛的教育』訳者序言」、前掲『平屋之輯』四三頁。

（10）盛興軍主編『豊子愷年譜』青島出版社、二〇〇五年、一二八―一三三頁。

(11) 婦女問題研究会は、一九二二年に李宋武、沈雁氷、呉覚農、周作人、周建人、胡愈之、胡学志、倪文宙、夏丏尊、張近芬、張梓生、陳徳徴、章錫琛、黄惟志、蔣鳳子、程婉珍、楊賢江らが結成した団体で、同会会員は『婦女雑誌』や『婦女評論』（『民国日報』副刊、一九二一年八月三日創刊、編集主幹は陳望道）などに女性解放に関する文章を多数執筆した。

(12) 豊一吟氏に対する大野の聞き取り調査による。二〇〇四年三月、上海の豊一吟氏ご自宅にて。

(13) 豊一吟、前掲『瀟洒風神　我的父親豊子愷』七九―八〇頁。

(14) 豊子愷、前掲「我的苦学経験」八二頁。

(15) 豊子愷、前掲「『子愷漫画』題巻首」二九頁。

(16) 『春暉』は一九二二年一〇月三一日創刊の半月刊誌である。発行範囲は主として、浙江省内外の中学以上の学校および省内各県の高等小学校で、個人での予約購買も可能であった。毎期の発行部数は一一〇〇部で、創刊に尽力した夏丏尊が出版主任を務めた。豊子愷は散文を寄稿する一方、挿絵も担当した。陳星『君子之交　弘一大師、馬一浮、夏丏尊、豊子愷交遊実録』中国友誼出版公司、二〇〇〇年、六八―六九頁。

(17) 原題「人散后，一鉤新月天如水」は宋代、謝逸の詞「千秋歳・夏景」の一節。豊子愷画、史良昭・丁如明解読『豊子愷古詩新画』上海古籍出版社、二〇〇二年、一〇―一一頁。

(18) 陳孝全『朱自清伝』北京十月文芸出版社、一九九一年、八五頁。

(19) 夏丏尊「〝无奈〟」、「徹底」、前掲『平屋之輯』四四―四七頁。

(20) 豊一吟、前掲『瀟洒風神　我的父親豊子愷』八九頁。

(21) 陳孝全、前掲『朱自清伝』九六―一〇八頁。

(22) 豊子愷は一九二四年冬に春暉中学を辞職し、上海に来たと記しているが、「匡互生年譜新編」には匡互生の春暉辞職は一九二五年一月八日とある。呂東明・匡介人編、匡達人・匡建夫校正「匡互生年譜新編」、侯剛・雲復主編『匡互生和立達学園』北京師範大学出版社、一九九三年、三四五頁。

(23) 豊子愷「立達五周年記念感想」『豊文集』第五巻、一〇〇―一〇一頁。引用文中の〔……〕は原文による。

(24) 朱光潜の学校設立構想については西槇偉「上海開明書店と立達学園　五四以後の新文化運動と日本」（東京大学大学院修士論文、未公刊、一九九二年、四七—四八頁）に詳しい。朱光潜「私人創校計画」、前掲『朱光潜全集』第八巻、一〇五—一一八頁。

(25) 一九二五年一月八日、匡互生と朱光潜がともに上海に向かい、豊子愷は彼らより少し遅れて上海へ向かったようである。呂東明・匡介人編、前掲「匡互生年譜新編」三四五頁。

(26) 一九二五年二月一〇日『民国日報』に掲載された立達中学の学生募集広告には、この九名が校務委員として記されている。趙海洲・趙文健『匡互生伝』上海書店出版社、二〇〇一年、一〇四—一〇五頁。

(27) 匡互生「立達、立達学会、立達季刊、立達中学、立達学会」、候剛・雲復主編、前掲『匡互生与立達学園』二三頁。豊一吟、前掲『瀟洒風神　我的父親豊子愷』九一頁。陳星、陳浄野、盛秧「従〝湖畔〟到〝江湾〟　立達学園、開明書店与白馬湖作家群的関係」『浙江海洋学院学報（人文科学版）』第二四巻第二期、二〇〇七年六月、一〇頁。

(28) 朱光潜、前掲「豊子愷先生的人品与画品」一五三頁。朱光潜「緬懐豊子愷老友」、前掲『朱光潜全集』第一〇巻、四七五頁。

(29) 陳明遠『文化人与銭』百花文芸出版社、二〇〇〇年、七六頁。

(30) 朱光潜、前掲「緬懐豊子愷老友」四七五頁。

(31) 朱光潜「回憶上海立達学園和開明書店」、前掲『朱光潜全集』第一〇巻、五二一頁。趙海洲・趙文健、前掲『匡互生伝』一〇七—一〇八頁。

(32) 豊一吟、前掲『瀟洒風神　我的父親豊子愷』九一—九三頁。

(33) 夏丏尊「徹底」、前掲『平屋之輯』四六—四七頁。

(34) 尚、一九二〇年代当時の中国教育界では、立達学園以外にも陶行知らの新教育実践など、現状改善のための様々な試みがなされた。当時の教育界全体の新しい動きおよび、その中での立達学園の位置付けについては今後の課題としたい。

(35) 金谷治訳注『論語』岩波書店（岩波文庫）、二〇〇四年、二二三—二二五頁。傍線は訳文、原文ともに大野による。

(36) 姫田光義他編『中国近現代史』上巻、東京大学出版会、一九八六年、二七八—二八一頁。朱華等『上海一百年』上海人民出版社、一九九九年、九五―一一九頁。
(37) 常務委員九名のうち、立達中学の創設に関わらなかったのは陳之仏と袁紹先の二名である。
(38) 「附録　立達学会及其事業」『一般』誕生号（一九二六年九月）一五四―一五六頁。
(39) 章克標も東京高等師範に留学していたとする説もあるが、詳細は定かではない。
(40) 前掲「附録　立達学会及其事業」『一般』誕生号（一九二六年九月五日）一五四―一五五頁。
(41) 匡互生、前掲「立達、立達学会、立達季刊、立達中学、立達学会」二四頁。
(42) 同上、二五頁。引用文中の〔……〕および括弧内の文章は原文による。
(43) 同上、二四頁。引用文中の〔……〕は原文により、（中略）は大野による。
(44) 趙海洲・趙文健、前掲『匡互生伝』一一五頁。
(45) 匡互生、前掲「立達、立達学会、立達季刊、立達中学、立達学会」二五―二八頁。
(46) 同上、二八頁。
(47) 同上、二八―二九頁。
(48) 豊子愷「卒業生産出」『教育雑誌』第一八巻第一二号（一九二六年一二月）二八八三九頁、「教育」『漫画全集』第三巻、二〇〇一年、三七頁など。教育を垣根の剪定に見立てた作品は『護生画集』第三集にも収録されている（本書第七章第三節を参照のこと）。
(49) 朱光潜、前掲「回憶上海立達学園和開明書店」五二一頁。
(50) 章克標「江湾立達学園雑記」『上海文史資料選輯』第三九期、一九八二年五月、一四七頁。西槇偉、前掲「上海開明書店と立達学園」四九頁。
(51) 中野光『大正自由教育の研究』黎明書房、一九七六年、二〇三―二〇七頁。上野浩道『芸術教育運動の研究』風間書房、一九八一年、二五九―二六一頁。
(52) 大正自由教育運動の中で創設された新学校には、自由学園の他に日本済美学校（一九〇七年・今井恒郎）、成蹊実務学校（一

九一二年・中村春二)、私立帝国小学校(一九一二年・西山哲次)、成城小学校(一九一七年・沢柳政太郎)、文化学院(一九二一年・西村伊作)、明星学園(一九二四年・赤井米吉ら)、池袋児童の村小学校(一九二四年・野口援太郎)、芦屋児童の村小学校(一九二五年・桜井祐男)、玉川学園(一九二九年・小原国芳)などがある。

(53) 中野光、前掲『大正自由教育の研究』一四六―一四八頁。樋口長一等合著『八大教育思潮』大日本学術協会、一九二一年。

(54) 西槇偉「立達学園的教育思想与大正時期自由主義教育思潮」、侯剛・雲復主編、前掲『匡互生和立達学園』九七―一〇三頁(原文は中国語、日本語訳は大野による)。

(55) Barmé, op. cit., p.392 (Notes 7).

(56) 胡適「杜威先生与中国」、袁剛・孫家祥・任丙強編、前掲『民治主義与現代社会　杜威在華講演集』七四三頁。

(57) 胡適「杜威在中国」同上、七四八頁。原文は胡適『東西方的哲学和文化』美国夏威夷大学出版社、一九六二年英文版に収録。

(58) 厨川白村「霊より肉へ、肉より霊へ」『厨川白村全集』第三巻、改造社、一九二九年、九五―九七頁、一〇八―一〇九頁。

(59) 立達中学は男女共学で、第一期学生六〇名のうち一〇名が女性であった。

(60) 匡互生、前掲「立達、立達学会、立達季刊、立達中学、立達学会」三〇頁。

(61) 前掲「附録　立達学会及其事業」『一般』誕生号(一九二六年九月五日)一五五頁。『一般』一二月号(一九二六年一二月五日)。

(62) 陳範予のことと思われる。

(63) 金言「我対匡互生先生的教育思想与教育実践的一点認識　紀念匡互生先生逝世五十周年」、侯剛・雲復主編、前掲『匡互生与立達学園』一九三頁。周堯「霊魂的洗礼」、同上、一八七頁。尚、一九二六年九月当時、立達学会の会員のうち、匡互生・沈仲九・胡愈之・蔣愛真・陳宅桴らがエスペランティストであった。

(64) 匡互生、前掲「立達、立達学会、立達季刊、立達中学、立達学会」二七頁。

(65) 魯迅「日記一六(一九二七年)」『魯迅全集』第一四巻、人民文学出版社、一九八一年、六七六頁(一九二七年一〇月二八日)、六七七頁[一三]、六八一頁(同一一月二七日)、六八四頁(同一二月一五日・一七日)、六八六頁[二][四]。(日本語訳　魯迅

「日記」『魯迅全集』第一八巻、学習研究社、一九八六年、一六九頁（一九二七年一〇月二八日）、一七四頁（同一一月二七日）、一七八頁（同一二月一五日）、一八〇頁［二］［四］。）

(66) 豊子愷「陶劉惨案」『豊文集』第六巻、七一九—七二〇頁。許欽文「魯迅和陶元慶」『新文学史料』一九七九年第二期、七八頁。

(67) 彭飛「林風眠与国立芸術院的創建」『美術観察』二〇〇四年第七期、八五—八六頁。

(68) 匡互生、前掲「立達、立達学会、立達季刊、立達中学、立達学会」三三〇—三三一頁。

(69) 魏鳳江「従春暉中学到立達学園的匡互生先生」、侯剛・雲復主編、前掲『匡互生与立達学園』一九三頁。

(70) 前掲「附録　立達学会及其事業」『一般』誕生号（一九二六年九月五日）一五六頁。

(71) 柳子明「匡互生先生印象記」、侯剛・雲復主編、前掲『匡互生与立達学園』一三一—一三二頁。蔡端「匡互生和立達学園」同上、一七一—一七二頁。尚、柳子明は朝鮮出身の無政府主義者で、一九三一—一九三四年にかけて立達学園農村教育科の教師として立達農場の運営にも関与した。柳子明については、坂井洋史「巴金と福建泉州　黎明高級中学、平民中学のことなど」（多摩「新青年」読書会編『猫頭鷹』第五号、一九八六年、一—五〇頁）に詳しい。

(72) 「立達学園高中部農村教育科一覧」、侯剛・雲復主編、前掲『匡互生与立達学園』二九〇—二九四頁。

(73) 柳子明、前掲「匡互生先生印象記」一三三—一三四頁。

(74) Barmé, op. cit., p.98.

(75) 前掲「立達学園高中部農村教育科一覧」三〇四—三六〇頁。

(76) 巴金「懐念一位教育家」『随想録』北京・三聯書店、一九八七年、五八〇—五八四頁。

(77) 陳範宇（陳範予、大野注）作歌「立達学園農村教育科歌」、侯剛・雲復主編、前掲『匡互生与立達学園』。

(78) 陳宝青・陳明「立達学園農村教育科　匡互生的戦友陳範予在立達学園農村教育科的教育実践」、侯剛・雲復主編、前掲『匡互生与立達学園』二〇九頁。

(79) 趙海洲・趙文健、前掲『匡互生伝』一一一—一一二頁。

(80) 豊子愷は一九二五年五月号表紙に、塔に一本の矢が刺さった図を描いたが、これは唐の名将、張巡の配下にあった武将、南霽雲の故事（〝矢志〟）に由来する。一九二三年の創刊以来『中国青年』で表紙にイラストを用いたのは、一九二六年五月の豊子愷作品が最初である。同誌は翌六月号でも豊子愷の絵（五月号とは別の作品）を表紙に採用した。これはその後、半年間、続けて表紙に使用された。
(81) 朱華等、前掲『上海一百年』一二一—一二二頁。
(82) 呂東明・匡介人編、前掲「匡互生年譜新編」三四七頁。
(83) 「編輯以後」、中国青年社編集『中国青年』第一二一期、一九二六年五月三〇日、六〇六頁（尚、参照したのは、『中国青年』複製版、史泉書房、一九七〇年である）。
(84) 中共上海市委党史資料徴集委員会ほか編、前掲『上海革命文化大事記（一九一九.五—一九三七.七）』一六五頁。葉聖陶「上海著作人公会縁起」『葉聖陶散文　甲集』四川人民出版社、一九八三年、一七三—一七六頁。李明山主編『中国近代版権史』河南大学出版社、二〇〇三年、二三七—二四二頁。
(85) 尚、一九三〇年代になると、無政府主義運動はほぼ消滅状態に陥り、結果としてエスペラントを含む左翼文化運動の主導権は当時の主流左翼の共産主義者へと移っていった。一九三一年に上海で成立した中国左翼世界語者連盟（語連）は、共産党指導下の組織である。Benton, Gregor. *Chinese Migrants and Internationalism: forgotten histories, 1917-1945*. Routledge, 2007, p.112. 玉川信明『中国アナキズムの影』三一書房、一九七四年、一一一頁。
(86) 蔡端、前掲「匡互生和立達学園」一六七—一六八頁。尚、匡互生が翻訳したとされる『通俗天文学』は出版されていないため、引用は蔡端の文による。
(87) 劉薫宇、前掲「吊匡互生先生」一二八—一二九頁。
(88) 豊子愷「児女」『豊文集』第五巻、一一五—一一六頁。
(89) 豊子愷「芸術三昧」『豊文集』第五巻、一五二—一五三頁。
(90) 中華民国期、大同思想は伝統派だけではなく、三民主義者や共産主義者、そして無政府主義者の間でも流行していた。そのため中国の無政府主義思想は、当初から大同思想を内に含んでおり、匡互生もまた例外ではなかった。玉川信明、前掲『中国アナキズムの影』四五頁。

(91) 豊子愷「東京某晩的事」『豊文集』第五巻、一二八—一二九頁。

(92) 豊子愷「全人類是他的家族」『豊文集』第五巻、六八一頁。

(93) 『婦女雑誌』は上海商務印書館によって一九一五年一月から一九三一年一二月まで発行された女性向け雑誌で、国内各地およびシンガポールの商務印書館で発売された。同誌については、村田雄次郎編『「婦女雑誌」からみる近代中国女性』(研文出版、二〇〇五年)に詳しい。

(94) 章士敢他「章錫琛略伝」、出版史料編集部編『章錫琛先生誕辰一百周年紀念文集』出版社未詳、一九九〇年、二〇八頁。

(95) 陳百年「一夫多妻的新護符」『現代評論』第一巻第一四期(一九二五年三月一四日)、未見。『現代評論』は国立北京大学第一院編集(編集主幹は胡適)、上海現代評論社出版発行の週刊誌である。同誌については、魯迅「編完写起」『魯迅全集』第七巻、人民文学出版社、一九八一年、七七—八〇頁(日本語訳　魯迅「編集を終えて」『魯迅全集』第九巻、学習研究社、一九八五年、一一〇—一一三頁)を参照した。尚、陳大斉と章錫琛らの間のいわゆる「新性道徳論争」については、西槇偉、前掲「上海開明書店と立達学園」(五一—一四頁)に詳しい。

(96) 章錫琛「漫談商務印書館」、商務印書館編『商務印書館九十年　我和商務印書館　一八九七—一九七八』商務印書館、一九八七年、一一七頁。

(97) 『新女性』の発行地は、呉覚農の自宅(上海宝山路三徳里)であった。

(98) 王知伊「開明書店紀事」『出版史料』第四期、一九八五年一二月、四—五頁。

(99) 宋雲彬「開明旧事　我所知道的開明書店」『文史資料選輯』第三一期、二—五頁。周佳栄『開明書店与五四新文化』中華書局、二〇〇九年、三六—四三頁。

(100) 王知伊、前掲「開明書店紀事」五頁。「開明書店請求与国家合営呈文　公元一九五〇年二月」、王知伊編著『開明書店記事』書海出版社、一九九一年、一七七頁。

(101) 宋雲彬、前掲「開明旧事　我所知道的開明書店」六頁。
(102) 「開明書店二十周年紀念講演録　茅盾先生演講詞」『出版史料』第四期、一九八五年一二月、一二七頁。
(103) 「新女性　文学週報　国学門月刊　語絲　取消聯定辦法通告」『一般』一九二六年一一月号および『一般』一九二六年九月号・一二月号広告。
(104) 楼適夷「懐念夏丏尊先生」『出版史料』第四期、一九八五年一二月、三二頁。
(105) 「『新女性』広告」『一般』一九二九年八月号。
(106) 「開明書店特別啓事」『一般』一九二七年一月号。
(107) 「『一般』的誕生（対話）」『一般』一九二六年九月号、二―五頁。
(108) 「編集後記」『一般』一九二八年二月号、三六七頁。
(109) 豈凡（章克標）「一般的話」『一般』一九二八年一〇月号、三〇二頁。
(110) 記者「明年的本刊」『一般』一九二七年一二月号、四三一―四三三頁。
(111) 夏丏尊「〝你須知道自己〟」、前掲『平屋之輯』二七三頁。
(112) 夏丏尊「『中学生』発刊辞」、同上、二七一頁。
(113) 王知伊、前掲「開明書店紀事」一二頁。王知伊「回憶戦時『中学生』―兼懐傅彬然先生」、王知伊編著、前掲『開明書店記事』一四七―一四八頁。葉聖陶『我与四川』四川人民出版社、一九八四年。
(114) 欧陽文彬「『中学生』憶旧」『読書』一九七九年第九号、一〇四頁。
(115) 鯤西「憶『中学生』」『読書』一九七九年第九号、一〇八頁。
(116) 欧陽文彬、前掲「『中学生』憶旧」一〇四―一〇五頁。
(117) 葉聖陶「祝『中学生』復刊」『葉聖陶散文　乙集』生活・読書・新知三聯書店、一九八四年、四五二頁。
(118) 楼適夷、前掲「懐念夏丏尊先生」三二頁。
(119) 藤井省三『魯迅「故郷」の読書史』創文社、一九九七年、七四頁。

(120) 王知伊、前掲「開明書店紀事」五頁。
(121) 吉少甫主編『中国出版簡史』学林出版社、一九九一年、三三〇―三三二頁。
(122) 章錫琛「開明活頁《ママ》文選」、王知伊編著、前掲『開明書店記事』二〇七頁。
(123) 「『開明活葉本文選』広告」『一般』一九二八年一月号。王知伊、前掲「開明書店紀事」一一―一二頁。『簡明書目』開明書店、一九三六年。http://www.pubhistory.com/img/text/5/1725.htm　上海出版史　第一一篇　専記活葉文選　(二〇一二年七月七日参照)。
(124) 王知伊、前掲「開明書店紀事」一四―一五頁。宋雲彬、前掲「開明旧事　我所知道的開明書店」一二―一三頁。李明山主編、前掲『中国近代版権史』二八八―二九六頁。
(125) 「『開明英文読本』広告」『一般』一九二八年一月号。「開明英文読本印行旨趣」『一般』一九二八年五月号。王知伊、前掲「開明書店紀事」一四―一五頁。
(126) 「『開明英語正音片』広告」、開明書店編印『全国出版物総目録』一九三五年、F四三頁。
(127) 王知伊、前掲「開明書店紀事」二三―二四頁。
(128) 『簡明書目』(開明書店、一九三六年)に基づいて計算した。王知伊の記述では約九%とされているが、どの時点での統計かは不明である。王知伊、前掲「開明書店紀事」一四―一五頁。
(129) 「開明書店請求与国家合営呈文　公元一九五〇年二月」、王知伊編著、前掲『開明書店記事』一七九頁。
(130) 葉至善「老開明国文課本始末」、葉聖陶編・豊子愷絵『開明国語課本(下)』上海科学技術文献出版社、二〇〇五年。
(131) 「開明小学課本好評彙録」、開明書店編印『全国出版物総目録』一九三五年、F三八―四〇頁。
(132) 周佳栄、前掲『開明書店与五四新文化』一六九頁、一七四―一九一頁、二〇四―二六二頁。
(133) 宋雲彬、前掲「開明旧事　我所知道的開明書店」一二頁。
(134) 巴金「我与開明」、前掲『随想録』七九五―七九六頁。
(135) 夏丏尊、前掲「『愛的教育』訳者序言」四三頁。『東方雑誌』第二一号―第二三号、一九二三―一九二四年に掲載。

(136)「夏丏尊訳愛的教育帰本店発行広告」『一般』一九二七年二月号。宋雲彬、前掲「開明旧事　我所知道的開明書店」一一頁。
(137)夏丏尊、前掲「『愛的教育』訳者序言」四二―四三頁。
(138)王知伊、前掲「開明書店紀事」一四頁。
(139)藤澤房俊『「クオーレ」の時代　近代イタリアの子供と国家』筑摩書房、一九九三年、一―五頁。
(140)同上、一二八―一三〇頁。
(141)一九八六年「開明六〇周年記念会」での葉聖陶の発言。
(142)豊一吟、前掲『瀟洒風神　我的父親豊子愷』一〇九頁。
(143)『子愷漫画』は一九二五年一二月に文学週報社から出版され、ついで一九二六年に開明書店から出版された。
(144)林素幸著・陳軍訳『豊子愷与開明書店　中国二〇世紀初的大衆芸術』太白文芸出版社、二〇〇八年、一五一頁。
(145)釈弘一「致豊子愷　一一」（一九二九年旧暦八月二九日）、前掲『弘一全集』第八冊、三七〇―三七一頁。
(146)『中学生』第八号には、豊子愷はチフスにより嘉興にて療養中である旨が、また同一二月号には、豊子愷は病後、都市生活に耐えられないため、編集を離れる旨が記されている。「編輯後記」『中学生』第八号、一九三〇年九月、マイクロフィルム一〇〇二頁。「編輯後記」『中学生』第一二号、一九三一年二月、同一五〇九頁。
(147)『開明少年』と葉聖陶については、成實朋子「中華人民共和国建国前夜の少年雑誌『開明少年』と葉聖陶」（大阪教育大学国語国文学研究室編『学大国文』第四七号、二〇〇四年、五七―七二頁）に詳しい。
(148)宋雲彬、前掲「開明旧事　我所知道的開明書店」一三頁。

第五章　初期仏教観――仏教帰依から無常観の克服まで

第一節　上海モダンライフから仏教へ

豊子愷の思想を考える上で、仏教信仰は重要な要素である。本章では、豊子愷の初期仏教観について論じる。豊子愷は一九二七年に弘一法師（俗名李叔同）による仏教帰依式を受けた。帰依の原語の意味は「庇護を求めること」であるが、仏教漢訳語としての帰依は「すぐれたものに対して自己の心身を投げ出して信奉すること」を言う。仏（buddha）・法（dharma）・僧（samgha）の三宝に帰依することを「三帰」あるいは「三帰依」とよび、仏道に入る第一歩とされている。(1) 豊子愷はまた弘一法師を賛美する散文も多数発表しているため、弘一法師の弟子として生涯を通じて敬虔な仏教徒であったような印象を与える。しかし実際には、豊子愷は弘一法師を崇敬しつつも、その教えのすべてに賛同していた訳ではない。当時の仏教界および仏教徒の世俗性や迷信性に対する不信などもあり、豊子愷の仏教信仰が確固たるものとなるのは、一九三〇年代半ば頃のことである。

本節ではまず、豊子愷の仏教帰依までの経緯について整理しておきたい。豊子愷の故郷浙江省はそもそも仏教の盛んな地域であった。(2) 豊も幼少期には、熱心な仏教徒である祖母に連れられて、菩提寺の西笠庵にしばしば参詣していた。(3) 晩年に綴った幼少期の回想にも、盂蘭盆の施餓鬼法要や「謝菩薩」などについて記されている。「謝菩薩」とは別名「拝三牲」とも言い、豚の頭や魚、鶏を菩薩に捧げ、病を治癒してもらうという民間信仰で、豊子愷自身も何度か菩薩に祈った経験を持つ。また施餓鬼法要の折には、恐ろしさのあまり髪の毛が逆立つような竦然たる思いも味わったという(4)。しかし、成長するにつれて、豊子愷はこのような迷信的な仏教信仰に対して、激しい嫌悪感さえ抱くようになった。

第一章で論じたように、五四新文化運動当時、知識人の間で美学を社会形成の手段とする芸術立国論が流行した。蔡元培の美育思想はその代表的なものであるが、それは同時に宗教の否定でもあった。蔡元培は一九一七年の北京神州学会の演説において、精神上の役割には「知識、意志、感情」の三つがあるが、そのうち「知識と意志」は科学と道徳の発展によって既に宗教の枠を離れており、残る「感情」も美感の育成によって宗教から離脱すると述べ、「美育を以て宗教に代える」ことを主張した(5)。豊子愷は一九一四年から一九一九年という時代を、浙江省における五四新文化運動の中心地であった省立第一師範で過ごし、また蔡元培の教え子の李叔同から芸術を学んだこともあって、豊子愷の芸術観には五四新文化運動の影響が明白である。仏教帰依式を受ける以前には、豊子愷は芸術による解脱を提唱していたが(6)、これも蔡元培の「美育を以て宗教に代える」という主張の影響と考えられる。豊子愷がこのような芸術観および宗教観を離れ、仏教へと導かれて行ったのは、如何なる経緯によるのであろうか。

一九二六年春、豊子愷は夏丏尊とともに約六年ぶりに弘一法師を訪ね、次のような感慨に打たれた。

この一〇年来の心境を思い起こすと、あたかも常に放し飼いの羊の群れを追っているかのようで、東側の羊をどうにか捕まえると、今度は西側の羊が逃げ出してしまう。東を引っ張り、西を捕まえ、前を見ては後ろを振り返り、あれこれ悩むことばかりで、ほとほと疲れ果てた。進むべき道を自分で決められないばかりか、自分の状況を認識する余裕さえない。今回杭州に来て、弘一法師という明鏡の中に一〇年来の自分の姿があらまし映し出された。今回のことは、絶え間なく続く出鱈目な夢の中の欠伸のようなもので、ごちゃごちゃと乱れた夢のような世界をほんの暫くだが、離れることができた。目をこすって考えてみると、それはこの儚い人生という路上にある一つの駅のようでもあり、私は数分間の静観を得ることができたのだった。(7)

一九一九年に第一師範を卒業して以来、豊子愷は上海、東京、浙江省上虞そして再び上海と転々と場所を変え、慌しい日々を過ごしてきた。特に豊子愷が弘一法師を訪れた一九二六年当時は、立達学園の創設から間もない時であり、開明書店設立の準備期でもあった。豊子愷は理想の実現のために、まさに日々奔走していた。故郷石門湾や上虞とは異なり、大都市上海は隣人との関係も希薄で、(8)親しい者以外には互いに心を閉ざした「あまりにも緊張感に満ちた、あまりにも恐ろしい」世界であった。(9)また、一九二五年の五・三〇運動など、国内情勢も日ごとに不安を増していた。しかし、豊子愷には当時、立達学会の仲間がおり、理想の実現という夢があった。

漫画の創作という点でも、当時の豊子愷は順調であった。前述のように、鄭振鐸が『文学週報』一九二五年五月号に豊子愷の作品を掲載して以来、豊子愷の漫画は評判を呼び、早くも同年一二月には文学週報社から最初の画集『子愷漫画』が出版された。同書には夏丏尊や鄭振鐸、朱自清、兪平伯らから序文や跋文が寄せられた。社会的反響も大きく、翌一九二六年には開明書店からも出版された。

一九二六年に豊子愷と夏丏尊が弘一法師を訪れた数ヶ月後、弘一法師が上海を訪れた。この折、豊子愷は弘一法師とともに法師が青春時代を過ごした場所を訪れ、また話を聞くことで「人生の無常の哀しみ、そして縁の不可思議さ」に思いを馳せ、また「仏教に対する憧憬を少し味わった」。この弘一法師と過ごした二日間は、豊子愷にとって「非常に感情が高ぶり、また厳粛」なものであった。しかし一方で、この間は「酒を飲むことが出来なかったので、家に戻るや否や、家人に酒を買いに行かせた」と豊子愷は記している。(10)

仏教では、酒は本性を曇らせ、過失や犯罪の原因となるという考えから、不《ふ》飲酒《おんじゅ》戒と称して飲酒を戒める。これは不殺生戒、不偸盗戒、不邪淫戒、不妄語戒とともに、在俗信者の守るべき五戒の一つである。弘一法師が上海にいた間、豊子愷は弘一法師に遠慮して酒を飲まなかったのであろう。上文のように、この折の不飲酒は一時的なもので、豊子愷の仏教への思いがまだ「憧憬」程度であったことがうかがわれる。

しかし、その一年後に豊子愷は無常の思いに苛まれるようになり、それが仏教信仰の出発点となった[11]。その具体的な契機が何であったのか、豊子愷は明確には語っていない。日中戦争終結から半年後に、豊子愷が年下の友人である夏宗禹に宛てた手紙から、以下その理由を考察してみたい。戦後の混乱期に仕事もままならず、諸事に悩む夏宗禹に、豊子愷は次のような助言を与えた。

すべて自然に任せなさい。いずれにしても私は永遠に君の理解者であり、君の将来が希望に満ちていると確信している。しかし一方、理想をあまり高くしすぎないよう、そして事にあたってはあまり真剣になりすぎないよう、君に勧める。なぜならば、社会が結局のところ、このような社会だからだ。理想があまりに高く、態度があまりに真面目すぎると、いたずらに痛い目に遭う。それは自ら苦労を求めるようなものだ。この社会は本当に人を冷酷にし、人の誠意を失わせる。しかし、我々は努力して困難に立ち向かわねばならない。私はこの困難に直面するのを恐れたのだ（二重人格になるのも肯んじ得ぬことであった）。そのため、戦前の一〇年間は俗世を離れ、戦時中もまた失業して既に三年となる[12]。

この俗世を離れた一〇年間というのは、まさに仏教帰依式を受けた頃からのことであろう。豊子愷に「この社会は本当に人を冷酷にし、人の誠意を失わせる」と感じさせた社会とは、どのようなものであったのだろうか。五・三〇運動以降、国内では民族運動が全国的に急進化し、同時に列強と軍閥勢力による圧力も高まっていた。国民党内部の左右両派の対立も激化し、一九二六年七月には蔣介石の北伐戦争が開始された。北伐軍が長江流域に進出するに及び、同地に多くの利権や租界を持つ帝国列強との衝突は不可避のものとなった。一九二七年三月には英米による南京発砲事件が発生し、一般市民を含む数千人の中国人が殺傷された。これ以降、蔣介石は中国共産党および国民党左派との対決姿勢を明確化した。また政敵の王精衛の帰国による武漢国民政府との対立もあり、蔣介石は四月に上海クーデターを発動し、上海はじめ各地の労働者や共産党員の大虐殺を行ったのである。

このような情勢の下、前述の立達学園でも創設当初からの立達学会会員に対する国民党右派の圧力が増大し、経費不足を理由に夏丏尊や豊子愷が主任を務めていた中文科や芸術科も停止された。それまでの人生において、特に大きな挫折を経験することもなく、自己の情熱と信念に忠実に、自由に生きてきた豊子愷にとって、立達学園創設後の上海での数年間は、まさに人間の本質的な醜さや残酷さ、愚かしさを実感する日々であったことだろう。

またこの頃、北伐軍によって軍閥の一掃された地域や都市部では、農民や労働者による民衆運動が嵐のような勢いで展開された。この労農運動のあまりの激化に対して、当初は祖国の独立と統一を熱望していた民族資本家や地主も次第に動揺を覚えるに至り、上海などの大都市へと避難した。このため都市部を中心に、資本家や地主と労農者の間の階級対立や経済格差が更に拡大した。例えば、一九二〇年代上海における典型的な五人家族の平均月収を比較すると、工場労働者などの下層貧民家庭が三〇元程度であるのに対し、一般市民家庭は六六元、中流家庭は百―二百元、上流家庭は二百元以上であった(13)。

一般市民および中流以上の人々は、街の各所に林立する大小のダンスホールやカフェ、映画館などに競って現れたが、特に映画は新種の娯楽として習慣化しており、映画館には上海の老若男女が集った。魯迅もまた映画を好み、ほぼ毎週のように家族とハイヤーでハリウッド映画を見に出かけていたという。これについて、藤井省三は「〝反体制作家〟魯迅が職業作家として中産階級の暮らしを享受していた事実は、一九三〇年代上海で近代的市民社会が一部であるにせよ実現されつつあったことをよく物語る」と指摘している。[14]百貨店も娯楽の場として彼ら市民階級を引き寄せた。[15]例えば先施、永安、新新、大新公司といった四大百貨店では屋上に映画館や劇場を併設する遊芸場を設置していたが、それは地方からの来訪者のみならず、上海在住者にとっても憧憬の場所であった。また、先施公司では一部の上客に対して自動車での送迎サービスを行っていたが、一九三一年当時の自家用車の所有台数は四九五一台で、一九二二年当時（一九八六台）の二倍以上に到達していた。[16]

当時、上海のような都市部では経済発展を背景に、一定の教育水準と経済力を有する市民階級が出現し、都市生活を享受していた。都市には物資があふれ、人々の消費への欲望をかきたてた。その結果、都市では金銭を無上のものとして崇拝する拝金主義や、現在この一瞬が充実していれば、それでよいとする刹那主義が蔓延した。その根底には、上述のような社会情勢や、国家および自分自身の将来に対する漠然とした恐怖や不安が存在していた。

豊子愷もまた都市の新興市民階級の一人として、上海の生活を享受していた。一九二八年一一月一九日、シューベルトの没後百年を記念して、工部局交響楽団（Municipal Orchestra and Band）が上海市政庁（Town Hall）でコンサートを開催した。この交響楽団は一八七九年の結成当初は私営であったが、一八八一年以降は工部局（Municipal Council）の運営となった。工部局は当初、太平天国の乱を契機に一八五四年に米英仏三国によって組織されたが、一八六二年にフランスが公董局をつくって離脱したため、翌年からは米英共同租界の行政機関となっていた。工部局交響楽団では冬のシーズン（一〇月から五月末まで）にはタウンホールで「シンホニーコンサート、ソロヰストコンサート、テーコンサート等」を開催していた。[17]このシューベルトの没後百年記念コンサートもそうした一つであったのだろう。尚、工部局交響楽団のコンサートに足を運ぶ中国人は当初、極めて小数であったが、租界における中国人の地位の向上にともない、徐々に増えていった。[18]

豊子愷はこのコンサートのために、当時住んでいた上海市街北東部の江湾から南京路まで来たものの、時間が早すぎたのと体調不良から、とりあえず市政庁のすぐ斜め向かいにあった先施公司で珈琲を飲んで休んだ。実は、これはマラリアの前兆で、豊子愷はコンサートを諦めざるを得なかった。(19)一九二八年当時、豊子愷には工部局交響楽団のコンサートや喫茶店での珈琲を楽しむような習慣と、それを可能にするだけの経済的余裕があったと考えられる。また、豊子愷は一九三三年に石門湾に自宅「縁縁堂」を建て、転居した後も、仕事でしばしば上海を訪れたが、帰りには子ども達へのお土産として必ずチョコレートを買っていた。当時、石門湾には素朴なお菓子しかなく、チョコレートを食べるのは豊家の子ども達の「一大楽事」であった。(20)

そのほかにも、豊子愷はバターやパン、牛乳も頻繁に口にしており、上海のいわゆるモダンライフを満喫していたようである。(21)また、鄭振鐸との思い出を綴った散文には、一九二〇年代後半のある日、鄭に誘われて二人で洋食を食べに行ったところ、支払いの段になって鄭振鐸に持ち合わせが無かったため、豊子愷が二人分の食事とブランデーの代金として五元支払い、その翌日に鄭振鐸が立達学園を訪れて豊に一〇元返そうとしたが、豊子愷は受け取らず、その一〇元で夏丏尊や匡互生ら同僚七、八人とともに全員が酩酊するまで飲んだことが記されている。(22)尚、一九二〇年代当時、上述の下層貧民家庭および一般市民家庭における大人一人あたりの食費は毎月それぞれ四元六角、七元三角であった。(23)また一九二七年当時、江湾の豊子愷の自宅にはピアノが置かれていたという。(24)

榎本泰子は、当時の上海の知識人には「政治的には愛国的・民族主義的な傾向を持ちながらも、生活面では租界の欧米式文化を喜んで享受するという一見矛盾した態度」があったと指摘するが、(25)豊子愷や鄭振鐸、夏丏尊らはまさにそうした上海知識人の典型であったと言えよう。豊子愷は当時、上海のモダンライフを満喫するだけの潤沢な経済状況にあったが、それは主として何に由来していたのだろうか。

前述のように、創設当時の立達学園の教師の給与は一律二〇元で、多くの教師は生活のために複数の学校で仕事を兼任せざるを得なかった。豊子愷も立達学園以外に松江女子中学でも教壇に立っていたが、それ以上に豊子愷の生活を支えたのは、開明書店などから出版した多くの著作や画集、雑誌に寄稿した原稿、また『愛の教育』や『開明英語読本』などのベストセラーの挿絵印税、そして開明書店の株式配当金である。故郷石門湾に建てた「縁縁堂」の建築費用もこれらの収入で賄われたが、建築がかなり進んでから、職人が敷地の都合で家を勝手に台形に変えていたことに気づいた豊子愷は、それを正方形に直すためだけに数百元を使い、地元の人々の驚きを買ったという(26)。

豊子愷は経済的に恵まれた新興市民階級の一人として、都市の繁栄を享受していたが、その一方で金銭が人の思考や行動を支配することに対して嫌悪感も覚えていた。前述のように、豊子愷の妻は裕福な家庭の出身であったが、その両親や義兄はしばしば上海の豊子愷一家を訪れ、ともに遊んだ。ある時、当時の上海の有名な娯楽場である大世界から戻った義兄は、豊子愷に次のように語った。

〝上海で遊ぶのは本当に楽しいね！　京劇から新劇、映画、語り物、講談、魔法、何でもある。お茶もお酒も、食事もお菓子も、何でもすべて選び放題だ。ほかにもエレベーターや飛行船(27)、飛輪、スケート……虎にライオン、孔雀、大蛇……本当に珍しいものばかりだ！　ああ、遊ぶのは本当に楽しいね。だが、一旦お金のことを考えると、つまらないね。上海ではお金を使うのが本当に簡単だよ！　もし遊んでもお金がいらなければね、アハハハハ……(28)〟

大世界とは当時東洋一の規模を誇ったという総合娯楽場で、小舞台が複数あり、各種の芝居や曲芸などを常時上演していた。大世界や、それに先立って造られた同様な娯楽場、新世界について、日本人による当時の上海案内には次のように記されている。

何れも高荘な建物でエレベーターを設け大同小異である。内には花園があり、動物や鳥類が居り、又は夫等の剝製があったり、又茶店、料理店、酒店、玩具店等の売店があり休息所もあれば活動写真、講談、旧劇、新劇、芸者の唱書もあり手品、軽口の如きものがあつて随意観覧や遊楽が出来て入場料二角である。（中略）殊に夜の大世界は四馬路の青蓮閣に等しきものとも云ひ得べき空気で充満されて居る。余りなる現実の世界の驚きと嘆きは此所に放たるゝのである。(29)

豊子愷は義兄の言葉を聞いて、義兄は「きっといつもお金のことを考えずに大世界で遊べるから、このように愉快で、賛美できるのだろう」と分析した上で、金銭や価格は人の考えや行動を制限し、物事自体の趣や意義を失わせるものだと述べている。(30)豊子愷の別の散文には、この義兄は若い時から実家を頼りに真面目に働かず、義父の残した財産もすべて使い果たしたとあり、(31)往年の派手な生活ぶりがうかがわれる。豊子愷はこの義兄に、お金や消費社会に踊らされる人間の姿を見、また当時の拝金主義的な風潮に空しさを覚えていたのだろうか。

一九二七年秋、弘一法師は再び上海を訪れると、江湾立達学園の豊子愷宅に一ヶ月ほど逗留した。この折、キリスト教系の出版団体、広学会の編集者である謝頌羔と豊子愷が友人であることを知った弘一法師は、豊に依頼して謝頌羔と面会した。(32)謝頌羔は西洋哲学にも造詣が深く、ウィル・デューラントの著作を最初期に中国語に翻訳した人物である。この「敬虔な仏教徒と敬虔なキリスト教徒」が楽しげに談笑する様子を見て、豊子愷は「人の世の〝縁〟の絶妙さ」に思いを馳せ、この面談の様子を散文に綴った。そこに描かれたのは、上海クーデターからわずか数ヶ月後の、政治的にも経済的にも混乱し、無秩序で拝金主義の横行する上海とはまったく別の、平和で清浄な世界であった。(33)現実世界が残酷であればある程、豊子愷はこの平和で清浄な世界にいっそう心を惹かれたことであろう。弘一法師の滞在中、豊子愷は毎日夕刻の一時を法師と過ごし、言葉を交わすのを楽しみにしていた。当時、二人がどのような話をしたのか、豊は何も記していない。しかし、弘一法師との会話あるいは弘一法師の存在それ自体が、豊子愷に何らかの宗教的感化を及ぼしたであろうことは想像に難くない。

一九二七年一〇月二一日（旧暦九月二六日）、三〇歳の誕生日をむかえた豊子愷はこの日、弘一法師による仏教帰依式を受け、嬰行という法名を授けられた(34)。嬰行とは、『涅槃経』で菩薩の定める五種の修行法の一つ「嬰《よう》児《に》行《ぎょう》」（慈悲の心で小善を行うこと）に由来する。そのほかの四行は聖行、梵行、天行、病行である。また弘一法師も出家以前、一九一六年に断食を行った際には、老子の『道徳経』第一〇章の「能嬰児乎（能く嬰児たらんか）」により、自らを「李嬰」と称していた(35)。

仏教帰依式を受ける少し前、豊子愷は一九二四年に死産した男児「阿難」について次のように記している。

> 阿難(36)！　心臓の一打ちがお前の一生だ！　お前の一生はなんと簡単なことか。お前の寿命はなんと短いことか。私とお前の間の父子の縁もなんと浅いことか。
>
> しかし、これらはすべて私の妄念である。私とお前を比べてみれば、どれほどの違いもないのだ。数千万光年の中の小さな肉体と永劫の中の数十年を〝人生〟とよぶ。人類がこの世に生じて以来、この〝人生〟は既に数千万回も繰り返され、すべて優曇華の花や水泡のように忽ち現れ、また忽ち消える。今それを繰り返す番が私に巡ってきたのである。そうである以上、たとえ私が百歳まで生きたとしても、永劫の中ではお前の一打ちと何の違いもない。今、私はお前の命の短さを嘆いたが、それはまさに九九歩退却した兵が百歩逃げた兵を笑うようなもので、その差は極めてわずかで、本質的にはまったく同じなのだ！（中略）
>
> しかし、これはやはり私の妄念である。宇宙における人の生滅は、大海の波濤の起伏のようなものである。大波小波、すべて海の変幻でないものはなく、海に帰さないものはない。世間の一切の現象は皆、宇宙の大生命の

顕れである。阿難！　お前と私の縁は決して希薄ではない。お前はすなわち私で、私はすなわちお前である。お前であろうが、私であろうが、そんなことは一切関係ないのだ！[37]

以上の散文「阿難」において豊子愷は、人間を含むこの世の一切の現象はすべて実体のない存在であり、瞬時たりとも同一ではありえない、しかしそれにもかかわらず、我々はこの無常を理解せず、妄念の虜になっているから、人生に苦しみを感じるのだと主張する。

仏教で「阿難」とは、釈尊のいとこで、十大弟子の一人として二五年間つかえたアーナンダ（Ananda）を指す。豊子愷は、散文「阿難」の中で、死産した息子を阿難と名付けたのは、ほかの子どもたちのことを阿宝（長女・豊陳宝）、阿先（次女・豊林先）、阿瞻（長男・豊華瞻）と呼んでおり、また死産した息子は母親に難儀な思いをさせたからだとして、アーナンダとの関係については何も記していない。しかし、この文章には「諸行無常[38]、一切皆苦[39]、諸法無我[40]、涅槃寂静[41]」という、仏教の基本的教義の四つの特徴（四法印）がすべて語られていることなどから見ても、アーナンダを意識している可能性は否定できない。尚、阿難の死産の理由の一つとして、三女（豊三宝）の夭逝が母の徐力民に与えた悲しみと衝撃が指摘される。[42]

仏教帰依式を受けて以来、豊子愷は弘一法師の影響をいっそう強く受けるようになった。立達学園の創設当時からの知り合いで、自著『中国文学小史』、『童話概要』などの装丁を豊に依頼したこともある趙景深は、その様子を次のように記している。

当時（仏教に帰依する以前、大野注）、私は彼とどんな話をしたのか、今ではもう思い出せない。しかし、彼の態度が軽妙洒脱で、まるで心のままに広がる秋雲のようであったことを覚えている。

その後、ある時、子愷が開明書店に遊びに来たのだが、驚くべきことに、まったく別の子愷に変わってしまっていた。彼は籐椅子に座ると、腰を筆のようにまっすぐにし、以前のように煙草をくわえて、心の赴くまま斜めに腰掛けたりはしなかった。両手はまっすぐに膝に置き、以前のように音楽のリズムをとるかのように指で椅子を軽く叩くこともなかった。瞼を落とした姿は禅定に入った老僧のようで、以前のように情のこもった瞳で来客を見ることもなかった。話をしてもこちらが問えば答えるが、向こうからは何も言わず[43]、答える声は極めて低く、声には以前のような抑揚も変化もなかった。そう、夏丏尊が「この頃、子愷は李叔同に惑わされてしまった！」と言うのを私もよく耳にしていた[44]。

帰依式の後、豊子愷の生活は一変した。豊子愷は弘一法師の指導に従い、毎日必ず礼拝をし、念仏を唱え[45]、食生活も完全な菜食として、不飲酒戒を守った。帰依する以前、豊は鶏肉や卵、蟹、バター、牛乳などは普通に摂っていた。しかし、体質上の理由から豚肉や牛肉はもともと食べていなかったため、食生活の変化は問題ではなかった。問題は不飲酒戒である。第四章で引用した朱光潜の文章にもあるように、豊子愷は若い時から酒を好み、特に仏教に帰依する以前には「酒に迷ったこともあった[46]」。そのため、不飲酒戒を守り始めた当初は、生活の楽しみが一つ減ったように感じたことすらあった。しかし、不飲酒戒を忠実に守った結果、豊子愷は一九三四年当時には戒律を守ることが楽しいと感じられるようにさえなった[47]。

ところが、抗戦期に書かれた『教師日記』には飲酒の様子がしばしば記されており、一九三八年頃には豊が既に飲酒を再開していたことがわかる[48]。飲酒の再開すなわち不飲酒戒の中断は、何を意味しているのだろう。それは豊子愷の仏教理解あるいは信仰それ自体の変化と深くかかわっているのではないだろうか。これについては、一九三〇年代の豊子愷をめぐる環境の変化と併せて、本章第三節で考察したい。

第二節　『護生画集』第一集（一九二九年）と新興知識階級

一九二七年秋の仏教帰依式と前後して、弘一法師と豊子愷は『護生画集』の作成を計画した。当初は弘一法師の五〇歳を記念して、一集のみの予定で作成された。しかしその後、弘一法師から自分が何歳で亡くなろうとも、百歳に相当する年までは、一〇年毎に『護生画集』を発行し、収録作品数を一〇幅ずつ増やすよう依頼され、豊子愷は戦時中や文革期にも作成を続け、一九二九年から一九七三年まで四〇年以上の歳月をかけて、全六集（計四五〇幅）を完成させた。作成が長期に及んだため、テーマも関係者も集によって異なっている。本節では『護生画集』第一集を中心に、同書作成の意図や経緯、社会的反響について述べたい。

『護生画集』第一集は一九二九年に開明書店の専用印刷所である美成印刷公司で印刷され、開明書店や仏学書局、道徳書局、華通書局、仏経流通所などで委託販売された。美成印刷公司とは開明書店の設立直後に、章錫琛の義弟の呉仲塩が設立した株式会社で、開明書店の出版物を専門に印刷し、編集部と印刷所が直接連絡しあえたため、効率もよかったが、抗戦初期に爆撃を受けた後は業務を停止した。『護生画集』第一集の作成費用は、弘一法師の熱心な信者であった上海在住の豪商、穆藕初の寄付によるところが大きい(49)。穆藕初と弘一法師は、法師の出家以前から南洋公学や滬学会を通じて親交があったことは第二章で述べたとおりである。

豊子愷と弘一法師は同書に版権を設けず、功徳目的での複製を奨励したため、多くの寺院や仏教信徒が独自で印刷出版し、無料で配布した(50)。同書は、明・清の時代に流行した勧善懲悪の書「善書」を想定して作成されたと考えられる。善書は社会倫理や道徳の普及を目的に、士大夫から一般民衆まで広範な層を対象に、平易で通俗的な言葉で因果応報や勧善懲悪を説いた無償の刊行物である。その始まりは宋代とされているが、当初から知識人や士人が作成や刊行の中心的役割を担っていた。善書出現の背景としては、宋代以降の庶民文化の台頭や、三教（儒教・道教・仏教）一致の時代思潮などが指摘される。

前述のように弘一法師は一九二七年秋に上海の豊子愷を訪れ、豊宅に一ヶ月程逗留した。その折、弘一法師は豊子愷や李石曾、周予同、葉聖陶ら数名を連れて、新閘太平寺に滞在中の印光法師を訪問している。[51] 印光法師は浄土宗の高僧であるが、弘一法師は「当代の優れた高僧のうち私が最も服膺するのは、ただ印光法師だけである」と述べるなど、印光法師を非常に崇敬していた。[52] 印光法師が上海に滞在する際には、常に李円浄という資産家の居士が側近く仕えており、豊子愷は一九二七年の太平寺訪問の際に李円浄と知り合いになった。[53] 李円浄は後に豊子愷と弘一法師が『護生画集』の作成を計画していることを知ると、豊子愷を「道を同じくする友」として遇し、「護生画」を多く描くように励まし、自らも『護生画集』の構想にかかわるようになる。[54] 初期の『護生画集』には、李円浄述・印光大師鑑定の「護生痛言」という文章が付けられていた。「護生痛言」は単独でも出版されており、『護生画集』の豊子愷の絵が挿絵として使用されている。「護生痛言」も『護生画集』同様に、複製と一般への配布を奨励していた。[55]

さて、弘一法師から豊子愷や李円浄への手紙の中で『護生画集』という名前が出るのは、李円浄宛の一九二八年六月のものが最初である。そこには李円浄の「護生痛言」を『護生画集』に付属させるための案として、『護生画集』という題の下に小文字で「文章あり」と付け加えることや、「護生痛言」のための文章を馬一浮に依頼することなどが記されている。[56] また一九二八年四月の豊子愷宛の手紙では、まず李円浄への返信について言及し、続けて「『戒殺』画」の文字を書くことに賛同する旨が記されている。[57] 以上から、豊子愷が仏教に帰依した一九二七年秋から翌春にかけて、弘一法師と豊子愷、李円浄の間で「不殺生戒」[58] を題材とする画集の作成が考案されたと考えられる。尚、一九二八年八月の弘一法師の手紙には『戒殺画集』という書名も記されており、最終的に『護生画集』という書名に確定したのは作成開始後のようである。(59)

弘一法師の弟子で、豊子愷の生涯の友として『護生画集』第四集以降の作成を支援した広洽法師によると、『護生画集』第一集の作成にあたっては、まず上海の豊子愷が絵を完成させた後、当時温州にいた弘一法師に送付し、法師は絵の内容と形状に応じて題詞を配したという。(60) 弘一法師から豊子愷への一九二八年旧暦八月の手紙にも、李円浄と自分の考えは同じなので絵の選択は李円浄に任せ、決定後に自分に送付するようにと記されている。(61) 弘一法師はまた豊子愷から送られてきた絵に対して、描き直しや画題の変更を度々命じている。(62) 以上から、『護生画集』はまず豊子愷が絵を描き、それを李円浄が選択した後に弘一法師に送り、法師の指導にしたがって修正を加え、最後に弘一法師が題詞を付けるという手順が取られたようである。

また、弘一法師は本の装丁から用紙にいたるまで、以下のように細かな指示を与えている。

画集は中国製の紙に印刷すべきではあるが、表紙はやはり西洋風のデザインを用いて、二色または三色の色刷りにしてもよい。糸綴じの装丁については、日本風にするつもりである。そのやり方はつまり糸で結ぶことで、これは中国の仏教経典の装丁とは異なる。私の考えでは、同書はまだ仏教を信奉していない、近代学問を学んだ人々に重きを置くべきであり、彼らに広く寄贈したいと思う。（中略）したがって、表紙と装丁が極めて斬新で人の目を引く美しいものであれば、同書の内容を更に引き立たせ、読者の満足と喜びを引き起こすことができる。中の頁については中国製の紙を用いる。そうすれば、田舎でも同じ様に複製印刷することができるであろう。(63)

上記の手紙で、弘一法師は『護生画集』の読者として、「まだ仏教を信奉していない、近代学問を学んだ人々」を想定しているが、これについて李円浄と豊子愷の二人宛の手紙には、また次のように記されている。

案ずるに、この画集は大衆向けの芸術品として、優美で柔和な情緒を以て、読者に物寂しさや哀しみ、哀れみを感じさせるべきで、芸術的価値を失ってはならない。もし紙面に残酷な気が満ち、しかも画題に「棺を開ける」（図版15）、「首吊り」、「見せしめ」というような粗暴な文字が更に用いられると、読者に嫌悪感や不快感を与えることになるかもしれない。人の心を感動させるということから言えば、優美な作品は残酷な作品よりも更に深い感動を与えることができるかもしれない。それは、残酷な作品は一時的に猛烈な刺激を与えうるが、優美な作品はまるでオリーブを食べるが如く、しみじみと味わうことができるからである。（これは新教育を受けたことのある者に対して言うのであって、一般人はあるいは残酷な作品をもっぱら好むかもしれない。（後略））[64]

弘一法師は『護生画集』の読者として「新派の知識階級（すなわち高等小学校卒業以上の程度）」で、また「仏の教えを信じず、仏教書を読むのを好まない人」を想定していた。また「愚夫愚婦および旧派の士農工商」を読者対象としなかったのは、彼らは『護生画集』を見ても「極めてわずかの利益しか得られず、褒め称えることなど決してできない」と考えたためである[65]。弘一法師はまた「年長者や旧派の人間には「新しい美術の知識」がなく、豊子愷の絵や自分の書道も「すべて俗人には理解、観賞できない」ので、そのような人に『護生画集』を寄贈する必要はないとも述べている[66]。

〔図版15〕「棺を開ける」

新教育世代偏重とも思われる、弘一法師のこうした一連の発言には、清末以来の仏教界に対する社会的差別や偏見が反映されている。一八九八年に張之洞が『勧学篇』を著すと、それに乗じて廟産興学の風潮が盛んになった。これは、当時頽廃の極みにあった仏教寺院の土地や建物を没収して学校に転用し、教育を興そうという動きである。また清朝政府も一八九五年から一九〇四年にかけて、宗教団体などの民間結社を禁じた。このように仏教界への迫害が激化する中、危機意識を抱いた僧侶や仏教関係者らが中心になって、仏教界の組織化や教育施設の設立が始められた。楊文会の仏学研究会（一九一〇年）も、こうした流れの中で創設された。ほかにも仏教会、仏教大同会、中華仏教協進会などが続々と結成され、一九一二年には中華仏教総会が結成された。

ところが、辛亥革命後の新しい社会に仏教は不要であるという社会風潮を背景に、中華仏教総会は一九一五年、袁世凱政権によって活動停止とされた。同会はその後、中華仏教界と改称して存続を図ったが、一九一八年には解散に追い込まれた。また五四新文化運動期には、迷信打破運動や反宗教運動が展開された。仏事や民間の宗教儀礼は迷信であるとして排され、各地で寺院に対する破壊活動が行われた。李叔同が出家したのは、まさにこのような時代であった。最初期に西洋音楽や美術、演劇などの新文化に触れ、中国へと伝えた李叔同の出家が、当時の知識人に与えた衝撃と反発の大きさが想像できよう。

仏教に対する偏見と迫害はその後も続き、一九二七年には第二次廟産興学の動きが興った。一九二九年には南京政府が「寺廟管理条例」を公布して廟産興学を支持するなど、仏教界では危機的状況が続いた(67)。仏教に対する迫害は弘一法師の日常にまで影響を及ぼすようになり、日頃から法師の健康状態を心配していた夏丏尊、経亨頤、豊子愷、劉質平、穆藕初、朱鮮典、周承徳の七名は浙江省白馬湖に弘一法師のための寓居「晩晴山房」を建設した。彼らはまた夏丏尊を中心に「晩晴山房護法会」を結成し、弘一法師の必要とする薬品や文房四宝、地方行脚の費用なども負担した。尚、弘一法師は一九二九年旧暦八月二七日に晩晴山房に移ったが、翌一九三〇年一月以降、国民党兵士の乱入が続いたことから同地を離れた。そのため、法師が実際に「晩晴山房」に住んだ時間はそれほど長くはない(68)。

〔図版16〕次愷「新年の挨拶とお年玉」

当時、庶民の間で一般に信仰されていた仏教は、豊子愷が幼少時に体験したような、仏教と道教や民間信仰が融合したもので、人々は仏教に現世の利益を求めていた。前述の弘一法師の言うところの「俗人」や「一般人」、「年長者や旧派の人間」とは、仏教を迷信的に信奉するだけの大衆であり、また仏教の本質を知ろうともせず、仏教を迷信的なものと決めつけて否定し、排除しようとする知識人であった。

さて、弘一法師による『護生画集』第一集跋文には、「芸術を教化の方便とする」と記されている(69)。法師がその教化の対象とした「新派の知識階級」とは、どのような人々であったろうか。『護生画集』の装丁や絵は弘一法師の指導の下、豊子愷が担当したが、豊の漫画は第四章で論じたように、当時雑誌や開明書店の出版物などを通じて、近代教育を受けた知識青年を中心に広く人気を博していた。豊子愷の絵は、「新派の知識階級」を惹きつけるのに十分な魅力を有していたことであろう。

その一例が、抗戦期に上海に出現した「次愷」である。「次愷」が『申報』に投稿する漫画は、字や絵ばかりか、作風まで豊子愷に酷似しており、豊子愷自身も自らの作品かと見紛うばかりであった（図版16）。豊子愷は、技術や表現力に優れ、また豊に遠慮して「次愷」と署名するような、謙虚で誠実な人柄を思わせる「次愷」に興味と好意を覚え、機会があれば一度会ってみたいとさえ思った。その後、豊子愷は『宇宙風（乙刊）』の陶亢徳から「次愷自白」と題された切抜きを受け取り、「次愷」がまだ若い学生で、『護生画集』に感化されて、豊子愷風の絵を描くようになったことを知った(70)。

弘一法師らが『護生画集』を作成していた当時、都市部ではまさに「新派の知識階級」が形成されつつあった。これについて陳思和は、一九三〇年代の中国の都市には「知識分子のエリート文化とエロティシズムを追求する野卑な文化との間には、そのほかに〝高雅な〟生活興趣を追求する大量の市民階層の文化が存在していた」と述べている。[71]豊子愷は、自分の漫画や散文の愛好者は「資本主義的な商業大都市」の「大衆」であると認識していたが、[72]それは換言するならば都市の新興大衆あるいは中間市民階層である。彼らは一定の経済力と知識水準を有し、独自の文化や精神面での満足、すなわち「〝高雅な〟生活興趣」を追求していた。

当時『護生画集』の作成に直接関係した豊子愷や李円浄、協力者の夏丏尊らが生活し、また出版の基盤でもあった上海は、都市大衆文化が最も栄えた地域である。国民党は一九二八年に首都を南京に遷すと、沿海部の経済建設を急速に進めたが、なかでも上海を国民政府の支柱とすべく特別市に指定し、「ニュータウン大上海建設計画」を打ち立てた。そのため、世界恐慌の影響や度重なる内戦にもかかわらず、上海は一九二〇年代末期から一九三〇年代にかけて未曾有の繁栄を謳歌していた。[73]このような経済的繁栄を背景に、上海では初等・中等教育の普及率も高かった。例えば、一九三〇年の上海の義務教育就学率は五七・九％、中等教育機関の在校生数は三万一千九四二名（全国第六位）である。同時期、北京における高等教育機関の在校生数は上海とほぼ同水準であったが、義務教育就学率は一六・五％、中等教育機関の在校生数は一万七千二六五名（全国第一三位）と低い。[74]当時上海には、経済力および中等以上の教育水準を有する新興都市大衆が存在し、近代的市民社会が形成されていたのである。

次に、『護生画集』第一集の内容について、見てみたい。弘一法師は前述の同書跋文にて「人道主義を宗旨とする」と述べているが、[75]ここで言う「人道主義」とは、具体的には不殺生と放生を指している。放生とは生き物を解き放って自由にすることであるが、殺生や肉食《にくじき》の戒め、慈悲の実践として行われることが多い。不殺生戒には生命をよりよ

〔図版17〕「衆生」

く生かしきるという積極的な意味も含まれており、放生はこの思想に基づいている。同書の最初の作品「衆生」[76]（図版17）には羊の群れと羊飼いが描かれているが、それに弘一法師は次のような題詞を配している。

是亦衆生　与我体同（これもまた衆生　私とその実体は同じである）

応起悲心　憐彼昏蒙（まさに慈悲の心を起こして衆生の愚昧さを憐れむべきである）

普勧世人　放生及戒殺（世の人々に普く勧める　放生と不殺生を）

不食其肉　乃謂愛物（その肉を食さず　それはすなわちその生き物を愛することである[77]）

『護生画集』第一集に収められた五〇幅の作品のうち、約八割が放生と不殺生に関するものである。しかもその多くが、包丁を手にした人間に泣きながら命乞いをする牛を描いた「命乞い」[78]（図版18）や、何も知らずに

〔図版18〕「命乞い」

〔図版19〕「修羅」

肉屋へ連れて行かれる羊を描いた「もしも羊が字を知っていたならば……」[79]など、肉食を題材とした作品である。これらに配された題詞には無辜の動物の苦しみと哀しみ、そして慈悲心を持つことの重要さが説かれている。また「修羅」[80]（図版19）、「肉」のように屠殺場面そのものを描いた作品もある。[81]弘一法師はこの二作品の分かりやすさを好んだのか、豊子愷に対してこの二作を連続して収録し、題名も「修羅一」、「修羅二」に変更するよう提案している。[82]

また放生および不殺生をテーマとした作品の中には、児童の遊戯や釣り、狩猟などを題材とした作品も数点含まれている。これらの作品の絵は穏やかであるが、その題詞に詠まれているのは、ほかの作品と同様に生き物の苦しみと慈悲心である。

仏教では基本的に人為的殺戮を前提とする供犠とその食肉を禁止しており、不殺生戒の観点に立った場合、肉食は本来すべて禁じられるべきである。しかし、在家信徒に対しては、屠殺の様子を直接に見聞きしていない肉は「清浄な肉（浄肉）」として扱うなど、一定の条件の下での肉食は認められている。

この背景には、肉食という行為そのものよりも、動物に痛みや苦しみを与え、それを直接に見聞きすることの方が罪深いという考えがある。弘一法師も、南社時代の友人で仏教に関心を抱いていた姚石子に宛てた手紙で、もし肉食をするのであれば、生きたまま買ってきて家で殺すのではなく、市場で処理してある肉を買ってくるべきであり、そうすれば肉食の罪はかなり軽減されると述べている。[83] 釣りや狩猟は、自ら手を下して動物を殺害することであり、上述の仏教的観点からすると、その罪は重い。これらの作品に、敢えて「暗殺」や「おびき寄せて殺す」（図版20）[84] などの恐ろしげなタイトルを付けたのは、読者の注意を特に喚起したいとの思いからであろうか。

不殺生と放生という考え方の根底には、人間のすべての行為（「業」）は死後も潜在的な力として残存し、来世の善悪のあり方を規定するという因果応報の思想が存在する。これに基づいて、弘一法師は通常の説教でもしばしば不殺生と放生を説いた。

その一例として、弘一法師が一九三三年に泉州大開元寺で行った講演「放生と殺生の果報」[85] の内容を見てみよう。

〔図版20〕「おびき寄せて殺す」

法師は初めに、魚を逃した人が九八歳まで長生きした話や、全財産をかけて放生をした人の病が全治した話、昼食に供される筈の鶏の命を救った人が後にその鶏に命を救われた話など、因果応報の例をいくつか挙げ、放生には「長生き」、「病気治癒」、「災難を逃れること」、「子孫を得ること」、「極楽往生」などの良い報いがあり、殺生にはその反対の「短命」、「多病」、「多難」、「子孫に恵まれないこと」、「地獄や餓鬼、畜生に堕ちること」[86] などの悪い報いがあるので、聴衆は放生を行い、殺生を徹底的に改めると同時に、また周囲の人々にも殺生をしないように勧めるべきだと述べている(87)。

弘一法師は因果応報という観念から、放生と不殺生を熱心に提唱したが、その背景には印光法師の教えがある。前述のように弘一法師は印光法師を非常に崇拝しており、姚石子への手紙でも印光法師は当世第一の高僧であり、品格は高潔で厳格であると絶賛している(88)。印光法師は本来、出家した僧侶を弟子としない主義であったが、『印光法師文鈔』に感動した弘一法師は弟子入りを哀願し、一九二四年にその願いが許され、弘一法師は浙江省普陀山で印光法師と七日間生活をともにした。弘一法師はその経験を基に、後に「略述印光大師の盛徳」と題する講演を行ったが、その中で印光大師が生涯で最も重んじたのは因果応報思想であると述べている(89)。弘一法師は崇敬する印光大師の教えに従い、自らも因果応報と不殺生を人々に説いたのである。

前述のように『護生画集』第一集には、当初「護生痛言」（李円浄著述・印光法師鑑定）が付いていたが、その内容はまさに不殺生と放生の提唱である。この文章ならびに印光法師自身が記した「勧戒殺放生文序」には、不殺生と放生を勧める理由として、因果応報に加えて、輪廻転生する生き物はすべて、仏となる本性を有するという点において平等であるという考え（一切衆生悉有仏性）も記されている(90)。

印光法師は、次のように記している。

そもそも人と諸々の生き物は、同じく天地の化育を受けて生じ、同じく血の通う肉体を賦与され、同じく霊妙なる智慧の性を有する。同じく生に執着し、死を恐れ、吉に向かい凶を避ける。一族の団欒は喜びであり、離散は悲しみである。恩恵を受ければ恩義を感じ、苦しみが残れば恨みを抱く。すべて悉く同じである。如何せん、諸々の生き物は過去世での悪しき業のために畜生に堕ちたのである。姿形は人と異なり、ものを言うこともできない。

平等
THEY ARE THE EYES OF EQUALS
—TURGENIEV—
我肉衆生肉
名殊體不殊
原同一種性
只是別形軀
宋黄庭堅詩

〔図版21〕「平等」

（中略）その姿形が人と異なり、知力が劣るからといって、なぜ食べ物と見なしうるのか。いっとき自分の口を悦ばせ、腹を充たす喜びのために、知力や財力を用いて生き物を捕まえ、捌き、焼いたり煮たりという、極めて苦しい思いをさせうるのか[91]。

印光法師は続けて、以下の黄庭堅の詩を引用しているが、弘一法師も『護生画集』第一集でその詩の前半部分を引用している。

　我肉衆生肉（我が身と衆生の身）
　名殊体不殊（名は異なれども　その実体は同じ）
　本是一種性（元々、同じく仏となる可能性を秘めたもの）
　只為別形躯（ただ姿形が異なるだけなのだ）

この詩に配された豊子愷の絵には、見つめ合う人と犬の姿が描かれ、「平等」というタイトルと「それらは平等な者の瞳である」というツルゲーネフの言葉が添えられている[92]（図版21）。

以上のように、印光法師や弘一法師の説く不殺生や放生、因果応報の根底には「一切衆生悉有仏性」という仏教哲理が存在する。しかし、仏教は非科学的であるという理由で否定されていた当時、弘一法師の名声や豊子愷の漫画を以てしても、「新派の知識階級」に因果応報の思想を理解してもらうのは、決して容易なことではなかった。そこで彼らが利用したのが、当時ヨーロッパで流行していた菜食主義と動物愛護運動である。例えば「農夫と乳母」と題された絵に、弘一法師は次のような題詞を付けている。

憶昔襁褓時　嘗啜老牛乳（昔、襁褓をしていた時を憶う　年老いた牛の乳を味わい啜ったことを）
年長食稲粱　頼爾耕作苦（成長してからは稲粱を食す　耕作の苦しみをお前に任せながら）
念此養育恩　何忍相忘汝（この養育の恩を想えば　どうしてお前を忘れられようか）
西方之学者　倡人道主義（西洋の学者は　人道主義を唱え）
不啖老牛肉　淡泊楽蔬食（年老いた牛の肉を食べず　無欲にして素食を楽しむ）
卓哉此美風　可以昭百世（素晴らしきかな、この美風　これは百世に示すことができよう）(93)

一九三四年に飛鵬芸術社から出版された『護生画集』や、『弘一大師法集』（新文豊出版公司、一九九九年）に収録された『護生画集』には世界保護動物日やロンドン菜食主義会、動物保護新運動などに関する記述が附録として付いている。(94)また初期の『護生画集』に付属していた李円浄の「護生痛言」では、健康面における肉食の害に関する言及が見られる。(95)

『護生画集』第一集に対する社会的反響は大きく、特に仏教界では前述のように様々な版本が作られた。一説には一五版以上の種類があり、各版本の出版数は少ない場合で千五百冊、多い場合には五千冊とも言われている。また英訳本も数種類出版された。(96)

しかし、同書には非科学的な内容が多く、豊子愷や弘一法師らに対して批判的なグループからは格好の攻撃理由とされた。例えば、豊子愷の第一師範の後輩にあたる柔石は『萌芽月刊』第一巻第四期（一九三〇年四月）に「豊子愷君の飄然たる態度」と題する文章を発表し、『護生画集』および豊子愷を次のように批判した。

　豊君は自作の『護生画集』を自賛しているが、私はむしろこの本の中に彼の言説の出鱈目さと浅薄さを見出す。ある一幅の絵で、彼はハムを提げている人の側で、一匹の豚が「私の足！」と呟く所を描いている（図版22）。豊君は菜食のほかに卵も食べるそうである。それならば、豊君はなぜ卵を食べている人の側で、鶏が「私の卵」と呟く絵を描かないのだろう。この例を見ただけでも、豊君の思想と行為の嘘と矛盾、そして彼のすべての議論の価値を証明することができる(97)。

柔石はまた上記引用文の前半で、豊子愷が『中学生』第二号（一九三〇年二月）に発表した散文「梅の花から美について語る」と「梅の花から芸術について語る」を取り上げ、豊の言わんとすることは結局、梅の花を観賞しに行くように学生や青年に提唱しているだけだと批判している。柔石は、豊子愷の文章について「彼は古人ではないかと疑った程で、林逋や姜白石が白話で文章を綴ることができるようになったのかとさえ思った」と揶揄している。しかし、豊子愷は上記二篇の散文で、美や芸術の本質について論じ、その一例として梅の花を取りあげたのであって、決して単に梅の花を見に行くように勧めているだけではない。柔石はまた、豊子愷は「呉昌碩の梅花図の前で低徊し、吟味するのを最も好む」のだから、梅の花を観賞するのは「豊君の自由」だが、学生はむしろ「多少は社会

〔図版22〕「私の足！」

に入っていくべきであり、彼らが社会の核心について多少研鑽を積めば、多少はましになるだろう」、そして学生も水上生活者の苦境やアメリカ人水兵の横暴などの現実を知れば「多少は気骨もでき、豊君があの二篇の文章を書いた時のように飄然とした態度ではいられないだろう」と厳しい言葉を記している。(98)

柔石は上記の文章で、夏丏尊が『中学生』創刊号（一九三〇年一月）に発表した散文「〝自分を知らねばならない〟(99)」からも数箇所引用し、夏丏尊が自分自身や中高生を「中産階級」と認識していることを鋭く批判した。柔石の文章が掲載された『萌芽月刊』第一巻第四期には、連桂「夏丏尊の処世と指導」と題する、夏丏尊への批判文が掲載されているが、その付記には「夏丏尊先生は開明書店発行の『中学生』雑誌の編集主幹である。彼が代表する一派（すなわち立達学園を基本とする『一般』一派）の処世と教育の態度は青年にかなり影響を及ぼしているので、青年に関心のある皆さんが注意されんことを希望する」とある。(100)

以上からも、柔石の批判は豊子愷個人に対してというよりも、連桂の言うところの「『一般』一派」、すなわち立達学会や開明同人全体を対象としたものであり、そのきっかけとして豊子愷の菜食主義や『護生画集』に矛先が向けられたとも考えられる。また逆に言うならば、これらの批判や攻撃は、夏丏尊や豊子愷はじめ、立達学会や開明同人の青年知識層に対する影響力の大きさの証明とも言えよう。

第三節 「無常の火宅」と馬一浮

本節では豊子愷と馬一浮との交流を中心に、豊子愷の初期仏教観の変化について述べたい。豊子愷は一九三三年に馬一浮を訪問し、馬一浮と言葉を交わしたことで「無常の火宅から救いだされ、無限の清涼を感じた」と記している。(101)

これは豊子愷にとって三度目の訪問で、それ以前の二回は李叔同に連れられて、あるいは李叔同の依頼による訪問であったが、三度目は豊子愷自身の意志によるものであった。

第三章で述べたように、李叔同と馬一浮の交際は一九〇二年から一九〇三年にかけて、李叔同が上海の南洋公学に在学していた頃に始まり、その約一〇年後に李叔同が浙江省立第一師範に勤めるようになって再開されたと言われている。

豊子愷が李叔同に伴われて、初めて馬一浮を訪ねたのは、李叔同が一九一六年冬に断食をしてから一九一八年一月に虎跑寺を訪れるまでの間のことである。(102)この折、馬一浮と李叔同の間では「楞厳（経）」、「円覚」(103)、「philosophy」などの言葉が交わされたが、内容の難解さに加えて、彼らが北方官話で話をしていたため、南方出身の豊子愷にはまったく理解できなかった。その様子を豊は「悔やみ恥じる気持ちをずっと抱いている木偶」のようだったと記している。(104)

次に豊子愷が馬一浮を訪れたのは一九三一年のことで、弘一法師に頼まれた二つの用件を果たすためであった。それは、一つには豊子愷が預かっていた印章を馬一浮に届けること、また一つには弘一法師の閉門蟄居と馬一浮への決別を伝えることであった。弘一法師は出家以前から神経衰弱に悩まされていたが、出家後は小康状態を保っていた。しかし、前述のように一九二九年に南京政府が「寺廟管理条例」を公布して以降、僧侶および寺院への迫害が激化し、翌年には弘一法師の逗留する寺院でも兵士の乱入や狼藉が度々みられるようになり、弘一法師は再び神経衰弱に苦しむようになった。(105)そのため法師は一九三〇年春、今後は閉門蟄居し、夏丏尊や豊子愷、劉質平ら一部の人間以外とは絶交することを決意したのである。(106)

豊子愷は一九三一年に馬一浮を訪れた際、馬一浮の話がすべて理解でき、前回のような「木偶の苦痛」を味わうことはなかった。しかし、豊子愷は当時「更に深い苦痛」に苦しめられていた。一九二九年、豊子愷は第一師範時代の親友楊伯豪を失ったが、続けて次男の奇偉（一九二六年生）が亡くなり、同年一二月には義父が、また翌年二月には最愛の母鐘雲芳も逝去した。

五歳で父を失った豊子愷にとって、母親は父親を兼ねた存在であり、その母の恩に何も報いていないという思いが、豊子愷に「無常の悲憤と疑惑」をもたらしたのである。また前述のように、豊子愷は印税や株式配当などから多額の収入を得ていたが、幼少時から金銭にあまり執着せず、お金があると後先なく、すぐ使ってしまう性質であったため、(107)相次ぐ葬儀により一九二九年末から一九三〇年初にかけては経済的にも困窮していたようで、大江書舗の設立者で編集者の汪馥泉に二度ほど借金を依頼している。(108)一九三〇年秋には豊子愷自身も腸チフスを患い、前年から勤めていた松江女子中学の教職および開明書店での『中学生』の編集の仕事も辞め、故郷の石門湾に近い嘉興へ転居した。

近親者の相次ぐ死や経済的困難、自らの病気、中でも特に母の死が豊子愷に与えた打撃は大きく、豊の心は「無常の悲憤と疑惑」に囚われていた。しかし、それを自力で解決することも出来ず、豊子愷は「無気力状態」に陥っていた。当時の様子を豊子愷は次のように記している。

私は子どもの後をついて山や水辺にピクニックに行き、それで暫く苦痛を忘れることだけを願い、人生の根本的な問題にかかわるような話を聞くことをひたすら恐れた。悪いことと知りながらも、私は敢えて堕落した。しかしその堕落は、私の所属する社会のような環境ではうまく隠しおおすことができた。なぜならば、私は依然として生活のために毎日いくばくかの本を読み、原稿を書き、菜食と禁酒を何年も続け、芝居も見ず、また賭博もせず、道楽はせいぜい美麗印の煙草を毎日半缶吸い、砂糖菓子を少し食べ、玩具を買って来て子どもと遊ぶことぐらいだったからである。私の所属する社会のような環境の人から見れば、このような人間は堕落していないどころか、実に前途有望なのであった。しかしM先生（馬一浮、大野注）の厳粛な人生は、私の堕落をはっきりと浮かびあがらせた[109]。

当時の生活は、豊子愷自身が記すように、社会的には決して「堕落」と呼ぶようなものではなかった。しかし、豊子愷は自分の精神的退廃を自覚しており、菜食や禁酒も形式的に続けているに過ぎなかった。

前述のように、弘一法師は豊子愷が菜食や禁酒に加えて、礼拝や念仏を一年間続けたことを賞賛し、「念仏を唱えれば無量の罪状を消し、無量の幸福を得ることが出来る」と述べている[110]。弘一法師は心酔していた印光法師の影響で、念仏を非常に重視していた。弘一法師は印光法師に関する講演で、念仏について次のように述べている。

印光法師は様々な仏法に精通しておられたが、ご自身が実行し、他人にも勧められたのは、念仏に専念することである。師の在家の弟子には、高等教育を受けた者や欧米に留学した者が多い。しかし、師は決して彼らに仏法の哲理をお話になることはなく、それぞれ念仏に専心するようにお勧めになるだけであった。弟子達もまた師のお言葉を聞いて、皆それぞれに信じて実行し、決して念仏を軽視したり、疑いや疑問を持つようなことはなかった[111]。

弘一法師の信奉していた南山律宗とは、道宣を祖とする宗派で、五世紀初めに中国で訳出された『四分律』を重視する。律の原義は「除去」で、釈尊の在世当時より教団の弟子のなかで非行があった場合、その弟子を「除去」するために規定された禁止や罰則の法をいう。律は経や論とならんで、仏教経典の三蔵の一つとして重視されるが、律典にもとづいて宗派を形成したのは律宗のみである。律宗では律典の研究や講義に加えて、戒律の護持が厳しく要求される。南山律宗はその戒律の厳しさから一時停頓していたが、弘一法師はそれを復興させ、第一一代祖師と称されるに至った。

律宗では戒律の護持を最も重視しており、弘一法師も豊子愷に仏典の研究よりも念仏や戒律の実践を優先するようにと指導した。しかし、豊子愷は末子の新枚への手紙で、仏教信仰のきっかけは『大乗起信論』に感銘を受けたことだと記しているように(112)、仏典自体に関心があり、『護生画集』第一集の作成当時も『大乗起信論』の研究に時間を費やしていた。そのような豊子愷に対して、弘一法師は同書の研究や、仏教と科学に関する本の翻訳は暫く止めても差し支えないと述べ、念仏の功徳を繰り返し説いた(113)。

『大乗起信論』について詳細は後述するが、同書はすべての衆生は元々悟りを開く可能性（仏性）を有するという如来蔵思想に基づいて、大乗仏教の中心思想を理論と実践の両面から要約したものである。豊子愷が同書に感銘を受け、仏教を信仰するようになったことから、豊が仏教の思想性や教義の深遠さに魅了されていたであろうことが想像される。そうである以上、豊子愷が弘一法師をどれほど尊敬し、敬慕していたとしても、弘一法師の説く「念仏を唱えれば、無量の罪状を消し、無量の幸福を得ることができる」という教えを全面的に受け入れるのは、かなりの困難を伴ったことであろう。

豊子愷は仏教を迷信的に信仰する民衆や、彼らの無知を利用する僧侶らを嫌悪していたが、それは実母の葬儀に際しても同様であった。豊子愷は一人息子であり、当時の習慣では悲嘆の心を表現するために粗末な麻の服と帽子を着用すべきであった。しかし、豊はこうした「虚偽にみちた伝統的な陋習」を非常に憎んでいたため、着用を拒否し、準備されていた服と帽子を鋏で切り裂いたという(114)。母の死のもたらした悲しみが大きければ大きい程、このような虚偽は尚更に許しがたいものであったのだろう。

豊子愷は母の死後も菜食や禁酒、念仏などを続けてはいたが、それだけでは母の死による「無常の悲憤と疑惑」から解放されることはなかった。折しも、弘一法師が神経衰弱による閉門蟄居を宣言する。無常の思いに囚われ、一人苦しんでいた豊子愷は、弘一法師の宣言をどのような気持ちで聞いたのだろう。弘一法師のように仏教を信奉し、あれほどまでに修行を重ねても、結局のところ、人は救われないという思いを抱いただろうか。あるいは、念仏を唱え、菜食や禁酒をするだけでは、心の問題は解決できないという思いを改めて強くしただろうか。豊子愷が「人生の根本的な問題にかかわるような話」を避けていたのはおそらく、こうした混沌とした思いに豊子愷自身が耐え切れなかったからであろう。豊子愷はその様子を「心の中に〝断ち切ることもできず、整えてもまた乱れる〟[115]一塊の糸があるかのようだった。解きほぐすことができなかったので、紙に包み込んで胸にしまっておいた」と述べている。

弘一法師の依頼によって一九三〇年に再び馬一浮を訪ね、言葉を交わしたことで、豊子愷は久しぶりの解放感を覚えた。豊は翌日も馬一浮を訪問し、この「心の中の紙」を開いて見てもらおうと考えたが、結局、訪問には至らなかった。豊子愷が自主的に馬一浮を訪れて、「無常の火宅」から救出されるのは、それから三年後の一九三三年のことである[116]。この頃には豊子愷の悲しみも以前よりは和らぎ、生活もいわゆる「堕落」状態から抜け出しつつあった。豊子愷は「〝無常〟に対して長期的な抵抗」をするために、「無常」を題材とする『無常画集』の作成を考案し、馬一浮を訪れて相談した。馬一浮は無常に関する仏典や詩を大量に挙げた後、翻然と「無常とはすなわち常である。無常を絵にするのは容易だが、常を描くのは容易なことではない」と豊子愷を諭したのであった[117]。

馬一浮のこの「無常とはすなわち常である」という言葉について、Barmé は仏教の厭世観と著しい対照をなすと指摘する[118]。確かに、仏教では人道には不浄、苦、無常の三つの厭相があるとして、肉体を構成する骨や肉、内臓などは不浄の塊であり、これが生老病死などの苦悩にさいなまれ、無常の理法によって栄枯盛衰を繰り返すと説く。しかし、本来は消極的な意味しか持ちえない自然発生的な厭相を、仏教がその思想体系に取り込んだのは、決して「人生の空しさ」や「厭世観」を伝えるためではなく、むしろ人間には転生によって仏となる可能性があると示唆することで、求道の動機付けとするためであった。

また仏教では、事理を正しく認識することの出来ない迷妄の心、すなわち煩悩が輪廻転生の原因である業（行為）を引き起こし、煩悩と業が衆生を苦しみに満ちた、迷いの世界に繋ぎとめるとされてきた。そのため南伝仏教[119]では、業そのものよりも煩悩を取り除くことに実践の主眼が置かれてきた。しかし大乗仏教[120]では、迷いの世界と悟りの世界を峻別する考え方自体に疑問が呈され、「生死即涅槃[121]」、「煩悩即菩提[122]」などの考え方が出現した。こうした考えは、迷いの世界から隔絶されたところに真理の世界を求めるのではなく、迷いの世界の只中で、衆生とともに働き続けるところに真理を見出そうとする菩薩思想[123]と密接な関係がある。

馬一浮の「無常とは常である」という考えは、この菩薩思想に基づくものと考えられる。つまり、悟りの境地を意味する「涅槃」は常住の世界であるが、それは「生死」という無常の現実を離れては存在せず、また衆生は無常の身として「煩悩」に苦しめられるが、無常を無常と悟ること、すなわち悟りの智慧「菩提」を得ることで、衆生は「仏」という常住の身になりうるという思想である。

豊子愷は仏教帰依式を受ける約一年前、猫と鼠が家中を駆け回る凄まじい様子に怖れをなした子どもが、自分の懐に逃げ込んだ後、「一種の非常に厳粛で、また極めて安心した表情」を浮かべたのを見て、次のように記している。

私はこの世でも常々、猫と鼠の大戦のような脅しに出くわしており、懐を探して逃げ込みたいとも思う。しかし、今になっても私はまだそのような懐を探し当てることができずにいる。[124]

仏教帰依式を受けた当時の豊子愷にとって、仏教は言わば、恐怖に満ちた現実世界から逃避するための「懐」であった。しかし、豊はその「懐」の内にあっても、心の平安を得ることが出来なかった。そして、それを救ってくれたのは馬一浮の教えであった。豊子愷は馬一浮の言葉によって「無常の火宅」から救出され、「無限の清々しさ」を感じることができたと記している。豊子愷にとって馬一浮はまさに、悟りの智慧「菩提」を身につけた「仏」のように思えたであろう。馬一浮の教えを通じて、豊子愷は「菩提」を求める自分は、それだけで既に「菩薩」であり、また「自己の修行の完成（自利）」と「一切衆生の救済（他利）」に努めれば、馬一浮のような「仏」に近づくことも不可能ではないと思えたのではないだろうか。

弘一法師は豊子愷を仏教へと導いたが、その教えは弘一法師の崇敬する印光法師と同様に、仏教経典の研究や言葉での理解よりも、念仏や菜食などの実践を重視するものであった。弘一法師はこうした実践を通じて、豊子愷が仏教の奥義を会得し、修行の道を完成することを望んだのであろう。[125] しかし、五四新文化運動の洗礼を受け、迷信や封建的風習に否定的であった豊子愷には、やはり納得しうるだけの理論が必要であった。馬一浮の教えは、仏教や人生そのものに対して混沌としていた豊子愷の精神状態、つまり心の中の「〝断ち切ることもできず、整えてもまた乱れる〟一塊の糸」を解きほぐしてくれたのであった。[126]

注

（1）以下、仏教に関する記述は、特に記載しない限り、中村元等編『岩波　仏教辞典　第二版』岩波書店、二〇〇八年による。
（2）Barmé, op. cit., p.160.
（3）豊一吟、前掲『瀟洒風神　我的父親豊子愷』八―九頁。
（4）豊子愷「放焰口」、「四軒柱」『豊文集』第六巻、七二九―七三二頁、七三六―七四一頁。
（5）蔡元培、前掲「以美育代宗教説」五七―六四頁。
（6）豊子愷「山水間的生活」『豊文集』第五巻、一五頁。
（7）豊子愷、前掲「法味」二五二―二五三頁。
（8）豊子愷「楼板」『豊文集』第五巻、一三一頁。

（9）豊子愷「随感五則」『一般』第二巻第二号（一九二七年二月五日号）、二六三頁。
（10）豊子愷、前掲「法味」二六〇—二六一頁。
（11）邵洛羊「挑灯風雨夜　往時従頭説　懐念豊子愷先生和他的漫画」、鍾桂松・葉瑜孫編、前掲『写意豊子愷』六九頁。
（12）豊子愷「致夏宗禹　一九」（一九四六年二月七日）、『豊文集』第七巻、四一五頁。
（13）陳明遠、前掲『文化人与銭』七三—七八頁。
（14）藤井省三『二〇世紀の中国文学』放送大学教育振興会、二〇〇五年、七八頁。
（15）当時の上海における百貨店およびモダンライフについては、菊池敏夫『民国期上海の百貨店と都市文化』（研文出版、二〇一二年）に詳しい。
（16）Lee, Leo Ou-fan. *Shanghai Modern: The Flowering of a New Urban Culture in China, 1930-1945*. Harvard University Press, 1999, pp.13-17, p.348(50). 尚、Lee は湯偉康、杜黎他編著『租界一〇〇年』上海画報出版社、一九九一年、一一八頁を参照している。
（17）島津四十起編『上海案内　第一一版』日本堂書店、一九二七年、一〇六頁。
（18）工部局交響楽団については、榎本泰子『上海オーケストラ物語　西洋人音楽家たちの夢』（春秋社、二〇〇六年）に詳しい。
（19）豊子愷「修裴爾徳百年祭過後」『豊文集』第一巻、二八八頁。
（20）豊子愷「送阿宝出黄金時代」『豊文集』第五巻、四四七—四四八頁。
（21）豊子愷、前掲「法味」二五四頁。豊子愷「戎孝子和李居士」『豊文集』第六巻、六八六頁。
（22）豊子愷「湖畔夜飲」『豊文集』第六巻、三八三—三八四頁。
（23）陳明遠、前掲『文化人与銭』七四頁、七六頁。
（24）豊一吟、前掲『瀟洒風神　我的父親豊子愷』一〇〇頁。
（25）榎本泰子、前掲『上海オーケストラ物語　西洋人音楽家たちの夢』春秋社、二〇〇六年、一六二頁。
（26）豊一吟、前掲『瀟洒風神　我的父親豊子愷』一〇九頁、一一三—一一六頁。

(27) 飛輪について、詳細は不明。当時、上海で流行していた乗り物あるいは娯楽の一種と考えられる。
(28) 豊子愷「剪網」『豊文集』第五巻、九三頁。
(29) 島津四十起編、前掲『上海案内　第一一版』三五〇―三五一頁。
(30) 豊子愷、前掲「剪網」九四―九五頁。
(31) 豊子愷「老汁鍋」『豊文集』第六巻、六九五頁。
(32) 広学会は、一八八七年にスコットランド人伝教師 A. Williamson が同文書会として創設した出版社で、一八九四年に広学会と改称した。文字による伝道を目指す諸教派が参加していた。初期には非宗教的な書物の出版が半数以上であったが、一九二七年以降は信徒を主要な読者対象とすべく出版趣旨を変更している。張化『上海宗教通覧』世紀出版集団・上海古籍出版社、二〇〇四年、四九二―四九三頁。
(33) 豊子愷「縁」『豊文集』第五巻、一五四―一五六頁。
(34) 豊子愷が仏教に帰依した年度については一九二六年、一九二七年、一九二八年の三つの説がある。これは、弘一法師がこれらの年に上海を訪問し、後半の二回は豊子愷宅に逗留したためである。現在では、豊子愷が帰依を受けたのは一九二七年の豊の誕生日とするのが定説となっており、本稿でも同日を帰依日とする。尚、豊子愷の姉の豊満も同時に帰依式を受け、弘一法師から夢忍という法名を授けられた。殷琦「豊子愷的皈依仏教及〝縁縁堂〟命名的時間考証」『中国現代文学研究叢刊』一九八七年第一期、一九八七年二月、二四九―二五一頁。
(35) 夏丏尊、前掲「弘一法師之出家」『平屋之輯』二四六頁。
(36) 阿難は死産であったが、医者や豊子愷の見守る中、心臓が一度だけ動き、同時に四肢も一度だけ動いた。
(37) 豊子愷「阿難」『豊文集』第五巻、一四六―一四八頁。
(38) この世のすべての現象は変化して止むことがなく、人間存在を含むすべてが瞬時たりとも同一ではありえないこと。
(39) 仏教の「苦」には、「苦苦（肉体的苦痛）」、「壊苦《えく》（損失による精神的苦痛）」、「行苦《ぎょうく》（悟りをひらく以前の迷いの苦しみ）」という三種が存在する。

(40)「諸法」とは我々の認識の対象となるすべての存在を意味し、「我」とはある存在をそのものたらしめている永遠不変の本質を意味する。つまり自分自身を含む、すべてのものは、直接的あるいは間接的に様々な原因（因縁）が働くことで初めて生ずるのであり、そこには何ら実体的なものは存在しない。したがって、我々が自己として認識しているものも、また実体のない存在であり、自己に対する執着は空しく、誤りであるとされる。

(41)煩悩の炎の吹き消された悟りの世界（涅槃）が、静かで安らぎの境地（寂静）にあること。

(42)豊一吟、前掲『瀟洒風神　我的父親豊子愷』一四六―一四八頁。

(43)仏教では、無言の状態を保つことは「無言の行」、「無言戒」として修行徳目に数えられる。

(44)趙景深「豊子愷和他的小品文」『人間世』第三〇期、一九三五年六月二〇日、一四頁。

(45)「致豊子愷　一〇」（一九二八年旧暦九月一二日）、前掲『弘一全集』第八冊、三七〇頁。弘一法師は豊子愷が仏教に帰依する以前、一九二六年に豊宅を訪れた際にも、仏教初学者にとっての念仏の重要性を豊子愷に説いている。

(46)豊子愷『教師日記』万光書局、一九四六年、六四頁。

豊子愷は抗戦期、広西省省立桂林師範学校（一九三八年設立。現、桂林師範高等専科学校。豊子愷は一九三八年一〇月―一九三九年二月に勤務）および、同地に疎開していた国立浙江大学（一八九七年設立。豊子愷は一九三九年三月―同六月に勤務）で芸術と国語の教師をしていたが、その折に執筆、公表したのが『教師日記』である。

そのうち一九三八年一〇月―一九三九年三月二七日の日記は『宇宙風（乙刊）』第一七期から第三〇期に分けて掲載された。その後、一九四六年に万光書局から出版された『教師日記』には一九三九年三月二八日―一九三九年六月二〇日の日記も収録されている。本稿での引用に際しては基本的に、一九三九年三月二七日までについては『宇宙風』を、それ以降および『宇宙風』では省略された箇所については万光書局版を用いる。

尚、この飲酒に関する箇所は、同じ一月一五日の日記を掲載した「教師日記」『宇宙風（乙刊）』（第二五期、一九四〇年六月一日、三五九頁）では省略されている。

(47)豊子愷「素食以後」『豊文集』第五巻、四〇〇頁。

(48) 飲酒に関する最初の記載として、一九三八年一一月二日の日記に「午餐に茅苔酒を飲す。味、甚だ美し」という文が見られる（「教師日記」『宇宙風（乙刊）』（第一八期、一九三九年一二月一日、七六七頁）。その後も、しばしば飲酒の様子が記されている。尚、Barméは、豊子愷は一九三〇年代初期には既に飲酒を再開していたと記しているが、その根拠は明示されていない。Barmé, op. cit., p.174。

(49) 林子青編著『弘一法師年譜』宗教文化出版社、一九九五年、一一八—一二〇頁。

(50) 以下の『護生画集』後付には「歓迎翻印」、「歓迎重印」と明記されている。弘一法師題字・豊子愷作画『護生画集』光明社、一九三〇年（第二版）。同、飛鵬芸術社、一九三四年（重印）。同、中国保護動物会、一九三四年（第三版）。大法輪書局の創設者である陳無我も、新聞で『護生画集』寄贈の記事を見て入手したという（陳無我「話旧」、余渉編『漫憶李叔同』浙江文芸出版社、一九九八年、二二頁）。

(51) 閘北太平寺とは、真達和尚が上海閘北陳家濱（現、成都北路八六五号）にあった供養庵を接収して開いた寺である。印光法師は上海に来た際には通常、同寺に滞在していた。http://book.bfnn.org/books/0838.htm　沈去疾居士編著「印光大師年譜」二〇一二年七月七日参照。

(52) 葉聖陶「両法師」、前掲『葉聖陶散文　甲集』一八六—一九〇頁。

(53) 釈弘一「致王心湛　三」（一九二四年旧暦二月四日）、前掲『弘一全集』第八冊、三三二頁。

(54) 豊子愷、前掲「戎孝子和李居士」『豊文集』第六巻、六八六頁。

(55) 李円浄著述、印光法師鑑定『護生痛言』一九三〇年（第九版）。

(56) 釈弘一「致李円浄　一」（一九二八年六月一九日）、前掲『弘一全集』第八冊、三七六頁。

(57) 釈弘一「致豊子愷　三」（一九二八年四月一九日）、同上、三六六頁。

(58) 殺生すなわち生命あるものを殺すことは、仏教では最も重い罪とされ、不殺生戒は仏教信者の守るべき五戒の第一に挙げられている。不殺生戒はまた、生命を生かしきるという積極的な意味から、慈悲や博愛も意味している。殺される動物に対する憐憫から、肉食の禁止と関連して説かれることが多い。

(59) 釈弘一「致李円浄　二」(一九二八年八月三日)、前掲『弘一全集』第八冊、三七七頁。
(60) 釈広洽「『護生画集』第六集序言」、豊陳宝等編『豊子愷漫画全集』第一一巻、北京・京華出版社、一九九九年、四七二頁。尚、豊子愷には同一編者・出版社による漫画全集が二種類ある。一つは一九九九年版で、全一六巻である。これについては、以下『漫画全集』一九九九年と省略する。またもう一つの二〇〇一年版、全九巻については、以下『漫画全集』二〇〇一年とする。
(61) 釈弘一「致豊子愷　四」(一九二八年旧暦八月一四日)『弘一全集』第八冊、三六六頁。
(62) 釈弘一「致豊子愷　六・七・八・九・一〇」(一九二八年旧暦八月二二日・旧暦八月二四日・旧暦八月二六日・九月四日・旧暦九月一二日)、同上、三六七―三七〇頁。
(63) 釈弘一「致豊子愷　四」(一九二八年旧暦八月一四日)、同上、三六六頁。
(64) 釈弘一「致李円浄　四」(一九二八年旧暦八月二一日)、同上、三七八頁。
(65) 釈弘一「致豊子愷　一〇」(一九二八年旧暦九月一二日)、同上、三七〇頁。
(66) 釈弘一「致李円浄　一」(一九二八年六月一九日)・「致李円浄　二」(一九二八年八月三日)、同上、三七六―三七七頁。
(67) 末木文美士・曹章祺『現代中国の仏教』平河出版社、一九九六年、三〇―三一頁。
(68) 釈弘一「致豊子愷　一一、一二」(一九二九年旧暦八月二九日、一九三〇年五月)、「致夏丏尊　二〇、三四」(一九三〇年正月晦日、立春後一日)『弘一全集』第八冊、三七〇―三七一頁、三〇八頁、三一二頁。
(69) 釈弘一「廻向偈」、弘一法師題字・豊子愷作画『護生画集』光明社、一九三〇年、一〇二頁。
(70) 豊子愷、前掲『教師日記』一九三九年四月二五日、一一八頁。
(71) 陳思和「試論九〇年代文学的無名特徴及其当代性」、章培恒・陳思和主編『開端与終結　現代文学史分期論集』上海復旦大学出版社、二〇〇二年、一五九頁。
(72) 豊子愷「商業芸術」『豊文集』第三巻、四頁。
(73) 藤井省三、前掲『二〇世紀の中国文学』七六―七七頁。

(74) 阿部洋『中国近代学校史研究』福村出版、一九九三年、二五七頁。多賀秋五郎『近代中国教育資料　民国編中』日本学術振興会、一九七四年、七七〇―七七七頁、八二〇―八二一頁。
(75) 釈弘一、前掲「廻向偈」一〇二頁。
(76) 「衆生」の原語「sattava」には多様な意味（存在すること、本質、心、活力、感覚をもつものなど）があるが、仏教では一般に六道輪廻する生き物すべてを指す。六道とは、衆生が自ら作った業によって生死を繰り返す六つの世界（地獄・餓鬼・畜生・修羅・人・天）をいう。
(77) 「衆生」『漫画全集』第五巻、二〇〇一年、二頁。尚、『漫画全集』第五巻、二〇〇一年に収録された『護生画集』第一集は、上海開明書店、一九二九年初版本である。
(78) 「乞命」同上、一九頁。
(79) 「倘使羊識字……」同上、一八頁。これは『大乗涅槃経』の「屠所の羊」を典故とすると考えられる。
(80) 修羅とは、もともとは血気盛んで、闘争を好む鬼神を指し、阿修羅ともいう。帝釈天（インドラ神）等の台頭とともに彼らの敵と見なされるようになり、常に彼らに戦いを挑む悪魔、悪神の類へと追いやられた。仏教の輪廻転生の六道では、修羅の住む世界や生存状態を指し、人や天とともに「三善道」とされる。
(81) 「修羅」、「肉」『漫画全集』第五巻、二〇〇一年、二三・三五頁。
(82) 釈弘一「致豊子愷　六」（一九二八年旧暦八月二一日）『弘一全集』第八冊、三六八頁。「修羅一」は編集過程で一旦は削除されたが、弘一法師がこの絵を気に入っていたため最終的に収録された。尚、題名や順番は最終的に変更せず、もともとの「修羅」、「肉」の題名で収録された。順番も連続させていない。
(83) 釈弘一「致姚石子」（一九二八年）、同上、三八八頁。
(84) 「暗殺其二」、「誘殺」『漫画全集』第五巻、二〇〇一年、一五・三三頁。
(85) 果報とは、過去の行為を原因として、現在に結果として受ける報いのこと。「因」に対する「果」や、「業」に対する「報」の意味。

(86) 衆生の輪廻する六道のうち、「地獄、餓鬼、畜生」の三つを「三悪道」、「三悪趣」、「三途」といい、生ある者が自らのなした悪業の結果（悪果）、死後にたどる三種の苦しく、厭うべき境涯をいう。尚、六道の他の三つ「修羅、人、天」は「三善道」、「三善趣」と称される。

(87) 釈弘一「放生与殺生之果報」癸酉（一九三三年、大野注）五月一五日在泉州大開元寺講、釈弘一著・蔡念生彙編『弘一法集』（四）、新文豊出版公司、一九九九年、一七三〇―一七三三頁。（以下、『弘一法集』（巻数）とする。）

(88) 釈弘一「致姚石子」（一九二八年）『弘一全集』第八冊、三八七―三八八頁。同書簡によると、弘一法師は姚石子に明末の蓮池大師（一五三五―一六一五、杭州仁和の人。袾宏大師。字は仏慧、蓮池は号。蓮宗八祖）の「戒殺放生文」や戒殺放生の張り札も送っている。

(89) 釈弘一「略述印光大師之盛徳　在泉州壇林福林寺念仏期講」『弘一全集』第七冊、五七八―五七九頁。弘一法師はまた別の講演でも、印光法師の名を出して因果応報思想の重要性を説いている。釈弘一「普勧浄宗道侶兼持誦《地蔵経》」、同上、五七七―五七八頁。

(90) 仏とは、法（真理）を悟り、法（教え）を説く者をいい、完全な智慧と慈悲を有するとされる。

(91) 釈印光著述・張育英校注「『勧戒殺放生文』序」『印光法師文鈔（修訂版）』下巻、宗教文化出版社、二〇〇三年、一三五三頁。

(92) 「平等」『漫画全集』第五巻、二〇〇一年、四六頁。Turgenev, Ivan. "Poems in Prose", *Dream tales and prose poems* (tr. from the Russian by Constance Garnett), William Heinemann, 1906, p.248.

(93) 「農夫与乳母」『漫画全集』二〇頁。

(94) 『護生画集』飛鵬芸術社、一九三四年。『護生画集』『弘一法集』（五）二三一一―二三一四頁。

(95) 李円浄著述・印光法師鑑定「護生痛言」『護生画集』一七―二五頁。

(96) 「出版前言」、沈慶均・楊小玲主編『護生画集』中国友誼出版社、一九九九年、三頁。

(97) 柔石「一三三　豊子愷君底飄然的態度」『萌芽月刊』第一巻第四期、一九三〇年、二三九頁。

(98) 同上、二三八―二三九頁。

(99) 夏丏尊、前掲「〝你須知道自己〟」『平屋之輯』二七五頁、二七八頁。
(100) 連桂「二四　夏丏尊的処世与教人」『萌芽月刊』第一巻第四期、一九三〇年、二四三頁。
(101) 豊子愷「陋巷」『豊文集』第五巻、二〇六頁。
(102) 弘一法師述・高勝進筆記「我在西湖出家的経過」、釈弘一「断食日志」『弘一全集』第八冊、一九三―一九八頁。夏丏尊、前掲「弘一法師之出家」『平屋之輯』二四六―二四七頁。
(103) 円覚とは円満な悟りをいい、衆生の中の悟りの本性（本覚）を指す。
(104) 豊子愷、前掲「陋巷」『豊文集』第五巻、二〇二―二〇四頁。
(105) 釈弘一「致夏丏尊　一九」（一九三〇年一月七日）『弘一全集』第八冊、三〇八頁。
(106) 釈弘一「致夏丏尊　二三」（一九三〇年旧暦四月二八日）、同上、三〇九頁。
(107) 豊一吟、前掲『瀟洒風神　我的父親豊子愷』一六五頁。
(108) 豊子愷「致汪馥泉　一」（一九二九年一〇月一七日）、「同　三」（一九三〇年二月九日）『豊文集』第七巻、一六七―一六九頁。
(109) 豊子愷、前掲「陋巷」二〇四―二〇五頁。
(110) 釈弘一「致豊子愷　一〇」（一九二八年旧暦九月二二日）『弘一全集』第八冊、三七〇頁。
(111) 釈弘一、前掲「略述印光大師之盛徳　在泉州壇林福林寺念仏期講」五七九頁。
(112) 豊子愷「致豊新枚、沈綸　九二」（一九七一年六月二七日）『豊文集』第七巻、六三〇頁。
(113) 釈弘一「致豊子愷　一〇」（一九二八年旧暦九月二二日）『弘一全集』第八冊、一八八頁。
(114) 豊陳宝「豊子愷的革新精神」、前掲『写意豊子愷』二五二―二五三頁。
(115) 「剪不断、理還乱（断ち切ることもできず、整えてもまた乱れる）」とは、南唐後主、李煜の詞『相見歓』の一節。豊子愷は、この詞の最初の一節「無言独上西楼　月如鉤」をタイトルとする絵も多く描いている。豊子愷画・史良昭・丁如明解読、前掲『豊子愷古詩新画』二―三頁。
(116) 豊子愷、前掲「陋巷」二〇四―二〇五頁。

(117) 同上、二〇五―二〇六頁。
(118) Barmé, op. cit., p.178.
(119) 南伝仏教とはスリランカ、ミャンマー、タイ、カンボジア、ラオスなどの国々で信仰されている仏教の総称。南方仏教、小乗仏教ともいう。釈迦像だけを礼拝する一仏主義が特徴（大乗仏教では多仏主義）。南伝仏教では出家者と在家者が明確に分かれており、出家者は専門的な修行を行い、在家者を教え導く存在（阿羅漢――尊敬や施しを受けるに値する聖者、修行者）であり、在家者は出家者を経済的に援助するものとされ、出家者の精神的優位が説かれた。大乗仏教では、「菩薩」（仏の悟りを目指す衆生）による衆生済度の観点から、在家の意義も積極的に認められている。菩薩思想については後述する。
(120) 大乗仏教（Mahayana）とは、西暦紀元前後からインドに広がった仏教の変革運動。大乗仏教の最大の特徴は、伝統仏派が阿含・ニカーヤ（阿含経）所収の限られた経典のみを仏説として認めるのに対し、大乗仏教ではそれ以降の新たな経典をも仏説と認める点にある。「大乗」とは「偉大な（maha）」「道、乗り物（yana）」を意味する。南伝仏教では現世において修行道を完成し、「阿羅漢」となることを理想としたのに対し、大乗仏教ではこの阿羅漢到達という目的を捨て、現世での救いの完成に拘泥せず、自らを無上菩提に至って仏陀となることを目指す「菩薩」と位置づけた。大乗仏教で求められた新たな理念は、伝統的教義を担う「阿羅漢」という古い聖者像から、新興の諸教義を担いうる「菩薩」という、新しい聖者像への転換の中に見出すことができる。
(121) 涅槃とは、仏教における修行上の究極の目標で、煩悩の火が吹き消された状態の安らぎ、悟りの境地を指す。
(122) 菩提とは、漢訳では「智」、「道」、「覚」といい、悟りの智慧を指す。これを得たものが「仏」であり、これを目指す衆生を「菩薩」という。
(123) 菩薩とは一般に悟り（菩提）を求める衆生の意味と解釈されるが、元々は成道以前の釈尊を指す言葉であった。伝統仏教では、様々な修行（菩薩行）を完成して、仏（悟りの智慧である菩提を得た人）となりうるのは、釈尊のような極めて限られた人のみとされ、一般の修行者が目指しうる現実的な目標は阿羅漢とされてきた。大乗仏教では、この菩薩行の可能性をすべての人に解放し、悟りを求める心（菩提心）をおこして、自らの修行の完成（自利）と一切衆生の救済（他利）のために、仏となることを目指す人をすべて「菩薩」とする。

(124) 豊子愷「子愷随筆（五）」『一般』一九二七年二月号、二九六頁。

(125) 弘一法師自身は大量の経典を読み、また『四分律比丘戒相表記』、『四分律含注戒本講義』、『南山道祖略譜』など、律学に関する著述も多い。しかし修行方法としては、戒律を最重視する律宗の立場から、理論的理解よりも実践を重視し、豊子愷や信徒には念仏や菜食を熱心に勧めた。

(126) 馬一浮、弘一法師と豊子愷の関係について、陳野は次のように記している。

李叔同や夏丏尊と比較しても、馬一浮が豊子愷に及ぼした影響は優るとも劣らないと言える。李叔同はかつて第一師範時代に入山し、僧侶となった時のように、豊子愷を仏門に導いた後、またしても飄然と遠くへ去り、またしても豊子愷を救いようの無い困惑へと追い込んだ。しかし、李叔同は決して彼を捨て去った訳ではない。当時、豊子愷に〝日本〟という希望を与えたように、今回もまた疑問や困惑を解いてくれる指導者を彼に残したのである（陳野、前掲『縁縁堂主　豊子愷伝』一〇四頁）。

前述のように、豊子愷が馬一浮を二回目に訪れたのは、豊が預かっていた印章を馬一浮に届けるためであった。しかし、弘一法師がそれを馬一浮に届けるように、豊子愷に指示したのは自らの閉門蟄居と同時期のことである。このような状況から、陳野の指摘するように、弘一法師は当初から自分の出家後に豊子愷を指導する人物として、馬一浮を想定していたとも考えられる。出家者が特定の人間に愛情を注ぐことは一種の執着であり、望ましいこととは言えない。李叔同は自らの出家後、豊子愷に与えうる指導や助言の限界を当初から予期していたとも考えられようか。

第六章　思想的円熟――「生活の芸術」論の形成

第一節　抗戦期の豊子愷とその思想――仁者無敵

第五章で述べたように、豊子愷は一九三三年一月に馬一浮によって無常の思いを克服し、同年春には故郷の浙江省桐郷県石門湾に自ら設計した邸宅「縁縁堂」を建て、生活の中心を上海から石門湾に移した。折しも立達学園の共同設立者である匡互生が亡くなり、第四章で述べたような事情から、豊子愷は立達学園を完全に離れた。また開明書店の仕事も、一九三〇年秋の大病を契機に退いている。この時期、豊子愷は散文や漫画の創作に集中し、多くの代表的作品を残した。豊子愷は一九二七年の散文「閑居」で、世事を離れて悠々自適に暮らすことの楽しさを綴っているが、(1)教職や編集などの仕事を離れ、相手の社会的地位にかかわらず、会いたくない相手とは会わないという縁縁堂の生活は、(2)まさに「閑居」の世界であった。しかし、それは決して世俗を離れての隠遁ではなく、豊子愷にとっては自己の正義や信条の忠実な実践であった。そうした実践の一環として、豊子愷は中国文芸家協会や「文芸界同人による抗日団結と言論の自由のための宣言」などの活動にも参加している。

満州事変以降、文芸界でも抗日民族統一戦線の形成が熱心に論じられるようになり、一九三六年六月には上海で中国文芸家協会が結成された。これはその前年に、モスクワの国際革命作家連盟から左翼作家連盟の解散と、より広範な統一戦線組織の結成が指示され、左連に代わる組織として結成されたものである。夏丏尊が主席を務め、ほかには茅盾（常務理事会召集人）、傅東華、洪深、葉聖陶、鄭振鐸、徐懋庸、王統照、沈起予が理事に、また鄭伯奇、何家槐、欧陽予倩、沙汀、白薇が理事候補にそれぞれ選出された。計一一一名が参加したが、豊子愷もその一人として中国文芸家協会宣言に署名をしている。また同年一〇月には、文芸界各流派をほぼ網羅する代表二一名の署名による「文芸界同人による抗日団結と言論の自由のための宣言」が採択されたが、豊はこれにも参加している。豊子愷以外の署名者二〇名は魯迅、郭沫若、茅盾、巴金、洪深、葉聖陶、謝氷心、周痩鵑、包天笑、王統照、沈起予、林語堂、陳望道、夏丏尊、張天翼、傅東華、鄭振鐸、鄭伯奇、趙家壁、黎烈文である。尚、中国文芸家協会の成立および「文芸界同人による抗日団結と言論の自由のための宣言」は、文芸界における抗日統一戦線のあり方をめぐる国防文学論戦と関係するが、それについて今は触れない(3)。

一九三七年夏に日本軍が上海に侵攻すると、事態は全面戦争の様相を呈した。同年一一月には戦火は豊子愷の故郷石門湾にまで及び、豊は家族や親戚十数名を連れて避難の途についた。疎開生活は一九四七年に上海に戻るまで、以下約一〇年間、全九省にも及んだ。

・一九三七年　浙江省（南聖浜・桐廬・蘭渓・衢州・常山）、江西省（上饒）
・一九三八年　江西省（上饒・萍郷）、湖南省（湘潭・長沙）、湖北省（漢口）、湖南省（長沙）、江西省（桂林）
・一九三九年　江西省（桂林・宜山・思恩）、貴州省（都匀・遵義）
・一九四〇—一九四一年　貴州省（遵義）
・一九四二年　貴州省（遵義）、四川省（重慶）
・一九四三—一九四五年　四川省（重慶・瀘州・楽山）
・一九四六年　四川省（重慶・広元）、陝西省（宝鶏）、河南省（開封・鄭州）、湖北省（武漢）、江蘇省（南京）、

〔図版23〕「爆撃」

〔図版24〕「天使になって空中の爆弾を拾い集めたい」

上海、浙江省（石門湾・杭州）

一九三七年一二月に南京が陥落し、武漢が戦時首都となると、文芸界の活動拠点も武漢に移動した。開明書店本店も一九三八年二月に武漢に移転し、豊子愷一家も同年三月に江西省から長沙を経て漢口へと移動した。同月二七日には漢口で、文芸界代表九七名からなる中華全国文芸界抗敵協会が成立し、郭沫若や茅盾、丁玲、許地山、巴金、夏衍、老舎、郁達夫、田漢、朱自清、鄭振鐸ら四五名が理事に、周恩来が名誉理事に選出された。豊子愷は中華全国文芸界抗敵協会の機関誌『抗戦文芸』（一九三八年五月四日漢口にて創刊、一九四六年五月重慶にて停刊、計七一期）の編集委員三三名の一人に選出され、同創刊号の表紙や題字を手がけた(4)。

上述のように、豊子愷も一九三六年頃から抗戦活動に参加し、自分自身の経験や見聞を基に『日本侵華画史』や「爆撃」（図版23）など、日本軍の残虐さを題材とする抗戦宣伝漫画を描いている。

しかし、戦争で片足を失った青年を描いた「昔年の勇士」や、「天使になって空中の爆弾を拾い集めたい」（図版24）な

〔図版25〕「大樹は伐採されようとも、その生命力は決して絶えることがない。春がくれば勢いよく枝を出す。その情景は何と勢いのあることか！」

〔図版26〕「戦争と音楽」

ど、民衆の苦悩を描いた反戦的な作品や、自作の詩を題した「大樹は伐採されようとも、その生命力は決して絶えることがない。春がくれば勢いよく枝を出す。その情景は何と勢いのあることか！」[5]（図版25）、「戦地の春」など、自然の偉大さを賛美し、国民を励ますような作品、また「警報中」や「戦争と音楽」（図版26）など、戦争中にも芸術心を愛し、心の余裕を失わない民衆の姿を描いた作品も残されている。

当時、中国人による抗戦漫画の多くが日本兵の残虐行為を赤裸々に描いて、日本兵への憎悪の高まりを意図していたのに比べて、豊子愷の戦争漫画はあまり戦意を高揚させるようなものではなかった。抗戦漫画の目的が戦意の高揚にあるとすれば、豊子愷の作品は抗戦漫画というよりも、むしろ反戦漫画と呼ぶべきものであった。これについて、Chang-Tai Hung は次のように述べている。

豊子愷にとって、それまでの人生は生命と平和の意味を、あてどもなく探し求める日々であった。

彼の戦争漫画は混沌とした世界における、そのような彷徨を象徴している。実際のところ、豊子愷作品の最も重要なテーマの一つは、戦争と平和の際立った相違である。一方は破壊であり、一方は繁栄である。一方は死をもたらし、一方は生を寿ぐ。一方は醜く、一方は美しい。銃と音楽を並べて描くのは、戦争を推し進めるためではなく、平和を生み出すためなのである。(6)

豊子愷の描く戦争漫画について、開明書店時代の同僚で友人の葉聖陶は疎開先の四川から、上海に残った夏丏尊ら開明同人に次のように伝えている。

・子愷の描き方は極めてゆったりと穏やかな様子で、これ（当時、豊子愷が作成を計画していた抗戦歌曲集(7)、大野注）にはあまり相応しくありませんが、この度の流離を経て、あるいは風格が一変しているかもしれません。彼は近来やはり漫画を描いていますが、私が見るに、依然として形式と内容が合っていないように思われます。〔一九三八年三月二七日〕

〔図版27〕「生命力」

・彼（豊子愷、大野注）に漫画のスタイルを変え、形式と内容を一致させるよう勧めました（彼は勇ましい武人を描いても、やはり山水画の人物のようで、極めて相応しくありません）。〔一九三八年四月八日〕(8)

豊子愷の抗戦期の芸術観が、当時の一般的なそれと如何に異なっていたか、一九三八年に豊が編集した『漫文漫画』の序文から見ておきたい。同書は、複数の作家や漫画家の抗戦作品を集めたもので、収録された漫画全五〇幅のうち、豊自身の作品は前述

〔図版28〕「中華民国万々歳！」

の「戦地の春」に類似した「生命力」（図版27）一幅のみである。この作品を収録した理由を、豊は次のように述べている。

私が畏くも自分の作品を末席に連ねたのは、そのほかの絵がすべて緊迫感に満ちており、それらを見たら読者はおそらく憤懣のあまり息がつけなくなると思うので、この最後の一幅で気持ちを穏やかにして欲しいと考えたからである。同時にまた、この作品は、我々のこの抗戦が――平和のための戦争、戦争に反対するための戦争――であるという真意を暗示している。このような類の絵は、私が切り集めた漫画の中には一幅も探し出せなかったので、已む無く自分の絵を用いた(9)。

葉聖陶の言葉が示すように、豊子愷が当時発表した抗戦歌や漫画は、あまり戦意の高揚を意図したものではなかった。例えば、「中華民国万々歳！」と題された詩は、次のような内容である――日本軍の飛行機が落下し、日本兵を捕まえた農民がまさに鋤や鍬を振りかざそうとした時、中国人将校はそれを阻止し、日本兵にこう諭す。「お前たちは理非の区別もつかぬ愚かさを利用されたのだ。私は今、お前たちを許す。ひとまず生命は助け、拘禁に付す。邪悪な侵略者を一掃したならば、お前たちを釈放してやろう」。この中国人将校の言葉に感動した日本兵は、涙を流して田圃の(10)中に跪くのである。この詩は最後、「立ち上がって、声をそろえ、天を仰いで叫ぼう、『中華民国万万歳《ママ》！』」という言葉で終わる(11)（図版28）。

一般に中国人漫画家の描く日本兵は、例え軍部に已む無く徴用されたとしても、戦場においては積極的な加害者であり、憎悪の対象であった。中国人漫画家はまた、家族を戦争で失い、嘆き悲しむ日本人の姿や、日本の貧しい生活など、一般人を題材とした作品も描いているが、そこにあるのは日本の庶民への同情や共感ではなく、嘲笑であり侮蔑である。上述の豊子愷の詩のように、日本兵もまた軍部あるいは戦争の被害者であり、その意味において許されるべき存在であるという認識は、当時においては極めて珍しいものであった。

上述の「中華民国万々歳！」に添えられた挿絵には、田圃に落下する飛行機と、鋤や鍬を担いだ農民の姿が描かれるだけで、兵士や軍人の姿はない。また例えば、蕭而化作曲・豊子愷作詞の抗戦歌「慶祝勝利」は、子ども達に「パレードをして、前線の大勝利を祝おう」と呼びかけるもので、そこに添えられた挿絵「僕たち自身の飛行機」（図版29）には、飛行機を指差して喜ぶ子ども達の楽しげな姿が描かれている。この絵だけを見ていると、これが戦争中の作品とは思えない程の長閑さである。(12)

〔図版29〕「僕たち自身の飛行機」

こうした作風が一転し、豊子愷が全面抗戦を主張するようになるのは一九三八年五月頃からである。これについて葉聖陶は、夏丏尊らに宛てた手紙で次のように述べている。

・子愷はこの頃、非常に意気込んでおり、絵にも文にも活気があります。彼の絵の線には俗世を超越したような趣があるので、作風を変えて線を新しくするよう勧めました。彼は私の言葉を受け入れ、これから徐々に変えていくつもりだと言っております。〔一九三八年五月一八日〕

・子愷は穏やかで中立公正でしたが、今では義憤に燃えて激昂するようになりました。その心理の変化過程を私は

仔細に見ることが出来ます。〔一九三八年八月七日〕(13)

次に、この時期に豊子愷が発表した漫画と散文から、その変化について考察してみたい。豊子愷は一九三八年七月に執筆した散文「仏無霊」で、抗戦について次のように述べている。

人生において利益を求め、幸福を求めるのは生きるためにほかならず、つまりは「生」のためである。しかし、私は「生」よりも更に貴重なものを望んでいる。それは古人の言うところの「生よりも渇望するところのもの」である。それは何か。通常ではそれは定めがたいが、今ならば容易に口にすることができる。それは「亡国の徒とならないこと」、すなわち「抗戦救国」である。これを得られずして生きるよりも、むしろこれを得て死にたい。なぜならば、これは「生」よりも更に貴重なものだからである。(14)

葉聖陶が述べるように、豊子愷がこの頃「義憤に燃えて激昂」していたことは上記の文章からも明らかである。しかしその一方で、豊子愷は抗戦を単なる戦闘、あるいは殺戮と区別することの重要性を提唱する。上記の文章で、豊子愷が引用した「生よりも渇望するところのもの」という言葉は、『孟子』の一節である。その意味するところは、「生命」と「義」のどちらか一方を選択しなければならない場合、「生命」は惜しいが、それよりもっと渇望するところのもの（「義」）があるので、それを犠牲にしてまでも「生命」を守ろうとはしないというものである。(15)豊子愷はこの一節を用いることで、抗戦救国が「義」のためであることを読者に伝えようとしたのである。

豊子愷はまた抗戦歌「仁者無敵の歌」(16)を作詞し、日本の非人道的な中国侵略を憤り、中華民族の一致団結と抗戦を次のように主張した（図版30）。

群起衛社稷　（「中華の民は、大野補足」一斉に立ち上がり国家を護る）

抗戦為正義　（抗戦は正義のためである）

勝暴当以仁　（暴力に打ち勝つには、まさに仁を以てすべきであり）
不在兵甲利　（武器や甲冑の鋭さにはない）
仁者本無敵　（仁者には元々、敵などいない）
哀哉小東夷　（哀れなこと哉、東方の小夷狄よ）(17)

この歌に添えられた絵には勇ましい兵士の姿が描かれ、その手には「仁」と書かれた盾と「義」と書かれた剣が握られている。

以上の例からも明らかなように、豊子愷は抗戦に仁愛や正義という意味を付与した。「仁」や「義」は儒教の概念であるが、人への愛情という意味で、「仁」は仏教の慈悲に通ずる。仏教を信奉し、また父や家塾での教育を通じて、幼少期から儒教的素養を身に着けていた豊子愷にとって、仁愛や慈悲という概念は抗戦期においても捨て去ることの出来ないものであった。しかし、抗戦のためには戦わねばならず、敵軍に対する攻撃も已むを得ない。この矛盾を解消するため、豊子愷は抗戦に「仁」や「義」などの意味をもたせたのである。あるいは、自らの信奉する仏教の慈悲という概念と、抗戦という現実が背反しないよう、仁愛や正義の論理を援用したとも言えよう。豊子愷にとって、抗戦とは人道や正義、平和を守ることであり、中国人の「仁」によって日本やファシズムの「暴」に打ち勝つことであった。このような考え方は豊子愷の抗戦思想の特徴であり、この時期に書かれた散文にしばしば表現されている。

〔図版30〕「仁者無敵の歌」

戦争という非常事態において、戦闘や殺戮は不可避である。しかし、そうであるからこそ尚、豊子愷は戦闘や殺戮それ自体が目的化すること、つまり戦闘のための戦闘や殺戮のための殺戮となることを恐れ、次のように述べている。

現在、我が中国は凶悪な敵の侵略を受けているが、それはあたかも人が病原菌に侵され、重病を患っているようなものである。重病の際には劇薬を服用してこそ病原菌に打ち勝ち、健康を取り戻すことができる。抗戦とはつまり一種の劇薬である。しかし、このような薬は暫くの間だけ服用可能なのであって、常用すべきではない。病原菌が死んで、病気の体が徐々に元気を取り戻してきたら、滋養品やお粥を食べるように改めるべきである。そうしてこそ、健康を完全に快復することができるのである。滋養品やお粥とは何だろうか？　それは平和、幸福、博愛、護生を旨とする「芸術」である。(18)

豊子愷がこの文章を書くに至った直接のきっかけは、一九三八年三月に長沙から漢口に到着した折、旧知の曹聚仁が「『護生画集』はもう焼き捨ててもよい！」と揚言しているとの噂を耳にしたことである。(19) 豊子愷は散文「取り壊さずに保存しておくべきだ」(20)を著し、以下のように曹聚仁に反論し、また護生思想に基づく抗戦論を展開した。

（その噂に対して、大野補足）私はこう言った。「駄目だ、駄目だ！　その人（『護生画集』は焼き捨ててもよいと語った人、すなわち曹聚仁、大野注）は護生の趣旨と抗戦の意味がわかっていない」。『護生画集』の趣旨は、人々に生命を重んじ、殺戮を断つように勧めることで仁愛を広め、平和を鼓吹することにある。生命を惜しむのは手段で、生命を育てるのが目的である。故に、『護生画集』の序文には、「護生」とは「護心」であると記されているのだ。(21) 腕白小僧が一足で数百匹の蟻を踏み殺したら、私はその子に止めるように勧める。それは決して蟻を愛おしむからでも、あるいは蟻の供養をしたいからでもない。私はただ、このわずかな残忍な心が大きく広がり、その子が将来、侵略者になり、飛行機に重い爆弾を載せて無辜の民を虐殺しに行くのを恐れるのだ。したがって『護生画集』を読むには、その「理」を会得すべきで、その「事」に執着してはならないのである。

そう語った人(曹聚仁、大野注)はおそらく、我々は現在抗戦中であり、まさに敵を殺すように奨励すべきだと考えているのだ。もしも護生を主張すれば、それは抵抗しないことになるので、同書は焼き捨ててもよいと言うのである。これは護生の趣旨と抗戦の意味がまったくわかっていないためである。我々は侵略戦争ではなく、「抗戦」をしているのである。人道のために抗戦し、正義のために抗戦し、平和のために抗戦する。我々は殺戮を以て殺戮を止め、仁を以て暴に打ち勝つのだ。(22)

曹聚仁は第一師範の同窓生で、豊子愷と同じく李叔同に学び、卒業後も開明書店を通じて交際は続いていた。二人の論争はそもそも一九三七年一二月に曹聚仁の故郷、浙江省蘭渓で再会したことに始まる。当時、曹聚仁は中央通信社の東南戦区特派員として同地に滞在しており、豊子愷は故郷石門湾からの避難途上にあった。曹聚仁がその折の会話を基に『少年先鋒』第二期に発表した散文「数ヶ月来の雑感」が豊の怒りを招き、論争は一年以上続いた。

曹聚仁は同文で、豊子愷が「自分は人としての態度が以前は愚昧であったと、今になってわかった。(中略)これからは人としての態度を改め、積極的に時代の潮流に身を置きたい」と述べたと記している。(23)それに対し、豊子愷は『少年先鋒』第四期(一九三八年四月五日)に散文「決心」を発表し、曹聚仁の文章は事実無根であるとして、曹聚仁への怒りを顕わにした。(24)豊子愷はその後も「一飯の恩　避寇日記の一」や「取り壊さずに保存しておくべきだ」、「未来の国民　新枚」、「芸術は必ずや建国をなしうる」などの散文で、曹聚仁に対する反論を続けた。

豊子愷のこれら一連の散文を受け、曹聚仁は散文「一飯の仇」を発表した。しかし曹聚仁は、豊子愷が戦争の影響で人生に対する態度を改めたがっているなどと書くべきではなかったと述べるだけで、『護生画集』については何も述べていない。(25)この論争は決着を見ぬまま、二人の関係はついに断絶に至った。

さて、上述の「決心」以降の一連の散文は、すべて豊子愷が漢口に到着した後、つまり曹聚仁が「『護生画集』はもう焼き捨ててもよい！」と言っているとの噂を耳にした後に執筆されたものである。二人の論争は、曹聚仁の「数ヶ月来の雑感」に始まったが、豊子愷の怒りは同文に対してというよりも、むしろ『護生画集』に関する曹聚仁の発言が主な理由だったのではないかと考えられる。

豊子愷は抗戦に「仁」や「義」という価値を付与することで、戦争という事態を受け入れ、自らの信念や理想と、過酷な現実の間の矛盾を克服しようとした。信念や理想が現実に圧迫されるような時代であるからこそ、豊子愷にとって『護生画集』は、人々にあるべき姿を提示する、重要な指針だったのである。

『護生画集』はその後、実際に二度ばかり焼失の憂き目にあった。一度目は一九三九年、上海の仏教居士林図書館に保管されていた第一集の原本が戦火で灰燼に帰した。豊子愷はこの事を弘一法師からの手紙で知った。焼失の事実は悲しく、残念であったが、この手紙を読んで、豊はまた非常に嬉しく思った。なぜならば、その手紙には『護生画集』を新たに作成したいという、弘一法師の願いも記されていたからである。豊子愷には、それはまさに「衆生にとっての福音」に思えた(26)。

二度目は文革中のことである。一九五〇年代後半以降、中国では宗教に対する政治的干渉が強まり、仏教や儒教的要素の強い『護生画集』は国内では作成も困難な状況にあった。そのため、豊子愷は様々な偽装工作の下、シンガポールや香港で『護生画集』第四―六集（一九六〇・一九六五・一九七三年）を出版した。文革当時、豊子愷は中国画院院長を務めており、多くの知識人と同様に「反動学術権威」として批判や攻撃にさらされ、紅衛兵による家捜しも日常茶飯事であった。自宅の『護生画集』は全て文革前に処分したが、シンガポールから送られてきた第四集が一冊だけ、たまたま残っていた。発見した家族は豊子愷の同意を得て、その日の深夜、屋内で密かに燃やし、この世から消し去ったのである。[27]

第二節　豊子愷の芸術観

第一節で述べたように、豊子愷はその抗戦論において、列強の侵略に疲弊する中国を病人に、また戦争を闘病に例え、侵略者という病原菌を殺すには抗戦という劇薬を一時的に服用するのも已むを得ないが、健康を完全に快復するためには、芸術という滋養品やお粥の摂取が不可欠であると主張した。本節では、この芸術抗戦論も含めた、豊子愷の芸術観について論じる。

豊子愷は疎開先の広西省で勤めていた桂林浙江大学での芸術教育の講義を終えるにあたり、芸術および芸術教育の本質を次のようにまとめた。

「芸術心」＝　広範な共感の心（万物一体）
「芸術」＝　心を主とし、技を従とすること（善巧兼備）
「芸術教育」＝　芸術精神の応用（温柔敦厚）（文質彬彬）[28]

芸術の本質を表現する「善巧兼備」とは「美徳と技術の兼備」を意味するが、この「美徳」について豊子愷は、別の文章で「美を愛する心」、「かぐわしい心持ち」、「円満な人格」と説明している。[29]「心を主とし、技を従とすること」という豊子愷の芸術観は、第一師範時代に李叔同から学んだものである。李叔同は学生に、人は「まず器量と見識を修養し、それから文芸を習得すること」（明、劉宗周撰『人譜』）が重要であると説いていた。豊子愷はまた、芸術とは「この世の平和と幸福の母」であるとも述べている。[30]それは、芸術教育を通じて「芸術心」、すなわち万物を一体と見なす「広範な共感の心」を養い育てることが、平和で幸福な社会の実現につながると考えたからである。[31]

豊子愷は「広範な共感の心（万物一体）」が「芸術心」であるとしたが、これは丸尾常喜の指摘する、魯迅の芸術観の核心思想に通じるものである。魯迅は劉勰『文心雕龍』やシェリーの詩論の影響を受け、芸術の価値を「『美しく善なる感情』と『明るく鋭敏な思想』を育てやしなうこと」[32]、すなわち「『共感』の基礎となる個々の『想像力』」の涵養に求めた。それは魯迅が、中国人が想像力を通じて「同朋の屈辱や苦痛」を自らのものとするようになり、「人道が向上」[33]することを願っていたからにほかならない。

想像力に対する魯迅の関心について考察するにあたり、丸尾常喜は『阿Q正伝』を例に、次のように述べている。

「阿Q正伝」という作品は、国民と国民、国民と作者の間を隔てるこのような「隔膜」（相互に感情・意志の通じないこと、丸尾注。一九五頁）のなかで、「国民の魂」を知りあてようとしてせいいっぱいこころみられた「模索」、想像力の手さぐりであった。そして他の一方でかれ（魯迅、大野注）は、高い土塀で隔てられ「隔膜」のなかにある民衆が自から目覚め、口を開く共感と連帯の日のくることを期待したのである。[34]

豊子愷は戦時中『阿Q正伝』の漫画化を試み、戦禍で原稿を二度紛失しながらも、一九三九年に北京開明書店から『漫画阿Q正伝』として出版した。[35]一九三七年一一月に内地へ疎開する以前、豊子愷は故郷石門湾の自宅縁縁堂や杭州の別宅で、子ども達にしばしば魯迅作品の読み聞かせをしていた。また、お茶や食後のひとときには「阿Q正伝」の場面を描いては部屋に貼り、家族や友人とともに楽しんでいた。それを出版するように提案し、上海南市の印刷工場に持ち込んだのは、当時豊に日本語を習っていた同郷の学生、張生逸である。ところが、同書の印刷中に第二次上海事変が起こり、原稿五四幅はすべて灰燼に帰した。その後、戦禍が石門湾に及ぶに至り、豊子愷は家族や親戚十数名とともに内地へと避難の徒に着いた。

避難途上も、豊子愷は『漫画阿Q正伝』の作成を強く願っていた。それを知って、当時漢口にいた豊に再度の作成を依頼したのは、豊が一九一九年に設立した上海専科師範学校の教え子、銭君匋である。銭君匋は一九三五年に巴金が上海で呉朗西らと設立した文化生活出版社で美術の編集をしていたが、一九三八年に広州分社を設立するにあたり、誘われて同地へ赴き、主として雑誌『文叢』（一九三七年三月上海にて創刊、一九三八年五月広州にて復刊）の編集に従事していた。一方、豊子愷は一九三八年三月に長沙に到着すると、家族の大半を長沙に残したまま武漢へ移動し、中華全国文芸界抗敵協会の会報『抗戦文芸』編集委員会の一員となった。豊は『漫画阿Q正伝』を作成しては、広州の銭君匋に順次送ったが、初めの二幅（「阿Q遺像」、「〝阿Q真能做〟」）が『文叢』第二巻第二号（一九三八年六月出版）に掲載されただけで、残りはすべて紛失した。その後、銭君匋は巴金や、巴金の弟の李采臣らとともに香港へ避難したため、『文叢』も暫時停刊となった。

銭君匋は香港から上海に戻ると、主に児童書や小学校の副教材を扱う出版社、万葉書店を設立した。銭君匋は同書店の編集や経営に携わる一方で、澄衷中学の教壇にも立っていたが、同高等部卒業の文学愛好者らの要望に応じる形で、一九三八年一〇月に同書店より抗戦文芸誌『文芸新潮』を創刊した。銭君匋は豊子愷に、同誌のために再度『漫画阿Q正伝』を作成してくれるよう依頼した。一方、『文叢』編集部の李采臣からもまた、復刊した同誌への掲載再開の依頼があった。二人からの依頼に困った豊子愷は、桂林師範学校に奉職したばかりで多忙との理由で、双方の依頼を断った。一九三九年に上海開明書店から出版されたのは、豊が桂林師範学校を辞め、江西宜山に疎開していた浙江大学に移籍するまでの間に書き下ろしたもので、いずれの雑誌にも掲載されていない。

宜山には豊子愷が若い頃から親しく教えを請うていた馬一浮も疎開していた。豊子愷は一九三八年一二月二三日に馬一浮から浙江大学の招聘内定の知らせを受けると、翌一月一日には早速移動の手配を始めた。馬一浮もまた、豊子愷や、同じく弟子で浙江大学に勤めていた王星賢らとともに住むための土地を一月二日に購入している。こうして再会を願う師弟の気持ちが高まる一方で、移動手段が見つからず、豊子愷が浙江大学の手配した車で桂林を離れ、宜山へ到着したのは約三ヶ月後のことであった。

豊子愷は、浙江大学の招聘内定が出た直後の一二月二八日に『漫画阿Q正伝』（図版31）の三回目の原稿を描き始め、三月二五日に五四幅の絵を描き終えた。翌日に紹興出身の友人の指摘に従って数箇所を訂正すると、念のために写しを取り、上海開明書店に送った。

豊子愷が戦時下、原稿を二度も紛失しながらも、『漫画阿Q正伝』の作成を諦めなかったのは何故だろうか。豊子愷は同初版本の序言において、一九三六年に逝去した魯迅の冥福を祈り、その天上の霊に対して「全人民の抗戦は今まさに、我が民族の覚醒と深省を促しております。将来の中国には、阿Qおよび阿Qの出現するような環境はもう二度と存在すべきではありません」と述べている。豊子愷はまた、「『阿Q正伝』は広く知られてはいるが、読んだことのある人は実はあまり多くない。こうした読者のために、魯迅先生の原文を要約し、漫画の説明とした」とも記している。(36) 豊子愷はまさに、自らの漫画が「魯迅の講演会場に設置されたマイクのように、魯迅の言葉を広く大衆に届ける」ことを願ったのである。(37) 豊子愷の漫画という手法は、「漢字」という「恐るべき難解な文字」によって「人と人との間の『隔膜』」が更に厚くなっている中国の民衆が、(38) 他者への想像力を働かせるのに極めて有効な手段であった。

〔図版31〕『漫画阿Q正伝』

次に、芸術教育の本質を表す言葉として、豊子愷が用いた「温柔敦厚」について述べたい。これは『礼記』「経解」の「孔子曰、入其国、其教可知也。其為人也。温柔敦厚、詩教也。（孔子が言うには、一つの国に入ると、その国の教育の様子がわかる。人が温柔敦厚であるのは『詩経』の教えである）」に由来し、穏やかで親切、誠実なことを意味する。(39)また「文質彬彬」とは、『論語』「雍也」の「質勝文即野。文勝質即史。文質彬彬、自然後君子（実質が文飾に優れれば、野卑である。文飾が実質に優れれば、書記役人の書く文章のように形式倒れとなる。文飾と実質の調和がとれて、初めて君子といえる）」に由来しており、外見の美と実質が程よく調和していることを指す。(40)芸術教育について、豊子愷はまた日記にこうも記している。

中国には芸術教育という名前はないが、芸術教育の実体は豊富にある。「礼儀三千、威儀三百」(41)とは芸術教育の表現である。『温柔敦厚』は芸術教育の主旨である。(42)

以上のような芸術観に基づき、豊子愷は桂林浙江大学において「中国文化の優越」と題する最終講演を行った。その中で豊は、ファシズムを例に、精神文明が未熟なままに物質文明だけが発展することの危険性を説き、中国は現在ただ物質文明が遅れているだけで、精神文明の面では元々最高の水準にあるのだから、それを保持しつつ同時に物質文明の向上を図れば、中国はこの戦争に勝利し、世界に平和と幸福をもたらすことができると述べている。豊はまた、伝統的な中国画は日本画や西洋画よりも優れているとした上で、芸術がそうである以上、そのほかの文化もすべて中国の方が優れている筈であると主張している。(43)この講演で豊は精神文明の重要性を強調し、健全な物質文明は精神文明の基礎の上に成立するという文明論を展開していが、これは「心を主とし、技を従とすること（善巧兼備）」という芸術観とも通ずる考えである。

豊子愷は芸術や美学について語る際、戦前はカントの「無関心説」やリップスの「感情移入説」など、西洋美学に依拠していた。例えば「無関心説」について、豊は美の創作や観賞に際して、その対象物の実用性や世俗的な意味を考えずに、気持ちをその対象に没入するような態度であると説明している。[44] またリップスの「感情移入説」については、自己の感情を対象に投入することで、カントの「無関心説」と同義であるとした上で、「感情移入説」と「無関心説」はいずれも自己の感情を対象と融合させ、対象とともに喜び悲しむことであり、このような態度で芸術に接することで、人は「無我」あるいは「物我一体」の境地に到達しうると述べている。[45]

抗戦期になると、豊子愷はこれらの西洋美学の概念に対しても儒教的な解釈を施すようになる。例えば、リップスの「感情移入説」について、これは世間の一切の事物を人間と平等な存在と認識することで、共感の範囲を天下のすべての事物にまで及ぼすことであると述べ、それは中国文化思想の特色とも言うべき「万物一体」思想であると論じている。[46] この時期の豊子愷の芸術論には、牽強付会の嫌いが見られるが、当時にあってはそれも已むを得ないことであった。

豊子愷が儒教的価値観を通じて芸術を読み替えたことの背景には、疎開中に親しく往来した馬一浮の影響が指摘できる。馬一浮は熊十力や梁漱溟ら新儒家と並んで、[47] 当時の哲学界を代表する学者で、芸術とはすなわち礼楽であると認識していた。[48] 抗戦中に豊子愷に宛てた手紙で、馬一浮は「芸術の役割とは人生に奥深く潜む情緒を喚起させ、それらを芸術と融合させることにある。それはすなわち、古い風俗習慣を一変させる働きである」[49] と述べている。

このような芸術観が豊子愷に及ぼしたであろう直接的な影響に加えて、新儒家による伝統文化再評価の影響も無視できない。新儒家は、五四新文化運動以来の全面的な西洋化思潮の中で、中国の伝統文化、思想の価値を再評価し、顕揚することを目指していたが、そのために彼らが採用した手法は儒家思想と西洋哲学の融合であった。つまり、彼らは一九世紀末から中国で受容されてきたドイツ哲学を儒家的価値観によって批判的に乗り越えようとしたのである。[50]

豊子愷も儒教的価値観を通じて中国の伝統文化や芸術、更には西洋美学までも解釈、評価することで、中華民族としての誇りを国民に示そうとしたのであった。

前述のように、豊子愷は芸術を抗戦と関連付けて認識していたが、その一方でまた芸術の究極の目的は「美を愛する心の涵養」にあり、人は芸術を学ぶことで「絵を描くような心で生活をおくり、この世に向き合うことができる。そうすれば生活は美しく、この世は平和になる」と認識していた。そのため抗戦中であっても、芸術の授業で抗戦画だけを重視する必要はないと考えていたが、このような考え方が時局に合わないことは豊自身も十分に承知していた。豊子愷は抗戦画の作成に明け暮れる芸術科の授業について、日記に次のように記している。

芸術科を教えるには、直接的な効果を求めるのではなく、間接的効果を重視すべきである。学生には、直接役に立つような絵を描けるようになるのではなく、美を愛する心を育てて欲しいのだ。絵を描くような心持ちで生活し、社会に向き合うことができれば、生活は美しく、この世は平和である。これが芸術科の最大の役割である。（中略）したがって、現在は非常時ではあるが、芸術科は必ずしも抗戦画だけを重視すべきではない。現在のいわゆる芸術科教師で、この意味がわかる者は一体どれほどいるだろうか。(51)

第三節　芸術と宗教による煩悩からの解脱

前述のように、豊子愷にとって芸術の究極の目的は「美を愛する心の涵養」にあり、豊は芸術を通じて「生活は美しく、この世は平和になる」ことを望んでいた。そのため、豊子愷は戦争中であっても日常の至るところに美を発見し、生活を芸術化することを提唱し、また自ら実践した。しかし、豊子愷のこのような主張や態度は、抗戦期には一般に受け入れられるものではなかった。豊は一九三七年冬に故郷石門湾を離れ、内地への疎開の途についたが、その途上で故郷の親戚に宛てて一通の手紙を送った。その中で豊子愷は杭州から桂林に至るまでの道筋を説明し、途中でかなり辛酸をなめたが、江西省萍郷に到着してからは家族で旅行をしているようで、とうてい疎開とは言えないと述べた。また、故郷とは大いに異なる桂林の風景を賛美し、家族でその美しさを満喫できたのは、戦争による「因禍得福」であるとも記している。(52)「因禍得福」とは、戦時中に豊子愷が好んで用いた言葉で、禍に因りて福を得る、すなわち禍を転じて福となすの意である。

この私信は、葉聖陶の詩「不惜令随焦土焦（焦土とともに燃え尽きたとしても惜しくはない）」とともに、一九三九年八月九日の『文匯報』文芸副刊「世紀風」（「作家近況欄」）に掲載された。葉聖陶の詩は、当時重慶にいた葉聖陶が開明書店の同僚で歴史家の王伯祥に贈ったものである。元々は「題伯祥書巣」という名であったが、『文匯報』掲載時に王伯祥が「不惜令随焦土焦」と改題した。(53)

豊子愷の手紙と葉聖陶の詩はいずれも個人に宛てたものであったが、『文匯報』副刊「世紀風」に掲載されたことから、当時「世紀風」の編集長をしていた高季琳（柯霊）と「上海のつまらぬ小文人ども」の間で論争が惹き起こされた。(54)件の手紙と詩が「世紀風」に掲載された一週間後、若霖「『因禍得福』について」（『華美晨報』八月一六日）という一文が発表された。(55)若霖は、国家存亡の非常時に悠然と自然を楽しむ豊子愷の態度は「超然主義」であるとして非難し、また仏教徒の豊を「阿弥陀仏」などの言葉で揶揄した。

それに対して柯霊は、陳浮の筆名で反論の一文「無知の唾を拭い去る」を発表し、若霖の態度は「さながら自分は〝中立国〟の人間」と言わんばかりで、彼らは「上海の郵便局には日本の検査員が駐在していて、もしも外からの手紙に軽率なことが書いてあり、ひとたびそれが見つかったなら、手紙の受取人にも累を及ぼしうるという事も知らない」

と批判した。一方、豊子愷と葉聖陶については、その「従容として国難に立ち向かわんとする精神」を高く評価した(56)。これを受けて、若霖は再び「〝詭弁〟〝武断〟必要なし」(『華美晨報』八月二七日)との文章を発表し、柯霊もまた「唾を拭い去った後」を発表して、反撃に及んだ(58)。

こうした一連の騒動について、当事者の豊子愷が知ったのは同年冬のことである。豊子愷はまず一一月に開明書店の章錫琛からの手紙で概要を知り、翌月に柯霊から詳細を記した手紙と、前述の二本の反論文を受け取った(59)。同日の豊子愷の日記には「上海のつまらぬ小文人どもに新聞紙上で攻撃を受けた」と記されている(60)。

豊子愷はまた続けて、若霖の攻撃文は読んでいないので、実際の発言はわからないとしながらも、こう記している。

彼らの言う事はおそらく私の文章の真髄を理解せず、字面に拘泥して、重箱の隅をつつくようなものに違いあるまい。無聊の極みである(61)。おそらく、ほかに意図するところがあるのだろう。あるいは孤島上海は人がいっぱいで、生活が苦しく、原稿料を騙し取ろうにも材料が無いのに困り、それで私を元手としたのだろう。もしそうならば、甚だ憐れむべきである。私は何も失うことなく、他人に恵みを施したのである。慈善行為をするのもよかろう。しかし、もしそうでないならば、これは甚だ悲観すべきことである。我が国にこのような無頼青年がいて、いったいどうやって抗戦するのか(62)？

豊子愷はこのような経験にもかかわらず、戦時中も自然や芸術あるいは美そのものを愛し、楽しむ生活や心情を『教師日記』に綴り、公表した。それは、豊子愷にとって『教師日記』の公表もまた一種の抗戦だったからである。豊子愷は、戦争が原因で失業した蕭而化に、次のように語っている。蕭而化は立達学園当時の教え子で、同校で豊子愷から西洋画を学んだ後、東京に音楽留学し、帰国後は出身地の江西で音楽教育に従事していた。戦後は台湾省立師範学院（現、国立台湾師範大学）音楽科の設立に奔走し、同主任を長く務めた。

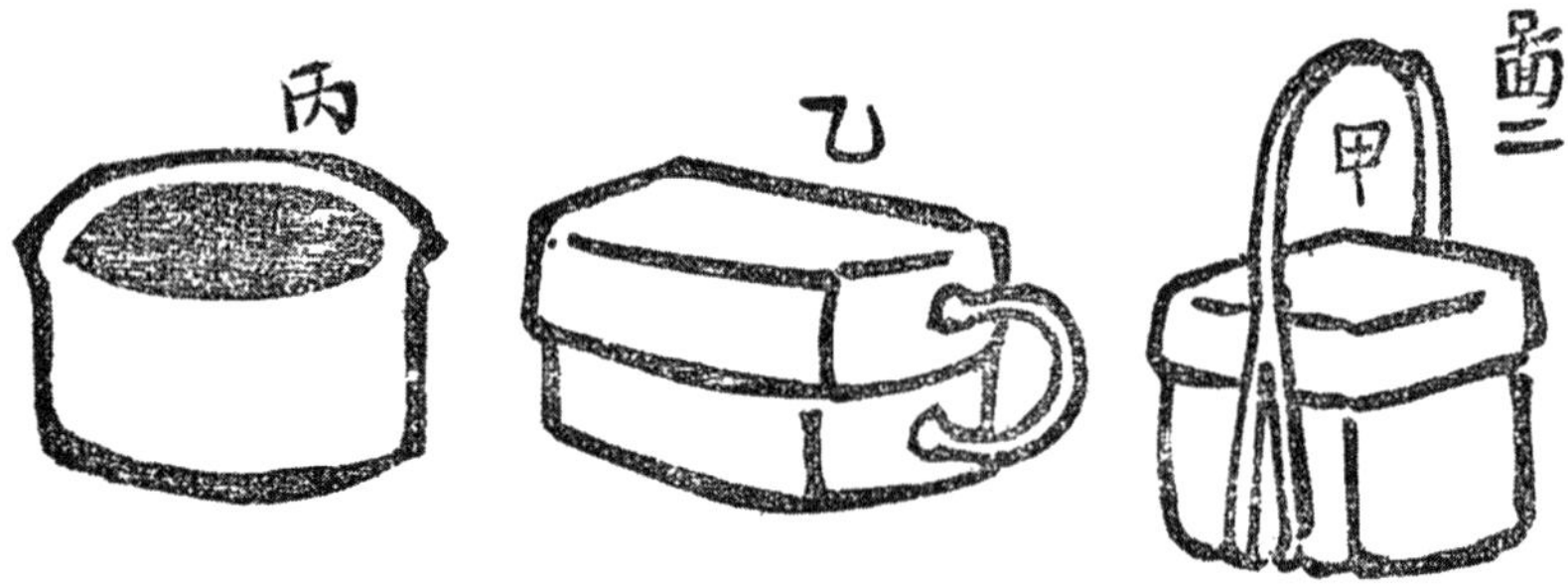

〔図版32〕広西の竹製品

> 我々の生活が不安定なのは、今日においては実に些細な事だ。決して、このことで落胆したり、失望したりしてはいけない。落胆や失望をしても何の役にも立たない。むしろ、これが原因で気力や活力を失うことが最も愚かしい。我々は落ち着き先が無いのではなく、ただ各地を転々と移動しているだけなのだ。少し厄介ではあるが、我が民族は今まさに生死存亡の瀬戸際にあり、少し厄介なぐらいではまったく苦労とも言えない。我々は自ら不撓不屈の精神を鼓舞して、国民に模範を示すべきである。これもまた一種の教育であり、また一種の抗戦なのだ[63]。

豊子愷は戦前から生活の芸術化、すなわち平凡な生活の中にひそむ趣や美を見つけ、それらを慈しみ、楽しむことを提唱し、また実践していた。それは戦時下においても同様で、『教師日記』には豊子愷が広西独自の竹製の日用品（図版32）や、素朴で自然美にあふれる大工仕事（図版33）に魅了され、またそれまで慣れ親しんできた浙江とは異なる広西の自然（図版34）に大いに興味を示している様子が描かれている[64]。

戦争や避難生活にも意気消沈することなく、それまでと同様に芸術を愛し、自然を愛でる豊子愷の姿は、戦前からの読者、特に社会全体のあまりに急速な左傾化に疑問を覚える読者に、大いなる励ましと安らぎを与えたことであろう。豊子愷は桂林浙江大学での講話で「〝芸術家〟というのは画家や詩人、音楽家などに限

〔図版33〕広西の図案

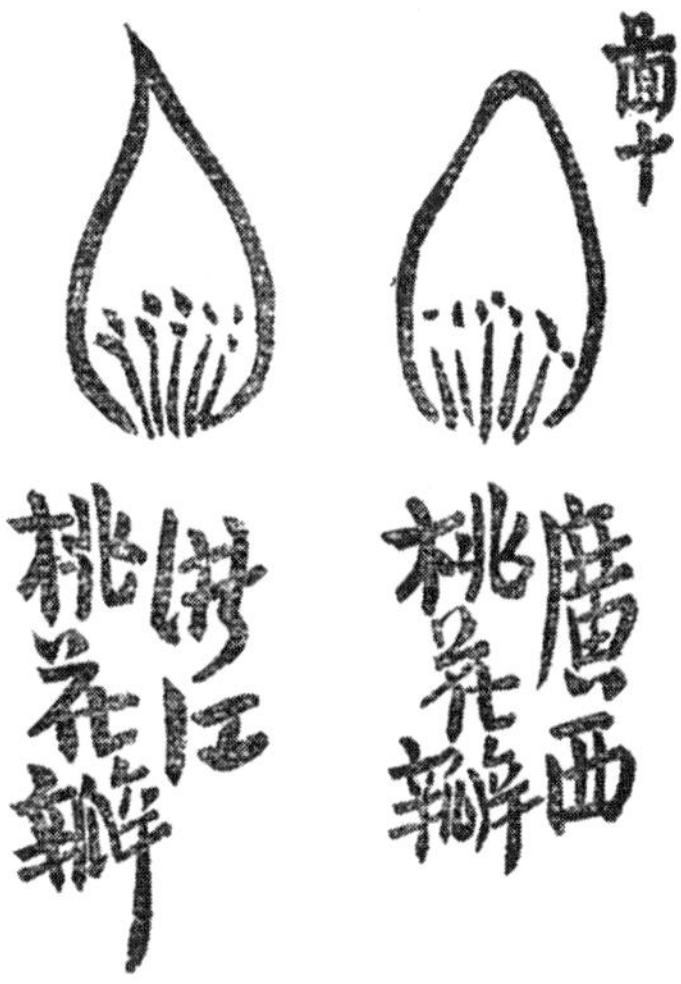

〔図版34〕広西と浙江の桃の花びら

定されない」と語ったが、(65) この言葉に象徴されるように、豊にとって芸術とは絵や詩、音楽など狭義の芸術だけではなく、平凡な生活の中にひそむ小さな楽しみや趣などをも含む広範なものであった。

　芸術や生活について、夏丏尊もまた豊子愷と同様な考えを抱いており、出家後の李叔同の生活を例に、次のように述べている。

　彼（弘一法師、大野注）にとっては、この世には良くない物など何もなく、すべてが皆、良いのである。（中断）すべてに味わいがあり、すべてが素晴らしいのだ。

　これは何と素晴らしいことであろうか！　宗教的な話は置いておくとしても、些細な日常生活がこのような境地に至るというのは、生活がいわゆる芸術化したと言うことではないだろうか？　人は彼が苦労していると言うが、私はむしろ彼は人生を楽しんでいると言いたい。（中略）

　芸術的な生活とは本来、物事の本質を見極め、それを心行くまで楽しみ、味わう生活である。この点において芸術と宗教は、実に帰着点を同じくする。およそ現実や偏見に縛られ、日常生活を咀嚼玩味できない人は皆、芸術とは無縁な人間である。真の芸術は詩の中に限られるものではなく、絵の中に限定されるものでもなく、至る所に存在し、いつでも得ることができるものである。それをとらえて文字で表現する人が詩人であり、形と色で表現するのが画家である。詩を作ることや、絵を描くことができなくても、気にする必要はない。日常生活の本質を見極め、十分に味わう能力さえあれば、必ずや芸術の神の恩寵を享受する権利を得ることができるのである。(66)

豊子愷や夏丏尊は日常生活の咀嚼玩味こそが生活の芸術であると認識していたが、それは「『芸術』という人間の営みを、専門的な純芸術家の営みを中心にしたものではなく、個々の人間の日常生活を中心にしたものとして読みかえる」という周作人の「生活の芸術」論とも通じるものであろう。(67)

上記の文章で、夏丏尊は物事に対する本質的な理解や人生に対する姿勢という点で、芸術と宗教の帰着点は同じであると述べた。この芸術と宗教の関係について、豊子愷もまた芸術の最高の境地は宗教の領域に及ぶと論じている。

豊子愷は弘一法師の出家について説明するにあたり、人間の生活を「物質生活（すなわち衣食）」、「精神生活（すなわち学術文芸）」、「霊魂生活（すなわち宗教）」の三層に分け、人はそれぞれの「人生欲」に応じて自分の所属する領域を選択するが、世間の大多数の人は物質生活に留まっていると分析する。この「人生欲」とは、物欲や名誉欲などの世俗的な意味での欲望ではなく、「霊魂の本源や宇宙の根本」を追究し、「人生の委細」を探求したいという、人生そのものに対する欲望を意味する。豊子愷はまた、弘一法師は「人生欲」が非常に強かったため最上層まで上がり、自分自身は力不足からまだ第二層に留まっているが、最上層を目指して努力を続けているとも記している。(68)

豊子愷はこの三層説を論ずるにあたり、仏教の世界観で言う「三界」を想定していたのではないかと考えられる。「三界」とは輪廻する生き物が住み、輪廻往来する世界全体を指しており、欲界・色界・無色界という三つの領域（界）から構成される。最下層の欲界とは、淫欲と食欲という二つの欲望を持つ生き物の住む領域である。中間の色界には、淫欲と食欲からは自由であるが、物質的な制約を残した生き物の世界である。最上層の無色界は、すべての制約を離れた、高度に自由で精神的な世界である。

この「三界」について、馬一浮は「豊子愷に贈る」と題した詩で、次のように述べている。

華厳偈云　（『華厳経』の偈に云う）
心如工画師　能出一切相　（心は巧みな画師のようで、一切の現象を見事に表出する）(69)
予毎謂君　（私は常々、君に謂う）
三界唯心　亦三界唯画　（三界にはただ心のみが存在し、また三界にはただ画だけが存在する）(70)

この「三界唯心」は、『大方広仏華厳経（八〇巻）』「十地品第二六之四」の一説「三界所有、唯是一心」に由来するが、その根底をなすのは『大方広仏華厳経（六〇巻）』「十地品第二二之三」第六地の一節「三界虚妄、唯是心作。一二縁分、是皆依心」である。(71)

このような思想に基づき馬一浮は、人はたとえ「物質生活（欲界）」に身を置いていても、心のあり方次第でより高次元な「精神生活（色界）」や「霊魂生活（無色界）」へ進むことも可能であると説いた。馬一浮はまた、以下の豊子愷宛の書簡で述べているように、現実を超越した精神的境地への到達こそが芸術の絶対的真理であると認識していた。

しかし、理想のうちに当然あるべき汚れなき境地は、現実を超越して存在し、現実を離れぬ所にもまた存在し、現実がそれを奪うことは出来ない。（中略）廓然として、にわかに現実を忘れる。これは芸術における最高の絶対的真理である。(72)

この手紙を受け取った後、豊子愷は日記に「理知と実利の世界の外に、視野を別に広げることができれば、世間の万象は常に新しく、至る所これ皆、美の世界である」と記している。(73)

馬一浮の唯心論の影響を受け、豊子愷もまた理想の境地を現実とは別の世界に求めるのではなく、現実世界に身を置いたまま、心のうちに理想郷を求めることに努めたが、それを可能にしたのは芸術と宗教であった。豊子愷は芸術と宗教によって「俗念を放棄して、しばらくでも塵界を離れた心持ち」[74]になることを願った。この「俗念を放棄して……」という文は、豊子愷が最も好んだ作家の一人である夏目漱石の『草枕』の一節である[75]。これについて、豊子愷は文革中に秘密裏に執筆した散文「しばらく塵界を離れる」の中で、次のように記している。

苦痛、憤怒、騒動、慟哭は人の世に付随したもので、人は無論それらから逃れられない。しかし、「しばらく」という二文字に注意していただきたい。「しばらくでも塵界を離れる」ことは楽しく、安らかで、元気をもたらすのだ[76]。

豊子愷にとって芸術と宗教は現実逃避の手段ではなく、むしろ現実を生き抜くのに不可欠の手段であった。豊子愷もまた夏目漱石の言うように、人間は「越す事のならぬ世が住みにくければ、住みにくい所をどれほどか、寛容げて、束の間の命を、束の間でも住みよくせねばならぬ」と考えており、そのための方策として芸術と宗教を希求したのである。夏目漱石の言葉を借りるならば、豊子愷はまさに芸術と宗教を通じて「煩悩を解脱」し「清浄界に出入」することを望み、自らそれを実践するとともに、そのような生き方を人々に提示したのであった[77]。

しかし、人生の最高境地である「精神世界（無色界）」に到達することは、多くの人間にとって決して容易なことではない。それは豊子愷にとっても同様であった。その難しさを自らも経験しているからこそ、豊は宗教よりもむしろ芸術による解脱を広く提唱したのではないだろうか。最後に、豊子愷が抗戦期に桂林で行った講演の内容を引用して、豊の芸術観に関する、本節のまとめとしたい。

芸術は人に一種の美の精神を与えるもので、この精神が人の生活全般を支配することがわかる。故に一言で率直に言うならば、芸術とはすなわち道徳、感情の道徳なのである。（中略）道徳と芸術の道は異なるが、帰するところは同じである。異なっているのは、道徳は意志によるもので、芸術は感情によるということである。（中略）芸術的行為とは感情に由来するもので、自ら進んで行うことである。したがって、芸術は人の欲望を自然と抑制させ、天の理を保たせることが可能となる。換言するならば、芸術は人の物質に対する熱い思いを抑え、精神生活を向上させることが出来るのである。(78)

第四節　生活の芸術化――モリスおよびラスキンの影響

豊子愷の芸術論の特徴の一つに、実用品に対する美意識という点が指摘できる。これに附随して豊は工芸美術にも深い関心を抱いており、工芸美術に関する散文や評論を比較的初期から多数発表している。(79)また戦時下、疎開先の広西省で一般に広く使用されている民芸品や、木製の窓の飾り文字などの工芸に着目したことは前述のとおりである。豊はこれらに「自然の趣」や「簡単で素朴な技巧」を発見し、その芸術性と実用性を高く評価した。(80)

豊子愷は工芸品を重視し、愛好したが、その背景には工芸美術は民族および国家の将来にかかわるという問題認識が存在する。豊は一九二六年の散文「工芸実用品と美感」において、粗悪な工芸品や日用品が大量に流通する当時の状況を嘆く一方で、また次のように述べ、将来への希望を明らかにしている。

これは元来、国民の美育水準という、根本的な問題である。しかし、工芸品の改良促進という面から国民の美育を促進し、工芸品の改良を芸術教育の一端とすることもまた可能なのである。(81)

豊子愷がこのように工芸品や日用品の美化を重視したのは、上述の文章にも示されるように、工芸品や日用品の改良による大衆の啓蒙と芸術の大衆化を意図していたからである。[82] 当時、よく「大衆芸術」という言葉が使われた。しかし、それは実際には、真に大衆のための芸術と呼べるようなものではなかった。このような状況について、豊子愷は次のように述べている。

雑誌に発表される大衆芸術の絵は、実のところ少数の知識階級の人間がちらりと目にするだけで、大衆の目に届くことはない。大衆が目にすることのできる絵は、街頭の広告と新年に売る「年画」だけである。広告は、彼らが買い物に行くように誘うためのもので、彼らの観賞のために誠意を込めて供するというようなものではない。大衆の観賞のために供されるのは、主として「年画」だけである。

「年画」とは旧暦元日の市で屋台を並べて大衆に売り、大衆は家に持ち帰って壁に貼り、新年の飾り付けをする、一種の色刷り石版画である。（中略）食べるのに困らない農家では、新年ごとに壁に一、二枚の「年画」を新しく貼り足す。農夫たちは酒を飲んだ後の暇つぶしに、皆で「年画」を指差しながら口々に語り、彼らの美術鑑賞をするのかもしれない。

残念なことに、このような「年画」の絵は、形式も内容も皆お粗末で、大いに改良すべきである。大衆芸術を提唱するには、雑誌という枠を抜け出し、「年画」において提唱すべきである。[83]

豊子愷の工芸美術および大衆芸術に対する関心の背景には、産業革命後の大衆社会とそれに付随する様々な社会問題の出現という世界的潮流が存在する。これについて、豊子愷は英国のウィリアム・モリス（Morris, William）とその工芸美術論を紹介する文で、次のように述べている。

工場の産品は数量が最も多く、改良の必要性もまた最も差し迫っている。近代資本主義が中国に侵入して以来、これらの物品の大部分はいいかげんに手抜きをして、できるだけお金をかけないようになっており、劣悪な装飾を施し、低級な趣味に迎合している。（中略）モリスの革命から、英国にも当時このような現象があったことが明らかである。(84)

豊子愷は芸術教育に関する複数の文章で、「英国の芸術教育者モリスによれば、芸術教育を提唱するには、工芸美術の改良から着手しなければならない(85)」、「英国ではモリスが芸術教育を提唱し、日用品の美化に力を尽くした(86)」、モリスは「遂に志を同じくする画家、建築家、技師を団結して、集団を組織し、工芸美術の実際上の革新事業に従事した(87)」と述べるなど、モリスを工芸美術運動の主宰者と認識していた。豊はまた芸術教育や工芸美術に関する散文や評論以外でも、モリスの名前をしばしば挙げており、その思想と活動に注目していたであろうことは想像に難くない。

一方、豊子愷はラスキン（Ruskin, John）についても、「誰もが知っている英国の大批評家(88)」と称し、アーツ・アンド・クラフツ運動は「批評家ラスキンを背景に、モリスを中心(89)」に行われたと述べるなど、モリスと同様に、あるいはそれ以上に高く評価していた。

豊子愷はまた工芸美術のみならず芸術観そのものに関しても、ラスキンの影響を受けたと考えられる。一九二三年の評論「芸術を偉大たらしめる真の性質」において、豊は偉大な芸術の四大特質として「高尚な題目の選択」、「美を愛する心」、「誠実」、「創意（Invention）」を挙げている。同論について豊子愷は、文末で「本篇は Ruskin による Modern Painter の第三巻から抄訳したものである」と記しているが、(90)同篇は正確には同著の日本語全訳『美術と文学』（澤村寅二郎訳、有朋堂書店、一九二三年）第三章「芸術を偉大ならしめる真の性質を論ず」の翻案である。(91)豊子愷は同文の文末に、以下のように記している。

『Modern Painter』は計五巻あり、ラスキンが彼の崇拝する風景画家ターナーを弁護するために、美術の根本原理を詳しく論じたものである。ただ、そのうち第三巻は絵画を論じるだけではなく、広く芸術上のすべての緊要な問題を論じており、いずれも非常に明瞭に解説してある。この一篇は偉大なる芸術の特性を論じ、また誤謬の発生する様々な原因を明示しており、多くの話が現在の中国芸術界の病根に的中すると思う。(92)

上記引用文のうち、文頭から「広く芸術上のすべての緊要な問題を論じており」までの前半部分は、日本語版訳者の澤村寅二郎による「はしがき」の逐語訳である。(93)その後に続く、「この一篇は偉大なる芸術の特性を論じ、また誤謬の発生する様々な原因を明示しており、多くの話が現在の中国芸術界の病根に的中すると思う」という一文は、当時の豊子愷の心情そのものと言えよう。

ラスキンおよびモリスの豊子愷への影響について考察するにあたり、まず彼らの芸術論および文明論について簡単に見ておきたい。モリスにとって芸術とは「人間の活動の一切」を含んだものであり、また「人間活動の『全体性の回復・統一』であり、日常生活における自己表現・自己実現」であった。モリスは「真の芸術は労働における喜びを人が表現するところのもの」と考え、機械は「人間活動の『全体性』を破壊するもの」であるとして、「道具と職人の世界」における人間活動の「全体性の回復・統一」を志向した。(94)モリスの「生活の芸術化」論の背景には、豊子愷も指摘するようにラスキンの思想が存在するが、それは具体的には「労働の人間化」論である。ラスキンの経済学は「科学や芸術を基礎に、それらを産業や消費生活の中に生かして人生を豊かにするための人間の行動の基準（倫理）とルール（法を含む）の体系」であり、(95)「生きる手段」よりも「生きる力」が社会全体に広がることを目標としていた。(96)

ラスキンは近代の産業制度や機械生産の下では「労働に喜びはなく労働者は営利主義の奴隷と化している」と考えたが、そのような思想の影響を受けて、モリスは「生活や生産のなかに美や、労働のなかに喜びを回復しよう」とした。(97)労働の効率化と労働者の幸福の関係について、モリスは次のように述べている。

人々は労働とその成果を、ある一つの角度から以外には見ることが不可能になってしまいました。——すなわち、どんなものをつくるばあいでも、それに費やす労働量はできるだけ最小限しか使わぬように、しかも同時に、つくる品物はできるだけ多くつくるように、不断に努力すること、これです。このいわゆる『生産費の低減』のためにはあらゆるものが犠牲にされました。仕事に従事する労働者の幸福、いや、それどころか、最も基本の慰楽や最小限の健康、かれの食物、かれの衣類、かれの住居、かれの余暇、かれの娯楽、かれの教育——要するに、かれの生活——は、ものの「安価な生産」というこの恐ろしい必要に対しては、秤にかけられた一粒の砂の重みしかありませんでした（中略）。金持ちで有力な人たち——すなわち、貧乏人連中の主人たち——でさえも、かれらの富がこの無上の愚かしさを助長していくために、人間の本性としてはいみきらって逃げだしたくなるような眺めや音響や臭気のまっただなかの生活に甘んじたという事実です。社会全体が、事実、世界市場によって強制される『安価な生産』という、この貪婪な怪物の口に投げ込まれたのですよ。(98)

ラスキンやモリスは「労働の芸術化」および「労働の人間化」による「生活の芸術化」を主張したが、それは人々が人間として「生きる力」を取り戻すことであり、その最終的な目標は社会の進歩にあった。芸術と社会の同時改革を目指すアーツ・アンド・クラフツ運動は、一九世紀末から英国のみならず世界各地で展開されたが、(99)それは「小さな日常生活のための工芸運動」であると同時に、地球規模での「社会改革を目指すデザイン運動」でもあった。(100)

前述のように、豊子愷は芸術教育を通じて学生が「『美の世界』を発見する能力を養成」し、その能力を実際の生活に適用して、自然や絵画を鑑賞するような気持ちで人生や世界を認識し、生活を創造することを希望していた。それはすなわち日常生活における楽しみや趣の発見であり、創造であった。これについて豊子愷はまた、「人生において何よりも第一に持つべきものは〝趣〟であり、それがあって初めて喜んで仕事にたずさわれる。この〝趣〟とはまさに芸術である。〝趣〟をまったくもたない、機械のような人がこの世に存在するとは信じられない」とも述べている。豊子愷は、絵画や音楽は「生活という大芸術品の副産物」、すなわち「小芸術品」であると認識していた[101]。

生活における「趣」や芸術に関する豊子愷の説は、ラスキンやモリスらの「生活の芸術化」理念に、そして工芸美術品への深い関心は「アーツ・アンド・クラフツ運動」に、それぞれつながるものと言える。これらの理念や運動は、最終的には社会の進歩や改革を目指すものであった。この意味において、豊子愷は少なくとも以下の二点で影響を受けたと考えられる。

まず一つは労働賛美であり、それに裏打ちされた民主主義思想である。例えば、ミレー（Millet, Jean F.）が「下層生活」や「社会の暗黒面」などを好んで題材としたことについて、豊子愷はその背景にはミレーの「革命的精神」があると述べ、「民衆を描き始めた」ミレーは「力強い民主主義者」であると賞賛している[102]。豊はまたミレー、クールベ（Courbet, Gustave）、ドーミエ（Daumier, Honore'）の三人は、それまでの「貴族的なロマン主義の芸術に代わって〝民衆のために表現した〟」画家であるとしながらも、クールベは「外部から下層社会や職工の生活を描写」し、またドーミエは「民衆生活の風刺的で滑稽な表現に終始した」が、ミレーは「民衆生活を賛美し、民衆を宗教化」し、「思想的要求から農夫や耕地を描いた」と述べて、ほかの二人よりもはるかに高く評価している[103]。

尚、豊子愷の労働賛美に関しては、五四新文化運動期に蔡元培らが主張した「労働は神聖である」という思想の影響も指摘されている[104]。この点に関しては、第四章で論じたように匡互生や立達同人らの影響も重要な要素である。

次に第二点としては、豊子愷の「物質文明」および「唯物的科学主義」に対する批判精神が挙げられる。豊は文革中に秘密裏に執筆した散文で、「物質文明」に対する嫌悪を次のように述べている。

夏目漱石の小説『草枕』の中に、このような文章がある――〝汽車程二十世紀の文明を代表するものはあるまい。

何百と云ふ人間を同じ箱へ詰めて轟と通る。情け容赦はない。詰め込まれた人間は皆同程度の速力で、同一の停車場へとまつてさうして、同様に蒸氣の恩澤に浴さねばならぬ。人は汽車へ乗ると云ふ。余は積み込まれると云ふ。人は汽車で行くと云ふ。余は運搬されると云ふ。汽車程個性を軽蔑したものはない……〟[105]。

続けて、豊はまたこうも述べている。

この小説を翻訳した時、私はこの夏目先生の頑固さを笑わずにはいられなかった。しかし、同時に彼の気持ちもよくわかった。二〇世紀において、これほど個性を重視し、これほど物質文明を嫌悪する人は、恐らくもういないだろう。いるとすれば、それはこの私一人であり、私自身も彼と同じ気持ちなのである[106]。

豊は最後に次のように述べ、この散文を終わらせている。

私は二〇世紀の文明の産物である汽車を断り、費用を惜しむことなく、杭州まで船に乗っていく。しかし、それは実は決して私が頑固だからではない。私を理解してくれるのは、ただ夏目漱石だけなのだろうか[107]。

本章第二節で述べたように豊子愷は、物質文明は精神文明の基礎の上に発展すべきであるという考えに基づき、精神文明が欠如した状態で、物質文明だけが繁栄することに危惧を抱いていた。豊は抗戦期、中国には古より無上の精神文明が備わっているとして、その状態を保持しながら物質文明を発展させるよう提唱したが、上述の文革期の散文には物質文明に対する否定的な思いだけが記されており、中国の精神文明に関する言及は見られない。抗戦期には国民意識の高揚が必要であったとは言え、豊子愷のこのような認識の変化は、戦後の中国において精神文明が軽視され衰退する一方、物質文明の発展だけが追求されていることへの絶望の表れとも言えようか。

以上、豊子愷がモリスとラスキンから受けた影響について見てきた。豊はアーツ・アンド・クラフツ運動の芸術的側面のみならず、「労働の人間化」、「労働の芸術化」など、社会改革の面でも彼らの影響を受けたと考えられる。特に注目すべき点は、ラスキンが社会改革の目標を「一国の製造業のなか」に「できるだけ多くの元気のいい、眼の輝いた、心の楽しい人間」、「りっぱな精神の人間」を作り出すことに置いていた点である。[108] これは換言すると、上述のように人間として「生きる力」を取り戻すことにほかならないが、その対象とされたのは近代資本主義の成果を享受する都市中流階級ではなく、彼らに安価な商品を提供するため、工場での大量生産に従事する労働者であった。

豊子愷が大衆芸術に関する上述の散文を発表したのは一九三四年であるが、この頃から豊の漫画の題材にも変化が生じている。一九二五年に『文学週報』に漫画を掲載して以来、豊は主として古詩や児童を題材とした作品を描き、都市の新興知識階級を中心に人気を博してきた。彼ら、豊子愷の読者は一定の経済力と知識水準を有し、近代的産業制度や資本主義の成果を享受していたが、豊自身も一九二七年に弘一法師によって仏教帰依式を受ける以前は、言わばその一員であった。

ところが一九三四年頃からは次第に、都市および農村の労働者を題材とする作品（図版35、36）を多く描くようになっている。豊は労働者の多様な姿を描いたが、それは必ずしも悲哀に満ちている訳ではなく、労働やその合間の休憩に楽しみを見出す姿も描かれている。これらの作品は『申報』、『太白』などに掲載され、また単行本として出版された。これら労働者を描いた漫画の読者対象は依然として、都市の新興知識階級であり、漫画のモデルとなった労働者や文字の読めない大衆ではなかった。

〔図版35〕「野外散髪屋」

豊はまた「芸術的労働」（図版37）というタイトルで、大人

〔図版36〕「米と豆」

〔図版37〕「芸術的労働」

にとっては単なる労働、あるいは苦痛でしかないような行為を遊びとして夢中で楽しむ子どもの姿を何枚も描いている。労働や休憩を楽しむ労働者を描いた作品は、言わば大人版「芸術的労働」と言えよう。豊子愷は労働や生活のこうした側面を描き、都市の新興知識階級に提示することで、人間にとっての労働および生活の意味それ自体を問い直し、彼らの意識の刷新を図ろうとしたのではないだろうか。

注

(1) 豊子愷「閑居」『豊文集』第五巻、一一七—一一九頁。

(2) 豊子愷は当時、政界関係者とは会わない主義で、その旨を公言していた。一九三六年に崇徳県の県長が豊子愷を訪問する予定であることを事前に知ると、豊は門に「豊子愷は病気により面会謝絶」の張り紙をしたという。豊一吟、前掲『瀟洒風神　我的父親豊子愷』一二二頁。

(3) 竹内実編『中国近現代論争年表　上(一八九五—一九四八)』同朋社出版、一九九二年、三二一—三三五頁。銭理群・温儒敏・呉福輝著、前掲『中国現代文学三十年(修訂本)』一四七—一七〇頁。豊子愷に関しては、豊一吟、前掲『瀟洒風神　我的父親豊子愷』一二八―一二九頁を参照。

（4）盛興軍主編『豊子愷年譜』青島出版社、二〇〇五年、二九五頁。

（5）原題「大樹被斬伐　生機並不絶　春来怒抽条　気象何蓬勃！」。この詩は台児庄の勝利を祝賀して、漢口で詠んだものである。豊子愷はこの詩に基づいて、一九三八年一〇月生まれの末子が将来「よき国民」、「未来の新中国の力強い基礎分子」となることを願い、出生以前から植物の逞しい成長をイメージする名前「新枚」と命名していた。豊子愷「未来的国民　新枚」『豊文集』第五巻、六六七頁。

（6）Hung, Chang-Tai. "War and Peace in Feng Zikai's Wartime Cartoons", *Modern China* 16: 1 (January 1990): pp.69-71.

（7）後に、豊子愷・蕭而化編『抗戦歌選』（大路書店、一九三八年）として出版された。

（8）葉聖陶『私与四川』四川人民出版社、一九八四年、三二頁、三四頁。

（9）豊子愷「漫文漫画序」『豊文集』第五巻、六七二頁。

（10）原文は「田中」。豊子愷は、この「田中」には二つの意味が込められていると記している（『豊文集』第七巻、七四二頁）。もう一つの「田中」とは、満蒙征服による中国侵略を意図した「田中上奏文」の起草者とされる田中義一第二六代内閣総理大臣を指すと考えられる。

（11）豊子愷「中華民国万々歳！」『少年先鋒』第三期（一九三八年三月二〇日）、二八頁。

（12）豊子愷「慶祝勝利」、「我們自己的飛機」『少年先鋒』第五期（一九三八年四月二〇日）、二―三頁。

（13）葉聖陶、前掲『私与四川』四六頁、六〇頁。

（14）豊子愷「仏無霊」『豊文集』第五巻、七〇八頁。

（15）「生よりも渇望するところのもの（所欲有甚於生者）」の出典は、『孟子』「告子章句上一〇」。小林勝人訳注『孟子（下）』岩波書店、一九九六年、二四八―二五三頁。

（16）「仁者無敵」の出典は、『孟子』「梁恵王章句上五」。国力の低下を嘆く梁の恵王に、孟子が「もし王が仁政を行い、人民に孝悌忠信の徳を教え込めば、人民は皆、いざと言う時には王のために戦うであろう。一方、敵国では人民に虐政を行っているので、恵王が敵国を征伐しようとしても、敵国の人民は恵王に抵抗しないであろう。諺に言う『仁者に敵なし』とは、このことなのである」と諭したという話に由来する。小林勝人訳注『孟子（上）』岩波書店、一九九六年、四三―四五頁。
(17) 豊子愷「仁者無敵歌」『少年先鋒』第六期（一九三八年五月五日）、三頁。
(18) 豊子愷「一飯之恩　避寇日記之一」『少年先鋒』第六期（一九三八年五月五日）、三〇頁。
(19) 同上、二八頁。豊子愷と曹聚仁のこの論争については、楊暁文「豊子愷と厨川白村　『苦悶の象徴』の受容をめぐって」(『日本中国学会報』第五七集、二〇〇五年、二〇九―二二五頁）に詳しい。
(20)「取り壊さずに保存しておくべきだ（則勿毀之已）」の出典は『孟子』「梁恵王章句下五」の「王欲行王政、則勿毀之矣」。斉の宣王が「領内にある明堂を壊すよう、周囲から言われたが壊してもよいだろうか」と孟子に訪ねたところ、孟子は「明堂は天子が王者の政治を行われた場所なので、王様がもし王者の政治を行いたいと思われるのであれば、取り壊さないで保存しておくべきです」と答えたという話に由来する。小林勝人訳注、前掲『孟子（上）』七九―八四頁。
(21) 馬一浮による『護生画集』序文の一節、「知護心則知護生矣（護心を知ることは、すなわち護生を知ることである）」を指す。馬一浮「『護生画集』序　一九二八年八月」『馬一浮集　第二冊』浙江古籍出版社・浙江教育出版社、一九九六年、二五頁。
(22) 豊子愷「則勿毀之已」『立報・言林』一九三八年四月一七日。
(23) 曹聚仁「数月来的繁感」『少年先鋒』第二期（一九三八年三月五日）、三二―三三頁。尚、「数月来的繁感」は『少年先鋒』第二期（一―三）、第三期（一九三八年三月二〇日）（四、五）の二回に分けて掲載された。
(24) 豊子愷「決心　避寇日記之二」『少年先鋒』第四期（一九三八年四月五日）、三一頁。
(25) 曹聚仁「一飯之仇」『社会日報』一九三九年四月二三日。
(26) 豊子愷、前掲『教師日記』一九三九年三月五日。
(27) 豊一吟『我和爸爸　豊子愷』百花文芸出版社、二〇〇八年、一九八―二〇〇頁。
(28) 豊子愷、前掲『教師日記』（一九三九年六月二二日）一五五頁。
(29) 豊子愷「桂林芸術講話之二」『豊文集』第四巻、一九頁。

(30) 豊子愷「未来的国民　新枚」『豊文集』第五巻、六六四頁。
(31) 豊子愷、前掲『教師日記』(一九三九年六月二二日) 一五五頁。
(32) 引用文中の「美しく善なる感情」、「明るく鋭敏な思想」は、魯迅「科学史教篇」の一節で、原語はそれぞれ「美上之感情」、「明敏之思想」。日本語は丸尾常喜による。魯迅「科学史教篇」『魯迅全集』第一巻、人民出版社、一九八一年、三五頁。
(33) 魯迅「摩羅詩力説」の一節で、原語は「人道蒸」。日本語は丸尾常喜による。魯迅「摩羅詩力説」、前掲『魯迅全集』、六八頁。
(34) 丸尾常喜「魯迅と想像力の問題　『麻木』と『隔膜』を破るもの」『北海道大学文学部紀要』三〇―二（五〇）一九八二年、一九五頁、二〇五頁、二〇八―二〇九頁、二一六頁。
(35) 豊子愷はその他にも魯迅の「祝福」、「孔乙己」、「故郷」、「明天」、「薬」、「風波」、「社戯」、「白光」を漫画化している。それらは『絵画魯迅小説』(香港・波文書局、一九四九年／上海・万葉書店、一九五〇年など) としてまとめられた。
(36) 豊子愷「『漫画阿Q正伝』初版序言」『豊文集』第四巻、三五頁。
(37) 豊子愷「『絵画魯迅小説』序言」『豊文集』第四巻、五一一頁。
(38) 丸尾常喜、前掲、「魯迅と想像力の問題　『麻木』と『隔膜』を破るもの」二一六頁。
(39) 国民文庫刊行会編『礼記』(国訳漢文大成・経子史部第四巻)、国民文庫刊行会、一九二一年、四八五頁。
(40) 金谷治訳注、前掲『論語』二一六―二一七頁。
(41) 「礼儀三千、威儀三百」は、正しくは「礼儀三百、威儀三千」。『中庸』「朱子章句」第二七章の以下の一節に由来する。大哉聖人之道、洋洋乎発育万物、峻極于天、優優大哉、礼儀三百、威儀三千、待其人而後行、故日、苟不至徳、至道不凝焉（偉大なことよ、聖人の道は。ひろびろと満ちあふれて万物を発育させ、高々と天の極みにまでも及んでいる。豊かに満ち足りて偉大なことよ。［この人間世界、］礼の大綱は三百、その作法の細目は三千と整備されているが、すべて然るべき人物――聖人――がいてこそ、はじめて道は実現される。だから、「もし最高の徳を備えた人がいなければ最高の道は完成しない」と言われるのである)。金谷治訳注『大学・中庸』(岩波文庫) 岩波書店、一九九八年、二二二―二二四頁。
(42) 豊子愷、前掲『教師日記』(一九三九年六月二一日) 一六〇頁。

(43) 同上、(一九三九年六月二〇日) 一四九—一五五頁。
(44) 豊子愷「従梅花説到美」『豊文集』第二巻、五六四頁。
(45) 豊子愷(嬰行)「東方文庫続編　中国美術在現代芸術上的勝利(東方雑誌社三十週年紀念刊)」、王雲五・李聖五主編『東方芸術与西方芸術』商務印書館、一九三三年、九一頁。
(46) 豊子愷「桂林芸術講話之一」『豊文集』第四巻、一三—一七頁。
(47) 新儒家について、中島隆博はジョン・メイカムの定義を基に「新儒家は、宗教的なニュアンスを有した新保守主義的な哲学運動として現れ、正統的な儒家価値の正当的(合法的、中島注)継承者であり代表者であると主張するもの」であると述べている。中島隆博「新儒家と仏教　梁漱溟、熊十力、牟宗三」『思想』第一〇〇一号、二〇〇七年九月、八一頁。
(48) 豊一吟「馬一浮与豊子愷」、畢養賽『中国当代理学大師馬一浮』上海人民出版社、一九九二年、一二二頁。
(49) 馬一浮「書札　豊子愷　九」(一九三八年七月一九日)、前掲『馬一浮集　第二冊』五六九頁。
(50) 中島隆博、前掲「新儒家と仏教　梁漱溟、熊十力、牟宗三」八〇頁。
(51) 豊子愷「教師日記」(一九三八年一一月二六日)『宇宙風(乙刊)』(第二一期、一九四〇年二月、九七—九八頁)。
(52) 「戦乱中的作家音訊　豊子愷由湘抵桂」『文匯報』(世紀風) 一九三八年八月九日。
(53) 柯霊『柯霊文集　第四巻』文匯出版社、二〇〇一年、一三七頁。
(54) 豊子愷「教師日記」(一九三八年一二月一二日)『宇宙風(乙刊)』第二四期、一九四〇年五月一日、三三六頁。
(55) 豊一吟、前掲『瀟洒風神　我的父親豊子愷』二〇三頁。若霖の原文は未見。文中の引用は豊一吟ならびに(56)陳浮(柯霊)による。
(56) 陳浮(柯霊)「拭去無知的唾沫」『文匯報』(世紀風) 一九三八年八月一九日。
(57) 豊一吟、前掲『瀟洒風神　我的父親豊子愷』二〇三—二〇四頁。
(58) 陳浮(柯霊)「拭沫之余」『文匯報』(世紀風) 一九三八年九月二日。
(59) 「乱離中的作家書簡　豊子愷・何家槐」『魯迅風』第五期、一九三九年二月八日。

(60) 豊子愷「教師日記」（一九三八年一二月二二日）『宇宙風（乙刊）』第二四期、一九四〇年五月一日、三三六頁。
(61) 豊子愷、前掲『教師日記』、五四頁。尚、この引用箇所（彼らの言う事は～極みである）の書かれた一九三八年一二月二二日の日記は『宇宙風（乙刊）』第二四期に収録されているが、この箇所は省略されている。
(62) 豊子愷「教師日記」『宇宙風（乙刊）』第二四期（一九三八年一二月二二日）、三三六頁。
(63) 同上、（一九三八年一二月九日）『宇宙風（乙刊）』第二三期、一九四〇年四月一日、二四九頁。
(64) 同上、（一九三八年一一月二三日）『宇宙風（乙刊）』第二〇期、一六頁。同（一九三八年一一月九日）『宇宙風（乙刊）』第二三期、二四九頁。同（一九三九年一月二二日）『宇宙風（乙刊）』第二五期、三九八頁。同（一九三九年三月一八日）『宇宙風（乙刊）』第二九期、四〇頁など。
(65) 豊子愷、前掲「桂林芸術講話之一」一三―一七頁。
(66) 夏丏尊「『子愷漫画』序」、前掲『平屋之輯』四九―五〇頁。
(67) 伊藤徳也「芸術の本義　周作人『生活の芸術』の構造（一）」、小谷一郎他編『転形期における中国の知識人』汲古書院、一九九九年、五六頁。
(68) 豊子愷「我与弘一法師」『豊文集』第六巻、三九九―四〇二頁。
(69) 馬一浮の詩の中の「華厳の偈」とは、『大方広仏華厳経（六〇巻）』「夜摩天宮菩薩説偈品第一六」の以下の一節を指すと考えられる――心如工画師　画種種五陰　一切世界中　無法而不造〔心は巧みな画家のようなもので、五陰（物質・感受・想念・意思・認識）を描きだし、一切の世界のうちに、すべてのものを造り出す〕。高楠順次郎編集『大正新脩大蔵経』第九巻（法華部全・華厳部上）、大正一切経刊行会、一九二五年、四六五頁。
(70) 豊子愷「教師日記」（一九三八年一一月一四日）『宇宙風（乙刊）』第一九期、一九三九年一二月一六日、八〇九頁。
(71) 高楠順次郎編集『大正新脩大蔵経』第一〇巻（華厳部下）、大正一切経刊行会、一九二五年、一九四頁。高楠順次郎編集、前掲『大正新脩大蔵経』第九巻、五五八頁。
(72) 馬一浮「書札　豊子愷　一二」（一九三八年）、前掲『馬一浮集　第二冊』五七二頁。

(73) 豊子愷「教師日記」（一九三九年三月一三日）『宇宙風（乙刊）』第二九期、一九四〇年九月一六日、三八頁。
(74) 夏目漱石「草枕」『漱石全集』第三巻、漱石全集刊行会、一九三六年、一二頁。
(75) 豊子愷は『人間世』による一九三四年の愛読書調査に対して、「板垣鷹穂著各種芸術論」、「楽府詩集」とともに「漱石全集」を挙げている（「新年附録　一九三四年我所愛読的書籍」『人間世』第一九期、一九三五年一月五日、六七頁）。
また戦前から豊と親しく交際していた内山完造によると、豊は長い疎開生活の後、一九四六年に石門湾に戻ると、上海の内山書店を訪れて『漱石全集』を買い求めたという（内山完造「豊子愷先生」『花甲録』岩波書店、一九六〇年、三九八―三九九頁）。　豊子愷は夏目漱石について「秋」（『豊文集』第五巻）、「暫時脱離塵世」、「塘栖」（『豊文集』第六巻）などの散文で言及しており、また夏目漱石『草枕』を一九五六年、一九七四年と二回翻訳している（中国語名『旅宿』）。
(76) 豊子愷「暫時脱離塵世」『豊文集』第六巻、六六二頁。
(77) 夏目漱石、前掲「草枕」六頁。
(78) 豊子愷「芸術必能建国」『豊文集』第四巻、三一―三二頁。
(79) 豊子愷「工芸実用品与美感」（一九二六年）、「美術的照相」（一九二七年）、「一八　現代的建築、彫刻及び工芸―C　現代的工芸美術」（『西洋美術史』開明書店、一九二八年）、「房間芸術」（一九三六年）、「工芸術」（一九三九年）、「東西洋的工芸」（一九四四年）など。
(80) 豊子愷「教師日記」（一九三八年一一月二三日）『宇宙風（乙刊）』第二〇期、一九四〇年一月、一六頁。
(81) 豊子愷「工芸実用品与美感」『豊文集』第一巻六二頁。
(82) 豊一吟、前掲『瀟洒風神　我的父親豊子愷』一三三―一三七頁。
(83) 豊子愷「労者自歌」『良友（半月刊）』第九三期（一九三四年九月一日）。
(84) 豊子愷「工芸術」『豊文集』第四巻、五二頁。
(85) 同上、五一頁。
(86) 豊子愷「近世芸術教育運動」『豊文集』第四巻、五五頁。

(87) 豊子愷「西洋美術史　一八―C現代的工芸美術」『豊文集』第一巻、二七四―二七五頁。
(88) 豊子愷「西洋画派一二講　第一講　現実主義的絵画」『豊文集』第一巻、三三八頁。
(89) 豊子愷、前掲「西洋美術史　一八―C現代的工芸美術」二七四頁。
(90) 豊子愷「使芸術偉大的真的性質」『東方雑誌』第二〇巻第四号（一九二三年二月二五日）七五頁。
(91) 西槇偉、前掲『中国文人画家の近代』七二頁、九二頁。
(92) 豊子愷、前掲「使芸術偉大的真的性質」七五頁。
(93) 豊子愷の引用部分に相当するのは、以下の箇所である。
　「近世画家」前後五巻はラスキンが自分の崇拝してゐた風景画家ターナーを弁護する為め、美術の根本原理を説明したものであって、就中第三巻は単に絵画と言はず広く芸術全般に亙った緊要な諸問題を論じ（以下、省略）。

澤村寅二郎「はしがき」、ジョン・ラスキン著、澤村寅二郎訳『美術と文学』有朋堂書店、一九一三年。
(94) 後藤宣代「グローバリゼーションと文化・芸術　『生活の芸術化』の発展諸段階と二一世紀への展望」『経済科学通信』No.一〇五、二〇〇四年八月、四三頁、四五頁。
(95) 池上惇『生活の芸術化　ラスキン、モリスと現代』丸善ライブラリー〇九三、一九九三年、一九九頁。
(96) 堀田真紀子「生活の芸術化　ジョン・ラスキンの経済学を手がかりにして」、北海道大学『大学院国際広報メディア研究科・言語文化部紀要』第四七巻、二〇〇四年、一一五頁。
(97) 池田元「解説　大熊信行の社会思想と配分原理　『ラスキンとモリス』の世界」、大熊信行『社会思想家としてのラスキンとモリス』論創社、二〇〇四年、二二五頁。
(98) モリス「ユートピアだより」、五島茂編『ラスキン　モリス』（世界の名著四一）中央公論社、一九七一年、三七八―三七九頁。
(99) モリスやラスキンの思想およびアーツ・アンド・クラフツ運動が中国および豊子愷に伝播した経緯について詳細は不明であるが、ヨーロッパから直接伝わった可能性に加えて、日本から伝わった可能性も考えられる。東京美術学校幹事の岡倉天心は、イギリスで同運動が最高潮に達していた一八八六年から一八八七年にかけて、同校の開校準備のために欧米視察に出かけており、開校の翌一八九〇年に美術工芸科が設置された。尚、李叔同が最初期の中国人留学生として、東京美術学校に留学したのは一九〇六年から一九一一年である。モリスやラスキンらの思想と活動は、柳宗悦らが民芸運動を提唱する以前に日本に伝来し、それが李叔同ら留日学生を通じて、中国に伝播したという可能性も考えられる。

(100) デザイン史フォーラム（藤田晴彦責任編集）『アーツ・アンド・クラフツと日本』思文閣出版、二〇〇四年、四頁。

(101) 豊子愷「関於学校中的芸術科　読《教育芸術論》」『豊文集』第二巻、二二八―二三一頁。

(102) 豊子愷、前掲「西洋画派十二講　第一講　現実主義的絵画」三三五頁。

(103) 豊子愷「西洋美術史　一三―C三個民衆画家」『豊文集』第一巻、二三二―二三五頁。

(104) 西槙偉、前掲『中国文人画家の近代』七九頁。

(105) 豊子愷「塘栖」『豊文集』第六巻、六七三頁。同文のうち『草枕』からの引用箇所については、夏目漱石（前掲、一九四頁）から引用した。

(106) 同上、六七三頁。

(107) 同上、六七五頁。

(108) ラスキン「この最後の者にも」、五島茂編、前掲『ラスキン　モリス』九二頁。

第七章　童心説と「護心思想」

第一節　豊子愷の求めた理想――童心における芸術と宗教

豊子愷は童心の擁護者として知られるが、本節では芸術と宗教の視点から豊子愷の童心観を検討し、豊の求めた人としての理想像について述べたい。豊子愷は人生において何よりも重要なのは趣を持つことであり、趣のある生活こそが芸術的な生活であると考えていた(1)。換言すれば、豊子愷にとって生活の芸術化とは、平凡な日常生活の中に小さな楽しみや趣を見つけ、人を楽しませ、自らも楽しむことであった。抗戦期の豊子愷の日記にはしばしば「自得其楽（分に安んじて自分自身の楽しみを得ること、大野注）」、「因禍得福（禍を転じて福となすこと、同上）」などの表現が見られるが、こうした発想もまた生活の芸術論の一つと言えよう。

しかし、豊子愷も初めからこのような境地に到達できていた訳ではない。疎開生活を始めた約一年後の一九三八年一二月、豊は上海の夏丏尊に手紙を送り、次のように述べている。

流浪の当初は苦しい思いをいたしました。連日、苦しみを訴えましたが、苦しみは去らず、むしろ憂いのために身を傷つけ、活力を失ってしまいました。そこで心機一転して、逆境を耐え忍び、人力を尽くして天命を待つことにいたしました。先のことは考えないようにし、この一年来は苦しさの中でも尚、分に安じてそれなりに楽しみを見いだすことができました。そのおかげで、身体も元気になってまいりました(2)。

豊子愷は極限の苦しみを味わったことで、逆に「自得其楽」の境地に到達しえたのであろう。豊子愷は「理知と実利の世界の外に、別の世界を開く」(3)ことで、「しばらくでも塵界を離れた心持ち」になることが生活の芸術化であると考えていたが、それは清の項廷紀の「憶雲詞」に著された、「無益な事をせずして、如何にして限りある生涯を過ごすことができようか」という境地でもあった。豊子愷の説明によると、この「無益な事」とは「利害や打算のためではない事」であり、また「感情、気概、興趣にしたがって行う事」であった。豊子愷は上記の項廷紀の言葉には「人生の究極の理」があると述べている。(4)この「感情、気概、興趣」と人間の生活について、豊は次のようにも述べている。

すべてが実利や打算のためと言うのは、換言するとつまり目先の利益のためだけである。それが極端になると、身を持するに感情や気概、興趣が完全に無くなり、人はひからびて活気がなく、冷酷で非情な一種の動物に変わってしまう。これでは〝生活〟ではなく、もはや一種の〝生存〟でしかなくなってしまう。(5)

尚、伊藤徳也は、周作人が「芸術の自立性、無目的性、無功利性をことさらに主張した」のは、当時の「社会功利至上主義に対して反抗」するためであり、周作人が「日常必要なもの以外に『無用の遊びと享楽』」の必要性を説き、また「本来自分が持っていた歴史民俗趣味に触れる文章」を書いたのは、そこに「現実への強烈な不満を仮託」するためであったと述べている。(6)上述の豊子愷の精神にも同様な傾向が指摘できよう。

以上の文章からも、豊子愷が児童を人間の理想を具現した存在として認識し、崇拝したその理由は明らかであろう。豊にとって、児童とは自己の「感情、気概、興趣」の要求のままに行動する存在であり、利害や打算のためにそれを抑制して生きる大人とは完全に別の世界に属していた。豊子愷は、大人と話すのは「周到に気を使い、細心の注意を払い、十分に準備する必要があり、まるで将棋を指すかのようである。私はひどく緊張し、ひどく恐ろしく思うのだ」と述べている。(7)豊はまた、大人の心は程度の差こそあれ、みな何かに包まれていて、何を考えているのか中がよ

く見えないが、当時三歳の息子（豊華瞻）の心は「常に少しも包み隠すことのない真心である」と言う。(8)

豊子愷にとって、子どもはこの世で最も正直な人間であり、また子どものような「真心」の持ち主こそが最も理想的な人間であった。このような考えに基づき、豊は戦後、「赤心国」あるいは「明心国」というタイトルの童話や漫画をいくつか作成している。その内容は、戦時中に洞窟に逃げ込んだ軍人が、外界とは全く異なる平和で幸福な世界に入り込むというもので、陶淵明の「桃花源記」を思わせる。この「赤心国」、「明心国」に住む人々はみな他人の感情を、その当人とまったく同様に共有できる「赤心」を持っており、誰か一人が寒いと感じれば、ほかの住人もみな同様に寒いと感じる。そのような世界では自分と他人という区別がなく、そのために「鍵」も「お金」も存在しない。軍人にとって、お金は「この世で最も重要なもの」であったが、軍人の持つ硬貨は「赤心国」の人々には美しい芸術品あるいは玩具にしか見えない。人々は皆、自分に与えられた仕事を真面目に行い、怠けることも争うことも無く、工場では職人が「粗末であるにもかかわらず、形がとても美しい」日用品を製造している。この国ではすべてに秩序があり、素朴な暮らしではあるが、人々は皆、物心ともに満たされている。軍人はこの国に残ることを希望するが、携帯していた拳銃による事故で自ら怪我をし、彼はもう助からないと判断した住人たちによって海に流され、気がついた時には現実世界に戻されていたのである。(9)

この作品には豊子愷の理想とする人間と世界が描かれているが、それは反面、現実への批判でもある。「赤心国」の人々は他人の痛みを同様に感じる能力がありながら、軍人が発砲事故で怪我をしても、何の痛みも感じない。人々はこれに驚きながらも「彼はおそらく、我々とはかかわりが無いのだろう」という結論に至る。(10) 彼らが自分たちの埋葬の習慣に従って軍人を海に流したのも、あるいは仮に軍人の命が助かったとしても、「赤心」を持たない軍人がこの国で生きていくことは不可能であろうという思いの故かもしれない。ここには、現実と理想の懸隔に対する豊子愷の哀しみが表現されていると言えはしないだろうか。

軍人は現実世界に戻った後も「赤心国」への憧れを抱き続け、聞き手が信じるか信じないかにかかわらず、同地の平和で幸福な生活について人々に語り続ける。それは、彼が「我々の社会を赤心国の社会と同様にしたいと望む」からである。最後に豊子愷はこう記して、この物語を終えている。

彼はきっと、爆弾に驚いておかしくなって、それでこんな妄言を話すのだ、と言う人もいる。しかし、彼は人と言い争うことなどせず、ひたすら改良の方法を考え、現在もまだ一生懸命に考えているのだ。(11)

豊子愷は当時の中国の現実が理想には遙かに及ばないことを自覚しつつも、戦後の新しい中国では人々が「赤心」を持ち、互いに共感しあい、平和で幸福な生活をおくることを強く願ったのである。他人からの誹謗を意に介することなく、自らの信念に忠実に人々に語り続ける軍人の姿は、外部からの中傷や揶揄にもかかわらず、『護生画集』を描き続けた豊子愷自身のようである。

豊子愷は子どもを人間の理想像と認識していたが、それは決して初めからではない。豊子愷は一九二七年の散文「子どもからの啓示」において、多くの大人が子どもは「愚昧」で、「〝幼く〟、〝道理が分からない〟」と考えているように、自分もずっとそう思っていたと述べている、豊子愷は続けて、しかし、実は大人の「虚偽に満ちて、陰険」な言動の方がずっと醜いと記している。豊はまた、子どもは「世間の物事の因果関係の網を取り去り、物事それ自体の真相を見ることのできる」存在であり、そして、そうであるが故に子どもは「創造者であり、すべての物事に生命を与えることができる。彼らは〝芸術〟という国の主人である」と記している。(12)

この、子どもは「物事自体の真相を見ることができる」という点について、豊はまた翌一九二八年の散文「児女」でも、次のように記している。

この世で最も健全なる心眼は、子ども達にしか持てない。この世の万物の真相は、ただ子ども達だけが最も明確に、そして最も完全に見ることができる。私は彼らと比べると、真の心眼は既に世俗の智慧や煩悩で覆い隠され、損なわれている。[13]

豊子愷が一九二七年に仏教帰依式を受けたことは前述のとおりであるが、上記の引用文には豊の仏教観が明確に表現されている。豊子愷の児童観を考える上で、仏教は無視することのできない重要な要素である。豊子愷が仏教を信仰するようになった契機は『大乗起信論』の教えであるが、「世俗の智慧や煩悩」によって心眼が覆われるという考えはまさに『大乗起信論』[14]に由来するものである。

『大乗起信論』では、人間の一切の迷いの世界と悟りの世界は心が編み出したものと考えられているが、馬一浮の説く唯心論もこれに依拠している。人間の心は本来、正常無垢な「真如」の状態にあり、自由である。ところが、何かのきっかけで心が「無明」に支配されると、執着が生じる。「無明」とは人生や事物の真相に明らかでないこと、すなわちこの世のすべては無常である事を理解していないことを指す。人は「無明」によって固執の念（「我見」）が生じると、様々な煩悩が引き起こされる。しかし、どのように深い「無明」に閉ざされていても、人間の心には「真如」に戻る力が存在するというのが、『大乗起信論』の根底を流れる思想である。[15]

豊子愷の児童崇拝の背景には、以上のような『大乗起信論』の教えが存在すると考えられる。豊子愷は、子どもは大人のような世俗の智慧（「分別智」）を持たず、そうであるが故に、人間の心に本来備わっている「真如」を保持しうる、理想的な存在であると考えていた。つまり、子どもはまだ「無分別智」の状態にある。これは、対象を言葉や概念で分析的に把握しようとしない状態であり、また主体と客体を区別しようとしないことである。そのような状態にあるからこそ、子どもは世俗を離れて物事の本質を見ることができるのであり、また一切の事物に共感を抱くことも可能である。これは、まさにカントの「無関心説」やリップスの「感情移入説」の状態であり、また儒教で言うところの「一視同仁」、「物我無間」の境地であると豊子愷は述べている。(16)

それに対して、大人は「分別智」によって真の心眼（「真如」）が曇り、覆い隠された状態にある。それを取り除く手段として、豊子愷が提唱したのが芸術と宗教である。豊子愷は、子ども時代は人生の黄金時代であり、それを過ぎてしまった大人は芸術的修養によってのみ、その「幸福で仁愛にあふれ、平和な世界」に戻ることができると述べている。(17)豊はまた、『孟子』に基づいて、赤子の心を持つ大人《おとな》はすなわち大人《たいじん》であり、大人《たいじん》だけが世界の真相や人生の正道を見ることができると述べ、また大人《おとな》の事業や活動のなかで赤子の心に近いのは芸術と宗教のみであるとも言う。(18)

尚、ここで注意すべきことは、豊子愷は決して子どもの現実の姿そのものを純真無垢な存在として理想化していた訳ではないという点である。一例として、長女陳宝について綴った散文「阿宝を黄金時代から送り出す」を見てみたい。豊子愷は、それまで豊家の暴君的存在であった陳宝が好物のチョコレートを兄弟に分け与え、兄弟の喜ぶ様子に満足するのを見て、陳宝にも「黄金時代」を去る時が来たことを知る。豊子愷は、陳宝がそれまで我儘一杯で、大人やほかの兄弟の思惑に頓着せず、自分の感情のままに行動する姿に親として頭を抱えながらも、その我儘を尊重し、また愛していたのである。(19)豊は実際に多くの子どもに囲まれて暮らしており、子どもが決して純真無垢で、天使の様な存在ではないことは十分に承知していた。豊子愷が子どもを理想としたのは、まさにその感情に忠実な点であり、世俗の智慧で真の心眼が曇らされていない点にあったのである。

最後に、子どもを描いた豊子愷の漫画が当時人気を博した背景として、中国の近代化過程における「児童の発見」について述べておきたい。これについて、藤井省三は「近代中国における革命思想の急展開こそが、明治四〇年代の日本の児童学界とほぼ同時期に魯迅をして児童を発見せしめた」と指摘する。(20)

明治末期から大正時代にかけて日本で童心主義が盛んに提唱された背景について、河原和枝は近代化や産業化が急速に進展する過程で、その推進に不可欠な「合理主義や功利主義、業績主義」が支配的な価値観となるにつれ、人々は「自分たちが基本的に志向する——あるいは志向せざるを得ない——近代産業社会の価値体系からはずれた、というよりもむしろその対極にある価値を子どもたちに割り当て、そこに一種の『救い』を見出そうとした」と分析する。(21) また柄谷行人は、「真の子ども」という概念は「真の人間」と同様に、近代的な学校制度や教育、軍隊によってつくりだされた「近代国家制度の産物」であり、「伝統的社会の資本主義的な再編成の一環」として、「児童の発見」が推進されたと指摘している。(22)

以上を整理すると、中国においても児童は、資本主義経済が発展し近代化が進行する過程で、伝統的な倫理観の崩壊に対する人々の不安や恐れ、そして近代の諸制度を背景に「発見」され、またそのような危惧を抱いていた人々に「一種の『救い』」と見なされたと言えよう。尚、李卓吾に始まる、一連の「童心説」についても考慮に入れるべきではあろうが、豊子愷自身が直接は語っていないため、今は言及しない。

第二節　『護生画集』第二集（一九三九年）——日本侵略下のヒューマニズム

前節で、豊子愷の理想としての童心について検討した。童心すなわち赤子の心こそが人間の理想であるという童心説の根底には、豊子愷のもう一つの重要な主張である「護心思想」が存在する。以下第二、第三節ではその護心思想の集大成とも言うべき『護生画集』（全六集）のうち、民国期に作成された第二集および第三集について論じる。

一九三八年秋、弘一法師は『護生画集』第一集（全五〇幅）の題詞の書きなおしと再版を決意した。絵は当時、桂林にいた豊子愷に頼むのではなく、上海の仏教居士林図書館に保存してあった原本を利用するつもりでいた。[23]しかし、同版は戦火で焼失したため、以前に上海仏学書局から出版された英訳版の絵を利用して、[24]一九三九年七月に同書局から再版された。[25]弘一法師はまたこれと並行して、豊子愷とともに『護生画集』第二集（全六〇幅）の作成も開始した。この頃、法師と豊は今後一〇年ごとに『護生画集』続編を出版し、各集出版時の弘一法師の年齢にあわせて収録作品数を第一集から順次増やし、第六集（全百幅）まで続ける計画を立てた。弘一法師は『護生画集』が普及することで、その功徳と利益が世間に広まることを願っていたのである。[26]

一九三九年旧暦九月、豊子愷は『護生画集』第二集の絵の草稿を完成させた。題詞は第一集と同様、弘一法師に配してもらう予定であった。しかし、法師は病気のため文字の書写だけを担当することとなり、題詞の作成と選択は法師の指導の下、豊子愷が担当した。[27]当時、豊子愷と弘一法師はそれぞれ戦禍を逃れて江西省宜山と福建省泉州に滞在していたが、第二集の序言を執筆した夏丏尊は上海におり、第二集は一九四〇年一一月に上海の開明書店や仏学書局などから出版された。第二集には全六〇篇の題詞が添えられているが、そのうち約半数が豊子愷の創作で、[28]残りは古詩や、弘一法師（李叔同）が出家前に座右の書としていた『人譜』（明・劉宗周撰）などから取られている。

『護生画集』第二集は第一集と異なり、放生や戒殺を題材とする凄惨な作品はなく、衆生平等や万物共存を題材とした作品がほとんどである。例えば、第二集の最初の作品「中秋同楽会」（図版38）では、中秋の名月を楽しむ人間と動物の姿が描かれ、その題詞には次のように記されている。

朗月光華　照臨万物（明るい月の光が万物を照らす）
山川草木　清涼純潔（山川草木は清涼で、清らかである）
蠕動飛沈　団欒和悦（すべての生き物が集い、和やかに楽しむ）

〔図版38〕「中秋同楽会」

共浴霊輝　如登楽園　（ともに霊なる月の輝きを浴び、その姿はまるで楽園に登るかのようである）　即仁補題[29]

第二集にはまた、動物の親子の愛情や動物同士の礼儀、動物の人間に対する忠誠などを題材とした作品が二〇幅ほど含まれている。ここには、動物もまた心の働きや感情を持つ「有情」の存在であり、「一切衆生悉有仏性」という意味で動物と人間は平等であるという考えが表現されている。

第二集のもう一つの特徴としては、戦争を題材とした作品が挙げられる。これらの作品では、戦争の悲惨さや残虐さを直接的に訴えるのではなく、万物の共存する理想世界を描くことで平和への願いを強調する。例えば「麒麟が郊野にいる」（図版39）では次のように述べられている。

有麟有麟在郊野　（麒麟がいる　麒麟がいる　郊野にいる）

狼額馬蹄善踊躍　（狼の額に馬の蹄をもち　踊躍に優

〔図版39〕「麒麟が郊野にいる」

れている）

不践生草不履虫　（生えた草を踏まず　虫を踏まず）
雖設武備不侵略　（軍備を備えても侵略はしない）
子愷補題(30)

これは『護生画集』第一集に収録された作品「!!!」（図版40）の題詞に添えられた、弘一法師の以下の言葉に由来する。(31)

児時読毛詩『麟跡』章　（幼い時に『詩経』の「麟趾」章を読んだ）
注云——麟為仁獣、不践生草、不履生虫　（その注には次のように記されていた——麒麟は仁獣にして、生えた草を踏まず、生きた虫を踏まず）
余諷其文、深為感嘆　（私はその文を読んで、深く感嘆した）
四〇年来、未嘗忘懐　（四〇年来、未だかつて忘れられない）(32)

第二集の「麒麟が郊野にいる」では、麒麟とそれを指差して微笑む子どもの姿が描かれているのに対し、第一集の「!!!」では、小さな虫を今まさに踏みつけんとする人間の足が大きく描かれている。同様な題材を扱いながら、第一集と第二集

〔図版40〕「!!!」

では内容も、読者に与える印象も完全に異なっている。

第一集と第二集の相異について、夏丏尊は「『護生画集』第二集序言」で以下のように述べている。

> 『護生画集』第一集と第二集には一〇年の隔たりがあり、子愷の作風は次第に自然に近づき、弘一法師もまた、人も書も老成した。二集の内容と趣旨には更に大きな相違がある。第一集で取り上げた境地の多くは、人の心を痛ましめ、最後まで見るに忍びないものであったが、第二集では凄惨で罪過に満ちた場面は一つも無い。そこに表現されているのは、万物が何物にも束縛されることなく、心のままに楽しむという趣旨と、互いに心が通じ合い共感しあうという姿で、本を開くと詩趣が満ち溢れ、これが勧善の書とは信じがたい程である。思うに第一集では虚妄を斥けること、すなわち戒殺に重きが置かれていたが、第二集では正しい道理を明らかにすること、すなわち護生に重きが置かれている。戒殺と護生は、同じ善行の両面である。戒殺が方便となって、はじめて護生が結果となるのである。[33]

こうした変化の要因の一つとして、豊子愷の戦争体験が挙げられる。『護生画集』第二集の絵について豊子愷は、構想は「すべて岩窟に避難している時に思いついたもので、空中の敵から授かったようなものだ」と述べている。豊子愷はまた「動物の臨死の恐怖」を自らも体験したことで、生の意味を更に深く理解し、また衆生平等の意識をいっそう強めたのであった。[34]

次に、さらに決定的な要因として、馬一浮の影響が指摘される。一九三八年一一月に豊子愷は宜山の馬一浮から前述のように「豊子愷に贈る」という詩を贈られ、大いに啓発を受けた。詩にはこう詠われている。

昔有顧愷之、人称三絶才画痴　（かつて顧愷之がいた。人々は彼を才画痴の三絶と称した）[35]

今有豊子愷、漫画高才驚四海　（今は豊子愷がいる。その漫画の高才は四海を驚かせる）（中略）

人生真相画不得、〔君自題其画曰人間相〕（人生の真相を描くことは不可能である。〔君はその画集に『人間相』と題した〕）

（中略）

護生画了画無常　（護生を描き、無常を描いた）

〔護生無常皆君画集名〕（〔『護生』『無常』は、いずれも君の画集の名である〕）（中略）

〔華厳偈云、心如工画師、能出一切相。予毎謂君、三界唯心、亦即三界未画〕[36]（華厳の偈に云う、心は巧みな画師のようで、一切の現象を見事に表出する。私が常々、君に言うように三界にはただ心だけが存在する、またすなわち三界にはただ画のみが存在する）（中略）

君嘗題其画曰人間相　（君はかつてその絵を『人間相』と題した）

其実今之人間、与地獄不別　（しかし実際のところ、現在の世は地獄と変わらない）

予嘗謂君、画師之任、在以理想之美改正現実之悪　（私はかつて君に言った。画師の役目は、理想の美を以て現実の悪を正すことにある、と）

故欲其画諸天妙荘厳相　（故に、君の画が天妙にして荘厳な様相となることを願う）

以彼易此、使大地衆生、転煩悩為菩提　（これを以てそれに変え、大地の衆生を煩悩から菩提へと転じさせる）[37]

即君之画境、必一変至道矣　（すなわち君の画境は必ずや一変し、菩提へと至るであろう）[38]

この詩を読んで感激した豊子愷は、日記に次のように記している。

私の画集『人間相』に描かれているのは、確かに地獄相であって、この世の相ではない。風刺が正道ではないことは自分でもわかっている。しかし、巡り合わせが悪く、この末法の世に生まれ、また生来の性質も劣っており、風刺という邪道から自力で抜け出せずにいる。どれほど悔やみ恥じ入っていることか。昔、弘一法師と居士林で護生画集をともに作成したことを思い出す。私が作成した作品の多くは、世間の惨殺の相で、血が滴り落ち、惨たらしさのあまり、見るに忍びないようなものであった。弘一法師は絵を見る度に眉をひそめて嘆息され、そうではないというお気持ちを示された。ただ「俯いて雀の巣をのぞき見る」[39]（図版41）、「松間の音楽隊」[40]（図版42）、「拾遺」[41]（図版43）などの絵だけは喜ばれ、賛嘆し、満足の意を示された。思うに、弘一法師は馬先生と同じお考えであった。それはつまり「理想の美を以て現実の悪を正す」ということである。しかし私は当時、若気の至りで自分の考えに固執しており、大衆の多くは無知蒙昧であるから、どうしても反面から描いて

〔図版41〕「俯いて雀の巣をのぞき見る」

〔図版42〕「松間の音楽隊」

〔図版43〕「拾遺」

大衆の心を打たねばならず、また頭ごなしに一喝して彼らを警醒せねばならぬと考えていたのである。そのため、残忍な絵の削除に同意しなかった。当時、弘一法師は私を叱責することもなく、そのままにされた。そのため、現在の護生画集の半分は残忍な虐殺の相である。私はこの事を思い出しては心が痛む。今、馬先生のお教えを得て、心は更に戚戚たる思いである。[42]

弘一法師が『護生画集』第一集の作成にあたり、李円浄と豊子愷への手紙で「人の心を感動させるということから言えば、優美な作品は残酷な作品よりも更に深い感動を与えることができる。残酷な作品は一時的に猛烈な刺激を与えうるが、優美な作品には深い味わいがある」と諭したことは前述のとおりである。[43] それはまさに、上述の「理想の美を以て現実の悪を正す」という考えに基づいてのことであった。

第三節　『護生画集』第三集（一九四九年）——国共内戦下での護生思想の成熟

一九三七年末以来、豊子愷は中国各地で避難生活をおくり、一九四六年九月に上海に戻った。しかし当時の上海は、日本占領下当時よりも更に混乱し、無秩序な状態にあった。終戦後、国民党の軍隊と官僚は北京や上海、天津、南京などの都市部に戻ると、それまで日本軍や漢奸の管理下にあった工場や倉庫、交通手段、物資などを悉く接収した。

また、一九四六年の夏に内戦が始まると、国民政府は膨大な赤字財政を補塡するために法幣を無制限に乱発した。その結果、すさまじい勢いでインフレが進行し、一九四七年末には物価は開戦前の一四万五千倍にまで上昇した。原料と運転資金に窮した民族資本工業は次々と倒産し、農業の生産低下もあって、国内には失業者や餓死者があふれた。このような状況下、一九四六年一一月には上海で大暴動が発生し(44)、豊子愷一家は一九四七年三月に上海から杭州へ転居した。

　戦後、豊子愷の念頭にまず浮かんだのは『護生画集』第三集の作成であった。しかし、生活のための仕事や雑務に追われ、その作成は大幅に遅れていた。豊子愷は、弘一法師の紹介で一九三〇年代から文通を続けていたシンガポール在住の広洽法師に宛てた手紙でその遅れを嘆く一方、また『護生画集』の作成は「弘一法師の遺言」なので、必ず第六集まで作成すると誓った(45)。この「遺言」とは、一九三九年に弘一法師から豊子愷に宛てた手紙の次の一節を指す。

> 今年、私は六〇歳を迎える。あなたが護生画集を描くことを引き受けてくれたことに感謝の言葉もない。しかし人の命は無常で、この世での寿命には限りがある。私はあるいは、まもなくこの世を去るかもしれない。しかしこの先も、続けてこの画集を描き（一〇年毎に一集を編み、私が百歳になるまで）第六集まで続けられんことを望む。私が存命ならば、それは祝寿記念と言えよう。この世を去っておれば、冥寿記念（中略）と呼べよう。あるいは、そのほかの名目を立ててもよい。いずれにせよ、更に四集を編み、合わせて六集として世間に広めることができれば、その功徳利益は遍く広きに至る(46)。

この手紙について、豊子愷は「『護生画集』第三集自序」で以下のように紹介している。

> 弘一法師が泉州から手紙を下さり、次のように言われた――「私が七〇歳の時には『護生画集』第三集、計七〇幅を作っていただきたい。八〇歳の時には第四集、計八〇幅、九〇歳の時には第五集、計九〇幅、百歳の時には

第六集、計百幅。ここにおいて『護生画集』の功徳は十分に満ち足りるのである」。（中略）私は返信でこう申し上げた――「寿命の許す限り、必ずお申し付けをお守りいたします」。(47)

前述のように『護生画集』第三集の作成は、常に豊子愷の念頭を離れることは無かった。杭州に落ち着いた一九四七年一二月には作成を始めていたが、戦後の混乱から作成は思うように進んでいなかった。(48)ところが、一九四八年一二月に弘一法師円寂の地を訪れた際、ある居士から上述の自らの返信を見せられ、豊子愷は翌年一月より厦門にて閉門蟄居し、『護生画集』第三集の作成に専念した。こうして、当初の計画からは大幅に遅れたものの、第三集は一九四九年四月に脱稿、一九五〇年二月に上海の大法輪書局から出版された。

前述のすさまじいインフレも『護生画集』の作成が遅れた要因の一つである。インフレにもかかわらず、豊子愷は揮毫料をそのまま据置きにしていたため、機に乗じて絵を求める人が著しく増加し、豊は多忙を極めた。広洽法師に宛てた手紙によると、豊は絵の希望者を減らすため、揮毫料を約三倍に値上げしている。(49)一九四九年一月からは『護生画集』第三集の作成に専念したが、この時期は絵の依頼が来ないように、揮毫料の公表を一時的に停止した。(50)また『護生画集』の作成にかかわる諸経費として、シンガポールやフィリピンの信徒からの浄財が広洽法師を通じて豊に続々と届けられたが、その価値はインフレによって瞬時に暴落した。(51)

また戦後の混乱のなか、豊子愷が安住の地を求めて各地を移動したことも『護生画集』の作成が遅れた要因である。一九四八年九月、章錫琛は台湾の開明書店分店の視察に赴くにあたり、豊子愷に同行を求め、豊は娘の一吟や章錫琛の家族とともに台湾を訪れた。同地には銭歌川や劉甫琴、章克標ら開明書店の友人や教え子も多く、豊は一一月末まで約二ヶ月間滞在した。この間、豊子愷は台湾各地を旅行し、珍しい風俗や景色を写生する一方、台北中山堂で個展を開き、またラジオ講演なども行っている。豊一吟によると、豊子愷の台湾訪問の目的は同地の視察にあり、豊子愷は「天の時、地の利、人の和が合えば、一家を挙げて移住するつもり」であったという[52]。

豊子愷が移住を考えた要因としては、前述の中国国内における政治経済の混乱、そして国民党による弾圧が考えられる。一九四七年五月に共産党組織の指導下、北京や天津、南京、上海などの各地で「反飢餓、反内戦、反迫害」をスローガンとする学生デモ（五・二〇学生運動）が起こると、国民党は軍事警察を投入し、「社会秩序維持弁法」を制定するなど、弾圧政策を取ったのである[53]。

安住の地を求めて訪れた台湾であったが、そこもまた満足のいく場所ではなかった。その理由として、豊一吟は台湾の酒が豊子愷の好みに合わなかったためだと述べている[54]。これも一因ではあろうが、一九四七年の「二・二八事件」以降、台湾全土に張り巡らされた監視や摘発など、国民党の軍事支配と恐怖政治も要因の一つと考えられよう。

その後、中国に戻った豊子愷は厦門への定住を計画し、一九四九年一月には杭州の家族を呼び寄せている。しかし、同地もまた安住の地ではなかった。当時、厦門への移住者が増加したことから、同地の物価が急騰したためである。一例として、人力車を見てみると、一九四九年二月には百元であった代金が、三月には二千元にまで上昇している。今後の生活がどうなるのか、誰にも予想のつかない状況であった。一九四九年一月の北京解放後も、「国内時局の悪化、国共和平交渉の成立の見込みの無さ、各地の物価高騰」は続き、豊子愷は『護生画集』第三集の完成後に上海に戻るか、あるいは香港に行くか、どうにも決めかねていた[55]。

一九四九年四月、豊子愷は香港へと向かった。それは章錫琛の提案に従って、当時香港に滞在していた葉恭綽に『護生画集』第三集の題詞を筆写してもらい、また同地で個展を開いて今後の生活費を得るためであった。香港での目的を果たした後、豊子愷は香港から直接、上海へと戻った。それは一つには、江南出身の豊子愷にとって、四季の別があり、「詩情画意」にあふれる江南の気候や地勢には離れがたい特別な想いがあったからであり、また一つには中共地

〔図版44〕「人之初　性本善」

下党組織によって国民党特務の迫害から保護され、北京で活動していた旧友の葉聖陶の提案に従ったためである(56)。

『護生画集』前二集では、弘一法師が題詞の指導監修にあたったが、法師は一九四二年に逝去し、また弘一法師が自分に代わって監修を依頼した夏丏尊も一九四六年に亡くなったため、第三集では題詞の作成から選択まですべて豊子愷が担当した。第三集の題詞のうち豊子愷の自作の詩は約三割程であるが、そのほとんどが戦争中の実体験や実話である。第三集には、第二集では収録されなかった放生や戒殺を題材とした作品が数幅含まれている。しかしこれらの作品は、第一集のそれとは根本的に異なっている。第一集では動物の殺される様子だけが描かれ、その悲惨さや人間の残酷さが強調されていた。それに対して第三集では、鶏や魚に刃物を向ける人間と、それを阻止しようとする人間の双方が描かれており、人間の本質的な善性や慈悲心に重点が置かれている。

例えば「人之初　性本善」(57)（図版44）と題された絵には、刃物を持って鶏を追いかける大人と、その前に立ちはだかる子どもの姿が対照的に描かれている。この絵には清・周思仁による以下のような戒殺詩が添えられている。

人ヽ愛物ヽ　物ヽ愛生全　（人は万物を愛おしみ　万物は生の全《まった》きを愛おしむ）
鶏見庖人執　驚飛集案前　（鶏は料理人が捕まえようとするのを見て　驚き机の前に飛び集まる）
豕聞屠価售　両涙湧如泉　（豚は屠殺人が売ろうとするのを聞いて　両目から涙が泉のように湧く）
方寸原了ヽ　只為口難言　（心は明瞭である　ただ口に出して言うことは難しい(58)）

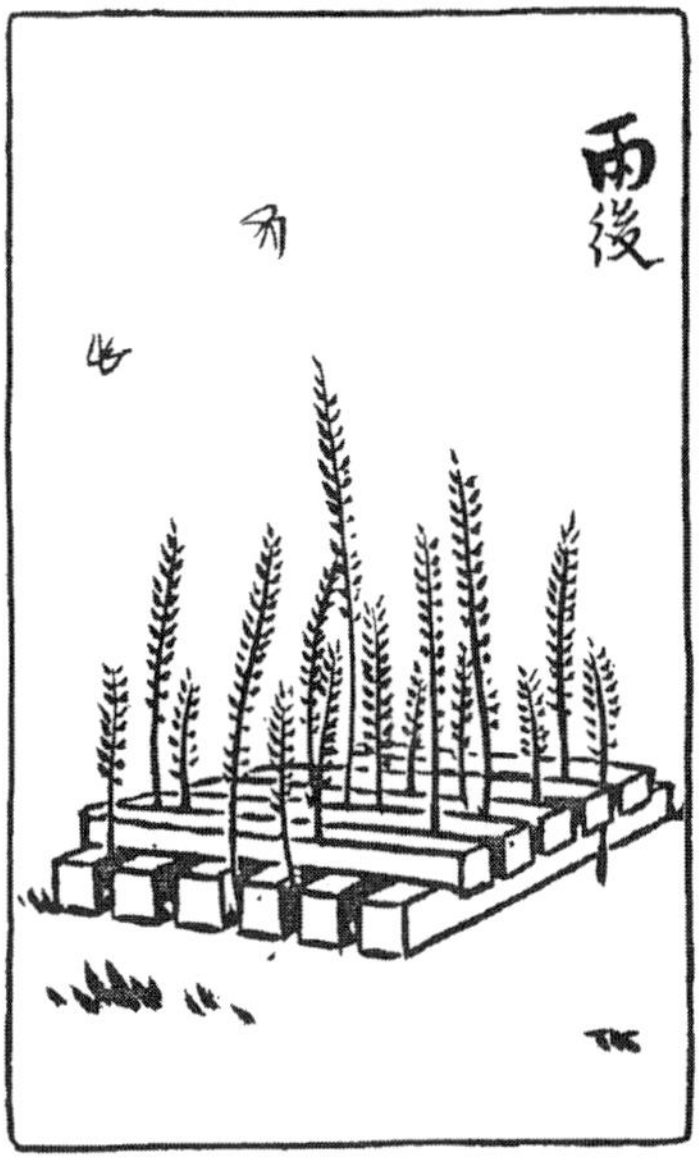

〔図版45〕「雨後」

このような「一切衆生悉有仏性」の考えは、これまでの『護生画集』にも、もちろん見られた。この作品に特徴的なのは、画題「人之初　性本善」が象徴するように、人間の心そのものを対象としている点である。これは第三集全体の特徴とも言える。

そのほかに第三集の特徴としては、戦争に関連した作品が挙げられる。例えば、蜘蛛の網にかかった蝶を助ける女性を描いた作品「独り無言で蜘蛛の網を解き　胡蝶を逃す」には、豊子愷自作の次のような詩が添えられている。

我欲護生物　生物相残殺　（私は生物を護ることを願うが　生物は互いに惨殺し合う）
簷角有蜘蛛　設網啖蝴蝶　（ひさしの角に蜘蛛がおり　網を設けて胡蝶を餌とする）
蝴蝶応解救　蜘蟲不処罰　（胡蝶は逃してやるべきであり　蜘蛛は罰に処さない）
非為有偏心　即此是仁術　（偏った心をもたないこと　これこそが仁術である）
以怨報怨者　相報何時歇　（怨みを以て怨みに報いていては　互いの怨みはいつまでもおさまることがない）
怨恨如連鎖　宜解不宜結　（怨恨は連鎖のようなものである　解くべきであり　結ぶべきではない）(59)

この詩には日中戦争および国共内戦後の平和への願いが象徴的に詠われているが、これは前述の抗戦思想につながるものである。

また自然や自由を賛美する作品も、第三集の特徴である。例えば「雨後」（図版45）と題された作品には、雑草が木材

〔図版46〕「盆栽の連想」

の間から芽を出して成長する姿が描かれている。豊子愷はこのテーマを好み、戦場の砂嚢やブロックなどの隙間から芽を出す雑草の姿を多く描いている(60)。生命とはおよそ無縁な場所で芽を出し、空高く伸びていく植物の姿は、戦乱で疲弊した中国と中国人がこれから再生していくことへの希望であり、また新しい時代への期待の表明であった。

自然への賛美は、換言すると、人工的で不自然なものに対する嫌悪である。以下はその代表作「盆栽の連想」（図版46）の題詞である。

小松植広原　意思欲参天　（小さな松を広い大地に植える　それは天高く聳えて欲しいと願うからである）
移来小盆中　此志永棄捐　（小さな盆に移し来て　この思いを永久に捨て去る）
矯揉又造作　屈曲復摧残　（様々に手をいれて不自然な姿にし　あちらこちらを曲げて痛めつける）
此形甚醜悪　画成不忍看　（その姿は甚だ醜悪で　描いてはみたものの見るに忍びない）(61)

また「冬青《モチノキ》の剪定の連想」（図版47）には、同じ高さに剪定される冬青と、同じく高さを揃えるために頭や首を切り落とされる子どもたちの姿が描かれている。

これらはいずれも、人間が自分たちの勝手な思い込みや都合で事物の本来の姿や自然な状態を変えてしまうこと、そして個性や自由を抑圧する社会や制度に対する批判である。これは、豊子愷が戦前から一貫して主張してきた個性や自由の尊重につながる。

以上のように『護生画集』第三集では、それまでの二集以上に人間の心の問題が重視されている。それは『護生画集』第一集の出版以来、同書に対して「様々な可笑しな非難」をする人々、すなわち前述の曹聚仁ら、「些細なことに拘泥し、大切な道理を知らない」人々に対する反論でもあった(62)。

豊子愷は「『護生画集』第三集自序」に次のように記している。

本集の絵について、「自己矛盾」だと言う人がいる。本書では動物を殺したり、食べたりしないように、そして菜食するようにと勧めている。そして同時にまた、青草を踏み潰さないように、冬青を剪らないように、花の枝を折らないように、小さな松の木を捻じ曲げないようにとも勧めている。これは確かに「自己矛盾」である。植物に対しても護生が必要ならば、野菜も割いてはならず、豆も取ってはならず、米や麦も皆、食べてはならない。それでは人はもう、泥や土、砂や石を食べるしかない！　泥土や砂、石の中にも小さな動植物がいるかもしれず、人はもう餓死するしかない！　かつて私にこう質問した人がいた。私の解答は以下のとおりである。

護生とは護心である（第一集の馬一浮先生の序文の言葉）。残忍な心を取り除き、慈悲心を育て、それからこのような心で人に接し、世に処す。――これが護生の主要な目的である。故に「護生とは護心である」と言うのである。詳しく述べると、護生とは自己の心を護ることであって、

〔図版47〕「冬青の剪定の連想」

動植物を保護することではない。更に詳しく言うならば、動植物を惨殺するという行為は人の残忍な心を育て、その残忍な心を同類の人間に適用させてしまう。故に、護生とは実のところ、人が人として生きるためであって、動植物のためではないのである。(63)

豊子愷はまた、水の中にも無数の微生物や細菌が存在しているのだから、菜食をしたとしても、不徹底で自己欺瞞であると認めた上で、このような自己欺瞞は「決して我々の慈悲心を損なわない、すなわち〝護生〟の主要目的に背かないのだから、それはまさに正当なる〝護生〟である」と述べている。豊子愷はまた植物を採取し、それを食べることは本来、残忍な行為であると言う。なぜならば「天地がこれらの生物を創造した本意は、決して人間に食べてもらうためではない」からである。しかし、人は生きていくためには食べざるを得ず、それは已むを得ないことなので、人はそれを残忍だとは思わない。本人が残忍さを自覚しない限り、慈悲心は損なわれない。したがって『護生画集』で菜食を勧め、同時に植物を傷つけないよう勧めたとしても、それは決して矛盾ではないと豊は説いた。(64)

豊子愷にとって、重視されるべきは行為そのものではなく、その背景にある目的や根拠であり、更にはその際の心の働きであった。それが馬一浮の影響であることは、上述の豊子愷の序文の「護生とは護心である（第一集の馬一浮先生の序文の言葉）」という言葉からもうかがわれよう。『護生画集』第一集の序文の冒頭で、馬一浮は『華厳経』の一節「心如工画師　能出一切相（心は巧みな画師のようで、一切の現象を見事に表出する）」を引用した後、心について次のように述べている。尚、馬一浮は前述の詩「豊子愷に贈る」でも、この一説を引用している。

智者観世間如観画然（智者がこの世を観るのは、あたかも画を観るかのようである）
心有通蔽　画有勝劣（心には通と蔽があり、画には優と劣がある）
憂喜仁暴　唯其所取（憂と喜、仁と暴、それはただ心の取る所のものである）（中略）

故知生則知画矣　知画則知心矣（故に生を知ることはすなわち画を知ること、画を知ることはすなわち心を知ること）

知護心則知護生矣（護心を知ることはすなわち護生を知ることである）(65)

馬一浮は人の境地を決めるのは心であり、それ故にこそ心を護ることが何よりも重要であると説いた。このような教えに基づき、豊子愷も心の働きを最も重視していた。そのため豊は、仏教の教義や道理を理解せず、仏教信仰による果報を求めて迷信的な仏教行為や形式的な礼拝、念仏、菜食を行う「いわゆる仏教を信じる人」を激しく嫌悪した。豊子愷は肉食をしないことや仏教帰依式を受けていることで、彼らから「同志」の扱いを受けることに辟易するとまで述べている。行為それ自体に価値を認めずその行為の背景にある心の働きを重視する豊子愷にとって、菜食や禁酒は仏教の道理からすれば「小事」であったのかもしれない(66)。これもまた、豊が飲酒を再開した理由の一つであろうか。

また、残忍さを自覚しなければ慈悲心は損なわれないという考えは、前述のように仏教の教義としても認められるものである。豊子愷は上述の序文で、菜食主義の提唱者であるバーナード・ショー（Shaw, George Bernard）が、友人に「どうしても動物の肉を食べなくてはいけない場合はどうしたらよいか」と聞かれ、動物に多くの苦痛を与えないように、早く殺せと答えたという逸話を紹介している。この発言はイギリスの菜食主義者の不満をよび、ショーはその失言の故に攻撃されたという。

豊子愷はこのショーの逸話に賛同し、次のように述べている。

私はむしろ、ショーのこの発言はもっともだと思う。なぜならば、私は人を重んじるからである。私が護生を提唱するのは、動物の生命を重視するからではなく、人の生命を重視するからである。（中略）ショーは私よりも更に、人に重きを置いている。〝衆生は平等であり、皆悉く仏性を有する〟のであり、厳粛な仏法理論で言うならば、我々のように人を偏重する思想は仏法に通じているとは言えず、浅薄である。この点については自分でもよくわかっている。しかし私が思うに、仏教が発達せず、盛んにならないのは、その教義があまりにも厳粛で、奥深いため、大きな苦しみを味わったことのない一般衆生にそれを受け入れさせるのが難しいからなのである。(67)

豊子愷は以上のように述べているが、その人間偏重の思想と、仏教の衆生平等思想は決して矛盾対立するものではない。豊の言う人間偏重とは、決して人間が万物や自然を支配するというものではない。豊子愷は人間もまた宇宙を構成する要素の一つであるという考えに基づき、人は万物の長として自然を支配するような傲慢な心を克服することで、初めて万物と共存できると考えていた。豊子愷が人間の心の修養を尊重したのも、このためである。豊子愷は既に一九二〇年代より大同思想に基づく万物の共存を主張してきた。それが戦争体験や馬一浮との交流などを経て、大成されたものが護心思想である。これについてBarméは、豊子愷の生涯を通じて仏教が哲学的・宗教的支えであったとしつつも、一九三〇—一九四〇年代には馬一浮から儒学的影響を受け、それが抗戦期には更に重要な役割を果たしたと指摘している。(68)

確かに前述のように、豊子愷の抗戦期の思想や芸術観には儒教的要素が強く見られ、それが当時、豊子愷が親炙に浴していた馬一浮の影響であることは否定できない。しかし新学制が公布される以前は、父親や親戚の家塾で伝統的教育を受けて育った豊子愷にとって、儒教は幼い時からの素養であったという側面も考慮すべきである。豊子愷が馬一浮から受けた影響は、単に儒教というよりも、むしろ西洋的価値観あるいは西洋哲学に対抗し、中国の伝統的価値観や思想を再評価するための学問と考えることもできよう。

注

（1）豊子愷「関於学校中的芸術科　読《教育芸術論》」『豊文集』第二巻、二二八—二三一頁。

(2) 豊子愷「致夏丏尊」『豊文集』第七巻、三六九頁。
(3) 豊子愷、前掲「教師日記」『宇宙風（乙刊）』第二九期（一九三九年三月一三日）三八頁。
(4) 豊子愷「謝謝重慶」『豊文集』第六巻、一七七頁。
(5) 同上。
(6) 伊藤徳也「デカダンスの精錬　周作人における「生活の芸術」」『東洋文化研究所紀要』第一五二冊、二〇〇七年一二月、一二四頁、一三〇―一三五頁。
(7) 豊子愷「子愷随筆（四）」『一般』一九二七年二月号、二六三頁。
(8) 豊子愷「子愷随筆（三）」、同上『一般』二一七頁。
(9) 豊子愷「赤心国」『豊文集』第六巻、二八四―三〇〇頁（初出は『論語』第一三四期、一九四七年八月一日）。同様な内容で発表された作品として「明心国」『天津民国日報』一九四七年九月二二日、連載漫画「明心国」『亦報』一九五〇年七月開始（『漫画全集』第七巻、二〇〇一年、二三五―二六六頁）などがある。また同作品は、豊子愷の童話集『博士見鬼』（児童書局、一九四八年）にも収録されている。
(10) 同上、二〇九頁。
(11) 同上、三〇〇頁。
(12) 豊子愷「従孩子得到的啓示」『豊文集』第五巻、一二二―一二四頁。
(13) 豊子愷「児女」『豊文集』第五巻、一一四頁。
(14) 『大乗起信論』とは、如来蔵思想の系統にたつ大乗仏教の論書で、大乗仏教の中心思想を理論と実践の両面から要約する。「一心二門三大」を綱格とする。「一心」とは衆生心を、「二門」とは「一心」を見る二つの見方で、「心真如門（永遠相、本質界）」と「心生滅門（現実相、現象界）」をいう。また「三大」とは「体（本体）、相（様相）、用（作用）」である。これらは「真如」のあり方を指す。
(15) 平川彰『佛典講座二二　大乗起信論』大蔵出版、一九八二年、六九―八〇頁。

(16) 豊子愷、前掲「告母性」七七頁。
(17) 豊子愷「美与同情」『豊文集』第二巻、五八四頁。
(18)『孟子』「離婁章句下一二」の「孟子曰、大人者、不失其赤子之心者也」(孟子が言われた。大人《たいじん》(大徳の人と言われる程の人物)は、いつまでも赤子のような純真な心を失わずに持っているものだ」)という一節に由来。前掲『孟子(下)』七三―七四頁。
(19) 豊子愷、前掲「送阿宝出黄金時代」四四六―四五〇頁。また豊陳宝によると、彼女が一一歳の頃、豊子愷が子どもたちを連れて、当時住んでいた嘉興から上海へ遊びに行く予定の日に満州事変が起こり、大人たちの相談の結果、上海行きは一旦中止となったが、陳宝が泣いたため、豊子愷は子どもたちの気持ちを優先して、結局上海へ出かけたという。豊陳宝「阿宝哭了」、鐘桂松・葉瑜孫編、前掲『写意豊子愷』二五〇―二五一頁。
(20) 藤井省三「魯迅とアンデルセン　児童の発見とその思想史的意義」『伊藤漱平教授退官記念中国学論集』汲古書院、一九八六年、八四一―八六五頁。
(21) 河原和枝『子ども観の近代　『赤い鳥』と「童心」の理想』中央公論社(中公新書)、一九九八年、一九四―一九六頁。
(22) 柄谷行人『日本近代文学の起源』講談社(文芸文庫)、一九八八年、一六六―一六七頁、一八五―一八六頁。
(23) 李叔同「致李円浄　一七」(一九三九年)『弘一全集』第八冊、三八四頁。
(24) 李叔同「致李円浄　一五」(一九三九年旧一一月二四日)同上、三八三頁。
(25) 李叔同「致豊子愷　一二一」(一九三九年七月三日)同上、三七三頁。
(26) 李叔同「致豊子愷　一三二」(一九三九年一二月一二日)同上、三七四頁。李叔同「致李円浄　一三」(一九三九年端陽後二日)同上、三八三頁。『護生画集』全六集の出版年度はそれぞれ一九二九年、一九四〇年、一九五〇年、一九六〇年、一九六五年、一九七九年である。尚、第一、二集の作成に関係した弘一法師、夏丏尊、李円浄がそれぞれ一九四二年、一九四六年、一九四九年に死去したため、第三集以降は題詞の書写以外はすべて豊子愷が一人で担当した。
(27) 豊子愷「『護生画集』第二集代跋」『漫画全集』第一一巻、一九九九年、四五七頁。李叔同「『護生画集』第二集題後」同上、四五六頁。

(28) 第二集の題詞全六〇篇のうち、明らかに豊子愷作と考えられるものが二七篇あり、そのほかに豊子愷あるいは弘一法師の筆名とされる「即仁」作の題詞が五篇ある。「即仁」は、弘一法師の弟子劉質平による、弘一法師の筆名一覧（劉質平「弘一承認史略」、余渉編『漫憶李叔同』浙江文芸出版社、一九九八年、一〇九頁）、羅尉宣『中国現代文学作者筆名録』（湖南文芸出版社、一九九八年、二四九頁）によると、弘一法師を指す。しかし、『豊文集』第七巻にも、『護生画集』第二集の「即仁」作の題詞が二篇収録されている。豊子愷は学名を豊仁（一九〇三年より豊潤、一九一一年より豊仁）といい、即仁が豊子愷である可能性も否定できない。

(29) 豊子愷「中秋同楽会」『漫画全集』第五巻、二〇〇一年、五四頁。同書に収録された『護生画集』第二集は上海開明書店、一九四〇年初版本である。尚、原文中の「蠕動飛沈」は具体的には「動物、鳥、虫、魚」を指す。

(30) 豊子愷「麟在郊野」同上、一一二頁。「麟在郊野」の出典は『荀子』哀公（第三一）である。

(31) 『詩経国風』「周南　麟之趾」を指す。

　麟之趾、振振公子、于嗟麟兮。麟之定、振振公姓、于嗟麟兮。麟之角、振振公族、于嗟麟兮（麒麟の足よ、そのように恵み深い若君たちよ、ああ麒麟よ。麒麟の額よ、そのように恵み深い殿様の曾孫たちよ、ああ麒麟よ。麒麟の角よ、そのように恵み深い殿様の一族たちよ、ああ麒麟よ）。

訳文は、吉川幸次郎『詩経国風（上）』岩波書店、一九五八年、五七―五九頁を参照した。

(32) 豊子愷「!!!」『漫画全集』第五巻、二〇〇一年、一〇頁。

(33) 夏丏尊「『護生画集』第二集序言」『漫画全集』第一一巻、一九九九年、四五三頁。

(34) 李円浄「『護生画集』第二集跋」『漫画全集』第一一巻、一九九九年、四五八頁。

(35) 顧愷之は「才絶、画絶、痴絶」の三絶を備えると言われていた。才絶は文章の才能が極めて優れていることを指す。また痴絶とは顧愷之が老荘思想に傾倒し、奇行逸事に富んでいたことをいう。

(36) 馬一浮「贈豊子愷」は、「教師日記」に収録されたものと、『馬一浮集』に収録されたものでは、漢字や句読点などに多少違いが見られる。ここでは豊子愷「教師日記」版による。上記原文のうち、傍線を施した「未画」は、『馬一浮集』版では「唯画」となっており、意味的にも「未画」は誤りと考えられるため、訳文では「唯画」にしたがった。
(37) サンスクリット語の bodhi の音書「菩提」は、漢訳では「智」、「覚」、「道」とも訳される。悟りの智慧を意味する。
(38) 豊子愷、前掲「教師日記」『宇宙風（乙刊）』第一九期（一九三八年一一月一四日）八〇八―八〇九頁。文中の〔　〕は馬一浮による。
(39)「雀巣可俯而窺」『漫画全集』第五巻、二〇〇一年、三一頁。題詞は『荀子・哀公篇』「烏鵲之巣可俯而窺」に由来する。
(40) 原文は「種来松樹高於屋、借与春禽養子孫」――「松間の音楽隊」の題詞（明・葉唐夫の詩）。同上、三二頁。
(41) 原文は「憐蛾不点灯」――「拾遺」の題詞（宋・蘇軾の詩）。同上、四四頁。
(42) 豊子愷、前掲「教師日記」『宇宙風（乙刊）』第一九期（一九三八年一一月一四日）八〇九頁。尚、引用箇所のうち、「昔、弘一法師と居士林で護生画集をともに作成したことを思い出す」以降、『護生画集』に関する記述は、『教師日記』（万光書局、一九四六年）では削除されている。
(43) 釈弘一、前掲「致李円浄　四」（一九二八年旧暦八月二一日）『弘一全集』第八冊、三七八頁。
(44) 小島晋治・丸山松幸『中国近現代史』岩波新書三三六、岩波書店、二〇〇一年、一九〇―一九一頁。
(45) 豊子愷「致広洽法師　八」（一九四八年一月二八日）『豊文集』第七巻、一九五頁。
(46) 釈弘一「致豊子愷　二三」（一九三九年一二月一二日）『弘一全集』第八冊、三七四頁。
(47) 豊子愷「護生画三集自序」『豊文集』第　四巻、四二三頁。
(48) 豊子愷「致広洽法師　六」（一九四七年一二月一五日）『豊文集』第七巻、一九四頁。
(49) 豊子愷「致広洽法師　一二」（一九四八年五月一三日）同上、一九八頁。
(50) 豊子愷「致王鳳池　二」（一九四九年一月二六日）同上、四六四頁。
(51) 豊子愷「致広洽法師　一三」（一九四八年八月一四日）同上、一九九頁。
(52) 豊一吟「豊子愷在台湾的日子」、鐘桂松・葉瑜孫編、前掲『写意豊子愷』三一三―三一四頁。

(53) 小島晋治・丸山松幸、前掲『中国近現代史』一九一頁。
(54) 豊一吟、前掲「豊子愷在台湾的日子」三一四頁。
(55) 豊子愷「致広洽法師　一八」(一九四九年二月一日)、「同　二〇」(一九四九年三月二六日)『豊文集』第七巻、二〇三―二〇四頁。
(56) 盛興軍主編『豊子愷年譜』青島出版社、二〇〇五年、四四五頁。
(57) 『三字経』の第一段「人之初　性本善　性相近　習相遠(人は生をうけた当初、その性質は本来、善である。本来の性質は相似かよったものであるが、習慣によって遠く隔ってしまう)」の一節。
(58) 「人之初　性本善」『漫画全集』第五巻、二〇〇一年、一四〇頁。尚、同書に収録された『護生画集』第三集は上海大法輪書局、一九五〇年初版本である。
(59) 「独立無言解蛛網　放他胡蝶一只飛」同上、一六九頁。
(60) 例えば、「戦地之春」(陳星・朱暁江編『幾人相憶在江楼　豊子愷的抒情漫画』山東画報出版社、一九九八年、九一頁)、「生命力」(豊一吟編『豊子愷精品画集』古籍出版社、二〇〇二年、一三三頁)など。
(61) 「盆栽連想」『漫画全集』第五巻、二〇〇一年、一八〇頁。
(62) 豊子愷、前掲「一飯之恩　避寇日記之一」二八―二九頁。
(63) 豊子愷、前掲「護生画三集自序」四二四―四二五頁。
(64) 同上、四二五頁。
(65) 馬一浮「『護生画集』序」(一九二八年八月)、『馬一浮集　第二冊』浙江古籍出版社、一九九六年、二五頁。
(66) 豊子愷、前掲「仏無霊」七〇六―七〇七頁。
(67) 豊子愷、前掲「護生画三集自序」四二六―四二七頁。
(68) Barmé, op. cit., p175.

終章

本書では豊子愷の中華民国期の活動と思想について論じたが、自由主義の擁護と啓蒙という豊の姿勢はその後も、生涯にわたって貫かれた。一九四九年に中華全国文芸界代表大会の代表に選出されて以来、豊は政治への参加を余儀なくされ、一九五八年には全国政治協商会議委員、一九六〇年には上海中国画院院長や中国対外文化協会上海分会副会長などに任命された。新中国建国後は、豊子愷もほかの多くの作家と同様に創作は著しく減少し、日本語やロシア語の翻訳が活動の中心となった。しかし、その自由を擁護する姿勢は変わらず、一九五六年の「百花斉放・百家争鳴」に際しては「多様性の統一」であるとして高く評価し、自由な発言を行っている。

一九五〇年代後半、中国では宗教界への政治的干渉に加えて、出版物への検閲や統制も始まり、『護生画集』のような作品は制作それ自体が困難な状況となった。しかし、豊はシンガポールの広洽法師の支援の下、様々なカモフラージュをしながら『護生画集』第四―六集（一九六〇、一九六五、一九七三年）の作成を続け、シンガポールや香港で出版した。作成にあたって最も困難を極めたのは、文革開始以降に作成された第六集である。

文革期、豊子愷は「反動学術権威」、「反共老手」、「反革命黒画家」などのレッテルを貼られ、その作品は「毒草」、「黒画」であるとして他人への譲渡や販売は無論のこと、制作までもが禁止された。一九六六年当時、豊子愷は中国画院院長の職にあったため、翌年からは画院内の「牛棚」に幽閉され、多くの知識人と同様に様々な批判や攻撃にさらされた。一九六九年の秋から冬には、上海市郊外の港口曹行人民公社に下放されている。しかし、これらの批判や攻撃によって豊子愷が精神的に追い詰められたのは、文革開始後の極めて初期の間だけであった。
末娘の豊一吟の回想によると、文革開始当初は豊子愷も状況が把握できず、かなり緊迫した様子であったが、ある日を境に豊はすべてを冷静に傍観するようになり、常に泰然自若の態度を崩さず、どのような無情な批判闘争にも、残酷な試練にも全く動じなくなったという。傍観の態度を決めてからは、豊にとって「牛棚」は参禅の場となり、批判闘争は演技となった。上海美術学校に監禁された折には薬と称して家族に酒を運ばせ、監禁された仲間と楽しむ程であった(1)。如何なる時、如何なる状況においても平然と過ごし、しかもその中に楽しみを見出す。それはまさに、豊子愷の言うところの「自得其楽（分に甘んじて自分自身の楽しみを得ること）」の姿勢である。文革期にも、豊子愷は自らの提唱した「生活の芸術」を実践してみせたのである。

文革は豊子愷の精神生活には影響を及ぼしえなかったが、健康は徐々に蝕まれていった。特に下放以降は持病の肺が悪化したため、肺炎と結核の療養を理由に、自宅に戻ることが許された。これは豊にしてみれば、まさに「因禍得福」であった。一九六六年以降、豊子愷は早朝のひとときを利用して、秘密裏に散文や漫画の創作を楽しんでいたが、下放中や監禁生活ではこの創作活動が思うように実行できなかったからである。『護生画集』第六集もこのような時間を利用して作成された。豊子愷はこの時間を利用して、ほかにも『竹取物語』のような日本の古典小説や、日本人仏教学者の湯次了栄著『大乗起信論新釈』などを翻訳し、そこに生活の楽しみを見出していた。

民国期、なかでも特に抗戦期には豊子愷の提唱する生活の芸術論や護心思想は理想主義的、現実逃避的であるとして批判された。芸術や宗教、精神性を賛美する豊の思想が、国難の時代に現実離れした理想主義であるとして批判されたのも無理のないことであった。しかし、豊子愷はこのような時代にも散文や漫画を通じて、「生活の芸術」を提唱し、それを実践して見せた。文革期は、個人が攻撃の対象とされるという点において、民国期や抗戦期よりも更に過酷な時代であったといえよう。しかしそれにもかかわらず、豊が「生活の芸術」を実践しつづたのは、豊の護心思想が確固たるものとなっていたからである。そして、また生活の中に小さな楽しみや面白みを見出さずには、生きる価値を見出すことができなかったからかもしれない。

一九九〇年代以降、豊子愷の漫画や散文は中国内外で再評価され、再び人気を博している。これは何を意味しているのだろうか。中国では一九七八年から生産責任制が導入され、農業部門や国有企業の改革、対外開放政策などによる経済の自由化・市場化が推進された。その結果、一九八〇年代には万元戸と称される農民が出現するなど農村経済が成長し、農村部と都市部の経済格差は縮小した。ところが一九九〇年代には、対外開放政策の影響で東部沿岸地域の経済が著しく発展し、これらの地域と西部内陸地域や、同一地区内の都市と農村などの格差が拡大した。このような経済格差および、それに端を発する様々な歪みはその後も悪化する一方である。

かつて豊子愷は、精神文明が不十分なままに物質文明だけが発展することを危惧し、物質文明は精神文明の基礎の上に発展すべきであると説いた。一九三〇年代の上海で、豊子愷が警鐘をならした事態は現在も変わっておらず、むしろ悪化の一途を辿っているかのようである。そして、こうした事態は決して中国だけの問題ではなく、大量生産と大量消費に支えられた近代資本主義社会すべてに共通する喫緊の問題である。豊はまた精神文明を司るのは、真善美のうち善と美、すなわち倫理と芸術であり、物質文明を司るのは真、すなわち科学であると述べた。現代は言わば科学が万能視され、倫理や芸術の意味が問われる時代である。そのような時代であるからこそ、我々は現在、豊子愷の主張に改めて耳を傾けようとしているのではないだろうか。

注

（1）豊一吟等『豊子愷伝』浙江人民出版社、一九八三年、一六五―一六六頁。

年　表

1880	李叔同	誕生
1897	李叔同	天津俞氏と結婚。童生の資格で天津県儒学試験を受験
1898	豊子愷	誕生
	李叔同	戊戌の政変に際して、上海へ移住。上海で城南文社に参加
1900	李叔同	上海書画公会を結成
1901	李叔同	南洋公学特班に入学し、蔡元培に師事
1902	李叔同	郷試受験、不合格
1905	李叔同	母王氏逝去。日本に留学（～1911）
1906	李叔同	東京美術学校西洋画撰科に入学。春柳社を結成
	豊子愷	父（豊鐄）逝去
1911	李叔同	帰国、天津へ
1912	李叔同	天津から上海へ、浙江両級師範（翌年、第一師範学校と改称）に奉職
1914	豊子愷	浙江省立第一師範学校に入学
1918	李叔同	出家（法名釈演音、号弘一）
1919	豊子愷	徐力民と結婚。浙江省立第一師範学校を卒業。呉夢非・劉質平と上海専科師範を創設、中華美育会を結成
1921	豊子愷	文学研究会に参加。日本に留学（～同冬）。帰国後、春暉中学に奉職。漫画の創作を開始
1925	豊子愷	匡互生・朱光潜らと立達中学（同年、立達学園と改称）を創設。『苦悶の象徴』を翻訳出版。『文学週報』に「子愷漫画」を掲載。最初の漫画集『子愷漫画』を出版
1926	章錫琛	開明書店を設立
1927	豊子愷	弘一法師による仏教帰依式（法名嬰行）
1929	豊子愷 弘一法師	『護生画集』第一集作成

1930	豊子愷	母（鐘雲芳）逝去。髭を蓄え始める
1931	豊子愷	最初の随筆集『縁縁堂随筆』を出版
1933	豊子愷	故郷石門湾に縁縁堂を建築
1936	豊子愷	中国文芸家協会に参加
1937	豊子愷	家族と内地に疎開、浙江を経て江西へ
1938	豊子愷	江西から湖南、湖北を経て広西へ。桂林師範学校にて講義
1939	豊子愷	広西から貴州へ。広西浙江大学にて講義
1939	豊子愷 弘一法師	『護生画集』第二集（『護生画続集』）作成
1940		日本にて『縁縁堂随筆』（吉川幸次郎訳、創元社）出版
1942	豊子愷	貴州省から四川省へ
	弘一法師	逝去
1946	豊子愷	四川省から陝西省、河南省、湖北省、江蘇省、上海を経て浙江省へ
1948	豊子愷	台湾視察
1949	豊子愷	『護生画集』第三集作成
1953	豊子愷	上海市文史研究館館務委員に選出
1954	豊子愷	中国美術家協会常務理事、上海美術家協会副主席に選出
1956	豊子愷	上海市人民代表に選出
1957	豊子愷	上海市政協委員、上海外文学会理事に選出
1958	豊子愷	第三回全国政協委員に選出
1960	豊子愷	上海中国画院の院長に選出。『護生画集』第四集作成
1962	豊子愷	上海美術家協会主席に選出。『源氏物語』の翻訳開始（65年完成）
1965	豊子愷	『護生画集』第五集作成
1973	豊子愷	『護生画集』第六集作成
1975	豊子愷	逝去

参考文献目録

日本語文献

秋山清『夢二は旅人　未来に生きる詩人画家』毎日新聞社、一九七八年。

『竹久夢二』紀伊国屋書店、一九七九年。

阿部次郎『人格主義』岩波書店、一九二二年。

荒井健編『中華文人の生活』平凡社、一九九四年。

晏妮「二〇世紀初頭、上海における中国教育会の設立　とくに日本との関係を中心に」『人間文化研究科年報（奈良女子大学大学院人間文化研究科）』第二七号、二〇一二年。

五十嵐正一『中国近世教育史の研究』、国書刊行会、一九七九年。

飯塚容他編著『文明戯研究の現在　春柳社百年記念国際シンポジウム論文集』東方書店、二〇〇九年。

池上惇『生活の芸術化　ラスキン、モリスと現代』丸善株式会社、一九九三年。

石井漠『私の舞踊生活』大日本雄弁会講談社、一九五一年。

石橋財団ブリヂストン美術館他編『結成一〇〇年記念　白馬会　明治洋画の新風』日本経済新聞社、一九九六年。

板垣鷹穂『表現と背景』改造社、一九二四年。

板谷俊生「萌芽期の話劇と上海の学校とのかかわり」『北九州市立大学国際論集』第五号、二〇〇七年三月。

伊藤徳也「民族主義ふたたび　周作人の排日と「溥儀出宮」事件」『東洋文化』第七四号、東洋文化研究所、一九九四年三月。

「小品文作家周作人の誕生と雨の日の心象風景　「自分の畑」から「雨天の書」まで」『東洋文化』第七七号、一九九七年三月。

「芸術の本義　周作人「生活の芸術」の構造（一）」『転形期における中国の知識人』汲古書院、一九九九年。

「周作人の日本『生活の芸術』と倫理的主体」『日本を意識する』講談社、二〇〇五年。

「林語堂の自己形成　初期の文化意識を中心に」『従林語堂研究看文化的相融／相涵国際学術研討会論文集』林語堂故居、二〇〇七年。

「『生活之芸術』的幾個問題　参照周作人的「頽廃」和倫理主体」『魯迅研究月刊』二〇〇七年第五期（総三〇一期）、魯迅博物館、二〇〇七年五月。

「デカダンスの精錬　周作人における「生活の芸術」」『東洋文化研究所紀要』第一五二冊、二〇〇七年一二月。

『「生活の芸術」と周作人　中国のデカダンス＝モダニティ』勉誠出版社、二〇一二年。

上田閑照・柳田聖山『十牛図　自己の現象学』筑摩書房、一九八四年。

上野浩道『芸術教育運動の研究』風間書房、一九八一年。

碓井嶺夫「大正期の公教育と芸術教育の思想　片上伸の「文芸教育論」を中心に」、教育史学会紀要編集委員会編『日本の教育史学』（復刻版）第十集、文生書院、一九六七年。

内山完造『上海霖語』大日本雄弁会講談社、一九四二年。

『上海汗語』華中鉄道総裁室広報室、一九四四年。

『花甲録』岩波書店、一九六〇年。

江川佳秀「川端画学校沿革」『近代画説』第一三号、二〇〇四年一二月。

榎本泰子『上海オーケストラ物語　西洋人音楽家たちの夢』春秋社、二〇〇六年。

汪向栄著、竹内実他訳『清国お雇い日本人』朝日新聞社、一九九一年。

大熊信行『社会思想家としてのラスキンとモリス』論創社、二〇〇四年。

尾崎左永子『竹久夢二抄』平凡社、一九八三年。

小野耕世「魯迅の小説のさし絵を描いた豊子愷」『月刊しにか』二巻一一号、一九九一年一一月。

小野忍「豊子愷『教師日記』」『中国文学雑考』大安社、一九六七年。

五十殿利治『観衆の成立　美術展・美術雑誌・美術史』東京大学出版会、二〇〇八年。

金谷治訳注『大学・中庸』岩波書店（岩波文庫）、一九九八年。

『論語』岩波書店（岩波文庫）、二〇〇四年。

鎌田茂雄『中国仏教史』第六巻、東大出版会、一九九九年。

柄谷行人『日本近代文学の起源』講談社（文芸文庫）、一九八八年。

河原和枝『子ども観の近代　『赤い鳥』と「童心」の理想』中央公論社（中公新書）、一九九八年。

菊池敏夫『民国期上海の百貨店と都市文化』研文出版、二〇一二年。

木之内誠編著『上海歴史ガイドマップ』大修館書店、二〇〇〇年。

木村昌一「燕帰人未帰」『東方』二一〇号、一九九八年八月。

木山英雄「周作人　思想と文章」、東京大学文学部中国文学研究室編『近代中国の思想と文学』大安、一九六七年。

『周作人「対日協力」の顚末』岩波書店、二〇〇四年。

葛谷登「林語堂『開明英文文法』考」『一橋論叢』第一二二巻二号、一九九九年。

工藤貴正「任白濤『恋愛論』と夏丏尊『近代的恋愛観』について」『大阪教育大学紀要』第Ⅰ部門、第五〇巻第一号、二〇〇一年八月。

厨川白村『厨川白村全集』全六巻、改造社、一九二九年。

高婷『近代中国における音楽教育思想の成立　留日知識人と日本の唱歌』慶応義塾大学出版会、二〇一〇年。

国民文庫刊行会編『礼記』（国訳漢文大成・経子史部第四巻）、国民文庫刊行会、一九二一年。

五島茂編『ラスキン　モリス』（世界の名著四一）、中央公論社、一九七一年。

後藤宣代「グローバリゼーションと文化・芸術　『生活の芸術化』の発展諸段階と二一世紀への展望」『経済科学通信』No.一〇五、二〇〇四年八月。

小林勝人訳注『孟子（上・下）』岩波書店（岩波文庫）、一九九六年。

小山慶太『漱石とあたたかな科学　文豪のサイエンス・アイ』講談社（学術文庫）、一九九八年。

嵯峨隆他『中国アナキズム運動の回想』総和社、一九九二年。

坂井洋史「一九二〇年代の中国アナキズム運動と巴金」、多摩「新青年」読書会編『猫頭鷹』創刊号、一九八三年。

「山鹿泰治と中国　『たそがれ日記』に見る日中アナキストの交流」、同上『猫頭鷹』第二号、一九八三年。

「巴金と福建泉州　黎明高級中学、平民中学のことなど」、同上『猫頭鷹』第五号、一九八六年。

「五四時期の学生運動断面　『陳昌標日記』に見る〝一師風潮〟」『言語文化』第二六号、一九八九年。

坂井洋史・嵯峨隆『原典　中国アナキズム史料集成　別冊』緑蔭書房、一九九四年。

阪口直樹『中国現代文学の系譜　革命と通俗をめぐって』東方書店、二〇〇四年。

坂元ひろ子「章炳麟の個の思想と唯識仏教　中国近代における万物一体論の行方」『思想』七四七号、一九八六年九月。

「楊文会　「自ら度い、人を度う」社会救済を志向した清末仏教徒」『月刊しにか』七巻一二号、一九九六年一二月。

『李叔同（弘一法師）の思想　馬一浮の思想との関連および豊子愷の芸術への影響を中心に』（文部省科研費報告書、未公刊）、一九九七年二月。

『連鎖する中国近代の〝知〟』研文出版、二〇〇九年。

桜林仁『生活の芸術　芸術心理学の立場』誠信書房　一九六二年。

佐藤忠男『大衆文化の原像』岩波書店（同時代ライブラリー）、一九九三年。

沢本香子「書家としての呉檮」『清末小説』第三二号、二〇〇九年一二月一日。

島津四十起編『上海案内　第一一版』日本堂書店、一九二七年。

自由仏教懇話会『世界の仏教』竹頭社、一九八七年。

昭和女子大学近代文学研究室「厨川白村」『近代文学研究叢書』第二二巻、一九七二年。

周作人著、木山英雄訳『日本談議集』平凡社、二〇〇二年。

周作人著、松枝茂夫他訳『魯迅の故家』筑摩書房、一九五五年。

末木文美士・曹章祺『現代中国の仏教』平河出版社、一九九六年。

瀬戸宏『中国話劇成立史研究』東方書店、二〇〇五年。

銭理群著、岡田英樹訳「五四文学の覚醒とその後の選択」『野草』第四七号、一九九一年。

総合佛教大辞典編集委員会『総合佛教大辞典』法蔵館、一九八七年。

反町茂雄『紙魚の昔がたり　明治大正篇』八木書店、一九九〇年。

『一古書肆の思い出』平凡社、一九九八年。

多賀秋五郎『近代中国教育史資料　民国編中』日本学術振興会、一九七四年。

高岩とみ『火宅の母の記』新潮社、一九七八年。

高楠順次郎編集『大正新脩大蔵経』第九巻（法華部全・華厳部上）、大正一切経刊行会、一九二五年。

『大正新脩大蔵経』第一〇巻（華厳部下）、大正一切経刊行会、一九二五年。

高崎直道『「大乗起信論」を読む』岩波書店、一九九一年。

高階秀爾「竹久夢二　港屋絵草紙店」、丸谷才一編『言論は日本を動かす⑩風俗を変革する』講談社、一九八五年。

高橋律子『竹久夢二　社会現象としての〈夢二式〉』ブリュッケ、二〇一〇年。

竹内実編『中国近現代論争年表　上（一八四九―一九八九）』、『同下（一八九五―一九四八）』同朋舎出版、一九九二年。

竹中労『聞書・庶民列伝　牧口常三郎とその時代・衆生病む（三）』潮出版社、一九八六年。

竹久夢二『夢二画集　春の巻』洛陽堂、一九一〇年。

谷崎潤一郎『初昔　きのふけふ』創元社、一九四二年。

玉川信明『中国アナキズムの影』三一書房、一九七四年。

陳凌虹「中国の早期話劇と日本の新劇　春柳社と民衆戯劇社を中心に」、川本皓嗣・上垣外憲一編『一九二〇年代東アジアの文化交流』思文閣出版、二〇一〇年。

土屋英雄『現代中国の信教の自由　研究と資料』尚学社、二〇〇九年。

鶴見俊輔「大正期の文化」『岩波講座　日本歴史一九現代二』岩波書店、一九六八年。

鶴見俊輔編集・解説『大衆の時代』（現代人の思想七）、平凡社、一九七〇年。

デザイン史フォーラム『アーツ・アンド・クラフツと日本』思文閣出版、二〇〇四年。

東京芸術大学百年史刊行委員会編『東京芸術大学百年史　東京美術学校篇』第二巻、ぎょうせい、一九九二年。

湯麗敏「中国の児童教育と児童文学の発展における周作人の役割」『富山国際大学　国際教養学部紀要』第二巻、二〇〇六年三月。

常盤大定『支那仏教史蹟記念集』仏教史蹟研究会、一九三一年。

中島隆博「新儒家と仏教　梁漱溟、熊十力、牟宗三」『思想』第一〇〇一号、二〇〇七年九月。

中野光『大正自由教育の研究』黎明書房、一九七六年。

中村元他『岩波仏教辞典』岩波書店、二〇〇八年。

中山義弘「五四運動期における『新しき村』の試み」『北九州大学外国語学部紀要』第四〇号、一九七九年。

夏目漱石「草枕」『漱石全集』第三巻、漱石全集刊行会、一九三六年。

成實朋子「中華人民共和国建国前夜の少年雑誌『開明少年』と葉聖陶」、大阪教育大学国語国文学研究室編『学大国文』第四七号、二〇〇四年。

西槇偉「上海開明書店と立達学園　五四以後の新文化運動と日本」（修士論文、東京大学大学院超域文化科学専攻比較文学比較文化コース）、未公刊、一九九二年。

「漫画と文化　豊子愷と竹久夢二をめぐって」『比較文学』第三六巻、一九九三年。

「中国新文化運動の源流　李叔同の『音楽小雑誌』と明治日本」『比較文学』第三八巻、一九九五年。

「豊子愷の中国美術優位論と日本　民国期の西洋美術受容」『比較文学』第三九巻、一九九六年。

「ゴッホは文人画家か　豊子愷のゴッホ観」『比較文学研究』第七〇号、一九九七年。

「東アジアから見た西洋近代美術　民国期の西洋美術受容と日本」『日本研究』第二六集、二〇〇二年。

「豊子愷とゴッホ　ゴッホ作品を通しての伝統再発見」『日本研究』第二九集、二〇〇四年。

『中国文人画家の近代　豊子愷の西洋美術受容と日本』思文閣出版、二〇〇五年。

「響き合うテキスト　豊子愷と漱石、ハーン」『日本研究』第三三集、二〇〇六年。

「響き合うテキスト（二）　豊子愷の『帯点笑容（ちょっと笑ってください）』と漱石の『硝子戸の中』（二）」『日本研究』第三四集、二〇〇七年。

「響き合うテキスト（三）異国の師の面影　豊子愷の「林先生」と漱石の「クレイグ先生」、魯迅の「藤野先生」」『日本研究』第三六集、二〇〇七年。

日本美術年鑑編纂部『日本美術年鑑』画報社、一九一〇年。

野沢豊・田中正俊編『辛亥革命　講座中国近現代史』第三巻、東京大学出版会、一九七八年。

樋口長一等合著『八大教育思潮』大日本学術協会、一九二二年。

姫田光義他編『中国近現代史』上下巻、東京大学出版会、一九八六年。

平川彰『佛典講座二二　大乗起信論』大蔵出版、一九七三年。

平川彰他編『講座　大乗仏教』第一〇巻、春秋社、一九八五年。

藤井省三「魯迅とアンデルセン　児童の発見とその思想史的意義」『伊藤漱平教授退官記念中国学論集』汲古書院、一九八六年。

『エロシェンコの都市物語』みすず書房、一九八九年。

『中国文学この百年』新潮社、一九九一年。

『魯迅「故郷」の読書史』創文社、一九九七年。

『二〇世紀の中国文学』放送大学教育振興会、二〇〇五年。

藤澤房俊『「クオーレ」の時代　近代イタリアの子供と国家』筑摩書房、一九九三年。

豊子愷著、吉川幸次郎訳『縁縁堂随筆』創元社、一九四〇年。

堀田真紀子「生活の芸術化　ジョン・ラスキンの経済学を手がかりにして」『大学院国際広報メディア研究科・言語文化部紀要』四七巻、二〇〇四年。

本田秋五郎『近代中国教育史資料　民国編上』日本学術振興会、一九七三年。

本間久雄『生活の芸術化』東京堂、一九二五年。

前田利昭「瞿秋白と左連　『第三次文学革命』と『文芸大衆化』に関する主張を中心として」『東洋文化』第五二号、一九七二年三月。

増井敬二『浅草オペラ物語　歴史、スター、上演記録の全て』芸術現代社、一九九〇年。

丸尾常喜「左連前期における文芸大衆化の問題」『東洋文化』第五二号、一九七二年三月。

「魯迅と想像力の問題　『麻木』と『隔膜』を破るもの」『北海道大学文学部紀要』三〇―二（五〇）一九八二年。

丸山昇「中国現代文学におけるキリスト教　魯迅と蕭乾の場合」、丸山昇・大木昭男共編『民族・宗教と世界文学』桜美林大学国際学研究所研究シリーズ第五号、創樹社、二〇〇一年一〇月号。

丸山昇・伊藤虎丸・新村徹編『中国現代文学事典』東京堂出版、一九八五年。

溝口雄三・丸山松幸・池田知久『中国思想文化事典』東京大学出版会、二〇〇一年。

水川隆夫『漱石と落語』彩流社、一九八六年。

向川幹雄『日本近代児童文学史研究Ⅲ　大正の児童文学』児童文学研究年報、第一二号、兵庫教育大学向川研究室、二〇〇一年。

村田雄次郎編『「婦女雑誌」からみる近代中国女性』研文出版、二〇〇五年。

柳田聖山・梅原猛共著『仏教の思想七　無の探求〈中国禅〉』角川出版社、一九九七年。

山根幸夫「厳修の『東游日記』」、古典研究会編『汲古』第三〇号。

山辺進「随鷗吟社の創立に就いて　明治後期に於ける漢詩結社の活動」『二松学舎大学東アジア学術総合研究所集刊』第三六号、二〇〇六年三月。

楊暁文「竹久夢二の影を出て　豊子愷と竹久夢二」『東方学』第八八輯、一九九四年。

「芸術教育者としての豊子愷　中国の芸術教育史におけるその位置づけをめぐって」『滋賀大学教育学部紀要人文科学・社会科学・教育科学』第四五号、一九九五年。

「豊子愷の翻訳　その『源氏物語』訳について」『東方学』第九三輯、一九九七年。

『豊子愷研究』東方書店、一九九八年。

「豊子愷と厨川白村　『苦悶の象徴』の受容をめぐって」『日本中国学会報』第五七号、二〇〇五年。

湯山土美子「魯迅と子ども　『児子』・『孩子』・『子』・『子女』について」、東京都立大学人文学部『人文学報』第二一三号、一九九〇年。

湯山トミ子「母子分離を超えて　二人の眉間尺・黒い男・母性」『現代中国』第七四号、二〇〇〇年。

吉岡義豊『現代中国の諸宗教　民衆宗教の系譜』佼成出版社、一九七四年。

吉川榮一『蔡元培と近代中国』中国近現代文学研究会、二〇〇一年。

「中華民国初期の蔡元培と魯迅」、熊本大学文学会『文学部論叢』第七四号、二〇〇二年三月。

吉川健一「豊子愷の芸術　竹久夢二の影響をうけた中国近代漫画の鼻祖」『アジア遊学』第一六号、二〇〇〇年五月号。

吉川幸次郎『詩経国風（上）』岩波書店、一九五八年。

吉田紹欽他監修『仏教大事典』小学館、一九八八年。

吉田千鶴子『近代東アジア美術留学生の研究　東京美術学校留学生史料』ゆまに書房、二〇〇九年。

吉田光他編『近代日本社会思想史Ⅱ』有斐閣、一九七一年。

ラスキン・ジョン著、澤村寅二郎訳『美術と文学』（原著　Ruskin, John "Modern Painters" Vol. III）、有朋堂書店、一九一三年。

陸偉榮「豊子愷と竹久夢二　模倣から生まれた独特の絵画世界」『月刊しにか』一二巻六号、二〇〇一年六月号。

陸偉榮『中国近代美術史論』明石書房、二〇一〇年。

李沢厚著、坂元ひろ子他訳『中国の文化心理構造　現代中国を解く鍵』平凡社、一九八九年。

劉建雲『中国人の日本語学習史　清末の東文学堂』学術出版会、二〇〇七年。

林語堂著、喜入虎太朗訳『中国の知的ライフ・スタイル』青銅社、一九七九年。

林語堂著、合山究訳『自由思想家・林語堂　エッセーと自伝』明徳出版社、一九八二年。

林語堂著、阪本勝訳『生活の発見』創元社、一九三八年。

林語堂著、鋤柄治郎訳『中国文化と思想』講談社（学術文庫）、一九九九年。

林語堂著、新居格訳『我国土・我国民』豊文書院、一九三八年。

林語堂著、山田和男訳『開明英文文法　表現の科学』文建書房、一九八一年。

楼宇烈著、坂元ひろ子訳「中国近代仏学の振興者　楊文会」『東洋学術研究』二五巻一号、一九八六年五月。

魯迅『魯迅全集』全二〇巻、学習研究社、一九八四―一九八六年。

若江得行『上海生活』大日本雄弁会講談社、一九四二年。

〔筆者不明〕

「清国人洋画に志す」『国民新聞』明治三九年一〇月四日。

『東京美術学校校友会月報』第三巻第三号（明治三七年一二月二三日）。

『随鷗集』第二二編、随鷗吟社。

『みづゑ』五〇号、一九〇九年五月。

JACAR（アジア歴史資料センター）Ref.B 02130227500、「清国傭聘本邦人名表　明治四二年一二月―四三年五月調査」（B-政―一六）、外務省外交史料館。

中国語文献

巴金『随想録』北京・生活・読書・新知三聯書店、一九八七年。
　『巴金全集』全二六巻、北京・人民文学出版社、一九八六―一九九四年。
北京師範大学校史資料室編『匡互生与立達学園』北京・北京師範大学出版社、一九八五年。
畢克官「憶子愷老師　記念豊子愷先生逝世四周年」『新文学史料』一九七九年五期、一九七九年一一月。
　『漫画的話与画　百年漫画見聞録』北京・中国文史出版社、二〇〇二年。
　『中国漫画史話』天津・百花文芸出版社、二〇〇五年。
畢養賽主編『中国当代理学大師馬一浮』上海・上海人民出版社、一九九二年。
蔡建国編『蔡元培先生紀念集』北京・中華書局、一九八四年。
蔡元培『蔡元培自述』台北・伝記文学出版社、一九六七年。
　『蔡元培全集』全一八巻、中国蔡元培研究会編、杭州・浙江教育出版社、一九九七―一九九八年。
曹布拉『命運的二重奏　弘一大師与劉質平』杭州・西泠印社出版社、二〇〇一年。
　『李叔同　弘一大師研究一百年』北京・方志出版社、二〇〇五年。
曹布拉主編『弘一大師芸術論』杭州・西泠印社出版社、二〇〇〇年。
曹聚仁「李叔同」『人間世』第八期、一九三四年七月二〇日。
　「数月来的繁感（一）―（三）」『少年先鋒』第二期、一九三八年三月五日。

「数月来的繁感（四）、（五）」『少年先鋒』第三期、一九三八年三月二〇日。
「一飯之仇」『社会日報』一九三九年四月二三日。
『我与我的世界　曹聚仁回想録（修訂版）』北京・生活・読書・新知三聯書店、二〇一一年。
曹永玓「〝墨水瓶〟事件的前前後後」『檔案与史学』二〇〇三年第二期。
陳安湖『中国現代文学社団流派史』武昌・華中師範大学出版社、一九九七年。
陳慧剣『弘一大師伝（修訂新版）』台北・東大図書公司、一九九〇年。
『弘一大師論』台北・東大図書公司、一九九六年。
陳浄野『李叔同学堂楽歌研究』北京・中華書局、二〇〇七年。
陳科美主編『上海教育近代史』上海・上海世紀出版集団・上海教育出版社、二〇〇三年。
陳明遠『文化人与銭』天津・百花文芸出版社、二〇〇〇年。
陳漱渝・李文儒主編『葉聖陶日記』太原・山西教育出版社、一九九八年。
陳思和「試論九〇年代文学的無名特徴及其当代性」、章培恒・陳思和編『開端与終結　現代文学史分期論集』上海・復旦大学出版社、二〇〇二年。
陳望道編『小品文和漫画』上海・上海書店、一九八一年。
陳暁虎「留日学生与上海美専」『中国書画』二〇一〇年第一期。
陳孝全『朱自清伝』北京・北京十月文芸出版社、一九九一年。
陳星「豊子愷与李叔同交往始末」『明報』二四巻六号、一九八九年六月。

「《源氏物語》的両個中訳本」『明報』二四巻一〇号、一九八九年一〇月。
「豊子愷与魯迅二題」『魯迅研究月刊』九六期、一九九〇年四月。
『閒話豊子愷』台北・世界文物出版社、一九九一年。
『功徳円満　護生画集創作史話』台北・業強出版社、一九九四年。
『白馬湖作家群』杭州・浙江文芸出版社、一九九八年。
『君子之交　弘一大師、馬一浮、夏丏尊、豊子愷交遊実録』北京・中国友誼出版公司、二〇〇〇年。
『豊子愷新伝　清空芸海』太原・北岳文芸出版社、二〇〇一年。
『天心月圓・弘一大師』済南・山東画報出版社、二〇〇一年。
『品茗説弘一　弘一大師与文化名流』杭州・西泠印社出版社、二〇〇一年。
『豊子愷年譜』杭州・西泠印社出版社、二〇〇一年。
『随縁自在』大連・大連出版社、二〇〇一年。
『李叔同』武漢・湖北人民出版社、二〇〇二年。
『白馬湖畔話弘一』台北・東大図書公司、二〇〇二年。
『弘一大師考論』杭州・浙江人民出版社、二〇〇二年。
『中国現代文化名人小伝叢書　李叔同』武漢・湖北人民出版社、二〇〇二年。
『豊子愷漫画研究』杭州・西泠印社出版社、二〇〇四年。
『芸術人生　走近大師・李叔同』杭州・西泠印社出版社、二〇〇四年。
『芸術人生　走近大師・豊子愷』杭州・西泠印社出版社、二〇〇四年。

『人文白馬湖』北京・方志出版社、二〇〇四年。

『弘一大師在浙江』北京・方志出版社、二〇〇五年。

『李叔同身辺的文化名人』北京・中華書局、二〇〇五年。

『李叔同西湖出家実証』杭州・杭州出版社、二〇〇八年
陳星編『我看弘一大師』杭州・浙江古籍出版社、二〇〇三年。

陳星編著『豊子愷』武漢・湖北美術出版社、二〇〇二年。

陳星・陳浄野・盛秧「従〝湖畔〟到〝江湾〟 立達学園、開明書店与白馬湖作家群的関係」『浙江海洋学院学報（人文科学版）』第二四巻第二期、二〇〇七年六月。

陳星・趙長春編著『弘一大師影集』済南・山東画報出版社、二〇〇〇年。

陳星編著、豊子愷画『都会之春 豊子愷的詩意漫画』北京・生活・読書・新知三聯書店、二〇〇三年。

陳星・朱曉江編著、豊子愷画『幾人相憶在江楼 豊子愷的抒情漫画』済南・山東画報出版社、一九九八年。

陳学恂・田正平編『中国近代教育史資料滙編 留学教育』上海・上海教育出版社、一九八一年。

陳野『縁縁堂主 豊子愷伝』杭州・浙江人民出版社、二〇〇三年。

陳玉堂『中国近現代名号大辞典』杭州・浙江古籍出版社、二〇〇五年。

陳遠寧『中国仏教与宋明理学』長沙・湖南人民出版社、二〇〇二年。

陳正書「黄炎培与穆藕初 近代企業界与教育界携手奮闘之典範」『史林』一九九七年第二期。

出版史料編集部編『章錫琛先生誕辰一百周年紀念文集』一九九〇年。（出版社に関する記載なし。）

雛振環『二〇世紀上海翻訳出版与文化変遷』南寧・広西教育出版社、二〇〇〇年。

丁秀娟『感悟豊子愷』上海・東華大学出版社、二〇〇四年。
『豊子愷護生画新伝』上海・東華大学出版社、二〇〇五年。
杜苕『弘一大師伝　空寂中的永恒』太原・北岳文芸出版社、二〇〇一年。
杜衛編『中国現代人生芸術化思想研究』上海・三聯書店、二〇〇七年。
苑興華編『豊子愷自叙』北京・団結出版社、一九九六年。
方愛龍『殷紅絢彩　李叔同伝』上海・上海書画出版社、二〇〇二年。
方愛龍主編『弘一大師新論』杭州・西泠印社出版社、二〇〇〇年。
方愛龍編著『弘一大師書法伝論』杭州・西泠印社出版社、二〇〇一年。
豊陳宝・豊一吟『爸爸的画』全四集、香港・三聯（香港）有限公司、二〇〇〇―二〇〇一年。
豊華瞻「《豊子愷散文選集》編後随感」『明報』一七巻三号、一九八二年。
「豊子愷与馬一浮」『明報』一七巻一一号、一九八二年。
「豊子愷最後幾年的著述活動」『明報』二三巻八号、一九八八年。
「豊子愷与詩詞」『明報』二四巻二号、一九八九年。
豊一吟『瀟洒風神　我的父親豊子愷』上海・華東師範大学出版社、一九九八年。
豊一吟他『豊子愷伝』杭州・浙江人民出版社、一九八三年。
豊子愷「使芸術偉大的真的性質」『東方雑誌』第二〇巻第四号、一九二三年二月二五日。
『護生画集』弘一法師題字・豊子愷作画、光明社、一九三〇年。
『縁縁堂随筆』上海・開明書店、一九三一年。

「東方文庫続編　中国美術在現代芸術上的勝利（東方雑誌社三十週年紀念刊）」（筆名、嬰行）、王雲五・李聖五主編『東方芸術与西方芸術』上海・商務印書館、一九三三年。
『護生画集』弘一法師題字・豊子愷作画、飛鵬芸術社、一九三四年。
『護生画集』弘一法師題字・豊子愷作画、中国保護動物会、一九三四年。
「文言画」『人間世』第一期、一九三四年四月五日。
「疤」『人間世』第八期、一九三四年七月二〇日。
「労者自歌」『良友』半月刊、第九三期、一九三四年九月一日。
「労者自歌」『人間世』第一四期、一九三四年一〇月二〇日。
「一九三四年我所愛読的書籍」『人間世』第一九期、一九三五年一月五日。
「間」『人間世』第二〇期、一九三五年一月二〇日。
「縁縁堂随筆　無常之慟」『宇宙風』半月刊、第九期、一九三六年一月一六日。
「縁縁堂随筆　記東京某音楽研究会中所見」『宇宙風』半月刊、第一〇期、一九三六年二月一日。
「実行的悲哀」『宇宙風』半月刊、第一一期、一九三六年二月一六日。
「林先生」『宇宙風』半月刊、第一二期、一九三六年三月一日。
『近代二大楽聖的生涯与芸術』上海・亜東図書館、一九三六年。
「中華民国万々歳！」『少年先鋒』第三期（一九三八年三月二〇日）。
「決心」『少年先鋒』第四期、一九三八年四月五日。
「愛護同胞」『少年先鋒』第五期、一九三八年四月二〇日。

「慶祝勝利」同上。
「我們自己的飛機」同上。
「一飯之恩」『少年先鋒』第六期、一九三八年五月五日。
「仁者無敵歌」同上。
「戦乱中的作家音訊　豊子愷由湘抵桂」『文匯報』（世紀風）一九三八年八月九日。
『縁縁堂再筆』上海・開明書店、一九三八年。
『車箱社会』上海・良友復興図書印刷公司、一九三九年。
「教師日記」『宇宙風（乙刊）』第一七期─第三〇期、一九三九年一一月─一九四〇年一〇月。
『護生画集正続合刊』上海・大法輪書局、一九四一年。
『縁縁堂随筆』上海・開明書店、一九四二年。
『教師日記』上海・万光書局、一九四六年。
『率真集』、銭君匋主編、上海・万葉書店、一九四六年。
『漫画的描法』上海・開明書店、一九四六年。
『子愷漫画全集之三　学生相』上海・開明書店、一九四六年。
『子愷漫画全集之五　都市相』上海・開明書店、一九四九年。
『楊柳』香港・上海書局、一九六一年。
『子愷漫画全集』香港・華実出版社、一九七六年。
「回憶李叔同先生」『新文学史料』一九七九年五期、一九七九年一一月。

『縁縁堂集外遺文』、盧瑋鑾（筆名、明川）編、香港・問学社、一九七九年。
『豊子愷散文選集』、豊華瞻等編、上海・上海文芸出版社、一九八一年。
『縁縁堂随筆集』、豊一吟編、杭州・浙江文芸出版社、一九八三年。
『率真集』上海・上海書店、一九八八年。
『豊子愷遺作』、夏宗禹編、北京・華夏出版社、一九八八年。
『豊子愷散文選集』、葛乃福等編、天津・百花文芸出版社、一九九一年。
『豊子愷集外文選』、殷琦編、上海・上海三聯書店、一九九二年。
『豊子愷文集　第一―四巻（芸術巻一―四）』、『同　第五―七巻（文学巻一―三）』、豊陳宝・豊一吟編、杭州・浙江文芸出版社・浙江教育出版社、一九九〇―九二年。
『護生画集』、弘一法師題字・豊子愷作画福建省・広化寺仏経流通処、一九九六年、非売品（無料配布）。
『豊子愷随筆精編』、豊一吟編、杭州・浙江文芸出版社、一九九九年。
『護生画集』全二巻、弘一法師題字・豊子愷作画、沈慶均・楊小玲主編、北京・中国友誼出版公司、一九九九年。
『周作人豊子愷児童雑事詩図箋釈』、周作人著・豊子愷画・鐘叔河箋釈、北京・中華書局、一九九九年。
『豊子愷漫画全集』全一六巻、豊陳宝等編、北京・京華出版社、一九九九年。
『豊子愷漫画全集』全九巻、豊陳宝等編、北京・京華出版社、二〇〇一年。
『豊子愷漫画魯迅小説集』、肖振鳴編、福州・福建教育出版社、二〇〇一年。
『豊子愷漫画選釈』、盧瑋鑾（筆名、明川）編著、香港・三聯書店（香港）有限公司、二〇〇一年。

『護生画集』香港・天地図書有限公司、二〇〇一年。
『芸術趣味』、豊陳宝校訂、長沙・湖南文芸出版社、二〇〇二年。
『西洋画派十二講』、豊陳宝校訂、長沙・湖南文芸出版社、二〇〇二年。
『芸術与人生』、豊陳宝校訂、長沙・湖南文芸出版社、二〇〇二年。
『西洋名画巡礼・建築講話』、豊陳宝・楊子耘校訂、長沙・湖南文芸出版社、二〇〇二年。
『豊子愷精品画集』、豊一吟編、上海・古籍出版社、二〇〇二年。
『縁縁堂随筆』杭州・浙江人民出版社・浙江教育出版社、二〇〇二年。
『豊子愷古詩新画』、史良昭・丁如明解読、上海・上海古籍出版社、二〇〇二年。
『縁縁堂随筆』、陸宗寅編選、香港・三聯書店（香港）有限公司、二〇〇四年。
『豊子愷童話』桂林・広西師範大学出版社、二〇〇四年。
『子愷漫画』、聶作平・陳暁堯編著、成都・四川少年児童出版社、二〇〇四年。
戈宝権「憶抗日戦争期間的馮乃超同志」、李偉江編『馮乃超　研究資料』西安・陝西人民出版社、一九九二年。
龔書鐸『中国近代文化概論』北京・中華書局、一九九七年。
谷流・彭飛編著『弘一大師談芸録』鄭州・河南美術出版社、二〇〇〇年。
顧建建・杜玲瓏「蔡元培在南洋公学」『檔案与史学』一九九八年第六期。
郭長海「李叔同和一九〇二年浙江郷試　林子青『弘一大師新譜』拾補之一」『杭州師範学院学報』一九九八年第二期。
郭長海・金菊貞「李叔同和南社」『杭州師範学院学報』一九九九年第五期。
何莫邪（Harbsmeier, Christoph）著、張斌訳『豊子愷　一個有菩薩心腸的現実主義者』済南・山東画報出版社、二〇〇五年。
侯剛・雲復主編『匡互生和立達学園』北京・北京師範大学出版社、一九九三年。
胡慶鈞「豊子愷先生在浙大」『宇宙風』乙刊題九期、一九三九年七月一日。
胡瑞香「童心未泯的護花使者　葉聖陶、氷心、豊子愷児童文学叙事模式比照」『河南機電高等専科学校学報』第一三巻第一期、二〇〇五年一月。
黄愛華「李叔同早期戯劇活動考論」『戯劇芸術』二〇〇一年第三期。
黄江平『豊子愷　文苑丹青一代師』上海・上海教育出版社、一九九九年。
霍軍「怎様〝介入〟」『読書』一九九四年一〇月号。
吉田千鶴子著、韓玉志他訳『東京美術学校的外国学生』香港・天馬出版有限公司、二〇〇四年。
吉少甫主編『中国出版簡史』上海・学林出版社、一九九一年。
琚鑫圭・童富勇・張守智編『中国近代教育史資料滙編　実業教育　師範教育』上海・上海教育出版社、一九九四年。
姜丹書「浙江五十余年芸術教育史料」『新美術』一九八五年第三期。
金梅「世紀之初滬上文壇的〝天涯五友〟」『文史知識』一九九九年第一〇期。
『李叔同影事』天津・百花文芸出版社、二〇〇五年。
経亨頤著、張彬編『経亨頤教育論著選』北京・人民教育出版社、一九九三年。
経亨頤『経亨頤日記』杭州・浙江古籍出版社、一九八四年。
開明書店編印『全国出版物総目録』上海・開明書店、一九三五年。
柯霊「拭去無知的唾沫」（筆名、陳浮）『文匯報』（世紀風）一九三八年八月一九日。

「拭沫之余」（筆名、陳浮）『文匯報』（世紀風）一九三八年九月二日。
『柯霊文集（第四巻）』上海・文匯出版社、二〇〇一年。
鯤西「憶『中学生』」『読書』一九七九年第九号。
李桂林・戚名琇・銭曼倩編『中国近代教育史資料滙編　普通教育』上海・上海教育出版社、一九九五年。
李莉娟選編『李叔同詩文遺墨精選』北京・中国文聯出版社、二〇〇三年。
李明山主編『中国近代版権史』開封・河南大学出版社、二〇〇三年。
李平書・穆藕初・王暁籟『李平書七〇自叙　穆藕初五〇自述　王暁籟述録』上海・上海古籍出版社、一九八九年。
李叔同『李叔同説仏』西安・陝西師範大学出版社、二〇〇四年。
『弘一法師日記三種』虞坤林編、太原・山西古籍出版社、二〇〇六年。
李向平『救世与救心　中国近代仏教復興思潮研究』上海・上海人民出版社、一九九三年。
李沢厚『中国現代思想史論』北京・東方出版社、一九八七年。
李真波「強扭的瓜不甜　評説『児童雑事詩図箋釈』」『書屋』二〇〇七年第五期。
連桂「二一四　夏丏尊的処世与教人」『萌芽月刊』第一巻第四期、一九三〇年。
梁啓超『清代学術概論（共学社史学叢書　中国学術史第五種）』北京・商務印書館、一九二一年。
『飲氷室合集　専集』第三冊、上海・中華書局、一九三六年。
林語堂『林語堂名著全集』長春・東北師範大学出版社、一九九四年。
『生活的芸術』北京・中国戯劇出版社、一九九五年。
林語堂著、越裔訳『生活的芸術』出版地不明・世界文化出版社、一九四〇年。

林語堂等作『文人画像』上海・金星出版社、一九四七年。
林子青編著『弘一法師年譜』北京・宗教文化出版社、一九九五年。
劉晨「弘一大師与福州鼓山庋蔵古経考述」、弘一大師・豊子愷研究中心編『如月清涼　第三届弘一大師研究国際学術会議論文集』北京・中国広播電視出版社、二〇一〇年。
柳亜子『南社紀略』上海・開華書局、一九四〇年。
劉英『豊子愷』武漢・湖北人民出版社、二〇〇二年。
劉葉秋「好花時節不閑身　憶豊子愷先生」一九八一年、全国政治協商会議文史資料委員会編『中華文史資料文庫一五巻　文化教育編』北京・中国文史出版社、一九九六年。
劉正偉「論豊子愷散文的漫画化手法」『上海師範大学学報』一九九二年三期、一九九二年九月。
劉志華「〝同情〟与宗白華的〝芸術化人生〟」『理論学刊』第三期（総第一四五期）二〇〇六年三月。
劉宗周『人譜類記』台北・広文書局、一九七一年。
林素幸著、陳軍訳『豊子愷与開明書店』西安・太白文芸出版社、二〇〇八年。
楼適夷「懐念夏丏尊先生」『出版史料』第四期、一九八五年一二月。
盧瑋鑾「豊子愷早期絵画所受的影響」（筆名、明川）『波文』第一巻第一期、一九八四年八月。
「本在人間的豊子愷」『香港文縦　内地作家南來及其文化活動』香港・華漢文化事業公司、一九八七年。
「青年的導航者　従《中学生》談到《中国学生週報》」『香港故事　個人回憶与文学思考』香港・牛津大学出版社、一九九六年。
魯迅『魯迅全集』全一六巻、北京・人民文学出版社、一九八一年。

羅成琰「論豊子愷散文的仏教意蘊」『湖南師範大学社会科学学報』一九巻六期、一九九〇年一一月。

羅尉宣『中国現代文学作者筆名録』長沙・湖南文芸出版社、一九八八年。

馬鏡泉・趙士華『馬一浮評伝』南昌・百花洲文芸出版社、一九九三年。

馬一浮『馬一浮集』全三巻、杭州・浙江古籍出版社、一九九六年。

　『復性書院講録』済南・山東人民出版社、一九九八年。

　『泰和宜山会語』沈陽・遼寧教育出版社、一九九八年。

眉睫「児童文学五代人与『豊子愷童話』」『中国図書評論』二〇〇五年第三期。

孟令兵『老上海文化奇葩　上海仏学書局』上海・上海人民出版社、二〇〇三年。

聶振斌「朱光潜的美育思想及其時代特徴」『求是学刊』一九九八年第四期。

欧陽予倩『自我演戯以来』北京・中国戯劇出版社、一九五九年。

欧陽文彬「『中学生』憶旧」『読書』一九七九年第九号。

潘弘輝『夕陽山外山　弘一大師李叔同的俗家生活伝記』北京・中国友誼出版公司、二〇〇一年。

潘文彦『豊子愷先生年表』出版＝シンガポール・広洽、発行＝香港・時代図書有限公司、一九七九年。

潘文彦他「豊子愷伝（一）―（三）」『新文学史料』一九八〇年二―四期、一九八〇年八・一〇・一一月。

　「豊子愷伝（四）」、同上、一九八一年一期、一九八一年二月。

彭飛「林風眠与国立芸術院的創建」『美術観察』二〇〇四年第七期。

彭慶遐・劉維叔編『中国民主党派歴史人物』北京・北京燕山出版社、一九九二年。

銭君匋「流亡途中」『少年先鋒』一九三八年三月二〇日。

「冷門　鉄筆」『文匯報』一九五七年一月三日。
銭理群・温儒敏・呉福輝著『中国現代文学三十年（修訂本）』北京・北京大学出版社、一九九八年。
丘桑主編『禅灯夢影（民国奇才奇文系列　李叔同巻）』北京・東方出版社、一九九八年。
秦啓明「沈心工年譜（一八七〇―一九四七）」『南京芸術学院学報（音楽与表演版）』一九八八年第一期。
柔石「二三　豊子愷君底飄然的態度」『萌芽月刊』第一巻第四期、一九三〇年。
上海交通大学校史編纂委員会編『上海交通大学紀事　一八九六―二〇〇五（上・下巻）』上海・上海交通大学出版社、二〇〇六年。
商金林『葉聖陶伝論』合肥・安徽教育出版社、一九九五年。
『葉聖陶年譜長編』全四巻、北京・人民教育出版社、二〇〇四―二〇〇五年。
商務印書館編『商務印書館九十年　我和商務印書館　一八九七―一九七八』北京・商務印書館、一九八七年。
上海市政協文史資料委員会・上海大学図書館合編『上海文史資料選輯　豊子愷年譜（二〇〇三年第三期、総第一〇八輯　上・下）』上海・上海市政協文史資料編集部出版、二〇〇三年。
上海図書館編『老上海漫画図志』上海・上海科学技術文献出版社、二〇一〇年。
勝復『馬一浮思想研究』北京・中華書局、二〇〇一年。
『一大儒宗　馬一浮伝』杭州・杭州出版社、二〇〇五年。
盛興軍主編『豊子愷年譜』青島・青島出版社、二〇〇五年。
石暁楓『白馬湖畔的輝光　豊子愷散文研究』台北・秀威資訊科技股分有限公司、二〇〇七年。
石一寧『豊子愷与読書』済南・明天出版社、一九九七年。

釈大恩『律宗大義』成都・巴蜀書社、二〇〇四年。
釈弘一『弘一大師法集』全六巻、蔡念生彙編、台北・新文豊出版公司、一九九九年。
『弘一大師全集』全一〇巻、『弘一大師全集（修訂版）』編集委員会編、福州・福建人民出版社、二〇一〇年。
釈印光著述・張育英校注『印光法師文鈔（修訂版）』全三巻、北京・宗教文化出版社、二〇〇三年。
司馬長風『中国新文学史』全三巻、香港・昭明出版社、一九七五・七六・七八年。
『中国現代散文精華』香港・一山書屋有限公司、一九八〇年。
舒新城編『中国近代教育史資料　上冊』北京・人民教育出版社、一九六一年。
宋雲彬「開明旧事　我所知道的開明書店」『文史資料選輯』第三一期。
宋雲彬等注釈『開明活葉文選注釈』上海・開明書店、一九三一年。
蘇学文『豊子愷漫画品読』南京・江蘇教育出版社、一九九九年。
孫海林「夏丏尊教育実践与教育思想研究」『湖南第一師範学報』第三巻第二期、二〇〇三年六月。
孫継南編著『中国近現代音楽教育史紀年　増訂本（一八四〇―二〇〇〇）』済南・山東教育出版社、二〇〇四年。
孫滌霊「我所認識的豊子愷」『明報』二四巻一〇号、一九八九年一〇月。
孫岩編著『李叔同的仏語禅心』北京・中国長安出版社、二〇〇五年。
所大火「立達学会及其事業」『一般』創刊号、一九二六年九月。
湯次了栄、豊子愷訳『大乗起信論新釈』上海・上海仏学書局、二〇〇一年、非売品（無料配布）。
湯志鈞「一百年前的〝蘇報案〟」『史林』二〇〇三年第二期。
湯志鈞・陳祖恩編『中国近代教育史資料滙編　戊戌時期教育』上海・上海教育出版社、一九九五年。

譚桂林『二〇世紀中国文学与仏学』合肥・安徽教育出版社、一九九九年。
滕復『一代儒宗　馬一浮伝』杭州・杭州出版社、二〇〇五年。
童富勇「中国教育会与晩清革命風潮」『教育評論』一九九〇年第三期。
汪家明編著『仏性文心　豊子愷』北京・中国青年出版社、一九九四年。
王朝聞「我們需要児童画　重読《子愷画集》所感」『人民日報』一九五一年三月二五日。
「再論多様統一」『美術』一九五五年八月号。
王成「豊子愷与《旅宿》的翻訳」『中華読書報』二〇〇一年一月三日。
王栄多編著『清末民初文人叢書　釈演音』北京・中国文史出版社、一九九八年。
王薇佳・康志傑「震旦大学与聖約翰大学之比較」『曁南史学』二〇〇四年。
王知伊「開明書店紀事」『出版史料』第四期、一九八五年一二月。
王知伊編著『開明書店記事』太原・書海出版社、一九九一年。
王中秀「『西洋画法』　李叔同的訳述著作」『美術研究』二〇〇七年第三期。
王中秀・茅子良・陳輝編著『近現代金石書画家潤例』上海・上海画報出版社、二〇〇四年。
呉禾『仏心与文心　豊子愷』済南・山東画報出版社、一九九八年。
夏丏尊『平屋之輯』（『夏丏尊文集』第一巻）杭州・浙江人民出版社、一九八三年。
『文心之輯』（同上　第二巻）杭州・浙江文芸出版社、一九八三年。
『訳文之輯』（同上　第三巻）杭州・浙江文芸出版社、一九八四年。
熊月之主編『上海名人名事名物大観』上海・上海人民出版社、二〇〇五年。

熊月之・周武主編『聖約翰大学史』上海・上海人民出版社、二〇〇七年。
徐半梅「李叔同先生的一個特点」『文匯報』一九五七年一月七日。
徐春雷『豊子愷漫画与故郷風情』北京・中国文聯出版社、二〇〇五年。
徐国源『中国文化巨人叢書八　豊子愷』台北・国家出版社、二〇〇二年。
徐型『豊子愷文学創作研究』奎屯・伊犁人民出版社、一九九九年。
徐正綸編著『弘一大師詩詞全解』台北・東大図書公司、二〇〇二年。
許欽文「郁達夫　豊子愷」、林語堂等作『文人画像』上海・金星出版社、一九四七年。
「魯迅和陶元慶」『新文学史料』一九七九年第二期。
「豊子愷先生雑記」『許欽文散文集』杭州・浙江文芸出版社、一九八四年。
厳修撰、武安孝・劉玉敏点注『厳修東遊日記』天津・天津市人民出版社、一九九五年。
厳修自訂、高凌雯補、厳仁曾増編『厳修年譜』北京・斉魯書社、一九九〇年。
姚全興「美育先駆　略談豊子愷的芸術論著」『読書』一九八一年八月号。
顔娟英主編『上海美術風雲　一八七二―一九四九申報芸術資料条目索引』台北・中央研究院歴史言語研究所、二〇〇六年。
楊暁文「豊子愷与曹聚仁之争」『論豊子愷　二〇〇五年豊子愷研究国際学術会議論文集』香港・天馬出版有限公司、二〇〇五年。
楊義「豊子愷与縁縁堂」、楊義主筆、中井政喜・張中良合著『中国新文学図志』下巻、北京・人民文学出版社、一九九六年。

葉聖陶「不惜令随焦土焦」『文匯報』（世紀風）一九三八年八月九日。
『葉聖陶散文　甲集』成都・四川人民出版社、一九八三年。
『葉聖陶散文　乙集』北京・生活・読書・新知三聯書店、一九八四年。
『我与四川』成都・四川人民出版社、一九八四年。
葉聖陶編『開明書店二十周年紀念文集』北京・中華書局、一九八五年。
葉聖陶編、豊子愷画『開明国語課本』上海・上海科学技術文献出版社、二〇〇五年。
殷琦「豊子愷散文初探」『中国現代文学研究叢刊』一九八三年四期、一九八三年一一月。
「読《児女》　談朱自清、豊子愷同題散文」『中国現代文学研究叢刊』一九八六年三期、一九八六年八月。
「豊子愷皈依仏教及〝縁縁堂〟命名的時間考証」『中国現代文学研究叢刊』一九八七年一期、一九八七年二月。
兪平伯（O.M.）主編『我們的七月』（中国現代文学史参考資料　第四輯）上海・上海書店、一九八二年。
余連祥「歴史語境中的周作人与豊子愷」『魯迅研究月刊』二〇〇四年四期。
『豊子愷的審美世界』上海・学林出版社、二〇〇五年。
余渉編『漫憶李叔同』杭州・浙江文芸出版社、一九九八年。
郁達夫「導言」『中国新文学大系・第七集・散文二集』香港・香港文学研究社、一九六二年。
『郁達夫文集　海外版　四巻・散文』香港・三聯書店香港分店出版社、一九八二年。
郁達夫等作『半日遊程』上海・上海良友図書、一九三五年。
愈尚曦「豊子愷研究資料的新発現」『新文学史料』一九九四年三期、一九九四年八月。
袁剛・孫家祥・任丙強編『民治主義与現代社会　杜威在華講演集』北京・北京大学出版社、二〇〇四年。

岳凱華『五四激進主義的縁起与中国新文学的発生』長砂・岳麓書社、二〇〇六年。
翟瑞青「略論夏丏尊的情感教育」『浙江師範大学報（社会科学版）』一九九六年第五期。
張斌『豊子愷詩画』北京・文化美術出版社、二〇〇七年。
『中国名画家全集　豊子愷』（筆名、小蟬）、石家庄・河北教育出版社、二〇〇一年。
張彬編『経亨頤教育論著選』北京・人民教育出版社、一九九三年。
張岱年『思想・文化・道徳』成都・巴蜀書社、一九九二年。
張化『上海宗教通覧』上海・世紀出版集団・上海古籍出版社、二〇〇四年。
章克標「一般的話」（筆名、豈凡）『一般』一九二八年一〇月号。
「江湾立達学園雑記」『上海文史資料選輯』第三九期、一九八二年五月。
張楽平『張楽平漫画全集』、姜維朴編、北京・中国連環画出版社、一九九五年。
張能耿「魯迅在浙江両級師範学堂」『上海文学』一九六一年、第一〇期。
章用秀「天津郷賢　李叔同（四）」『天津政協公報』二〇〇八年一二期。
趙海洲・趙文健『匡互生伝』上海・上海書店出版社、二〇〇一年。
趙景深「豊子愷和他的小品文」『人間世』第三〇期、一九三五年六月二〇日。
浙江省桐郷市豊子愷記念館編『豊子愷郷土漫画』二〇〇一年。
『縁縁堂的故事』二〇〇五年。
鄭彭年『漫画大師　豊子愷』北京・新華出版社、二〇〇一年。
中共上海市委党史資料徴集委員会・中共上海市委党史研究室・中共上海市委宣伝部党史資料徴集委員会合編『上海革

命文化大事記（一九一九・五―一九三七・七）』上海・上海書店出版社、一九九五年。
鐘桂松『豊子愷的青少年時代』広州・花城出版社、一九九八年。
『人物聚焦叢書　豊子愷』香港・三聯書店（香港）有限公司、二〇〇三年。
鐘桂松・葉瑜孫編『写意豊子愷』杭州・浙江文芸出版社、一九九八年。
中共上海市委党史資料徴集委員会・中共上海市委党史研究室・中共上海市委宣伝部党史資料徴集委員会合編『上海革命文化大事記（一九一九・五―一九三七・七）』上海・上海書店出版社、一九九五年。
中国出版工作者協会編『我与開明』北京・中国青年出版社、一九八五年。
中国仏教図書文物館編『弘一法師』北京・文物出版社、一九八四年。
中国青年社編集『中国青年』複製版、東京・史泉書房、一九七〇年。
周衡選編『禅語五人書　李叔同集』沈陽・沈陽出版社、一九九八年。
周佳栄『開明書店与五四新文化』香港・中華書局、二〇〇九年。
周穎南「豊子愷与周穎南的通信」『新文学史料』一九九八年四期、一九九八年一一月。
周沢雄「此生誰護？」『読書』一九九五年三月号。
周作人『魯迅的故家』（筆名、周遐寿）、北京・人民文学出版社、一九五七年。
出版史料編集部編『章錫琛先生誕辰一百周年紀念文集』出版社未詳、一九九〇年。
朱光潜『朱光潜全集』全二〇巻、朱光潜全集編集委員会編、合肥・安徽教育出版社、一九八七―一九九三年。
朱華等『上海一百年』上海・上海人民出版社、一九九九年。
朱琦「曲高和衆　雅俗共賞　論豊子愷的芸術観及其漫画特征」『文芸研究』一九九八年四期、一九九八年七月。

朱暁江主編『豊子愷論』杭州・西泠印社出版社、二〇〇〇年。
朱暁江『一道消逝的風景　豊子愷芸術思想研究』杭州・西泠印社出版社、二〇〇一年。
朱自清『朱自清全集』全一二巻、朱喬森編、南京・江蘇教育出版社、一九八八—一九九〇年。
朱自清（O.M.）主編『我們的六月』（中国現代文学史参考資料　第四輯）上海・上海書店、一九八二年。
庄俞編『商務国語教科書』上海・上海科学技術文献出版社、二〇〇五年。
紫式部・林文月訳『源氏物語』台北・洪範書店有限公司、二〇〇〇年。
紫式部・豊子愷訳『源氏物語』全三巻、北京・人民文学出版社、二〇〇二年。

〔筆者不明〕
「訪問銭稲孫記録」、北京魯迅博物館魯迅研究室編『魯迅研究資料』第四号、一九八〇年。
『簡明書目』上海・開明書店、一九三六年。

英語文献

Barmé, Geremie. “An Artist and His Epithet: Notes on Feng Zikai and the Manhua.” *Papers on Far Eastern History* #39, the Australian National University, Department of Far Eastern History, March 1989.

———. *An Artistic Exile: A Life of Feng Zikai (1898-1975)*. California: University of California Press, 2002.

Feng, Zikai. *From Feng Tse-kai's Drawings of Children*. (Selections made by Wang Chaowen). Peking: Foreign

Languages Press 1956.

Benton, Gregor. *Chinese Migrants and Internationalism: forgotten histories, 1917-1945*. Routledge, 2007.

Harbsmeier,Christoph. *The Cartoonist Feng Zikai: Social Realism with a Buddhist Face* The Institute for Comparative Research in Human Culture, 1984.

Hung, Chang-Tai. "War and Peace in Feng Zikai's Wartime Cartoons", *Modern China* 16: 1 January 1990.

Kao, Mayching. "Reforms in Education and the Beginning of the Western-Style Painting Movement in China," in Andrews, Julia F. and Kuiyi Shen, eds. *A Century in Crisis: Modernity and Tradition in the Art of Twentieth-Century China*. New York: Guggenheim Museum, 1998.

Lee, Leo Ou-fan. *Shanghai Modern: The Flowering of a New Urban Culture in China, 1930-1945*. London: Harvard University Press, 1999.

Turgenev, Ivan. *Dream tales and prose poems* (tr. from the Russian by Constance Garnett), William Heinemann, 1906.

あとがき

豊子愷の作品に初めて触れたのは今から一二年ほど前、天津の南開大学に留学していた時のことである。北京人民芸術劇院の芝居を見に首都劇場に行った際、劇場付設の書店で店主から、なぜか突然に「この本はいい本だから是非読みなさい」と強く薦められたのが、豊子愷の『護生画集』であった。

本書でも論じた『護生画集』は、豊子愷が恩師弘一法師（俗名李叔同）との約束を果たすために、四〇年以上の年月をかけて完成させた宗教的色彩の強い啓蒙の書である。当時、私は『護生画集』はおろか、豊子愷や弘一法師の名前さえ聞いたことも無かった。しかし、一目で豊子愷の絵に惹かれ、店主の薦めるままに同書を購入した。その書店で『護生画集』を薦められた時、私は特に宗教や芸術関係の本を見ていた訳ではなく、店主と言葉を交わしていた訳でもない。また、その書店の別の場所にいた友人は何も薦められておらず、店主がなぜ私だけに『護生画集』を薦めてくれたのか、その理由は今もわからない。

天津に戻り、中国人の友人に弘一法師は天津の出身であると教えられ、何か不思議なご縁のようなものを感じた。当時、私は民間企業を退職して一年の予定で留学し、帰国後はまた企業に就職するつもりでいた。ところが、これもまた不思議なご縁で大学院に進学し、現在に至っている。

思えば、本書の執筆は一二年前の不思議なご縁に始まり、その後も多くの方々がこのご縁をつなげ、助けてくださったおかげで、無事に上梓の日を迎えることができた。

これまでご指導、ご助力くださった、すべての皆様に心より感謝を申し上げたい。

ご縁を紐解いていくと、初めに香港中文大学の盧瑋鑾先生（筆名明川）を紹介してくれたのは、台湾の学会で知り合った同校の黄念欣先生である。盧瑋鑾先生は豊子愷の生前から研究を開始され、豊自身と個人的な交流もあり、豊子愷の末娘で上海在住の豊一吟さんとは親しい友人である。盧瑋鑾先生に紹介していただいた豊一吟さんには、様々な質問に丁寧に答えていただいた。図版の使用についても快く承諾くださり、まことに感謝の念に堪えない。また豊一吟さんには、中国における豊子愷研究の第一人者で、杭州師範大学の弘一大師・豊子愷研究中心の主任である陳星先生をご紹介いただいた。

その後、同研究中心主催の豊子愷や弘一法師に関する学会に参加させていただき、豊子愷の故郷浙江省桐郷市石門鎮の縁縁堂記念館の呉浩然館長や、日本で豊子愷や弘一法師の研究をされている吉田千鶴子先生、西槇偉先生の面識を得ることができた。本書の執筆にあたり、西槇先生には貴重な資料の数々を提供していただいた。西槇先生のおかげで、現在縁縁堂記念館に保管されている豊の手書きの『源氏物語』の翻訳原稿を見る機会にも恵まれた。

内山完造氏の甥御さんである内山籬氏をご紹介くださったのも西槇先生である。内山氏には、豊子愷や弘一法師から内山完造氏およびご遺族に送られた未公開書簡を見せていただき、度々の質問にも煩を厭わずお答えいただいた。

大学院への進学を勧めてくれたのは中山時子先生である。中山先生にご指導いただくようになったのも偶然の出会いからであったが、中国語の読み方から中国的な物の見方まで幅広くご教授いただいた。

大学院進学後は、指導教官の藤井省三先生、尾崎文昭先生はじめ戸倉英美先生、木村英樹先生、大木康先生、大西克也先生に中国文学や中国語を学ぶこと、読むことの楽しさと難しさを教えていただいた。特に藤井先生には、大学時代に巴金『旅途随筆』を原書で読むという授業以来、中国文学を中国語で読むことを一から教えていただいた。

ほかにも、大学時代の恩師である刈間文俊先生、竹田晃先生、児野道子先生、故山田秀雄先生（以上、あいうえお順）、また大学院時代には池上貞子先生、伊藤徳也先生、河原功先生、木山英雄先生、黒田真美子先生、呉衛峰先生、坂元ひろ子先生、長堀祐造先生、丸尾常喜先生、山口守先生、林素幸先生（同上）はじめ、多くの先生方に様々な方面からご指導、ご教授いただいた。

本書の完成にあたっては多くの友人に助けていただいた。特に、索引作成や校閲に際しては朝香（及川）智子さん、大澤理子さんに、中国語の翻訳に関しては鄧捷さん、王俊文さん、福田素子さんに非常にお世話になった。また、藤井省三先生の研究室に勤務しておられた川上浩子さんには大学院生活を通じて、いつもあたたかく励ましていただいた。

本書は二〇〇九年に東京大学に提出した学位論文『中華民国期の豊子愷　新たなる市民倫理としての「生活の芸術」論』をもとにしたものである。学位審査に際しては、藤井省三先生、尾崎文昭先生、山口守先生、大木康先生、西槇偉先生に貴重なご意見を頂戴した。それらは可能な限り本書に反映させるように努力したが、不十分な点も多々残っている。これについては今後の課題としたい。

また、本年には東京大学東洋文化研究所と上海の復旦大学文史研究院のご好意により、同研究院の訪問研究員となる機会を与えていただいた。同院長の葛兆光先生はじめ諸先生方、事務の方々には非常にお世話になった。特に、葛兆光先生には豊子愷に関する著作もあり、豊子愷の思想的特徴や中国における状況など、多くの面からご教授いただいた。また文史研究院での報告会では先生方や学生の皆さんから多くの示唆を得た。その意味において、本書は復旦大学文史研究院訪問の成果でもある。

本書の編集を担当していただいた小林詔子さんにも様々にお手数をおかけした。

本書は、ここでお名前を挙げていない方々も含めて、多くの皆様のご指導とご助力の賜物である。改めて、心より拝謝いたします。本当にどうもありがとうございました。

最後に、私事ではあるが、大学を卒業してから寄り道ばかりしている私の我儘に呆れながらも応援してくれた両親に感謝の意を表したい。

尚、本書は二〇一二（平成二四）年度日本学術振興会科学研究費補助金（研究成果公開促進費）の交付を受けたものである。

二〇一二年冬

大野公賀

著者略歴

大野　公賀（おおの　きみか）

東京大学大学院人文社会研究科（アジア文化研究専攻）修了、博士（文学）。

東京大学東洋文化研究所特任准教授を経て、現在同准教授。弘一大師・豊子愷研究中心（杭州師範大学）客員研究員。

主な論文に「弘一法師（李叔同）と日本清末から民国期の中日文化交流の一例として」、「『護生画集』解題（１）」『東洋文化研究所紀要』（第160冊、2011年）、（第162冊、2012年）などがある。

中華民国期の豊子愷
芸術と宗教の融合を求めて

平成二十五年二月二十日　発行

著者　大野公賀
発行者　石坂叡志
印刷所　中台整版
日本フィニッシュ
モリモト印刷

発行所　汲古書院
〒102-0072 東京都千代田区飯田橋二―五―四
電話〇三（三二六五）九七六四
FAX〇三（三二二二）一八四五

ISBN978－4－7629－2996－0　C3070

Feng Zikai During the Republic of China Era

—— In Pursuit of the Fusion of Art and Religion

Introduction

Chapter 1 Seeking self-establishment
- Section 1 Zhejiang first normal college
- Section 2 Educational trend of the early Republic Era and Cai Yuanpei
- Section 3 Jing Hengyi's "Personalism" and Li Shutong
- Section 4 Antipathy toward totalitarianism and the emergence of individualism

Chapter 2 Li Shutong and "seed of western art and culture"
- Section 1 Nanyang public school and Cai Yuanpei
- Section 2 Huxue association and western music
- Section 3 Activities in Japan (1905-1911)
- Section 4 After returning to China (1911-1912)
- Section 5 Zhejiang first normal college (1912-1918)

Chapter 3 Birth of cartoonist Feng Zikai and the tide of the times
- Section 1 Li Shuton's entering the priesthood
- Section 2 Zhejiang first normal college and the May Fourth movement
- Section 3 Admiration and disillusionment toward western art
- Section 4 Encounter with Yumeji Takehisa
- Section 5 Emerging art movement of the Taisho Era and Feng Zikai

Chapter 4 Attempt and failure of patriotic “enlightenment”
Section 1 Chunhui high school
Section 2 Lida association
Section 3 Lida academy
Section 4 Kaiming book company

Chapter 5 Early Buddhist outlook: from conversion to Buddhism to overcoming the sense of vanity toward life
Section 1 From modern life in Shanghai to Buddhism
Section 2 “Paintings to protect life” volume1 (1929) and emerging intelligentsia class
Section 3 “Uncertainty of this world like a burning house” and Ma Yifu

Chapter 6 Ideological maturity: creating “art of life”
Section 1 Feng Zikai during the Resistance Era and his ideology: the invincible power of virtue
Section 2 Feng Zikai’s artistic views
Section 3 Emancipation of secular desires through art and religion
Section 4 Creating “art of life”: influence of William Morris and John Ruskin

Chapter 7 “Child’s mind theory (Tongxin shuo)” and Ideology of “protecting your own heart”
Section 1 Ideal sought by Feng Zikai: art and religion from a child’s mind
Section 2 “Paintings to protect life” volume2 (1939): humanism under Japanese invasion
Section 3 “Paintings to protect life” volume3 (1949): maturation of

the ideology of "protecting your own heart" during the Chinese Civil War

Epilogue

Chronological table
Bibliography
Postscript
Table of contents and abstract in English
Table of contents and abstract in Chinese
Index

Feng Zikai During the Republic of China Era
—— In Pursuit of the Fusion of Art and Religion

When hearing the name Feng Zikai, many people immediately associate him with his unique illustrations in "Zikai's Cartoons (Zikai Manhua)," and his prose represented by the "Essays from the Yuanyuan Studio (Yuanyuantang Suibi)." Feng's cartoons and prose dominated the Republic of China Era, and it can be pointed out that the reason behind this was the emergence of the middle-class. At the time, with the economic development, the middle-class began to emerge in large cities such as Shanghai, and these sought new culture and ethics commensurate to their modern urban life. Through his prose and cartoons filled with ideological and literary characteristics, a new culture was presented to this new intelligentsia class. Additionally, Feng was active in a wide-range of fields, such as releasing many other art education-related writings and translations, engaging in the translation of the "Tale of Genji," and being involved in the establishment of the Lida Academy (Lida Xueyuan) and the Kaiming Book Company (Kaiming Shudian).

After the forming of the People's Republic of China, there was much political flow from the anti-right wing conflict to the Great Leap Forward, then the Cultural Revolution. In a climate where Mao Zedong's literary policy was becoming absolute, Feng Zikai became the object of criticism and attack. In particular, at the time of the Cultural Revolution, Feng as well as other intellectuals became the object of harsh criticism. From 1970 onward, Feng Zikai became housebound with an illness, but it was not until 1978 after his death, that his honor was officially restored. At that time, the main charge against him was individualism and the principle of calm and peaceful enjoyment which was seen in his works and activities during the Republic Era and the "Hundred Flowers Campaign (the era of 'let a hundred schools of thought contend')", as well as his lifelong faith in Buddhism.

However, after the mid-1980's, with the re-examination of literary history, writers and literary works which were rejected due to the historical viewpoint of Communist China led by Mao Zedong, came to be re-evaluated. Amid such a trend, Feng Zikai's writings and cartoon works were published in the late 1990's, and studies related to Feng Zikai began to be actively pursued. In recent years, research is underway with a new perspective related to the literary and artistic characteristics of Feng Zikai's works, and the relationship between Feng and other contemporary cultural figures. However, the ideological perspective of Feng Zikai's studies remains inadequate.

In this book, the ideological characteristics of Feng Zikai during the Republic of China Era will be analyzed, and the effects Feng's diverse activities during the Republic Era had thereon. In the 1930's when Feng Zikai was active, in addition to the "Shanghai-style (Haipai)" literary circle and the left-wing literary circle, there existed a group known as the "Kaiming coterie (Kaiming Tongren)", which was similar to the "Beijing -style (Jingpai)" literary circle in that they supported neither the Nationalist Party nor the Communist Party, were faithful to their beliefs, and aimed to form a nation and its people through enlightenment. We will be able to clarify these points and how this group had no small effect on the emerging urban intelligentsia class.

The Kaiming coterie refers to the group of intellectuals involved in the establishment of the Kaiming Book Company led by Zhang Xichen in 1926. These ones consistently maintained the attitude of enlightening the readers, and were supported by many readers, particularly the young urban intellectuals. During the Resistance Era, only a few of the Kaiming coterie including Xia Mianzun remained in Shanghai, while most, including Feng Zikai, fled to the inland areas. While in such a dispersed state, the Kaiming Book Company continued to publish journals targeted at young intellectuals in order to address the readers' needs.

On the other hand, the ultimate patriotic experience of war caused even the

Kaiming coterie to rapidly lean to the left. The same could be said for Feng Zikai as well. However, Feng Zikai was at times counseled as to the lowliness of his awareness from Ye Shengtao and others of the Kaiming coterie. This was mainly due to the fact that, even during the Resistance Era, Feng was creating cartoons and prose with strong Buddhist and Confucian color, including "Paintings to Protect Life (Husheng Huaji)" (6 complete volumes, 1929-1973) created jointly with Dharma Master Hongyi, under the direction of Dharma Master Hongyi, who was Feng's teacher during the Zhejiang First Normal College days and who became a priest in 1918, as well as Ma Yifu of Confucianism.

In those days, Feng Zikai was aware that these works would be the subject of criticism as they would result in losing the fighting spirit or becoming uncooperative to war efforts. Nevertheless, Feng continued to release such works because he felt that "dignity, strength of character and principles" should not be lost especially in a time when upholding dignity was difficult. What served as Feng's mental support was his faith in religion and art. Art in Feng Zikai's mind was an important means of leading man from a world of earthly desires to a higher plane, and in such sense, art is connected to religion.

As with many intellectuals in those days, Feng Zikai was anxious about the future of the nation and yearned to strengthen the nation. However, he had a strong sense of aversion toward oppression and control of individuals through state power. As a measure to fortify China as one nation state while upholding personal dignity and freedom, what Feng Zikai proposed was religion and art, and "protecting your own heart (Huxin)" ideology based thereon.

During the Republic Era, Feng Zikai, through his works such as cartoons and prose as well as his way of life itself, zealously proposed the importance of art and religion. Living in a time when both domestic and international insecurity continued and people placed higher priority on the nation rather than on individuals, Feng Zikai's claim to value individual human dignity and freedom was regarded as

idealism and individualism, which often was the object of much criticism and attack. Nevertheless, Feng continued to speak out for the justice and faith of individuals because he felt that he had the social responsibility to enlighten the people. Through art and religion, Feng hoped that people would be emancipated from secular thinking and earthly desires and become autonomous citizens, and through mutual cooperation create a new society and nation, and further, a world community transcending the framework of a nation and ethnic groups.

Feng Zikai' s ideology has many elements such as western aesthetics, Buddhism and Confucianism fused into it. These elements have been expressed strongly or weakly depending on the restrictions of the era. However, the common underlying element which exists is that the heart is the origin of all events, and since all events can change in whatever way depending on the condition of the mind, man has to protect the heart in a proper way. That is the "protecting your own heart" ideology. Man is innately a weak being, easily misled by earthly desires and secular thinking. However, by properly protecting one' s heart through art and religion, while the body remains in the world of reality, the heart can break away from the suffering of reality and can reach an ideal state of peace and serenity. For Feng Zikai, living each day with this frame of mind was the "art of life."

In this book, Feng Zikai's activities and ideology during the Republic of China Era were taken up. However, Feng' s stance in advocating and bringing enlightenment to liberalism was held to firmly throughout his life. In 1949, after being elected as a representative of the National Forum of Literature and Art, Feng had not choice but to participate in politics, thus resulting in the decline of his works. However, his stance toward advocating freedom remained unchanged, and during the "Hundred Flowers Campaign (the era of 'let a hundred schools of thought contend')", he highly evaluated the "integration of diversity," and spoke out freely.

Furthermore, in the late 1950's, in addition to political invention in religion, censorship and control over publications began to be implemented, making the

production of such works as "Paintings to Protect Life" difficult. However, by using various means of camouflaging, Feng continued compiling Volumes 4-6 (1960, 1965, 1973) of the "Paintings to Protect Life," and had them published in Singapore and Hong Kong. Volume 6, which was created after the outbreak of the Cultural Revolution, was the most challenging to compile. During the Cultural Revolution, Feng Zikai was labeled a "reactionary academic authority." Thus, not only were his works prohibited from being transferred or sold to others, but the writing itself was banned. However, the only time Feng Zikai was run down mentally due to these criticisms and attacks was at the very early stage after the outbreak of the Cultural Revolution. He lived calmly at all times under all situations, and found joy in life. Even during the Cultural Revolution Era, Feng Zikai practiced what he himself proposed, the "protecting your own heart" ideology.

After the 1990' s, Feng Zikai' s cartoons and prose were re-evaluated domestically and abroad, and have regained popularity. What does this indicate? Previously, Feng Zikai regarded as dangerous the development solely of a material civilization while the spiritual civilization remains insufficient, and taught that the material civilization should develop with the spiritual civilization as the foundation. The situation which Feng Zikai sounded the warning to, remains unchanged to the present day, and is seemingly going from bad to worse. Furthermore, this problem is not confined to China, but is a common pressing issue for all of the modern capitalistic societies supported by mass production and mass consumption.

中华民国时期的丰子恺
——追求艺术与宗教的融合

序章

第一章　自我确立的摸索
第一节　浙江省立第一师范学校
第二节　民国初期的教育思潮与蔡元培
第三节　经亨颐的“人格主义”与李叔同
第四节　对极权主义的厌恶和个人主义的萌芽

第二章　李叔同与“西洋艺术·文化的种子”
第一节　南洋公学与蔡元培
第二节　沪学会与西洋音乐
第三节　在日本的活动(1905－1911)
第四节　归国后(1911－1912)
第五节　浙江省立第一师范学校　(1912－1918)

第三章　漫画家「丰子恺」的诞生与时代潮流
第一节　李叔同的出家
第二节　浙江省立第一师范学校与五四新文化运动
第三节　对西洋美术的憧憬与绝望
第四节　与竹久梦二的相遇
第五节　大正时期新兴艺术运动与丰子恺

第四章　爱国“启蒙主义”的尝试与挫折

第一节　白马湖春晖中学
第二节　立达学会
第三节　立达学园
第四节　开明书店

第五章　初期佛教观:从皈依佛教到无常观的克服
第一节　从上海摩登生活到佛教
第二节　《护生画集》第一集(1929)与新兴知识阶级
第三节　“无常的火宅”与马一浮

第六章　思想的圆熟:“生活的艺术”论的形成
第一节　抗战时期的丰子恺及其思想　仁者无敌
第二节　丰子恺的艺术观
第三节　以艺术与宗教来解脱烦恼
第四节　生活的艺术化:莫里斯和罗斯金的影响

第七章　童心说和“护心思想”
第一节　丰子恺所追求的理想:童心中的艺术与宗教
第二节　《护生画集》第二集(1939):日本侵略下的人道主义
第三节　《护生画集》第三集(1949):国共内战下护生思想的成熟

终章

年表
参考文献目录
后记
英文目次・概要
中文目次・概要
索引

中华民国时期的丰子恺
——追求艺术与宗教的融合

听到丰子恺这个名字，很多人首先会联想到的是被称作“子恺漫画”的风格独特的插图、还有以《缘缘堂随笔》为代表的散文。丰子恺的漫画和散文在中华民国时期风靡一时，其背景是都市中产市民阶层的出现。当时，在上海等大都市中，中产市民阶层伴随着经济的发展而出现，追求与现代都市生活相适合的新的文化与伦理。丰子恺便是通过具有高度思想性和文学性的散文与漫画，为这些新兴都市大众提供了新的文化。此外，丰子恺还有大量有关艺术教育的著述和翻译，翻译过《源氏物语》等，并参与了立达学园和开明书店的创设，在众多领域施展才华。

中华人民共和国成立后，在从反右斗争、大跃进到文化大革命这一系列政治运动中，毛泽东的文艺路线不断地被绝对化，而丰子恺也未能逃脱被批判攻击的命运。特别是文革时，丰子恺也和众多知识分子一样遭到严厉的批判。虽然1970年以后以养病为由不再外出，但其名誉的正式恢复要等到去世后的1978年。当时，丰子恺的主要罪状是民国时期和百花齐放百家争鸣时的作品及活动中所体现的个人主义、闲适主义和一生未更改的佛教信仰。

但是，1980年代中期以来，重读文学史的热潮兴起，被以毛泽东为中心的中共史观所否定的作家和作品不断浮出历史地表。在这一潮流之下，1995年之后丰子恺的文集和漫画集陆续出版，相关研究也不断问世。近年可看到对丰子恺作品的文学性和艺术性、与同时代文化人的关系等新视点的研究。但思想方面的视点依然并不充分。

本书分析中华民国时期丰子恺的思想特质，并对其与丰子恺在民国时期的多彩活动的影响关系进行论述。由此也究明了在丰子恺施展才华的1930年代上海，除了“海派”文坛和左翼文坛，还存在与“京派”文坛同样的、与国民党和共产党都保持距离、忠于自己的信仰、致力于以启蒙创生国民及国家建设的“开明同

人”文坛，他们对都市的新兴知识阶层有着不小的影响。

开明同人是指与1926年以章锡琛等为中心创设的开明书店相关联的知识分子圈子，他们一贯保持启蒙的姿态，得到以都市的知识青年为中心的众多读者的支持。抗战期间，开明同人中除了夏丏尊等一部分留在上海之外，包括丰子恺在内的大多数人都到内陆避难。虽然处于这样的分散状态，但开明书店依然应读者的需要继续刊行面向知识青年的杂志。

另一方面，战争这一终极的爱国体验也使得开明同人急速左倾化。丰子恺也一样。不过，丰子恺有时被同为开明同人的叶圣陶等指称左倾意识不够。这主要是因为丰子恺在抗战期间也接受浙江省立第一师范学校时期的恩师、1918年出家的高僧弘一法师（俗名为李叔同）和新儒家学派的代表人物马一浮的指导，以同弘一法师合作的《护生画集》（全六集，1929－1973）为首，创作了佛教和儒教色彩极浓的漫画和散文。

丰子恺也知道，当时这些作品可能会以削弱民众战斗意识、或未配合战争等理由而受到批判。但即便如此，丰子恺还是坚持不断地发表这些作品。他认为，正是因为处于人的尊严难以被维护的时代，才不应该丧失“品格、气骨和节操”。那时丰子恺的精神支柱就是对宗教和艺术的信念。对丰子恺而言，艺术便是将人从烦恼的世界引导向更为高度的世界的重要手段，在此意义上，艺术和宗教是相通的。

和当时许多的知识分子一样，丰子恺也为国家的将来担忧，热切盼望国家强大，但他又对国家权力对个人的压抑和统治抱着非常强烈的反感。作为既保持个人的尊严和自由、又能使中国成为一个坚固的国民国家的方案，丰子恺提倡的是宗教和艺术，以及以此为基础的护心思想。

在民国时期，丰子恺通过漫画、散文等作品以及自身的生活方式，热心地提倡艺术与宗教的重要性。在国内外局势持续不安，不得不先优先国家后个人的时代里，重视每个人作为人的尊严和自由的丰子恺的主张经常被视为理想主义或个人主义，成为批判或攻击的对象。但即便如此，丰子恺还是坚持对自己的正义忠实地发言。这是由于他感到启蒙国民这一社会责任。丰子恺所祈愿的是，通过宗教和艺术让人们从世俗的想法和烦恼中解放出来，成为所谓有自律能力的市民，

相互合作建设新的社会和国家，进而超越国家和民族形成世界共同体。

丰子恺的思想里融合了西洋美学、佛教和儒教等种种要素。这些要素随着时代的制约而表现得时强时弱。但究其根本，即是心为产生一切事象的根源，一切事象都因心的想法而可能有无穷尽的变化，因此人有必要正确地护持自己的心这一护心思想。原本人便是容易为烦恼和世俗的考虑所迷惑的弱小的存在。但倘若能通过艺术和宗教正确地护持自己的心，其身体虽然在现实世界之中，但心可以脱离现实之苦，到达和平安稳的理想境地。对于丰子恺来说，以这样的心境来度过每一天，便是“生活的艺术”。

本书虽然主要讨论的是丰子恺在中华民国时期的活动和思想，但对自由主义的拥护和启蒙这一姿势贯穿了丰子恺的一生。1949年被选为中华全国文艺界代表大会代表以后，丰子恺不得不参加政治活动，创作也显著减少。但其拥护自由的姿势未曾更改，在1956年的“百花齐放百家争鸣”运动时将这场运动作为“多样性的统一”予以高度评价，并自由地发表了自己的意见。

1950年代后半期中国政府对宗教界加强政治干预，出版物的检查和控制也开始了，《护生画集》这样的作品的创作变得十分困难。但丰子恺依然在各种方式的掩护之下继续创作《护生画集》第四—六集（1960、1965、1973），并在新加坡和香港出版。其中创作过程最为困难的是文革开始后动笔的第六集。文革期间，丰子恺被贴上“反动学术权威”的标签，不要说把作品转让给别人或销售，就是创作本身也是被禁止的。但这些批判和攻击对丰子恺造成精神打击的时期，只有文革开始后极短的一段时间。不管在何时、何种状况都安之若素，并在其中发现乐趣。丰子恺在文革期间也实践着自己所提倡的“护心思想”。

1990年代以来，丰子恺的漫画和散文在中国国内外被重新评价，再次博得人气。这到底意味着什么呢？丰子恺曾经警惕精神文明未充分发达而一味发展物质文明的行为，指出物资文明应当在精神文明的基础之上。丰子恺在1930年代上海所敲响的警钟似乎到今天也未曾改变，却只是不断恶化。而且，这一事态绝不仅只是中国的问题，而是靠大量生产和大量消费所支撑的现代资本主义社会共通的紧要问题。

人名索引

【凡例】索引はすべて日本語読みで、姓・名の五〇音順とする。豊子愷については、ほぼ全頁にわたるため記さない。中国人については慣習に従い、原籍を記す。

あ行

有島生馬　1882-1974：画家。二科会創立会員。 75
郁達夫　1896-1945：浙江省富陽の人。 195
石井獏　1886-1962：舞踊家。 81
石井柏亭　1882-1958：近代創作版画運動の先駆者。1907山本鼎と美術雑誌『方寸』を創刊。 75
稲毛詛風　1887-1946：早稲田大学教授。芸術教育論の提唱者。1921八大教育主張講演会の演者の一人。 108
伊庭孝　1887-1937：「浅草オペラ」創設者の一人。 80
印光法師　1861-1940：陝西省の人。浄土宗第十三祖。1882終南山にて出家、1886紅螺山資福寺で浄土を専修。上海の信者らに大きな影響力を持ち、蘇州報国寺に弘化社を、蘇州霊岩山寺に浄土道場を創設。 162,171,172,178,182
烏始光　1885-?：浙江省寧波の人。字は廷芳。周湘の背景画伝習所に学ぶ。劉海粟・陳抱一・丁健行らは同窓。1912張聿光・劉海粟らと上海図画美術院を創設。 52,74
梅原龍三郎　1888-1986：75
惲代英　1895-1931：湖北省武漢の人。中国共産党初期の指導者。無政府主義からマルクス主義に転じ、1922中国共産党に加入。1923より共産主義青年団中央執行委員。共産主義青年団の機関誌『中国青年』の編集主幹。1930上海で捕らえられ,南京の監獄で処刑された。 116
栄渭陽：ペナン出身華僑。1921シンガポール華僑教育総会による七州華僑連合会議のペナン代表。立達学会会員(1926)。 100
易培基　1880-1937：湖南省善化の人。字は寅村。立達学会会員(1925)。1924北京駐在全権代表以降、教育総長・故宮博物院初代理事兼文物館長など。1927上海労働大学創設、初代校長。その後、国民党中央政治会議委員・農鉱部長・故宮博物院長・古物館長など。1933故宮の宝物盗窃の冤罪により辞職。 88,96,100,102,114
袁希濂　?-1950：上海宝山の人。李叔同の「天涯五友」の一人。1904法政大

学留学、1911帰国。 34,46
袁紹先：立達学会第一期常務委員。 99
袁世凱 1859-1916：河南省陳州の人。清末民初期の軍人・政治家。北洋軍閥総帥。大清帝国第二代内閣総理大臣。清朝崩壊後は第二代中華民国臨時大総統・初代中華民国大総統に就任。 19,47,55
及川平治 1875-1939：宮城県出身。著書『分団式動的教育法』(1912)、『分団式動的各科教育法』(1915)などで、児童中心主義理論に基づく教育方法を提示。1921八大教育主張講演会の演者の一人。 108
王亢侯：立達学会会員(1926)。 100
王国維 1877-1927：浙江省海寧の人。字は静安(案)・伯隅。号は観堂・永観など。日清戦争を機に新学を志し、羅振玉の東文学社に学ぶ。1901日本の物理学校に留学。ドイツ観念論哲学の影響を受け、美の自律的価値を主張。辛亥革命により羅振玉とともに京都亡命、1916帰国。1927入水自殺。 13
王式通 1864-1930：山西省汾州の人。字は書衡。清末民初の政治家・学者。北京政府に属し、司法行政・学芸行政の分野で活動。 38
王廷揚 ?-1934：浙江省金華の人。字は孚川。1904日本留学、法政大学速成科入学、同級生に邵章。1906卒業、帰国。 16
王統照 1897-1957：山東の人。字は剣三。文学研究会の発起人の一人。 194
王任叔 1901-1972：浙江省奉化の人。筆名は巴人。文学研究会会員。 88
王伯祥 1890-1975：江蘇省蘇州の人。立達学会会員(1926)。章錫琛の親戚。1932-54開明書店。後に鄭振鐸の推挙により北京大学文学研究所研究員。第三・四届全国政治協商委員。 100,101,212
汪馥泉 1900-1959：浙江省人和鎮の人。字は浚。エスペランティスト。1919施存統・夏衍らと雑誌『十月』(『浙江新潮』)創刊。同年日本留学。1928大江書輔創設。1930上海中華芸術大学校長。抗戦期『救亡日報』の編集委員。 88,177
欧陽予倩 1889-1962：湖南省瀏陽の人。1904-10日本留学。李叔同創設の春柳社に参加。帰国後、中国における新劇の振興に貢献。 51,60,74,194
王淮君：立達学会会員(1926)。浙江第一師範卒。 100
小原国芳 1887-1977：鹿児島県出身。玉川学園の創設者。教育改造運動を推進。1921八大教育主張講演会の演者の一人。 108

か行

夏衍 1900-1995：浙江省杭県の人。1919施存統・汪馥泉らと『双十』(『浙江新潮』)を創刊。1920明治専門学校留学。1924国民党入党。1927四・一二クーデター後、中国共産党加入。1929鄭伯奇らと上海芸術劇社を組織、プロ

レタリア演劇運動に従事。1930左連加入、執行委員。戦後は文化部副部長。文革後は対外友好協会副会長・全国文連副主席など。立達学会会員。 100,101,102,195
何家槐　1911-1969：浙江省義烏の人。1932左連加盟。1934中国共産党参加。194
何香凝　1879-1972：広東省広州の人。政治家・革命家・画家。夫の廖仲愷とともに中国国民党左派。廖承志は息子。 88
夏承法：立達学会会員。 100
賈祖璋：開明書店の雑誌『中学生』、『開明少年』の編集主幹の一人。 126,137
夏宗禹:河南省禹県の人。中国共産党員。152
何迺人：立達学会会員(1925)。 100
夏丏尊　1886-1946：浙江省上虞の人。本名は夏鋳、号は悶庵。15歳で秀才。上海中西書院を経て紹興府学堂。1905日本留学、東京高等工業学校に学ぶ。1908浙江官立両級師範学堂(浙江第一師範)奉職。湖南省立長沙第一師範学校を経て、1921春暉中学へ。1925辞職、立達学会を結成、第一期常務委員。1927開明書店編訳所長。1945中華全国文芸家協会上海分会理事。 5,7,8,11,12,17,58,70,71,72,73,75,87,88,89,90,92,93,95,96,97,99,100,101,102,110,122,123,124,125,126,127,131,132,133,134,150,151,153,155,160,165,167,175,193,194,197,199,215,216,237,244,247,254
柯霊　1909-2000：浙江省紹興の人。本名は高季琳。劇作家・評論家。 212,213
郭沫若　1892-1978：四川省楽山の人。88,194,195
片上伸　1884-1928：愛媛県出身。早稲田大学教授・文芸評論家・ロシア文学者。初期は天弦の号で執筆活動。1921八大教育主張講演会の演者の一人。108
川端玉章　1842-1913：日本画家。1889岡倉天心が東京美術学校に招聘、1890同教授。日本美術院会員・文展審査員など。1910川端画学校を開設。 75
川端康成　1899-1972：81
関良　1900-1986：関東の人。立達学会会員(1925)。1917日本留学。1923東京太平洋美術学院卒。帰国後は立達学園などで美術教育に従事。建国後は中国美術家協会理事・美術家協会上海分会常務理事など。豊子愷とは日本留学当時からの友人。 100,101,102,111
カント、イマヌエル　1724-1804：Kant, Immanuel.　プロイセン王国出身。『純粋理性批判』『実践理性批判』『判断力批判』の三批判書を発表し、批判哲学を提唱。ドイツ観念論哲学。 209,210,242
魏鳳江　?-2004：春暉中学・立達学園で匡互生や豊子愷に学ぶ。1934タゴール国際大学留学、同校終身教授。 112
裘夢痕：立達学会会員(1926)。浙江第一

師範卒。豊子愷との共著『中文名歌五十曲』(1927開明書店)。 100

許傑：立達学会会員。 100

許幻園 1878-1929：1920-30年代上海新派詩文界の代表的人物。李叔同の「天涯五友」の一人。 34,37,42

許寿裳 1883-1948：浙江省紹興の人。魯迅の同郷で、同時期に日本留学。生涯を通じて魯迅と親しく交友。1934北平大学女子文理学院院長、抗戦期は西南連合大学教授。戦後は台湾大学教授、国民党批判により暗殺。 16,17

許地山 1893-1941：台湾台南生まれ、日本の植民地支配後は福建省龍渓県に移住。文学研究会の発起人の一人。1922コロンビア大学にて哲学専攻。その後、オックスフォード大学にて宗教史とインド哲学を研究。 195

許敦谷 1892-?：広東広州の人。立達学会会員(1925)。東京美術学校に学ぶ。 100

匡互生 1891-1933：湖南省邵陽の人。字は済、号は日休。無政府主義者。1915-19北京高等師範学校数理部(天文学)。同級生の劉薫宇・周為群・周予同・楊明軒らと学生組織「同言社」を結成。卒業後は毛沢東の新民学会に加盟。毛沢東らの長沙文化書社の設立にも関与。1922新村農場を経営するが破綻。呉淞中国公学を経て、1924春暉中学。1925立達学園、立達学会を創設(第一期常務委員)。1927李石曾・易培基・呉稚暉らと上海労働大学を創設、同年辞職。1932第一次上海事変により、立達学園・立達農場は壊滅的打撃。1933病死。 8,87,88,93,94,95,96,99,100,101,103,105,110,111,112,113,114,115,116,117,118,119,120,121,155

姜丹書 1885-1962：江蘇省溧陽の人。浙江両級師範学堂(浙江第一師範)美術教員。 60,74

姜白石 1155-1221：江西鄱陽の人。字は尭章。南宋の詞人。詩詞・書道・音楽に精通。 174

金仲華 1907-1968：浙江省桐郷の人。上海商務印書館にて『婦女雑誌』『東方雑誌』の編集。1933開明書店にて『中学生』の編集。戦後は上海市副市長など。 126

厨川白村 1880-1923：京都出身。本名は辰夫。英文学者・評論家。著書『象牙の塔を出でて』『近代の恋愛観』は当時、日本・中国でベストセラーとなり、知識青年に大きな影響を与えた。 11,110

クールベ 1819-1877：Courbet, Gustave. フランスの画家。 224

黒田鵬信 1885-1967：美術評論家。 136

経亨頤 1877-1938：浙江省上虞の人。字は子淵、号は石禅・頤淵。1898マカオ亡命。1903日本留学、東京高等師範学校(数学物理)卒業。同盟会会員。1912浙江官立両級師範(浙江第一師範)校長、浙江省教育会会長。1917李叔同の紹介により南社加入。1920浙江第一

師範を離職。私立春暉中学校を設立、同校長。1925広州にて国民党左派として活躍。第二−第四次国民党中央執行委員・国民政府委員・中山大学校長代理など。 8,16,21,22,23,24,25,26,57,59,71,72,73,87,88,92,93,165

経元善　1840−1903：経亨頤の伯父。上海の代表的な豪商、慈善家。江蘇省候補地府(名誉官職)。上海電報局局長として中国の通信事業の発展に貢献。康有為や弟の康有溥(戊戌六君子の一人)、梁啓超らの思想に共鳴、1898彼らと共同で上海に中国女学堂を創設。西太后による弾圧を逃れて経亨頤と共にマカオへ亡命。 22

厳修　1860−1929：直隷天津県の人。字は範孫、号は夢扶など。趙元礼らとともに「近代天津四大書法家」。進士。翰林院編修・学部侍郎・貴州省学政を歴任。科挙の廃止と経済特科の開設を奏上。退職後は天津で教育事業に従事。張伯苓とともに南開中学を創設。 35,36,37,44,46,47,49,50,51,55

呉覚農　1897−1987：浙江省上虞の人。原名は栄堂、後に覚農に改名。浙江農業専門学校卒。1919−22日本留学、茶葉の研究に従事(海外で茶葉の研究をした最初の中国人)。婦女問題研究会会員。1949以降は復旦大学農学院教授・中国農業部副部長・中国茶業学会理事長など。 121

顧均正　1902−1980：浙江省嘉興の人。商務印書館・開明書店などで編集や翻訳、科学小説の執筆。 122,137

呉汝綸　1840−1903：安徽省桐城の人。字は摯甫または摯父。1864挙人、翌年に進士・内閣中書。直隷の深州・冀州の知州を歴任。1902京師大学堂（現、北京大学）の総教習、日本の教育制度を視察。 51

呉昌碩　1844−1927：浙江省安吉県の人。本名は俊卿。字は昌碩・香圃など。読書人家庭の出身で、曽祖父・祖父・伯父・父が挙人。一時清朝の官僚となるが、数年で辞めて各地を放浪。1903西湖湖畔に西泠印社を設立、初代社長。「四絶」(詩・画・書・篆刻)。 174

呉稚暉　1865−1953：江蘇省無錫の人。稚暉は字で、名は敬恒。挙人。日本・英国・仏国に留学、中国同盟会に参加。パリで李石曾らと雑誌『新世紀』を発刊、無政府主義を宣伝。中華民国成立後は国語運動に尽力。胡適らと西洋科学文明の全面的導入を主張。その後、国民党元老として反共主義に立ち、蔣介石を擁護。戦後は台湾に移住。 40,88,96,114

呉仲塩：章錫琛の義弟。 122,161

胡仲持　1900−1968：浙江省上虞の人。字は学志、仲持は筆名。胡愈之の弟。翻訳、出版に従事。 122,124

胡適　1891−1962：安徽省徽州の人。字は適之。コロンビア大学にてデューイに師事。北京大学教授、後に学長。国民党を支持。戦後は米国に亡命、1957台湾に移住。 72,109

呉夢非　1893-1979：浙江省東陽県の人。浙江両級師範学校(図画音楽手工芸専修科)にて李叔同に師事。卒業後、音楽と美術の教師をする一方、柳亜子や陳望道らの南社に参加。1921豊子愷・劉質平と共に上海専科師範学校(上海芸術大学の前身)を設立。国民党中央党部宣伝部幹事・中央文化計画委員会専門委員・浙江省教育庁督学などを歴任。戦後は全国音楽家協会杭州分会執務委員・秘書主任、浙江省人民代表大会代表など。 59,60

胡愈之　1896-1986：浙江省上虞の人。エスペランティスト。立達学会会員(1925)。紹興府中学堂を経て、上海商務印書館練習生。沈雁氷や鄭振鐸らと文学研究会を結成。故郷で最初の新聞『上虞声』を創刊。五･三〇運動に際し、鄭振鐸や葉聖陶らと『公理日報』を編集出版。1926章錫琛による『新女性』の創刊を支持。1928『東方雑誌』ヨーロッパ駐在特約記者の身分でフランス亡命。パリ大学で国際法を学ぶ一方、マルクス主義を研究、民主主義から社会主義へと転換。1931帰国時にソ連訪問。1932より『東方雑誌』編集主幹。1933魯迅の要請により中国民権保障同盟に参加、臨時中央執行委員。同9月中国共産党に入党、救国会を組織。1937上海文化界救亡協会常務委員・宣伝部長として『救亡日報』の創刊を支援。また国際宣伝委員会を組織、国外に向けて抗日救国宣伝活動を実施。1982巴金や謝氷心・葉聖陶・夏衍らと「中国世界語之友会」結成、1984国際エスペラント大会にて最高栄誉称号の「名誉監事」を授与。 88,90,100,101,110,116,121,123,131

黄炎培　1878-1965：江蘇省川沙県の人。教育家・政治家。中国民主同盟の発起人の一人。南洋公学で蔡元培に師事。35,36,37,42,88

高覚敷　1896-1993：浙江省温州の人。別名高卓。立達学会会員(1925)。北京高等師範学校・香港大学教育系などで学んだ後、上海曁南大学心理学教授。1978中国心理学会副理事長。 100,101,102

高旭　1877-1925：江蘇省金山の人。南社の創始者の一人。 57

黄涵秋：立達学園西洋画科の教員。豊子愷とは日本留学時代からの友人。 111

黄源　1906-?：春暉中学退学、立達学園卒業。雑誌『文学』『訳文』『砲火』などの編集や翻訳、魯迅研究に従事。 93

黄鴻詔：立達学会会員(1925)。 100

洪深　1894－1955：江蘇省武進県の人。学名は洪達、字は伯駿、筆名は庄正平、肖振声など。劇作家。 194

黄宗仰　1865-1921：江蘇省蘇州の人。俗名は黄浩舜、烏目山僧は号。仏僧・民主革命家。1880出家、1884受戒。1902章太炎・蔡元培らと中国教育会を創設、政治活動に参加。1903蘇報事件により章太炎が上海公共租界工部局に逮捕されると、黄宗仰は章の救出に尽

力するも成功せず、横浜に逃亡。日本で孫文と知り合う。1904帰国。 37,40
項廷紀　1798-1835：浙江省銭塘の人。原名は継章、字は蓬生。1832挙人。238
黄庭堅　1045-1105：洪州分寧の人。北宋時代の書家・詩人。字は魯直、号は山谷道人（黄山谷）など。「詩書画三絶」。 172
康有為　1858-1927：広東省南海の人。字は広厦、号は長素。出身地から康南海とも。 21,22,24,34,35,37
康有溥　1867-1898：広東省南海の人。字は広仁、号は幼博または大広。康有為の弟。西洋医学を学んだ後、マカオで『知新報』の編集。上海で大同訳書局を開き、日本の書物を翻訳。1897梁啓超・譚嗣同らと「不纏足会」を結成。1898戊戌の政変で、譚嗣同らとともに斬殺される（「戊戌六君子」の一人）。22
弘一法師　→李叔同
広洽法師　1900-1994：福建省南安の人。父親は清朝の貢生、科挙廃止後は商売に転業。幼くして両親と死別、1921厦門南普陀寺にて出家。1929弘一法師と知り合い、1932弘一法師が厦門に移住してからは法師に師事。1937シンガポールに移住。弘一法師の紹介で豊子愷と文通を開始。二人が実際に会ったのは広洽法師が一時帰国した1948（厦門）と1965（上海）の2回のみ。シンガポール仏教総会副主席・主席を歴任, 163,251,252,267
河野清丸：1921八大教育主張講演会の演者の一人。 108
小林秀雄　1902-1983：81
今東光　1898-1977：天台宗僧侶・小説家。81

さ行

蔡元培　1868-1940：浙江省紹興の人。字は鶴卿、号は孑民など。1892進士、1894翰林院編修。1898羅振玉らと東文学社を設立。1901南洋公学特班（経済特科班）総教習。1902学生運動に関連して辞職。中国初の教育団体中国教育会を結成、会長。1904章炳麟らと光復会を組織、会長。1905ヨーロッパ留学、ベルリン大学・ライプチヒ大学にて哲学・美学・実験心理学などを学ぶ。辛亥革命の成功により帰国、1912中華民国南京臨時政府の初代教育総長。同年、袁世凱の専制に抗議して辞職、渡独。翌年帰国、反袁運動に参加後、渡仏。1916教育部の依頼により帰国。翌年、北京大学学長。1927南京国民政府に参加、大学院院長・国立中央研究院院長など。1932宋慶齢や魯迅らと中国民権保障同盟を発起、副主席。1937上海陥落後は香港に移住、同地にて逝去。7,13,18,19,20,23,24,34,36,37,38,39,40,47,53,54,56,88,98,111,112,150,233
蔡小香　李叔同の「天涯五友」の一人。34
坂本繁二郎　1882-1969：洋画家。二科

会創立に参加。 75
索非　1899-?：安徽績溪の人。無政府主義者。1925巴金らと無政府主義団体「民衆社」を組織。開明書店勤務。 122,131
佐藤春夫　1892-1964：81
沢田柳吉　1886-1936：ピアニスト。東京音楽学校(現、東京芸大)卒。1911日本人初のピアノリサイタルを開催。「和洋調和楽」を提唱し、日本人独自の音楽を追求。 81
塩田真　1837-1917：工芸研究家。ウィーン万国博やフィラデルフィア万国博にて日本の美術工芸を紹介し、またヨーロッパの製陶技術を研究。 45,50
施存統　1899-1970：浙江省金華の人。別名は施復亮。浙江第一師範に学んだ後、1920マルクス研究会の設立に参加。1924-26上海大学教授。 73
清水金太郎　1889-1932：声楽家、バリトン歌手。1910東京音楽学校声楽科卒業。日本オペラの黎明期から第一線で活躍。田谷力三とならんで、大正期の浅草オペラを代表するスター。 81
謝頌羔：東呉大学にて博士号を取得後、アメリカ留学。帰国後は上海でキリスト教関連の事業に従事。1920－40年代は上海キリスト教広学会にて編集、外国小説やキリスト教関連の書物を翻訳。 157
沙汀　1904-1992：四川省安県の人。作家。四川省立第一師範学校卒。 194
謝氷心　1900-1999：福建省福州の人。中国民主促進会中央名誉主席・中国作家協会名誉主席・中国翻訳工作者協会名誉理事などを歴任。 194
謝無量　1884-1964：四川楽至県の人。文芸理論家・詩人・書道家。 70
朱光潜　1897-1986：安徽省通桐城の人。筆名は孟実・孟石。武昌高等師範学校卒業後、1917-22香港大学で教育学を学ぶ。卒業後は呉淞中国公学・春暉中学・立達学園などで教鞭。立達学会会員(1925)。1925-33英仏に留学、英文学・心理学・哲学を学ぶ。帰国後は北京大学西語系教授となり、沈従文らと『文学雑誌』を創刊。抗戦中は四川大学・武漢大学で教え、1946北京大学に戻る(外国文学・美学教授)。中国における美学の創始者的存在。 8,11,13,87,88,89,92,93,94,95,96,100,101,102,106,115,125
朱自清　1898-1948：江蘇省東海県の人。本名は朱自華、字は佩弦。立達学会会員(1925)。1916北京大学哲学科入学。浙江第一師範・母校江蘇省立揚州第八中学・呉淞の中国公学などで教鞭。同郷の友人で詩人の劉延陵の紹介で、同じく江蘇省出身の葉聖陶と知り合う。同年、葉聖陶と共に文学研究会に参加。1922葉聖陶・劉延陵・兪平伯と共に、中国で最初の詩の専門誌『詩』月刊を創刊。 8,11,17,87,88,89,92,94,100,101,151,195
朱葆康　1881-1942：上海の人。字は少屏。南社社員。李叔同とは南洋公学時

代の友人。 57
周為群：立達学会会員（1925）。北京高等師範学校卒。同級生の劉薫宇・周予同・楊明軒らと学生組織「同言社」を結成。
周恩来　1898-1976：195
周建人　1888-1984：浙江省紹興の人。字は松壽。魯迅・周作人の弟。立達学会会員（1926）。1909魯迅の帰国後、魯迅の組織する各種の進歩的活動に参加、文学団体「越社」に加入。1920胡愈之・周作人らと婦女問題研究会を結成、婦女解放運動の先駆者として活躍。上海商務印書館にて『東方雑誌』『婦女雑誌』などの編集に従事。1925章錫琛と共に商務印書館を辞職。魯迅の指導下、済難会や自由運動大同盟に参加。1932中国民権保障同盟準備事業に参加。1945馬叙倫・許広平らと上海にて中国民主促進会を結成、第一回理事会理事。1946上海人民団体連合会を組織、理事。1948中国共産党に加入。戦後、中央人民政府出版総署副署長・高等教育部副部長・浙江省長など。 100,101,121
周谷城　1898-1996：湖南省益陽県の人。歴史学者。 88
周作人　1885-1967：浙江省紹興の人。幼名は周櫆寿、後に周作人。号は起蒙・啓明、筆名は豈明・啓明・仲密・知堂・薬堂・苦雨など多数。兄は魯迅（周樹人）、弟は周建人。江南水師学堂を卒業後、1906日本留学、立教大学にて英文学と古典ギリシア語を学ぶ。1909魯迅と翻訳集『域外小説集』を刊行。辛亥革命直前に帰国。浙江省教育司省視学や紹興の中学教員を経て、1917魯迅と共に北京に向かい、北京大学付属国史編纂所勤務の後、北京大学文科教授。翌年、与謝野晶子の貞操論を『新青年』に紹介し、女性解放運動の先駆的役割を果たした。また人道主義文学を提唱、五四新文化運動に影響を与えた。1921文学研究会を組織。日中戦争開始後も北京にとどまり、華北政務委員会教育総署督弁。戦後は国民政府の漢奸裁判により戦犯として下獄、1949釈放。 4,13,70,238
周湘　1870-1933：江蘇省嘉定の人。画家、美術教育家。1898日本や欧米に留学、1907帰国。翌年、中国人による上海で最初の美術学校「布景画伝習所」を設立。劉海粟は同校の卒業生。後に上海油画院・中華美術大学などを設立。 52,53,60,74
周嘯麟：直隷模範工業学堂校長。李叔同の友人。 55
柔石　1902-1931：浙江省台州寧海県の人。本名は趙平福。1917-22浙江第一師範。小学校教員を経て1925北京大学聴講生、1927寧海教育局長。1928農民蜂起の失敗により上海へ逃げ、魯迅と知り合う。『朝花週刊』『語絲』などの編集に従事。1930左連の準備に参加。左連結成後は執行委員・常務委員・編集部主任などを担当。魯迅と馮雪峰が

編集を担当し、左連の機関誌的存在であった『萌芽月刊』(1930．1－6)の編集にも参加。1930馮雪峰の紹介で共産党に入党。1931党内の王明路線に反対する秘密会議出席中に逮捕され、銃殺(左連五烈士の一人)。 174,175

周痩鵑 1894-1968：江蘇呉県の人。作家・翻訳家。 194

周予同：浙江省瑞安の人。立達学会会員(1925)。1916-20北京高等師範学校国文部。同級生らと励学会・工学会・平民教育社を組織、「工読主義」を実践。五四運動の際、同級生の劉薫宇とともに北京高等師範学校代表として、趙家楼を攻撃。上海商務印書館にて編集に従事。『教育雑誌』編集主幹。1927四・一二クーデターに際しては胡愈之・鄭振鐸らと共同で、国民党への抗議文を起草。復旦大学で教鞭を執った後、安徽大学中文系主任・文学院院長。1935上海に戻り、曁南大学教授。1943-455開明書店編集・支配人代理。1945以降、復旦大学教授。1946中国共産党の指導下、上海大学教授連誼会を結成。戦後は復旦大学歴史系主任・副教務長・華東軍政委員会文教委員会委員・上海市文教委員会副主任など。 100,101,114,116,121,162

徐調孚 1901-1981：浙江省平湖の人。調孚は字。上海商務印書館や開明書店で編集や翻訳に従事。 126

徐中舒 1898-1991：安徽省懐寧の人。立達学会会員(1925)。国立清華大学国学研究院卒。1928より復旦大学・曁南大学教授。陳寅格の推挙により中央研究院歴史語言研究所専任編集員など。抗戦期は四川大学・武漢大学・成都燕京大学・南京中央大学などで教鞭。戦後は四川大学教授・西南博物館・四川博物館館長・中国科学院哲学社会科学部委員・国務院古籍整理小組顧問・四川省歴史学会会長・中国先秦史学会理事長・中国古文字学会常務理事・中国公庫学会名誉理事などを歴任。 100,101

徐懋庸 1911-1977：浙江省上虞の人。1933中国左翼作家連盟、1938中国共産党に参加。 194

徐力民：豊子愷の妻。 56,74,156

ショー、バーナード 1856-1950：Shaw, George Bernard. アイルランド出身の劇作家・劇評家。 259

蔣愛真：江蘇省常熟の人。立達学会会員(1926)。エスペランティスト。無政府主義者。1914劉師復の「無政府共産主義同志社」に影響を受け、故郷で無政府共産主義団体「伝播社」を結成。同年、世界語講習所主催。1925設立の世界語夜間学校で胡愈之・索非・王魯彦らと共に教鞭。 100,101

鐘雲芳：豊子愷の母。 15,90,177

蔣介石 1887-1975：152,153

蔣観雲 1865-1929：浙江の人。観雲は字。日本に留学し、光復会などの革命団体に参加。近代詩界三傑の一人。 40

章克標　1900-2007：浙江省海寧の人。立達学会会員(1926)。官費にて日本留学。京都帝国大学(東京高等師範学校理科との説も)にて数学の博士号を取得。帰国後、文学を志す。立達学園・暨南大学で教鞭を執る一方、開明書店にて『一般』の編集。1927滕固や方光燾らと中国新文学の初期社団「獅吼社」を結成。時代図書公司の創設に関与、旬刊誌『十日談』の編集主幹。林語堂らと『論語』を創刊。 100,101,106,125,252

蕭而化　1906-?：江西省萍郷の人。立達学園で豊子愷に師事、西洋画を学ぶ。後に日本に音楽留学し、故郷で音楽教育に従事。戦後は台湾省立師範学院(現、国立台湾師範大学)音楽科の設立に尽力、同主任。 199,213

章士釗　1881-1973：湖南省善化の人。中華民国北洋政府段祺瑞政府司法総兼教育総長・中央文史研究館館長などを歴任。 40

章錫琛　1889-1969：浙江省紹興の人。字は雪村。立達学会会員(1926)。東文伝習所・東湖通芸学堂で日本語を学ぶ。1912上海商務印書館入社。『東方雑誌』編集を経て、1921『婦女雑誌』編集主幹。1923文学研究会に参加。1925『婦女雑誌』第11巻第1号「新性道徳特集号」で科学的性道徳を提唱。1926『新女性』を自主創刊、婦女問題研究叢書を編集出版。その後、商務印書館を離職、神州女校国文教員などを経て、1926開明書店を設立。1927四・一二クーデターに際しては胡愈之・鄭振鐸・周予同らによる国民党への抗議文に署名。1929開明書店の株式会社化により総務主任となる。美成印刷公司を設立、同社の経営者代理として経営管理・出版業務に従事。1934開明書店の経営者。1943日本の憲兵隊に逮捕されたが、10日ほどで釈放。戦後は開明書店常務理事。1954古籍出版社副編集長、1957中華書局副編集長。 8,100,101,121,122,123,129,137,161,213,252,253

邵章　1874-？：浙江省仁和の人。字は伯絅。1903進士。1904-06日本留学、法政大学速成班(1904中国人留学生のために開設された速成科)卒。王廷榻とは法政時代の同級生。浙江省立両級師範学堂の初代監督(校長)を務めた。 16

章炳麟　1869-1936：浙江省杭州の人。太炎は号。 40

蔣夢麟　1886-1964：浙江省紹興の人。南洋公学を経て、1908アメリカへ留学、カリフォルニア大学で教育学学士号を、続いてコロンビア大学にて哲学博士号を取得。同年帰国、上海商務印書館にて編集業務に従事。後に教育活動に従事。 72

邵力子　1881-1967：浙江省紹興の人。本名は邵聞泰。字は仲輝。力子は筆名。挙人。1906日本留学、同盟会に加入。柳亜子らと南社を結成。上海にて『民国日報』総編集長。1921中国共産

党に加入、1925黄埔軍学校秘書長。1926陳独秀や瞿秋白らの提言により中共を離脱。1927国民党中央部秘書長・中国公学校校長・国民党中央宣伝部部長など。抗戦期には国際反侵略同盟中国分会副主席・中ソ文化協会副主席・中華全国文化界抗戦協会理事・国民党政府駐ソ大使など。1949国民党政府和平談判代表団メンバーとして中国共産党と討議。国民党政府の平和協定拒絶後は国民党政府を離脱。中央人民政府政務院政務委員・民革中央解放台湾工作委員会主席など。 35,36,37,122

沈亦珍 1900-1993：江蘇省高郵の人。立達学会会員(1925)。南京高等師範工科を経て、香港大学に学ぶ。卒業後は暨南中学・上海大学・立達学園などで教育に従事。1933-36米国留学。ミシガン大学教育学院(修士)、コロンビア大学教育学院(博士)。帰国後は国立中山大学教授。抗戦期は重慶にて復旦大学教授、甘粛省教育庁にて全省の教育指導責任者など。1949以降は台湾大学や台湾師範大学教授・台湾教育部普通教育司長など。1962香港へ移住。香港中国文化協会主任委員。 100,101

秦大鈞：江蘇省無錫の人。立達学会会員(1925)。国立東南大学(南京大学の前身)卒。1934ドイツにて航空工学博士号を取得し、成都の中国航空研究院院長。戦後、台湾に渡り、台湾省立工学院院長・成功大学初代校長・文理学院院長など。 100,101

沈雁氷 →茅盾

沈起予：重慶巴県の人。京都帝国大学卒。1927帰国、上海で創造社抗敵協会、1930左連に参加。 194

沈心工 1870-1947：上海の人。音楽教育家。 41,43,44,49,50

沈曾植 1850-1922：浙江省嘉興の人。進士。総理衙門章京、南洋公学監督など。 35

沈本千 1903-1991：画家。浙江第一師範卒。 24,25

沈仲九 1886-1968：浙江省紹興の人。字は銘訓。光復会会員。無政府主義者。エスペランティスト。立達中学創設者の一人。立達学会会員(1925)。日本で哲学を学ぶ。1920同郷の陳望道・施存統・劉大白・邵力子・沈雁氷・戴季陶らと「社会主義および中国改造問題座談会」(『新青年』雑誌社主宰)に出席。陳望道らは同年設立の上海共産主義小組に参加、沈仲九・戴季陶・劉大白は参加直後に脱退。新文化運動を機に経亨頤らと浙江省教育会を主催、雑誌『教育潮』を編集。無政府主義雑誌『自由人』『革命』などの編集に従事。戦後は義兄で国民党幹部の陳儀が台湾を接収したのに伴い、陳儀と共に台湾を「模範省」とする政策を制定。上海市文史館館員。文革期に病死。 87,95,99,100,101,102,109,110,114,116,121

鄒容 1885-1905：四川省重慶の人。1902日本に自費留学、革命運動に参加。帰国後は上海で章炳麟・章士釗らと交

友。蘇報事件により章炳麟と共に捕らわれ、懲役3年の判決。収監2年目に獄死。 40

鈴木米次郎 1868-1940：音楽教育家。東京音楽学校(現、東京芸大)卒。 43

盛宣懐 1844-1916：江蘇省常州の人。洋務運動の代表的人物の一人。1896上海に南洋公学を創設。 34,35

銭家治 1882-1969：浙江省杭州の人。字は均夫。1902-03日本留学、弘文学院を経て東京高等師範学校地理歴史科にて教育・地理・西洋史などを学ぶ。帰国後は浙江省立両級師範学堂の教務長(経亨頤の後任)・史地科主任教員を兼任。 16

銭君匋 1906-1998：浙江省嘉興の人。上海専科師範学校で豊子愷に師事。篆刻家・画家・書道家。 7,59,60,122,207

銭稲孫 1887-1966：1900から7年間、日本で教育を受け、その後はイタリアやベルギーで学ぶ。帰国後は中華民国の教育部に勤務、清華大学教授、日本語の翻訳など。 19

銭夢渭：立達学会第一期常務委員。国語学者。1920国民政府による新教育教科書制定の編集委員。 95,99

蘇曼殊 1884-1918：名は玄瑛、曼殊は僧号。横浜で中国人の父、日本人の母の間に生まれる。中国に戻った後、早稲田大学に留学。この頃から青年会などに参加。 57

宋雲彬 1897-1979：海寧硤石の人。1924中国共産党に加入。1927四・一二クーデーター後は茅盾と武漢を離れ、上海で商務印書館・開明書店で編集に従事。 126

曾孝谷 1873-1937：四川省成都の人。名は延年。浙江省両級師範学堂卒。1906官費で日本留学、李叔同と同時期に東京美術学校西洋画撰科に入学。1906李叔同とともに春柳社を創設。 50,51,57

曹聚仁 1900-1972：浙江省蘭渓の人。浙江第一師範卒。豊子愷とは同窓。 9,21,202,203,204

孫伏園 1894-1966：浙江省紹興の人。本名は孫福源。1911魯迅が校長を務めていた紹興初級師範学堂を経て、北京大学文学系。在学中に北京大学図書館館長の李大釗の書記。『新潮』第四期社員、文学研究会発起人の一人。1921北京大学卒業後、同校講師。同年『晨報副刊』編集主幹となるが、編集方針をめぐって辞職。1924魯迅の指示を受けて語絲社を組織。その後、中山大学・厦門大学教授。1928-31フランス留学の後、河北省にて平民文学教育工作に従事。抗戦期には文芸界抗敵協会理事などを担当。戦後は文連全国委員・文化出版部事業管理局版本図書館館長など。 122,129

孫文 1866-1925：96

た行

高木徳子 1891-1919：浅草オペラの代表的ダンサー。 80

竹久夢二　1884－1934：岡山県邑久郡本庄村(現、岡山県瀬戸内市邑久町)出身。本名は茂二郎。生家は酒の醸造と取次販売を生業。1902早稲田実業学校入学。1905友人の荒畑寒村の紹介で、平民社発行『直言』にコマ絵が掲載される(印刷された最初の作品)。この後も日刊『平民新聞』などに諷刺画を掲載。同年『中学世界』第一賞に入選した「筒井筒」で初めて夢二の名前を用いた。同年、早稲田実業を中退。1909最初の作品集『夢二画集　春の巻』刊行、ベストセラーとなる。1914日本橋呉服町に「港屋絵草紙店」を開店。また秋田雨雀の舞台装置を描いて好評を得た。翌年、婦人之友社より雑誌『子供之友』『新少女』が創刊され、竹久夢二は絵画主任として挿絵を描く。1916秋田雨雀・エロシェンコらと水戸方面へ講演旅行。1931渡米、個展を開くが、不調に終る。アメリカから直接渡欧、1933帰国。同年台湾に渡るが体調を崩して帰国。1934結核により逝去。 8,77,78,79,80,81,82,87,92

タゴール、サー・ラビーンドラナート　1861－1941：Tagore, Sir Rabindranath. インドの詩人・思想家。詩聖。 109,112

谷崎潤一郎　1886-1965：81

田谷力三　1899-1988：大正から昭和期のオペラ歌手。 82

譚嗣同　1865－1898：湖南省瀏陽の人。戊戌の政変で処刑された（戊戌六君子の一人）。 22

千葉命吉：1921八大教育主張講演会の演者の一人。 108

張景深：開明書店編集者。 122,159

趙元礼：直隷高等工業学堂監督。 34,37,44,45,55

張克成：立達学会会員(1926)。 100

張作人　1900－?：江蘇省泰興の人。言明は念持、号は覚任。立達学会会員(1925)。中国原生動物細胞学・実験原生動物学の開拓者。国際原生動物学会栄誉会員。1917-21北京高等師範学校。卒業後、故郷泰興の出資により日本東亜高等予備学校に留学。1923より上海中国公学・上海大学・大夏大学などの教授。1927よりヨーロッパ留学。1932ベルギー・ブリュッセル大学(科学博士号)、1934フランス・ストラスブルグ大学(自然科学博士号)。1932中山大学の要請により帰国、同生物系教授。1949進歩的な学生・教師を擁護した廉で入獄。釈放後、海南島や香港に避難。1950上海市長陳毅の要請で上海に戻り、同済大学動物系主任・華東師範大学生物系主任・上海自然博物館学術委員主任・中国原生動物学会名誉理事長・上海市動物学会理事長など。1984中国共産党に加入。 100,101,102

張小楼：李叔同の「天涯五友」の一人。 34

張聿光　1885-?：浙江省紹興の人。中国近代美術教育事業の創始者の一人。 52,74

張石樵：匡互生とは北京高等師範学校時代の友人。五四運動の際、共に活動した。 113
張天翼 1906-1985：湖南省湘郷の人。作家・児童文学者。 194
張東屏：立達学会会員(1925)。 100
張農：立達学会会員(1926)。辛亥革命後、劉亜子らの南社に参加。男女同権思想を提唱。 100
張伯苓 1876-1951：伯苓は字で、名は寿春。厳修とともに南開大学の創設者の一人。 47
張聞天 1900-1976：中国共産党政治局員。 88
張邦華：浙江省海寧人。字は燮和。1902-03南洋官費で日本留学。国民英語学校・弘文学院を経て、東京高等師範学校にて教育・化学を学ぶ。帰国後は浙江省立両級師範学堂の教員、後に教務長(銭家治の後任)。 16
陳英士 1878-1916：浙江省呉興の人。英士は字で、本名は其美。日本に留学して中国同盟会に加入。 57
陳去病 1874-1933：1909高旭・柳亜子とともに南社を結成。 57
陳之仏 1896-1962：浙江省余姚の人。号は雪翁。1916杭州甲種工業学校機績科卒業後、同校図案科教員。当時、陳が編集執筆した『図案講義』は翻訳ではなく、中国人が自ら作成編集した最初のデザイン教材。1918東京美術学校工芸図案科に留学(陳は日本で工芸美術を学んだ最初の留学生)。1923帰国、尚美図案館を設立。上海芸術大学・上海美術専科学校・南京中央大学芸術系教授など。立達学会第一期常務委員。戦後は南京大学教授・中国美協助江蘇分会副主席など。豊子愷とは日本留学時代からの友人。 99,101,102
陳宅桴：立達学会会員(1926)。1922パリで結成された無政府主義団体「工余社」の主要メンバー。 100
陳範予 1901-1941：浙江省諸暨の人。本名は陳昌標。無政府主義者。1918-23浙江第一師範。新文化運動に際して馮雪峰・柔石らと晨光社を結成。同じく無政府主義者の沈仲九の支援により、上海労働大学・立達学園(1933より農村教育科主任)・福建省民衆教育師資訓練所などに所属。1930泉州にて巴金と知り合う（巴金はその死を悼んで「做一個戦士」「死」「悼範兄」を執筆)。立達学会会員。 100,110,113,114
陳百年 1887-1983：浙江省海塩の人。本名は陳大斉、陳百年は字。日本留学後に浙江高等学校校長となり、後に北京大学教授兼哲学科主任・心理学科主任・代理校長など。戦後は台湾大学教授兼校長・国民党中央評議員など。1925章錫琛らと「新性道徳論争」を展開。 121
陳抱一 1893-1945：関東省新会の人。立達学会会員(1925)。1913日本留学、白馬会洋画研究所・川端洋画学校に学んだ後、1921東京美術学校卒業。1922許敦谷・関良らと「芸術社絵画展」(中

国で最初の入場料を徴収した西洋画展覧会)を開催。1925上海芸術大学の同僚の陳望道・丁衍鏞・蔡元培らと中華芸術大学を創立。江湾の私邸「陳家花園」に絵画研究所を併設。 54,100,101,102,111

陳望道 1890－1977：浙江省義烏県の人。本名は陳参一。立達学会会員(1925)。1915-19日本留学、東洋大学・早稲田大学・中央大学などで文学・哲学・法律を学び、またマルクス主義にふれる。帰国後、浙江第一師範の国文教師。1920『共産党宣言』を翻訳、出版(中国語の最初の全訳本)。1920陳独秀らと上海共産主義小組を結成、『新青年』の編集担当。翌年中国共産党第一次全国代表大会が上海で開催されるにあたり、陳望道は中国共産党の最初期の党員(五名)の一人として上海地区の代表に選出されるが、陳独秀に対する不満から同会を欠席、後に共産党を離脱。その後、毛沢東の提案により沈雁氷が共産党への再参加を求めたが、陳は辞退。1923以降、上海大学(実質的に共産党が創設、共産党の革命活動の中心的存在)の中文系主任・教務長など。1934「文言復興」現象に対し、夏丏尊や葉聖陶らと「大衆語運動」を展開、「大衆語」と「大衆語文学」を主張。半月刊『太白』を創刊、大衆語運動を宣伝。1937中共地下党組織の指導下、鄭振鐸らと上海文化界抗日連誼会を組織、抗日救国運動に従事。民衆を団結し抗日に動員する手段として、ラテン化新文字運動を積極的に提唱。上海語文学会･上海語文教育学会などを設立。1940重慶の復旦大学中文系主任、1942同新聞系主任。1946同校とともに上海へ戻り、文字改革や普通話普及活動を積極的に支持。華東文化教育委員会副主任兼文化部部長・高等教育局局長・復旦大学校長・第一－四届全国人民代表大会常務委員など。 17,72,87,88,100,101,194

辻潤 1884-1944：翻訳家・思想家。 81

デ・アミーチス、エドモンド 1846 －1908：De Amicis, Edmondo. イタリア王国の作家。 132,133

丁衍鏞 1903－1978：立達学会会員(1925)。17歳で東京美術専門学校(西洋画)に留学。1925帰国。蔡元培・陳抱一･陳望道らと中華芸術大学を創立。 100,102

鄭振鐸 1898-1958：浙江省永嘉の人(原籍は福建省長楽)。立達学会会員(1926)。筆名は西諦。1917官費で北京鉄路管理学校に入学。在学中にロシア文学に傾倒し、瞿秋白らと『新社会』『人道』『批評』などを創刊。1921沈雁氷や胡愈之らと文学研究会を結成。同年に沈雁氷の紹介により商務印書館編訳所に就職、文学研究会機関誌『文学』の創刊や編集主幹に従事。商務印書館の出資した神州女校の教員を兼職(1923に結婚した高君箴は同校の学生、その父高夢旦は商務印書館の重役)。

『児童世界』『小説月報』の編集主幹。1925五・三〇運動に際して、葉聖陶や胡愈之らと『公理日報』を編集出版。1927四・一二クーデターに際して胡愈之や周予同らと共同で、国民党への抗議文を起草。当局による逮捕を恐れる義父高夢旦の勧めにより1927-29渡欧。1931商務印書館を辞職。『文学』『文学季刊』の編集主幹、生活書店『世界文庫』の編集の傍ら、燕京大学・清華大学・暨南大学で教鞭。1937文化界救亡協会に参加。胡愈之・許広平らと復社を組織、『魯迅全集』を出版。1938文芸界抗敵協会理事。戦後『民主週間』を創刊、国民党の反共政策に反対。文化部副部長・文連主席団委員・作家協会理事などを歴任。1958中国文化代表団団長として海外訪問中に飛行機事故で死去。 78,92,95,100,101,116,121,122,151,155,194,195

鄭伯奇　1895-1979：陝西省長安の人。1910同盟会に参加。 194

丁玲　1904-1986：湖南省澧州の人。195

手塚岸衛：1921八大教育主張講演会の演者の一人。 108,109

デューイ、ジョン　1859-1952：Dewey, John.　72,73,109

田漢　1898-1968：湖南省長沙の人。劇作家･詩人。『義勇軍行進曲』の作詞者。88,195

陶行知　1891-1946：安徽省歙県の人。行知は字。1914渡米､デューイに師事。1916帰国、新教育推進団体「中華教育改進社」の結成に尽力。生産教育の実験学校である山海工学団を開設。 72

唐敬厳：李叔同の篆刻の師。 34,37,45

陶元慶　1893-1929：浙江省紹興の人。字は陶璇卿。豊子愷の上海専科師範学校の教え子。魯迅著『墳』『彷徨』、厨川白村著・魯迅訳『苦悶的象徴』などの表紙を描いた。立達学会会員。 7,59,60,100,101,111

陶載良：江蘇省無錫の人。1919南京高等師範数理科本科を卒業。奉天省立第一師範(化学・図画)・天津南開大学付属中学(数理化学)・中国公学・春暉中学(英語)教師。立達学園の創設者の一人。立達学会第一期常務委員。1933匡互生の逝去後、校務委員会主任。抗戦期、陶は四川省にて上海立達学園を再興。1946上海に戻り、松江に立達学園を再興。1953立達学園は政府の管轄下、松江県第三中学となり、陶載良は校長に就任。 87,94,95,99,100,101

陶大均　1858-1910：浙江省紹興の人。字は杏南。近代中国における最初期の日本語通訳。 38,39

東郷青児　1897-1978：81,82

道宣：江蘇省鎮江の人。俗姓は銭氏。日本では南山律宗を日本にもたらした鑑真(687－763)を「律祖」、開祖の道宣を「高祖」と称す。 178

徳富蘇峰　1863-1957：50

ドーミエ、オノレ　1808-1879：Daumier, Honore'.　フランスの画家。 224

な行

中桐確太郎　1872－1944：福島県出身。教育学者・哲学者。東京専門学校(現、早稲田大学)卒。早稲田大学教授。　58

夏目漱石　1867-1916：江戸の牛込馬場下横町(現、東京都新宿区喜久井町)出身。本名は金之助。俳号は愚陀仏。大学時代に正岡子規と出会い、俳句を学ぶ。帝国大学（現、東京大学）英文科卒業後、愛媛県尋常中学校・熊本の第五高等学校教授などを経てイギリス留学。帰国後は東京帝国大学の英文学講師の傍ら、「吾輩は猫である」を雑誌『ホトトギス』に発表。その後、朝日新聞社入社、「虞美人草」「三四郎」などを掲載。　3, 11, 218, 224, 225

は行

馬一浮　1883-1967：浙江省紹興の人(生まれは四川省成都)。原名は浮、字は一仏、幼名は福田、号は湛翁。晩年は蠲叟・蠲劇老人と称する。両親ともに読書人家庭の出身で、父は四川仁寿県の県令。1898紹興で魯迅や周作人らと共に科挙の県試を受け、首席。翌年上海で英・仏・独・日本語などを学ぶ。1901上海で馬君武・謝無量らと雑誌『翻訳世界』を創刊、欧米の学説を紹介。1903米国に留学、途中ベルリンに遊ぶ。その折に馬が持ち帰った『資本論』は、中国に持ち込まれたマルクスの最初の著作と言われている。1904-05日本留学、西洋哲学を研究。帰国後は孫文の辛亥革命を支持、国学を研究。1918蔡元培の依頼により北京大学文科学長となるが、儒学に対する学校側との姿勢の相異から辞職。抗戦期には浙江大学教授や、1939四川に設立された復性書院院長など。戦後は上海文物保管委員会委員・浙江文史館館長・中央文史館副館長など。　5, 6, 9, 70, 175, 176, 177, 180, 181, 182, 193, 207, 210, 217, 218, 247, 249, 250, 258, 259, 260

巴金　1904-2005：四川省成都の人。本名は李尭棠、字は芾甘。　131, 194, 195, 207

馬君武　1881-1940：湖北省武昌の人。政治家・教育家。　70

馬叙倫　1885-1970：浙江省杭州の人。1908浙江両級師範(国文・倫理修養科)教師。経亨頤の校長辞職により、1921-22浙江第一師範校長。その後、浙江省教育庁長・中央教育部次長など。1949郭沫若・黎錦熙らと中国文字改革協会(後に中国文字改革委員会と改称)を組織。　17

馬相伯　1840-1939：清末民初の教育家。カトリック教徒の家庭出身。1903震旦学院（現、震旦大学)、1905厳復とともに復旦公学（現、復旦大学)、また後に英斂之とともに北京公教大学（後に輔仁カトリック大学と改称）を創設。　42

白薇　1894-1987：湖南省資興の人。女性作家。　194

羽仁もと子　1873-1957：ジャーナリスト・教育家。1921自由学園を創立。107

ハードゥーン　1851－1931：Hardoon, Silas Aaron（哈同）、上海在住のユダヤ人豪商。40

範源濂　1875-1927：湖南省湘陰の人。戊戌政変後、日本に亡命。東京高等師範学校留学。1905帰国、北京にて学部主事。辛亥革命後は教育部次長・中華書局総編集部部長・北洋政府教育総長など。19

樋口長一：1921八大教育主張講演会の演者の一人。108

傅東華　1893-1971：浙江省金華の人。作家・翻訳者。1912南洋公学卒。194

傅彬然　1899-1978：1916浙江第一師範学校入学。施存統らと浙江省で最初の社会主義思想専門誌『浙江新潮』を創刊。126

藤島武二　1867-1943：川端玉章に日本画を学んだ後、洋画に転向。黒田清輝の推薦で東京美術学校（現、東京芸術大学）に奉職。75

藤原義江　1898-1976：オペラ歌手。浅草オペラの後、ミラノ留学。81

豊鐄　1865-1906：字は迎年、号は斛泉、鶴旋など。豊子愷の父。1883秀才、1902挙人。母の死により会試を受験できず、1905の科挙廃止後は自宅で私塾を開き、失意のまま肺病により死去。15,37,90

方光燾　1898-1964：浙江省の人。立達学会会員（1925）。1914-24日本留学、東京高等師範学校にて英語を学ぶ。1921創造社に参加。1927滕固・章克標らと中国新文学の初期社団「獅吼社」を結成。1929浙江省教育庁の派遣でリヨン大学留学。ソシュールの言語学理論を中国に初めて紹介。1931帰国、中国左翼作家連盟に加入。安徽大学・復旦大学・中山大学教授。戦後は南京大学教授・江蘇省文化局長・中国科学院哲学社会科学部委員会委員など。100,101,102,124

茅盾（沈雁氷）　1896-1981：浙江省桐郷の人。本名は沈徳鴻。沈雁氷は字。北京大学預科修了。1916上海商務印書館英文部・国文部などで編集を担当。1921周作人・鄭振鐸・葉聖陶らと文学研究会を結成、同会機関誌となった『小説月報』の編集主幹（1921-23）。同時期に中国共産党発起組に加入。1925国民党左派と中共の合作による上海特別市党部執行委員会の宣伝部長。1927四・一二クーデター後『漢口民国日報』総主筆の傍ら、小説の執筆を開始。1928-30日本亡命。帰国後、左連に加盟。国防文学論争では「国防文学」と「民族革命戦争の大衆文学」の双方に賛同。抗戦期には各地で抗日文化活動に従事、1938文芸界抗敵協会理事。戦後は国務院文化部長・政協常務委員など。文革後は文連名誉主席・作協主席。共産党との組織的な繋がりは日本亡命時に一時中断したが、1981党籍回復。

立達学会会員。 90, 91, 100, 101, 122, 194, 195
豊満：豊子愷の姉。 90, 91
穆藕初　1876-1943：上海浦東の人。馬相伯らと滬学会を組織。アメリカで農学修士を取得。帰国後は綿紡績業で成功。 42, 43, 161, 165

ま行

正木直彦　1862-1940：東京美術学校第五代校長（1901-32）。文部省美術展覧会（文展）創設を建議。帝国美術院院長。 48, 50
松長長三郎：1903東京美術学校卒業後、天津で直隷省工芸総局勧工陳列所・直隷高等工芸学堂に勤務。 44, 50, 55
三浦修吾　1875-1920：福岡県出身。東京高等師範学校卒。小原国芳（大正自由教育の主導者の一人、玉川学園創立者）は、鹿児島師範時代の教え子。 132
ミレー、ジャン＝フランソワ　1814－1875：Millet, Jean－François.　フランスの画家。 224
毛沢東　1893-1976：3, 4, 88
森槐南　1863-1911：漢詩人・官僚。随鴎詩社を主宰。明治漢文学の中心的存在。 7, 51
モリス、ウィリアム　1834-1896：Morris, William.　19世紀イギリスの詩人・デザイナー。 220, 221, 222, 223, 224, 225

や行

山本鼎　1882-1946：愛知県出身。版画家・洋画家・教育者。長野県上田市に移住し、民衆芸術運動に尽力。 107
兪平伯　1900-1990：浙江省徳清の人。読書人家庭の出身で、祖父は清末の著名な考証学者。1919北京大学卒、1920-22浙江第一師範教員。北大新潮社・文学研究会同人として口語自由詩の草創に貢献。1925詩集『憶』以降は散文と古典研究に転じ、詩作は旧定型詩のみとなる。廃名とともに周作人の弟子として多大な影響を受ける。1954以降の『紅楼夢』研究批判で、兪平伯の観点は非階級的文芸批評であるとして批判された。 11, 17, 92, 94, 151
尤惜陰　1872-1957：江蘇省無錫の人。法名は演本。1932シンガポールにて出家。 41, 42
姚雨平　1882-1974：広東省梅州の人（客家）。法名は妙雲。辛亥革命に貢献。 57
葉吉廷：江蘇省江陰の人。ドイツで化学博士号取得。兄葉鐘廷の経営する永和実業株式有限会社（1918設立、歯磨き粉・化粧品・ゴム製品の製造販売）にて技術指導。立達学会会員（1926）。 100, 101
葉恭綽　1881-1968：広東省番禺の人。字は玉甫・裕甫・玉虎・玉父・誉虎など、号は遐庵。挙人。書画家また収蔵家としても著名。京師大学堂仕学館

卒、日本留学。留学時に同盟会加入。北洋政府交通総長・孫中山国民政府財政部部長・南京国民政府鉄道部部長などを歴任。1920交通総長時代、交通救国論に基づき、上海工業専門学校・唐山工業専門学校・北京鉄道管理学校・北京郵電学校を合併して上海交通大学を設立、初代校長。1927北京大学国学館館長。1929第一回全国美術展覧会を主催。1933上海博物館を創設。北京中国画院初代院長。戦後は中央文史館副館長など。 253

葉聖陶　1894-1988：江蘇省蘇州の人。本名は葉紹鈞。立達学会会員(1926)。1919五四新文化運動の団体「新潮社」に参加し、詩や小説の創作を開始。1921蘇州公立第一中学卒後、蘇州や上海、杭州などの小中学校教員。1921沈雁氷(茅盾)、鄭振鐸らと文学研究会を結成。翌年、朱自清・兪平伯らと中国新詩社を組織、月刊『詩』を創刊。創作童話を『童話世界』に次々と発表、黎明期の児童文学の創始に大きな功績。1923-30商務印書館国文部にて『小説月報』『文学旬刊』などの編集主幹。1930以降開明書店にて『中学生』などの編集。抗戦期には重慶の武漢大学教授、また成都で教育科学館主事、漢口では人民政府教育部の教科書編纂など。1948上海から香港へ、翌年北京へと移り、中華人民共和国中央政府出版署副署長。以後、文連全国委員・国務院教育部副部長・人民教育出版社長など。 5,17,88,100,101,116,126,131,135,137,162,194,197,198,199,200,212,254

姚石子　1891-1945：江蘇省金山の人。原名は姚光、号は復廬。柳亜子の後、南社を主宰。 170,171

葉楚傖　1887-1946：江蘇省昆山の人。国民党元老。上海『民国日報』主編、国民党中央執行委員会常委兼秘書長など。 57

楊伯豪　?-1929：浙江省余姚の人。浙江第一師範退学後、余姚の小学校教師などを経て余姚市第一中心小学校校長。 26,27,71,177

楊白民　1874-1924：近代芸術教育家。1902自費で日本に教育視察。日本の女子教育と芸術教育に感銘を受け、自宅に城東女学を創設。 42,44,49,54,55,56,74

ら行

ラスキン、ジョン　1819-1900：Ruskin, John.　19世紀イギリス・ヴィクトリア時代を代表する評論家・社会思想家。 221,222,223,224,225,226

李円浄　1900-1950：広東省三水の人。本名は李栄祥、円浄は法名。資産家で、復旦大学卒業後は仕事に就かず、居士の身分で印光法師に仕えた。戦後、妻子は台湾へ移住、李円浄は自殺。 162,163,167,171,250

李叔同（弘一法師）　1880-1942：河北省天津の人。幼名は成蹊、16歳で文濤と改名。その後も李広平・哀・岸・息・嬰

など度々改名。号は叔同の他にも息翁・俗同・黄昏老人など多数。天津の裕福な名家出身。1898戊戌の政変に関与し、母や妻子を連れて上海へ移住。1901南洋公学特班（経済特科班）に入学、蔡元培に師事。翌年退学。1905母の死後、単身で日本留学。東京美術学校（現、東京芸術大学）西洋画科撰科に学ぶ。1911帰国、天津の直隷模範工業学堂・上海の城東女学教員を経て、同盟会系の上海における最初の大型日刊紙『太平洋報』副刊編集など。1912経亨頤校長の強い依頼により、浙江官立両級師範学堂（浙江第一師範）の美術・音楽教員に就任。1918出家（法名釈演音）。出家後は主として弘一と称した。南山律宗第十一代祖師。 3, 5, 7, 9, 17, 24, 33, 34, 35, 36, 37, 38, 39, 40, 41, 42, 43, 44, 45, 46, 47, 48, 49, 50, 51, 52, 54, 55, 56, 57, 58, 59, 60, 69, 70, 71, 74, 75, 77, 136, 149, 150, 151, 152, 157, 158, 159, 160, 161, 162, 163, 164, 165, 166, 167, 168, 169, 170, 171, 172, 173, 176, 178, 179, 180, 182, 203, 204, 205, 215, 216, 243, 244, 246, 247, 249, 250, 251, 252, 254

李世珍：李叔同の父。 33, 37

李石岑 1892-1934：原名は邦藩。立達学会会員（1926）。1913東京高等師範学校入学。日本で雑誌『民鋒』を創刊、日本帝国主義の侵略行為を批判、日本政府により発行停止。帰国後は上海商務印書館で編集に従事する一方、『民鋒』を継続して編集主幹。1922-23商務印書館『教育雑誌』編集主幹。1928-30ヨーロッパ留学。帰国後は中国公学・大夏大学・復旦大学・暨南大学・広州中山大学などの哲学系教授。 100, 102, 114, 116

李石曾 1881-1973：河北省高陽県の人。石曾は字。清末にフランスに留学、孫文と知り合い、中国同盟会に加入。フランスで呉稚暉らと無政府主義の雑誌『新世紀』を創刊。後に北京大学教授、北平大学校長。戦後は台湾に移住。 162

陸露沙：東京帝国大学卒。立達学会会員（1925）。当時、陸は豊家のかかりつけの医師（豊子愷「給我的孩子們」）。 100, 102

リチャード, ティモシー：Richard, Timothy（李提摩太）。在華宣教師。 22

リップス：Lipps, Theodor. 209, 210, 242

柳亜子 1887-1958：江蘇省呉江の人。名は棄疾、亜子は字。1909陳去病らと南社を組織。 35, 57

劉海粟 1896-1994：江蘇省武進の人。中国民主同盟会会員。中国近代美術教育事業の創始者の一人。 52, 53, 60, 74

劉薫宇 1894-1967：貴州省貴陽の人。立達学会第一期常務委員。1919北京高等師範学校理科系卒。匡互生とは同校の同級生で、1918匡とともに学生運動組織「同言社」を結成。河南省立第一師範・湖南常徳第二師範・上海大学付属中学・春暉中学・立達学園などの教

員を経て、1928-30フランス留学。帰国後は立達学園・大夏大学・同済大学で教鞭。抗戦初期には貴州省立高校の校長、謝六逸らと「毎週文芸社」を組織、抗日宣伝活動に貢献。 88,89,90,93,95,99,100,102,109,110,118

劉次九：夏丏尊・陳望道・劉大白とともに、浙江第一師範の「四大金剛」の一人として同校の新文化運動を推進。 72,87

劉質平　1896-1978：浙江省海寧の人。豊子愷と並んで李叔同の「二大弟子」。浙江第一師範卒業後、日本に音楽留学。留学最後の年は李叔同が経済的に支援した。 59,60,165,176

劉叔琴　1892－1939：浙江省鎮海の人。本名は祖徴、叔琴は字。立達学会会員(1925)。東京高等師範学校に学んだ後、浙江省立寧波代四中学・春暉中学・立達学園などで教鞭。開明書店の編集業務にも従事。 100,101,102,109,122

劉尚一：立達学会会員(1926)。 100

劉宗周　1587-1645：浙江省紹興の人。明末の儒学者（陽明学）。 69

劉大白　1880-1932：浙江省紹興の人。本名は劉靖裔、大白は字、号は白屋。立達学会会員(1925)。1919-20浙江第一師範国文教師。五四新文化運動に積極的に参加し、夏丏尊らとともに「四代金剛」と称される。白話による新詩を提唱。1924より復旦大学・上海大学教授。1927四・一二クーデター当時、浙江省教育庁長・浙江省国民党部委員。1928浙江大学秘書長。1929南京にて教育部常任次長。 17,72,87,100,101,124,130

呂鳳子　1886-1959：中国近代美術教育事業の創始者の一人。 52,53

梁啓超　1873-1929：広東省新会の人。字は卓如、号は任公・飲冰室主人・自由主人・中国之新民・中国少年など。康有為に心服し、康の第一の高弟として「康・梁」と称された。1894会試受験のために上京、翌年に康有為が公車上書を奏上した際には康と共に奔走。1898戊戌の政変の失敗後、横浜に亡命。日本で新思想の影響を受け、康有為から離れて儒教を批判。中国の改革のためには国民の倫理改造が重要であると説き、新しい国民道徳を提示。辛亥革命後に帰国、政治活動に従事。1918パリ平和会議中国全権顧問として渡欧、帰国後は教育と著述に専念。 21,22,23,35

林語堂　1895-1976：福建省龍渓の人。本名は和楽、大学入学時に玉堂と改名、後に語堂とした。筆名は毛驢・宰予・宰我・豈青・薩天師など。父はキリスト教長老教会派の牧師。父の意向により上海の聖約翰大学英文科に進学、1916卒業。清華大学英語教師を経てハーバード大学へ公費留学。経済的理由から1921渡仏、パリ華工青年会で働いた後、ドイツ留学。イエナ大学を経て、1923ライプチヒ大学博士(中国古代音韻研究)。帰国後は清華大学・北

京大学・北京女子師範大学教授。1926厦門大学へ行き、魯迅や孫伏園らを招聘。1927陳友仁の招きで武漢国民政府の外交部秘書、半年で辞職し、以後は著述に専念。雑誌『論語』『人間世』『宇宙風』を創刊、小品文を提唱。1936渡米。1948ユネスコ芸術部長。晩年は台湾と香港で暮らした。 4,13,128,129,130,131,137,194

林風眠　1900-1991：広東省梅県の人。中国近代美術教育事業の創始者の一人。 111

林逋　967-1028：浙江省銭塘の人。宋代の詩人。字は君復。恬淡な性格で、西湖の孤山に庵を結ぶ。生涯仕官することはなかったが、その人柄を愛した仁宗から「和靖先生」の諡をおくられる。詩の多くは散逸したが、梅と西湖を詠んだ作品が多い。 174

黎錦熙　1890-1978：湖南省の人。字は邵西。立達学会会員(1925)。1911湖南優級師範史地部卒業後、北京高等師範・北京女子師大・北京大学・燕京大学・湖南大学・北京師範大学などで教鞭。1916国語研究会を結成、言文一致と国語統一の推進を提唱。1918中国文字改革協会(後に中国文字改革委員会と改称)を組織、理事会副主席。1955中国科学院哲学社会科学部委員。 96,100,101

黎烈文　1904-1972：湖南省湘潭の人。作家・翻譯家・編集者。 194

練為章：立達学会第一期常務委員。 94,95,99

老舎　1899-1966：北京の人。満州族。195

魯迅　1881-1936：浙江省紹興の人。幼名は周樟寿、後に周樹人、字は予才、筆名は魯迅ほか、数十にのぼる。読書人の家庭に生まれたが、家が没落し、少年時代は困苦を極めた。1898南京の江南水師学堂入学、後に江南陸師学堂附設鉱務鉄路学堂に転じ、近代西欧思想に触れる。1902卒業、官費で日本留学。東京の弘文学院に学んだ後、1904仙台医学専門学校に入学。中国人の精神改造こそが急務との考えから文学に転向し、東京に戻る。1909帰国。浙江官立両級師範ほか、杭州や紹興の中学教員を経て、辛亥革命後は南京臨時政府や北京政府の教育部職員となり、後に北京大学で教鞭。魯迅という筆名を初めて使用した『狂人日記』や『故郷』『阿Q正伝』など多くの小説や詩、評論を発表し、五四新文化運動の基礎を築いた。1925北京女子師範大学の校長排斥運動で魯迅は学生側を支持、当局およびこれを支持する文化人と激しく論争。1926北京を離れ厦門大学教授、1927広東に移る。同秋には上海に定住して執筆活動に従事。中国自由運動大同盟や中国左翼作家連盟などの中心メンバー。1936民族統一戦線の結成をめぐる論戦中に病死。中国古典文学の研究、翻訳、木版画などの分野でも貢献。4,16,17,19,51,59,70,75,111,153,194,

206,208

わ行

渡辺龍聖　1865-1945：東京専門学校（現、早稲田大学）卒業後、コーネル大学で哲学博士号を取得。東京高等師範学校教授・東京音楽学校校長を経て、袁世凱の学務顧問として中国で7年を過ごす。その後、小樽高商、名古屋高商校長を歴任。 55